위대한 개츠비
with 번역 노트

위대한 개츠비 with 번역 노트

초판 1쇄 인쇄 2020년 5월 14일
초판 1쇄 발행 2020년 5월 28일

신고번호	제313-2010-376호
등록번호	105-91-58839

지은이	F. 스콧 피츠제럴드
번역	김용성
발행처	보민출판사
발행인	김국환
편집	정은희
디자인	김민정

주소	인천시 서구 불로동 769-4번지 306호
전화	070-8615-7449
사이트	www.bominbook.com

ISBN 979-11-89796-70-9   03800

- 가격은 뒤표지에 있으며, 파본은 구입하신 서점에서 교환해드립니다.
- 이 책은 저작권법에 의하여 보호를 받는 저작물이므로 무단 전재와 복사를 금합니다.

이 도서의 국립중앙도서관 출판예정도서목록(CIP)은 서지정보유통지원시스템 홈페이지
(http://seoji.nl.go.kr)와 국가자료종합목록 구축시스템(http://www.kolis-net.nl.go.kr)에서
이용하실 수 있습니다.(CIP제어번호 : CIP2020016070)

위대한 개츠비
with 번역 노트

The Great GATSBY

F. 스콧 피츠제럴드 지음
김용성 번역

번역가의 말

세계적인 명작 『위대한 개츠비』를 완역하여 세상에 낸다. 『위대한 개츠비』를 읽었다고 말하려면 '누가' 번역한 『위대한 개츠비』를 읽었는지 밝힐 필요가 있다. 번역가에 따라 우리말 작품 완성도가 다르고 읽는 맛도 다르기 때문이다.

번역은 원문과 독자라는 두 주인을 섬긴다. 어느 하나라도 부실하면 '문제 있는' 번역이 될 수밖에 없다. 지금까지 『위대한 개츠비』는 교수, 소설가 등 많은 손을 거치며 번역되었다. 그동안 노출된 문제 중 하나는 원문을 문구 그대로 번역하는 경향이 강하다 보니 딱딱한 번역 어투 문장 등 우리말 표현이 자연스럽지가 못하고 우리말 어법이나 쓰임에도 맞지 않거나 우리말 어감을 살리지 못하는 번역이 많았다는 점이다.

『위대한 개츠비』는 성균관대학교 번역대학원 문학번역 수업에서 다루었던 책이다. 그 수업을 계기로 5년 동안, 『위대한 개츠비』를 번역한 대표적인 번역작품 네 권을 첫 문장부터 끝 문장까지 꼼꼼히 비교 분석하여 공통적인 문제점을 찾아보고 어떻게 번역하면 '더 나은 번역'이 될지 꾸준히 연구했다. 번역학 논문과 자료도 참고했다. 이 책에서는 '번역 노트'를 후반부에 넣어, 김욱동 교수와 김영하 작가 번역을 중심으로 흔한 번역 실수와 오역 사례, 우리말 어법과 쓰임에 맞지 않은 번역, 부자연스러운 번역 등을 살펴보며 대안을 제시해 보았다. 번역은 단어에 대한 기계적인 직역보다 '의미'와 '문맥'에 대한 직역이어야 한다. 번역가는 영어와 우리말의 언어상 차이, 문화적인 차이, 어조 어감상 차이 등을 반영하여 우리말답게 번역해야 한다. 수잔 바스넷이 주장하듯, 번역가는 출발 텍스트의 저자가 될 수 없지만, 도착어 텍스트의 저자로서 도착어권 독자들에 대한 분명한 도덕적 책임을 지기 때문이다. 우리말로 완성되어야 번역은 완성된다.

『위대한 개츠비 with 번역 노트』는 번역대학원에서 문학번역을 전공한 저자가 꼭 출간하고 싶었던 책이다. 실제 출간에서는 책 두께를 고려하여 분량이 대폭 줄긴 했지만, 이 책을 통해 일반 독자들이 우리나라 번역에 관심과 애정을 갖는 계기가 되었으면 한다. 우리 소설을 보듯 자연스럽게 읽히고, 자꾸만 읽고 싶어지는 그런 '우리말다운' 번역이 앞으로 번역 문단에 더 많아지기를 기대해본다. 아울러 번역대학원이나 영어통번역학과 학생들이 '문학번역'을 배우고 익히는 과정에서 이 책이 '좋은 번역 학습 길라잡이'가 되었으면 한다.

한국외국어대학교 영어통번역학부 윤선경 교수님은 이 책 전반적인 내용에 대해 조언을 아끼지 않으셨다. 늘 감사한 마음을 갖고 있다. 성균관대학교 번역대학원 홍덕선 교수님 손태수 교수님, 한동대학교 통번역대학원 원영희 교수님, 김옥수 번역가

님과 김명숙 교장선생님에게도 고마움을 전한다.

  끝으로 언제나 나를 믿고 응원하는 아내 이기순과 아들 김유신에게 변함없는 사랑을 전하고 싶다.

2020년 5월 상일동 서재에서

김 용 성

차 례

위대한 개츠비 • 10
번역 노트 • 252

위대한 개츠비

1

 내가 지금보다 어리고 쉽게 상처받던 시절, 아버지는 내게 도움 되는 말을 해주셨다. 그 이후로 나는 그 말을 가슴속에 담아 되새기곤 한다.
 "세상 사람들이 네가 누리던 이점을 다 누리며 살아온 건 아니야. 남 탓하고 싶을 땐 이 점을 꼭 명심하거라."
 아버지는 더 이상 말을 하지 않았지만, 우리는 마음이 잘 통하였고 아버지 말에 많은 의미가 담겨 있다는 걸 알았다. 그 결과 나는 무슨 일이든 판단을 미루는 버릇이 생겼는데, 그 때문에 유별난 자들이 툭하면 나에게 접근해왔고 지겹기 짝이 없는 사람들에게 적잖이 시달려야 했다. 정상적인 사람에게 이런 특성이 나타나면 별난 마음이 동하여 잽싸게 알아차려 달라붙는 사람이 있기 마련이다. 대학 시절에는 억울하게도, 싫은 소리 못하고 별걸 다 참견한다는 비난까지 받았다. 별로 친하지도 않은 껄렁한 놈들이 하는, 남들은 잘 알지도 못하는 별의별 슬픈 사연까지 알고 있다는 게 그 이유였다. 대부분 내가 알려고 한 적도 없었다. 사람들이 비밀 고백을 털어놓을 낌새가 분명하다 싶으면, 종종 자는 척하거나 다른 일로 바쁜 척하든지 경박하게 입 싼 놈인 척

하기도 했다. 젊은 친구들이 하는 고백이나 적어도 고백하면서 쓰는 표현이란 게 기껏해야 남의 말을 베끼거나, 아니면 이를 억지로 숨기려다 보니 대개 어딘가 앞뒤가 맞지 않는 허점이 노출되기 마련이다. 지레짐작으로는 판단할 생각을 아예 말아야 희망을 맘껏 품게 된다. 아버지가 세상 이치 다 깨우친 사람처럼 내게 들려준 말을 나도 똑같이 따라 말하자면, 사람이라면 누구나 기본적으로 갖추어야 할 품위라는 게 실은 태어날 때부터 다 같지는 않더라는 점이다. 이를 깜빡할 때면 내가 중요한 뭔가를 놓치고 있는 건 아닌지 두려운 생각이 살짝 들기도 한다.

　나는 관대하다고 이렇게 자랑하긴 했지만, 내 관대함에도 한계가 있다는 점을 인정하지 않을 수 없다. 사람이 하는 행위는 그 기반을 단단한 바위로 하든지 아니면 질퍽한 습지로 하든지 다 다를 텐데, 어느 순간이 지나고 나면 그런 행위가 무엇을 바탕으로 하는지에 별 관심을 두지 않기 마련이다. 지난해 가을 동부에서 돌아왔을 때, 온 세상이 제복을 차려입고 일종의 '차렷 자세'를 하듯, 도덕적으로 영원히 반듯하기를 바랐다. 무슨 특권이라도 지닌 듯 오만하게 사람 마음을 들여다보는 그런 요란한 일탈, 더는 겪고 싶지 않았다. 오직 한 사람, 이 책에 이름을 제공해준 개츠비만은 예외다. 내가 대놓고 경멸한 모든 것을 그대로 다 보여준 개츠비 말이다. 사람 성격이 부단히 몸짓으로 잘 드러난다고 하면, 개츠비에겐 뭔가 대단한 면이 있었다. 1만 킬로미터를 훌쩍 넘는 곳에서 일어나는 지진도 다 감지해내는 지진계에 연결되어 있기라도 하듯, 살면서 벌어지는 여러 일에 대한 조짐에 대해 개츠비는 자못 민감하게 반응했다. 이러한 민감성은 '창의적 기질'이라는 이름으로 그럴싸하게 꾸며진 케케묵은 감성과는 차원이 달랐다. 다시 말해, 희망을 찾아가는 비범한 재능이며, 일찍이 그 누구에게서 본 적 없고 앞으로도 찾기 힘든 그런 낭만적인 감성이었다. 그렇다, 결국 개츠비가 옳았다. 사람들이 하는 슬픔은 부질없고 환희는 짧기만 했다. 나는 잠시라도 관심을 내려놓지 않으면 숨이 막힐 것 같았다. 개츠비를 삼켜버린, 개츠비가 꾸던 꿈이 지나간 자리에 떠도는 저 더러운 먼지들 때문에라도.

우리 집안은 이 중서부 도시에서 삼대에 걸쳐 부유하게 살아온 이름 있는 가문이다. 캐러웨이 가문은 꽤 대단한 집안으로 버클루 공작의 후손이라는 설도 있지만, 우리 가문의 실제 시조는 우리 할아버지의 형님이다. 1851년 이곳에 정착하여 남북전쟁 때는 사람을 사서 대신 전쟁터로 보내고 철물 도매업을 시작했다고 하는데 지금은 아버지가 이어받아 해오고 있다.

큰할아버지를 한 번도 뵌 적은 없지만 내가 그분을 많이 닮았다고 한다. 아버지 사무실에 걸린, 어딘가 매정해 보이는 큰할아버지 초상화와 비교해 보면 말이다. 1915년, 나는 아버지보다 딱 25년 늦게 뉴헤이번에 있는 대학을 졸업했다. 그 후 얼마 안 있어 제1차 세계 대전으로 알려진 독일군 대공세에 대한 반격 작전에 참가했다. 이 역습에 얼마나 빠져들었는지, 집으로 돌아와서도 한동안 마음이 혼란스러웠다. 중서부는 더 이상 활기찬 세계 중심지가 아니었다. 우주에서도 초라하기 그지없는 촌구석처럼 보여, 나는 동부로 가서 증권 일을 하기로 마음먹었다. 내가 아는 사람들은 하나같이 증권 일을 하고 있어서, 증권업계가 나 하나쯤은 먹여 살릴 수 있을 거라 생각했다. 집안 어른들은 내가 다닐 고등학교를 고르기라도 하듯 머리를 맞대고 논의하더니 "글쎄, 그, 그러든지"라고 말하는데 꽤 엄숙하면서도 떨떠름한 표정이었다. 아버지가 일 년 동안 경제적인 비용을 대주기로 했다. 이런저런 일로 미루고 미루다가 1922년 봄에 아예 눌러앉을 작정을 하고서 드디어 동부로 왔다.

뉴욕 시내에 거처를 구하면 편리하겠지만 아직 날씨가 따뜻하고 너른 잔디밭과 친숙한 나무들이 있는 시골을 막 떠나온 터였다. 마침 같은 사무실에 있는 젊은 친구 하나가 기차 통근 거리 마을에 집을 얻어 같이 생활하자고 해서, 참 좋은 생각이라며 흔쾌히 그렇게 하자고 했다. 그 친구는 비바람에 빛이 바랠 대로 바랜 월세 80달러짜리 단층집을 하나 구했지만, 마지막 순간에 회사에서 그 친구를 워싱턴으로 발령 내는 바람에 나만 홀로 그 시골집으로 들어가게 되었다. 내겐 개 한 마리가 있었다. 적어도 녀석이 달아나기 며칠 전까지는 말이다. 닷지 중고차 한 대, 내 잠자리를 봐주고 아침을 챙겨주는 핀란드인 가정부도 한 명 있었다. 가정부는 전기난로에 몸을 숙인 채 핀란드 속담을 혼자 중얼거리곤 했다.

그렇게 하루 이틀쯤 쓸쓸하게 보내고 있는데 어느 날 아침, 나보다 더 늦게 이사 온 어떤 남자가 나를 불러 세워 길을 물어보

13

았다.

"웨스트에그에 가려고 하는데 어떻게 가면 되죠?"

그 남자가 난감하다는 듯 묻길래, 내가 가는 길을 알려주었다. 그러고 나서 발길을 옮기는데 문득 외롭지 않다는 생각이 들었다. 난 안내도 길잡이도 끄떡없는 이미 토박이나 마찬가지인 셈이었다. 그 남자가 내게 물어보는 바람에 뜻하지 않게 나는 정식으로 그 동네 시민이 되어버린 꼴이었다.

고속 영화 장면에서 나무든 꽃이든 빠르게 자라나듯, 찬란하게 햇살 받으며 나뭇잎이 더 푸르게 무성해지는 모습을 보니 내 인생도 이번 여름과 함께 새롭게 시작되지 않을까 하는, 늘 하게 되는 그런 익숙한 믿음이 생겨났다.

우선 읽어야 할 책이 아주 많았다. 신선한 공기를 마시며 건강도 챙겨야 했다. 은행과 신용, 증권 투자에 관한 책을 십여 권 샀다. 오직 미다스 왕과 J. P. 모건, 마에케나스[1]만이 알고 있는 눈부신 비밀을 내게 알려주겠노라 약속이라도 하듯 그 책들은 조폐 공사에서 막 찍어낸 지폐처럼 황금색과 붉은색을 빛내며 서가에 꽂혀 있었다. 다른 책들도 많이 읽어 볼 작정이었다. 대학 시절 나는 글 쓰는 솜씨가 제법 좋았다. 어느 해인가 〈예일 뉴스〉에 매우 진지하고 명쾌한 논설을 연재했을 정도였으니까. 이제는 그런 경험을 내 삶 속으로 끌어들여, 전문가 중에서도 보기 드물게 '팔방미인'이 되어볼 생각이었다. 인생이란 결국 창 하

---

[1] 미다스: 그리스 신화에 나오는 프리기아의 왕. 손만 대면 모든 것이 황금으로 변했다고 한다. J. P. 모건: 미국의 금융 자본가(1837~1913). 마에케나스: 고대 로마의 정치가(기원전 70?~8). 문화와 예술의 후원자로 유명하다.

나로 바라볼 때 훨씬 더 근사해 보이기 마련이라는 경구는 그냥 흘려들을 말은 아니다.

 북아메리카에서 이런 특이한 동네에 집을 얻게 될 줄은 몰랐다. 순전히 우연이었다. 집은 뉴욕에서 정동 쪽으로 곧장 뻗어나간, 시끌시끌하고 길쭉하게 생긴 섬에 자리 잡고 있었다. 그 섬에는 진기한 자연 현상이 빚어낸 특이한 두 곳이 있었다. 거대한 달걀 모양을 한 이 두 지역은 뉴욕에서 30킬로미터 정도 떨어져 있고, 만이라고 하기엔 아주 작은 만을 사이에 두고 있다. 겉으로 보면 분간이 되지 않을 정도다. 서반구 바다에서 인간 손길이 가장 많이 닿은 곳이라 할 수 있는 롱아일랜드 해협 안쪽으로 툭 튀어나와 있다. 두 지역은 끝부분이 모두 완전한 타원형은 아니고, 콜럼버스 이야기 속 달걀처럼 납작했다. 둘 다 모양이 너무나 비슷해서 날아다니는 갈매기들도 번번이 헷갈리지 않았을까. 날개 없는 인간이 볼 때 더 놀라운 건, 두 지역이 모양과 크기를 제외하고는 닮은 구석이 하나도 없다는 점이다.

 내가 사는 웨스트에그는 뭐랄까 이스트에그에 비하면 '상류사회 느낌이 덜 나는' 곳이었다. 이렇게 말하면 두 지역을 이상하게 적잖이 악의적으로 비교하여, 피상적으로만 보게 하는 꼬리표가 붙겠지만 말이다. 내가 사는 집은 해협에서 50미터도 안 떨어진, 달걀 모양 끝 지점에 있었다. 한 철에 1만 2천 달러에서 1만 5천 달러를 줘야 빌릴 수 있는 으리으리한 두 저택 사이에 끼어있었다. 오른편에 있는 저택은 규모가 그야말로 어마어마했다. 노르망디 시청을 그대로 모방했다는데, 한쪽에는 가느다란 수염 같은 담쟁이덩굴에 뒤덮인, 지은 지 얼마 안 돼 보이는 탑과 대리석 수영장, 160제곱미터가 넘는 잔디밭과 정원이 딸려 있었다. 그 집이 바로 개츠비 저택이었다. 아니, 개츠비가 누군지 모를 때였으니 그런 이름을 가진 사람이 사는 저택이라고 해야겠다. 내가 사는 집이 눈엣가시처럼 거슬릴 만하지만, 워낙 보잘것없다 보니 거의 무시되다시피 했다. 그래도 나는 바다도 한눈에 보이고, 그 대단한 이웃집 잔디밭 일부라도 바라볼 수 있어서 백만장자들과 같은 동네에 산다는 위안을 얻을 수 있었다. 한 달에 고작 80달러를 내고서 말이다.

만이라고 부르기도 민망한 좁은 만 맞은편에는 상류 사회인 이스트에그가 있는데, 해안 따라 늘어선 하얀 저택들이 궁전처럼 번쩍거렸다. 그해 여름 이야기는 내가 톰 뷰캐넌 부부와 식사를 하러 그 집으로 자동차를 몰고 간 그날 저녁부터 시작된다. 데이지는 내 육촌 동생이고 톰은 대학 시절부터 알고 지내는 사이였다. 전쟁이 끝난 직후, 시카고에 있는 그들 부부 집에서 이틀 머문 적이 있었다.

데이지 남편 톰은 여러 운동에 재능 있었는데, 특히 예일대학교 미식축구 역사상 가장 뛰어난 엔드 중 한 명으로 전국적으로 이름을 날렸다. 스물한 살이라는 젊은 나이에 이미 탁월한 능력을 보여주어서인지 그 후로는 무얼 해도 내리막길을 걷는다는 느낌을 주는 인물이었다. 톰 집안은 엄청난 부자였다. 톰은 대학 시절부터 물 쓰듯 돈을 펑펑 써서 빈축을 사기도 했다. 시카고를 떠나 동부로 옮겨올 때도 입이 딱 벌어질 정도로 호사스럽게 이사를 했는데, 일례로 폴로 경기를 즐긴답시고 레이크포리스트에서 폴로 경기용 말을 한 떼나 몰고 왔다. 내 또래 남자가 그 정도로 돈이 많다는 사실이 좀처럼 믿기지 않았다.

그들 부부가 도대체 뭣 때문에 동부로 왔는지는 알지 못한다. 아무 이유 없이 프랑스에서 일 년을 빈둥거리다가, 그 후엔 사람들이 폴로 경기를 하고 부자들이 모여드는 곳이라면 어디든 안 가리고 돌아다니며 즐겼다. 거처를 옮길 때마다 데이지는 전화로 이번이 마지막이라고 했지만, 나는 그 말을 안 믿었다. 데이지 속마음이야 들여다볼 순 없지만, 톰은 다시는 맛볼 수 없는 미식축구 경기의 극적인 흥분을 찾아 뭔가 아쉬워하며 영원히 떠돌지 않을까 하는 생각이 들었다.

그리하여 바람이 따스하게 부는 어느 날 저녁, 결코 잘 안다고는 볼 수 없는 오래된 두 친구를 만나러 차를 몰고 이스트에그로 갔다. 그들이 사는 집은 생각보다 훨씬 화려했다. 붉은색과 흰색으로 어우러져 조지 왕조 식민지 시대 분위기를 풍기는 그 대저택은 만이 내려다보이는 곳에 우뚝 자리 잡고 있었다. 잔디밭은 해변에서 시작하여 현관문까지 400미터나 이어지는데, 중간에 해시계와 벽돌 깔린 산책로, 붉게 타오르는 정원을 뛰어넘더니 집에 이르러서는 여세를 몰아 덩굴이 되어 저택 벽면을 타고 위로 뻗어 올라 눈부시게 반짝였다. 저택 정면에 가지런히 나 있는 프랑스식 창문은 햇빛에 반사되어 황금빛으로 반짝거리는데 바람이 포근한 오후여서인지 활짝 열려 있었다. 톰 뷰캐넌이 승마복 차림으로 현관에서 다리를 떡 벌린 채 서 있었다.

톰은 대학 시절과는 많이 달라져 있었다. 꽤 고집 있어 보이는 입매와 거만한 태도, 밀짚 색 머리칼을 지닌 서른 살 건장한 사나이가 되어 있었다. 오만하게 번뜩이는 눈빛이 얼굴에 가득해서인지, 언제라도 덤벼들 것 같은 공격적인 인상을 풍겼다. 승마복은 여성스럽고 우아하게 보이기 마련이지만 몸집에서 나오는 그 막강한 힘을 감출 수는 없었다. 번쩍거리는 승마 부츠는 맨 위쪽 끈까지 팽팽하게 당겨져 있고, 얇은 윗옷 속에서 어깨가 움직일 때마다 우람한 근육 덩어리가 꿈틀대는 모습이 보일 정도였다. 한마디로 거대한 지렛대에서나 나오는 엄청난 힘을 지닌 그런 무지막지한 육체였다.

목소리가 고음인데 걸걸하고 거칠기까지 해서 인상은 더더욱 성깔 있어 보였다. 목소리에는 자기가 좋아하는 사람을 대할 때조차 고압적이고 경멸하는 어조가 담겨 있었다. 그 때문인지 대학 시절에도 그런 톰을 몹시 싫어하는 사람들이 있었다.

"뭐, 내 생각을 꼭 따르라는 건 아니야. 내가 너희보다 더 힘세고 남자답긴 해도 말이야."

이렇게 톰이 말하는 듯했다. 4학년 때 같은 모임에 속해 있었지만, 친하게 지낸 적은 없었다. 하지만 나를 좋게 봐서인지 특유의 거칠고 무례한 태도에도 늘 내가 자신에게 호감 가져 주길 바라는 눈치였다.

우리는 햇볕이 잘 드는 현관에서 잠시 이야기를 나누었다.

"여기 살기 좋아. 집을 잘 얻었다니까."

톰은 눈을 번뜩이며 말하면서도 시선을 차분하게 가만두지 못했다.

 톰이 한쪽 팔로 나를 돌려세우더니, 넓적한 손을 편 채로 눈앞에 펼쳐진 풍경을 따라 움직여가며 가리켰다. 주변보다 낮게 파인 이탈리아식 정원과 진한 향기 뿜어대는 축구장 반의반만 한 장미꽃밭, 해안에서 조금 떨어진 바다에는 뭉툭한 뱃머리가 파도 이는 대로 일렁이는 모터보트 한 척이 보였다.
 "이 집은 원래 석유 재벌 드메인이 소유하던 집이지."
 톰은 정중하면서도 갑작스럽게 나를 다시 돌려세우며 말했다.
 "이제 안으로 들어가자고."
 우리는 천장이 높은 현관 홀을 지나 장밋빛이 화사한 공간으로 들어갔다. 그곳은 본채와 살짝 이어져 있는 곳인데, 프랑스식 창문이 양쪽으로 나 있었다. 창문은 바깥 싱그러운 풀밭을 배경으로 살짝 열려 있고 하얗게 반짝였다. 풀은 조금만 더 자라면 집 안으로 밀고 들어올 듯 보였다. 산들바람이 방 안으로 불어와서 커튼 한쪽 끝은 창문 안쪽에서 다른 쪽 끝은 바깥에서 하얀 깃발처럼 나부끼다가, 커튼이 서로 말려가며 천장으로 하얀 웨딩 케이크를 만들며 올라가는가 싶더니 바람에 파도가 일듯이 와인 색 양탄자에 물결을 만들며 그림자를 드리웠다.
 방에서 온전히 고정되어 있는 물건이라고는 기다란 소파뿐이었다. 두 젊은 여자가 마치 매어놓은 열기구를 둥실둥실 타듯 폭신푹신한 소파에 앉아 있었다. 여자들은 흰옷을 입고 있는데 그 집 주위를 잠깐 날아다니다 지금 들어오기라도 한 듯 옷자락이 팔랑거렸다. 바람에 커튼이 살랑거리는 소리, 벽 그림이 달그락거리는 소리를 들으며 나는 잠시 서 있었다. 그때 톰 뷰캐넌이 뒤쪽 창문을 쾅 하고 닫았다. 바람이 사그라지며 커튼과 양탄자가 가라앉고 두 젊은 여자도 열기구가 내려오듯이 소파에 푹 눌러앉았다.

둘 중 더 어려 보이는 쪽은 처음 보는 사람이었다. 소파 끝까지 몸을 쭉 펴서 꼼짝 않고 누운 채, 떨어지기 쉬운 물건을 턱에다 올리고 균형이라도 잡는 것처럼 보였다. 곁눈질로 나를 살짝 본 듯한데 그 여자는 전혀 내색하지 않았다. 사실 내가 놀라, 불쑥 들어와 미안하다고 사과라도 할 뻔했다.

다른 한 여자는 데이지로, 자리에서 일어나려고 했다. 진지한 표정으로 몸을 앞으로 조금 숙이다가 내게 살짝 웃어 보이는데, 미소가 바보 같으면서도 뭔가 매력 있었다. 나도 웃으며 방 안으로 들어섰다.

"너무 행복해서 미 미쳐버릴 지경이에요."

아주 재치 있는 말이라도 한 듯 다시 웃고는 잠시 내 손을 잡고 나를 빤히 올려다보았다. 세상 그 누구보다 나를 가장 보고 싶었다는 듯. 늘 이런 식이었다. 데이지는 턱으로 균형 잡듯 누워 있는 여자가 베이커라고 내게 속삭이며 일러주었다. (듣는 사람이 자기 쪽으로 몸을 기울이게 하려고 데이지가 일부러 속삭인다고 들은 적이 있다. 그런다고 매력이 조금이라도 줄어들기라도 했으면 모를까, 그냥 말도 안 되는 소리였다.)

베이커는 입술을 가늘게 떨면서 인사를 하는 둥 마는 둥 고개를 까딱하더니 이내 다시 머리를 젖혔다. 턱으로 균형 잡고 있던 물건이 살짝이라도 흔들려서 몹시 놀랐다는 듯이. 또다시 내 입에서 미안하다는 말이 튀어나올 뻔했다. 이렇게 완벽하게 자기만족에 빠진 사람을 보게 되면 나도 모르게 넋이 나가 찬사를 보내게 된다.

데이지를 다시 바라보았다. 나지막이 떨리는 목소리로 내게 이것저것 물어댔다. 다시는 연주되지 못할 음조를 나열하듯, 데이지가 하는 말 한마디 한마디는 귀를 오르락내리락하면서 따라가며 들어야 하는 그런 목소리였다. 반짝이는 눈, 빛나면서도 열정적인 입술과 같은 눈부신 무언가로 데이지 얼굴은 애수에 젖어 있으면서도 사랑스러워 보였다. 목소리에는 데이지를 사랑해본 남자라면 좀처럼 잊기 힘든 묘한 흥분이 있었다. 노래하고 싶은 충동, "자 들어봐요." 하는 속삭임, 방금 즐겁고 신나게 시간을 보냈고 다음에도 즐겁고 신나게 시간을 보내리라는 약속과 같이.

동부로 오는 길에 시카고에 하루 머무른 얘기며, 열 명도 넘는 사람들이 데이지에게 안부 전해달라고 부탁한 얘기를 해주었다.

"그 사람들이 날 보고 싶대요?"

데이지는 감격하며 큰 소리로 말했다.

"시내 전체가 썰렁했다니까. 차들은 모두 왼쪽 뒷바퀴를 장례식 조화처럼 검게 칠했어. 네가 살던 노스쇼어에서는 밤새 통곡 소리가 끊이지 않더군."

"정말 굉장하네! 우리 돌아가자, 톰. 내일 당장!"
그러더니 나를 보며 느닷없이 말했다.
"아 참, 우리 아기 봐야지."
"나도 보고 싶어."
"근데 지금 자고 있어요. 세 살이에요. 한 번도 본 적 없죠?"
"전혀."
"그럼 꼭 봐야죠. 우리 아기는……."

톰 뷰캐넌이 방에서 이리저리 왔다 갔다 하다 갑자기 멈추더니 내 어깨에 손을 얹었다.

"닉, 요즘 무슨 일 하고 있어?"
"증권 일을 해."
"같이 일하는 사람들이 누군데?"

내가 말해 주었더니 톰이 곧바로 고개를 갸웃거리며 말했다.

"처음 들어보는 사람들이잖아."

그 말을 들으니 나는 은근히 화가 났다.

"앞으로 알게 될 거야. 동부에서 살다 보면."
"아, 그래. 동부에서 계속 살 거야. 걱정하지 마."

톰은 뭔가 신경 쓸 문제라도 있는 듯 데이지를 힐끔 쳐다보고는 나를 다시 바라보며 말했다.

"빌어먹을 바보가 아니라면 다른 데서 살 리가 없지."

바로 그때 "당연하죠!"라고 베이커가 말을 해서 나는 깜짝 놀랐다. 내가 그 방에 들어오고 나서 베이커가 처음으로 한 말이었다. 베이커가 하품하다 벌떡 자리에서 일어선 걸 보니 내가 놀란 만큼 베이커 자신도 흠칫 놀란 모양이었다.

"몸이 뻐근해요. 너무 오래 소파에 누워 있었나 봐요."

베이커가 하는 말이 못마땅한 듯 데이지가 한마디 했다.

"왜 날 보고 그래? 오후 내내 널 뉴욕으로 데려다준다 했잖아."

방금 내온 칵테일 넉 잔을 바라보며 베이커가 말을 받았다.

"안 마실래요. 지금 훈련 중이거든요."

톰은 믿기지 않는다는 듯 베이커를 쳐다보았다.

"그렇겠지."

심드렁하게 말하고는 잔을 들어 마지막 한 방울까지 쭉 들이켰다.

"당신 같은 여자가 어떻게 그런 일을 해내는지 정말 상상이 안 된다니까."

'해낸' 일이 무엇일까 궁금해하며 베이커를 쳐다보았다. 바라보고 있자니 기분이 좋아졌다. 베이커는 가슴이 작은데 몸매가 날씬했다. 젊은 생도처럼 어깨를 쫙 펴서 돋보이리만치 자세가 꼿꼿했다. 내 시선에 응답이라도 하듯, 베이커가 나를 돌아보았다. 햇빛에 바랜 듯한 회색 눈동자였다. 정중하게 관심을 보이는데 별 내색 없는, 그런 떨떠름한 표정이 오히려 매력 있게 보였다. 문득 전에 어디선가 그 여자를 아니면 그 여자 사진이라도 본 적이 있다는 생각이 들었다.

베이커가 말을 걸었다. 나를 무시하는 말투였다.

"웨스트에그에 산다면서요? 제가 아는 사람도 거기 살아요."

"전 아직 아는 사람이 한 명도 없어서……."

"개츠비는 알지 않나요?"

"개츠비? 개츠비 누구?"

데이지가 끼어들었다.

그 사람은 바로 내 옆집에 산다고 미처 대답하기도 전에 저녁 식사가 준비됐다는 소리가 들려왔다. 톰은 억센 팔로 다짜고짜 나와 팔짱을 끼고는 장기판에서 말을 옮기듯 나를 데리고 나갔다.

두 여자는 양손을 엉덩이에 살짝 얹은 채, 현관을 향해 우리보다 앞쪽에서 느릿느릿 사뿐사뿐 걸어갔다. 석양이 지며 현관은 장밋빛으로 물들었다. 현관 탁자에는 네 개 촛불이 놓여 있는데, 잦아든 바람에 가볍게 살랑거렸다.

"웬 촛불? 이제 2주 후면 낮이 가장 길 텐데."

데이지가 눈살을 찌푸리며 촛불을 손가락으로 잽싸게 눌러 꺼버렸다. 이어서 환하게 웃어 보이며 우리를 둘러보았다.

"낮이 가장 긴 날을 기다리다가 막상 그날이 오면 깜박하고 지나치지 않나? 내가 매번 그런다니까."

"뭔가 계획이라도 세워야겠어."

마치 잠자리에 들려는 듯 하품을 해대며 베이커가 식탁에 풀썩 앉았다.

"좋아, 그럼 뭘 하지?"

데이지가 난감하다는 듯 나를 바라보며 말했다.

"사람들은 그날 보통 뭐 하죠?"

내가 대답을 하려는데, 데이지는 아랑곳없이 잔뜩 걱정스러운 표정으로 자기 새끼손가락만 바라보았다.

"봐! 나 다쳤어."

데이지가 울상을 지었다. 모두가 바라보니, 손가락 마디가 시퍼렇게 멍들어 있었다.

"톰, 당신이 한 짓이야."

데이지가 원망하듯 말을 이어갔다.

"일부러 하진 않았지만, 당신이 이렇게 만든 거라고. 짐승 같은 남자와 결혼해서 그런 거야. 어마어마하고 무지막지한, 괴물 같은……."

"그 괴물 같다는 말 쓰지 말랬지. 아무리 농담이라도 말이야."

톰이 기분 언짢아하며 쏘아붙이자, 데이지도 "괴물"이라며 물러서지 않았다.

데이지와 베이커는 이따금 서로 자기 말만 하기도 했다. 별다른 화제 없이 농담처럼 되는 대로 편하게 주고받아 뭐 대단한 수다라 할 수도 없어서, 그들 대화는 입고 있는 흰 옷이나 아무런 욕망 없는 무심한 눈빛처럼 썰렁할 뿐이었다. 두 여자는 이 자리에서 상대를 즐겁게 한다든가 스스로 즐긴다든가 하기보다 그냥 예의에 어긋나지 않고 기분 나쁘지 않은 정도에서 톰과 나를 대할 뿐이었다. 두 여자는 잘 알고 있었다. 저녁 식사는 곧 끝날 테고 조금 있으면 오늘 하루도 끝이 나서 이 순간들이 아무렇지 않게 기억에서도 지워지리란 걸. 그런 점이 서부와는 완전히 딴판이었다. 서부에서 저녁 시간은 때로 실망을 주더라도 계속해서 뭔가를 기대한다든지 그 순간들이 혹 지나가 버릴까 봐 긴장하며 이대로 끝나면 어쩌나 하는 마음으로 한 단계 한 단계 끝을 향해 치닫기 마련이었다.

"데이지, 너랑 있으면 내가 무슨 미개한 사람 같다니까."

코르크 냄새가 나긴 해도 꽤 괜찮은 와인을 두 잔째 마셔가며 내가 말을 이어갔다.

"농작물이나 뭐 그런 얘기를 하면 어떨까?"

특별하게 어떤 의도가 있는 말은 아니었지만, 그 말은 엉뚱하게 이어졌다.

"문명은 이제 산산조각으로 깨지고 있어."

톰이 격분하며 말을 쏟아냈다.

"나는 지독한 비관론자가 되어버렸지. 고다드가 쓴 '유색인 제국 발흥'이란 책을 읽어 봤어?"

"아니, 못 읽었는데."

나는 톰의 말투에 다소 놀라 얼떨결에 대답했다.

"저런, 좋은 책이야. 모두 읽어야 할 책이라고. 우리 백인종이 정신 차리지 않으면 완전히 몰락할 수도 있다는 내용이야. 전부 과학적인 얘기지. 검증되었다니까."

"톰이 점점 상태가 심각해지고 있어."

데이지가 무심하면서도 안쓰럽다는 듯 말을 이어갔다.

"뜻도 모를 긴 단어가 나오는 심오한 책을 본다니까. 그게 무슨 단어였더라. 요전에 우리가……."

"모두 과학적인 책이래도."

톰은 짜증난다는 듯 데이지를 흘깃 보며 자기 생각을 다시 한 번 내세웠다.

"이 사람은 모든 걸 철저하게 파헤쳤어. 우리한테 달렸다는 거야. 우리 백인이 정신 바짝 차려야 해, 그렇지 않으면 다른 인종이 세상을 지배한다는 거지."

"완전히 짓밟아 버려야 해."

강렬한 태양에 들이대기라도 하듯 데이지는 눈을 맹렬히 깜박였다. 목소리가 작아도 힘이 들어가 있었다.

"두 사람은 캘리포니아에 살아야 하는데······."

베이커가 말을 하고 있는데 톰이 자세를 크게 고쳐 앉으면서 말을 가로챘다.

"이 책에서 말하는 건 우리 모두 북유럽 인종이라는 거야. 나도 자기도, 당신도 그리고······."

톰은 잠깐 망설이다 고개를 살짝 끄덕이며 데이지를 포함시키자, 데이지는 내게 다시 눈짓을 보냈다.

"우리가 과학, 예술 등등 문명을 이루는 모든 것을 만들어냈다고. 알겠어?"

톰이 이렇게 열변을 토하는데도 어딘지 모르게 애처로운 구석이 있었다. 전보다 훨씬 심해진 자만심으로도 더는 자신을 충족시키지 못하는 것 같았다. 바로 그때 집 안에서 전화벨이 울리고 집사가 전화 받으러 나가자, 데이지가 그 틈을 놓치지 않고 내쪽으로 몸을 기울이며 신이 난 듯 작은 목소리로 말했다.

"우리 집 비밀 하나 말해 줄게요. 집사의 코 얘긴데 어디 한 번 들어볼래요?"

"그 얘기 들으러 오늘 밤 여기 온 거야."

"근데 그 사람 원래 집사 아니었어요. 뉴욕에서 종일 200명분에 해당하는 은그릇을 닦았는데 결국 코에 문제가 생겨서……."

"상태가 갈수록 안 좋아졌나 보다."

베이커가 끼어들며 넌지시 말하자, 데이지가 말을 받았다.

"맞아, 상태가 점점 나빠져서 결국 일을 그만둘 수밖에 없었지."

석양빛이 데이지 얼굴을 잠깐 비추었다. 발갛게 상기된 표정이 분위기와 어울려 자못 낭만적이었다. 나는 데이지 목소리를 놓치지 않으려고 숨죽이며 몸을 앞으로 기울여야 했다. 아이들이 거리에서 신나게 놀다가 저녁이 되면 집으로 돌아가듯 석양빛은 못내 아쉬운 듯 데이지 주변을 맴돌다 서서히 사라져갔다.

집사가 돌아와서 톰의 귀에 바짝 대고 뭔가 속삭이자, 톰은 미간을 찌푸리며 의자를 뒤로 밀고는 아무 말도 없이 집 안으로 들어갔다. 톰이 자리를 뜨자 가슴속에서 뭔가 울컥하기라도 한 듯, 데이지는 몸을 다시 앞으로 숙였다. 목소리는 달아올라 노래하는 듯했다.

"오빠가 우리 집에서 같이 밥 먹으니까 좋아요. 오빠를 보면…… 장미, 순수한 장미가 생각나요."

데이지는 베이커를 돌아보며 동의를 구했다.

"순수한 장미, 안 그래?"

전혀 사실이 아니었다. 나는 장미를 조금도 닮지 않았다. 데이지가 즉석에서 그저 생각나는 대로 말했을 뿐이지만, 말투엔 사람 마음을 흔드는 따스한 뭔가가 있었다. 숨 막히게 떨리는 낱말

속에 자기 마음을 숨겨두기라도 한 듯하나, 이내 그 마음은 밖으로 나오려고 꿈틀댔다. 갑자기 데이지가 냅킨을 식탁에 휙 던지더니 잠깐 실례한다고 말하고는 집 안으로 들어가 버렸다.

나는 베이커와 아무 뜻 없이 눈길을 잠깐 주고받았다. 내가 막 입을 열려고 하는 순간, 베이커가 얼른 자세를 똑바로 앉으며 "쉿!" 하고 주의 주었다. 저쪽 방에서 격앙된 감정을 억누르며 나지막한 소리가 들려오자, 베이커는 대놓고 몸을 숙여가며 두 사람 대화를 엿들으려고 했다. 목소리가 낮게 웅얼거려 알아들을 듯 말 듯하다가, 가라앉았다가 격렬하게 높아졌다 하다가 갑자기 뚝 그쳐 버렸다.

"아까 당신이 말한 개츠비는 제 옆집에 삽니다만……."

"조용히 해봐요. 무슨 말을 하는지 들어보게."

"무슨 일 있어요?"

내가 영문을 몰라 물어보자, 베이커가 정말로 놀랍다는 표정을 지으며 물었다.

"정말 아무것도 몰라요? 다들 아는 줄 알았는데."

"난 모르는데요."

"어찌 된 거냐 하면……."

베이커는 잠깐 머뭇거리다가 말을 이었다.

"톰한테 여자가 있다고요, 뉴욕에요."

나는 멍하니 말을 따라 했다.

"여자가 있다고요?"

베이커는 고개를 끄덕였다.

"저녁 시간에 전화하지 않는 그 정도 예의는 있어야 하는 거 아닌가요? 안 그래요?"

베이커가 한 말을 미처 파악하기도 전에, 드레스 자락이 팔락거리는 소리와 가죽 부츠가 저벅거리는 소리가 들리더니, 톰과 데이지가 식사 자리로 다시 돌아왔다.

"피치 못할 사정이 있었어요!"

데이지가 큰 소리로 말하는데 짐짓 쾌활해 보였다.

데이지는 자리에 앉더니 베이커를 흘깃 살피고 나서 내게 눈길 주며 말했다.

"잠시 밖을 보니 정말 낭만적이에요. 잔디밭에 새가 한 마리 앉아 있는데 커나드나 화이트스타 운송선을 타고 유럽에서 건너온 나이팅게일 새가 틀림없어요. 글쎄, 새가 노래를 부르는데……."

데이지 목소리가 노랫소리처럼 들렸다.

"정말 낭만적이야. 안 그래, 톰?"

"아주 낭만적이지."

이렇게 대답하고 나서 톰은 침울한 표정으로 내게 말했다.

"식사하고 나서도 밖이 어둑어둑하지 않으면 마구간을 구경시켜 주고 싶어."

그때 갑자기 집 안에서 전화벨이 울렸다. 데이지가 톰을 보며 단호하게 고개를 저었다. 마구간이든 뭐든 모든 화제가 허공으로 사라져버렸다. 저녁 식사 마지막 5분 동안 기억나는 거라곤 아무 의미 없이 촛불을 다시 켰던 일뿐이다. 사람들을 똑바로 바라보고 싶었지만, 왠지 누구와도 시선을 피하게 되었다. 데이지와 톰이 무슨 생각을 하는 건지 도무지 가늠할 수 없었다. 날카롭고 다급하게 울리던 그 다섯 번째 불청객인 전화벨 소리에, 믿기 힘든 어지간한 상황도 잘 견뎌냈을 법한 베이커조차 아무런 의심을 안 할 수는 없는 노릇이었다. 기질에 따라서는 이런 상황을 흥미롭게 생각하는 사람이 있을지도 모르겠다. 하지만 내 성질 같아서는 당장에라도 경찰을 부르고 싶었다.

두말할 필요도 없이 마구간 이야기는 더 이상 나오지 않았다. 톰과 베이커는 황혼 속에서 몇 걸음 떨어진 채 서재로 천천히 걸어 들어갔다. 마치 주검 옆에서 밤샘이라도 하러 가는 사람들처럼 표정이 굳어 있었다. 한편 나는 애써 귀가 잘 안 들리는 척, 기분이 좋은 척하면서 데이지를 따라 베란다를 돌아 정문 현관으로 갔다. 으슥한 어둠 속에서 우리는 고리버들로 만든 의자에 나란히 앉았다.

데이지는 아름다운 자기 얼굴을 느끼기라도 하려는 듯, 두 손으로 얼굴을 감쌌다. 이어서 벨벳처럼 부드러운 어스름 쪽으로 천천히 고개를 돌렸다. 데이지가 격한 감정에 사로잡혀 있는 것 같아, 다소나마 진정시켜 줄 요량으로 어린 딸에 관해 물어보았다.

대뜸 데이지는 엉뚱한 말을 했다.

"우린 서로 잘 안다고 할 수가 없어요. 친척이라 해도, 내 결혼식에도 안 왔잖아요."

"그때는 전쟁터에 있었잖아."

내 말에 데이지는 머뭇거리며 말했다.

"그건 그러네요. 근데 난 진짜 힘들었다고요. 무슨 일이든 별 흥도 없고 될 대로 되라 뭐 그런 마음이랄까."

데이지에게 분명히 그럴 만한 까닭이 있어 보였다. 뭔가 말해 주기를 계속 기다렸지만 데이지는 더 이상 아무 말도 하지 않았다. 잠시 후 별수 없이 나는 딸 이야기로 화제를 돌렸다.

"이젠 제법 말도 할 줄 알고……, 밥도 먹고 별짓 다 하겠네."

"그럼요."

데이지는 멍하니 나를 바라보며 말했다.

"그 애를 낳고 나서 내가 뭐라고 했는지 알려 드릴까요? 들어 볼래요?"

"당연히 듣고 싶고말고."

"이 얘기 들으면 내가 어떤 감정으로 지금까지 살아왔는지 알게 될 거예요. 애가 태어난 지 한 시간도 안 됐는데 톰은 어디 있는지 도무지 알 수 없는 거 있죠? 마취에서 깨어났는데 정말이지 버림받은 느낌이랄까. 그래도 기운 차리고 간호사에게 아들인지 딸인지 물어보았어요. 간호사가 딸이라고 하자, 고개 돌리고 울면서 말했어요. '괜찮아. 여자애라 기뻐. 그 애가 바보가 되었으면……. 그게 최고지. 아름답고 귀여운 바보.'"

데이지는 확신에 찬 목소리로 말을 이어갔다.

"세상일 다 끔찍하다고 오빠는 내가 그리 생각하는 줄 알겠죠. 어쩌면 모두가 그렇게 생각할 수도……, 의식이 깨어있는 사람들조차도. 내가 나를 잘 알아요. 안 가본 곳, 못 본 것 없고, 안 해본 게 없다는 걸."

데이지는 주변을 둘러보며 눈을 번득였다. 평소 톰이 하던 눈빛과 닮아 있었다. 섬뜩하고 경멸스럽다는 듯 웃는데 말투도 차가웠다.

"속물……, 맙소사, 난 속물 덩어리라고!"

돌연 데이지가 입을 닫고는 억지로 내 관심과 믿음을 더는 끌어내지 않자, 데이지가 한 말들이 진실한지조차 의문이 들었다. 저녁 내내 마음 한쪽이 불편했다. 자기에게 유리하게 감정을 유도하려고 술수 부리는 건 아닌지 하는 생각이 들었다. 데이지가 무슨 말 하려나 기다리는데, 아니나 다를까 그 사랑스러운 얼굴에 일순간 능청스레 미소를 지으며 나를 바라보았다. 마치 톰과 자신은 무슨 대단한 비밀 모임 회원이라도 된다고 주장이라도 하려는 듯이.

집 내부 진홍빛 방은 꽃이라도 활짝 핀 듯 환했다. 톰과 베이커가 긴 소파 양쪽 끝에 앉아 있었다. 베이커가 <새터데이 이브닝 포스트> 기사를 소리 내어 읽어주었다. 높낮이 없이 가만가만 들려주는 부드러운 음성에 톰은 차분하게 가라앉았다. 불빛으로 톰 부츠가 반짝거리고, 낙엽같이 노란 베이커 머리카락이 희미하게 빛났다. 베이커가 가냘픈 팔로 책장을 넘길 때마다 종이도 따라 반짝였다.

데이지와 내가 방 안에 들어서자, 베이커는 손을 들어 잠시 조용히 기다려달라고 했다.

이윽고 베이커가 잡지를 탁자에 던지며 말했다.

"다음 호에 계속! 기대하시라."

베이커는 무릎을 계속 움직이며 몸을 펴더니 자리에서 일어났다.

언뜻 천장에 걸린 시계를 보기라도 한 듯 말했다.

"벌써 열 시네. 나 같은 착한 아가씨는 지금 자야 돼요."

"조던은 내일 시합이 있대. 웨스트체스터에서."

데이지가 알려주었다.

"아, 당신이 바로 그 조던 베이커로군요."

그제야 나는 얼굴이 왜 낯익은지 알 수 있었다. 애슈빌과 핫스프링, 팜비치에서 벌어진 시합 장면이 신문 기사 사진으로 나온 적이 많은데, 거기서 남을 즐겁게 하면서도 내려다보는 듯한 그 표정을 여러 번 본 적 있었다. 베이커를 헐뜯는 안 좋은 소문을 들은 적이 있지만, 오래전 일이라 기억나지 않았다.

베이커가 데이지에게 다정하게 부탁했다.

"잘 자. 나 8시에 깨워줘."

"네가 일어나기만 한다면야."

"일어나야지. 캐러웨이 씨 안녕히 가세요. 또 봐요."

데이지가 당연하다는 듯 끼어들었다.

"물론 또 봐야지. 사실 중매를 서려고 하거든. 오빠, 그러니 자주 들러요. 두 사람을 음 뭐랄까…… 엮어보려고. 예기치 못하게 둘을 옷장에 가둬버린다든가, 배에 태워 바다로 보내버린다든가 해서……."

"잘 자. 난 아무 말도 못 들었어."

베이커가 계단에서 큰 소리로 말했다.

"참 괜찮은 여자야!"

나지막이 입을 연 사람은 가만히 지켜보던 톰이었다.

"저런 여자를 이런 식으로 시골로 돌아다니게 하면 안 되는데."

"누가 조던을 이렇게 지내게 했다는 건데?"

데이지가 차갑게 묻자, 톰이 대답했다.

"누구긴 누구야. 베이커 가족이지."

"가족이라고 해봐야 천 살쯤 먹은 이모 한 명뿐이잖아. 하긴 이젠 닉 오빠가 돌봐줄 텐데 뭐. 그렇죠, 오빠? 조던은 이번 여름에 주말 대부분을 우리 집에서 보낼 거예요. 가족적인 분위기가 조던에게 큰 도움이 될 거라고 봐요."

잠시 데이지와 톰이 말없이 서로 쳐다보자, 내가 재빨리 끼어들었다.

"조던은 뉴욕 사람이야?"

"고향이 캔터키 주 루이빌이에요. 순수한 소녀 시절을 거기서 함께 보냈어요. 아름답고 순수했던……."

"당신, 아까 베란다에서 닉에게 할 말 안 할 말 다 한 거 아냐?"

톰이 느닷없이 따지듯 물었다.

"그랬나?"

데이지가 나를 바라보았다.

"잘 기억나진 않지만, 북유럽 사람들에 대해 얘기했을걸. 맞아, 확실해. 어쩌다보니 그 얘기가 나왔는데, 그러니까 당신이 무엇보다 먼저 알아야 할 점은……."

"닉, 무슨 말을 들었든 믿으면 안 돼."

톰이 내게 충고하듯 말했다.

아무 말도 듣지 않았노라고 가볍게 말하고서, 잠시 후 나는 집에 가려고 일어섰다. 둘은 문 앞까지 따라 나와서 등불이 영롱하게 비추는 사각형 불빛 아래에 나란히 섰다. 차 시동을 거는데, 데이지가 "잠깐만!" 하고 큰 소리로 불렀다.

"뭘 물어보려다 깜박했어요. 중요한 건데, 서부에 있을 때 어떤 여자와 약혼했다면서요?"

데이지 말에 톰도 옆에서 거들었다.

"맞아. 약혼했다고 했어."

"말도 안 되는 소리. 그럴 만한 돈이 어디 있다고."

"하지만 분명히 들었어요. 세 사람한테나 들었는 걸 뭐."

계속 당연하다는 듯 말을 하는데 데이지 얼굴에 꽃처럼 화사한 기운이 다시 돌았다. 나는 그저 놀랄 수밖에 없었다.

그들이 무슨 말을 하고 있는지 짐작은 가지만, 나는 약혼한 적이 전혀 없었다. 내가 동부로 온 데는 어떤 여자와 교회에서 결혼한다는 헛소문이 돌았던 탓도 있었다. 뜬소문에 오랜 친구와 관계를 끊을 수도 없고, 뜬소문에 밀려 결혼할 생각은 더더욱 없었다.

그래도 그들이 보여준 관심은 꽤 감동이었다. 부자이긴 해도 나와 그리 멀게만 느껴지진 않았다. 그런데도 차를 몰고 집으로 가면서 마음이 혼란스럽기도 하고 약간 불쾌하기까지 했다. 내가 보기엔 데이지가 당장 애를 안고 그 집에서 뛰쳐나와야 하지만, 데이지는 조금도 그럴 생각이 없어 보였다. 톰에 대해 한마디 하자면, '뉴욕에 여자가 있다'라는 사실보다 책 하나 읽고 우울해졌다는 말에 더 놀랄 수밖에 없었다. 육체가 그렇게 강인하고 자만심을 가질 정도라도 그 독단적인 마음을 더는 어찌하지 못하는 듯, 사상이 진부해질 정도로 진부해져 가장자리부터 메말라 조금씩 허물어가고 있지 않나 하는 생각이 들었다.

도로변 여관 지붕들과 붉은색 새 주유기가 불빛에 둘러싸인 주유소 앞은 벌써 여름이 한창이었다. 웨스트에그에 있는 집에 도착하자 차고에 차를 넣고 나서 마당에 내팽개쳐진 잔디깎이에 잠시 걸터앉았다. 바람이 잦아들자 나무에서는 새들이 날개 퍼덕이는 소리가 들리고, 대지는 개구리들에게 생기를 가득 불어 넣어 주어 '개골개골' 오르간 소리가 끊임없이 흘러나왔다. 달이 휘영청 밝은 밤이었다. 지나가는 고양이 검은 윤곽이 달빛에 아른거리길래 그걸 본다고 눈길 돌리다가 이곳에 나 말고 누군가 있다는 걸 알았다. 15미터쯤 떨어진 곳, 이웃 저택 어둠 속에서 누군가가 양손을 호주머니에 넣은 채 서서 밤하늘에 은빛 후춧가루처럼 뿌려진 별들을 바라보고 있는 게 아닌가. 어딘지 여유 있어 보이는 동작과 잔디를 딛고 서 있는 안정된 자세로 보아 그 사람이 바로 개츠비라고 짐작했다. 하늘 어디까지가 자기 하늘인지 알아보려고 나와 있는 듯했다.

말을 걸어보기로 했다. 저녁 먹으면서 베이커에게 들었던 얘기로 가볍게 소개 정도는 할 수 있을 거라 보았다. 하지만 막상 말을 걸진 못했다. 그 사람은 혼자 있고 싶어 한다는 어떤 묘한 분위기를 문득 느꼈기 때문이다. 어두운 바다를 향해 두 팔을 뻗은 모습이 이상하기도 하고 멀리 떨어져 있어도 분명 몸을 떠는 듯이 보였다. 나도 모르게 바다 쪽을 바라보았지만, 저 멀리 조그맣게 반짝이는 초록 불빛 외엔 아무것도 보이지 않았다. 부두 끝에서 비치는 불빛 같기도 했다. 다시 고개를 돌려보니 개츠비는 이미 사라지고 없었다. 개구리 울음소리 새 날개 퍼덕이는 소리가 들렸다. 칠흑 같은 어둠 속, 나는 다시 혼자가 되었다.

2

웨스트에그와 뉴욕 중간쯤에 황량한 지역이 있는데, 이를 피해가기 위해 도로와 철도가 4백 미터쯤 나란히 달리는 구간이 있다. 이곳이 바로 잿더미 계곡. 재가 밀처럼 쑥쑥 자라나서 산등성이와 언덕, 기이한 정원을 만들어내는 가히 환상적인 농장이라고나 할까. 재는 집과 굴뚝, 굴뚝에서 피어오르는 연기 모양을 하다가 마침내는 안간힘을 다해 재를 잔뜩 뒤집어쓴 사람 마냥 어렴풋이 움직이는가 싶더니 가루가 되어 무너져내린다. 이따금 잿빛 차량들이 먼지로 잘 보이지도 않는 길을 따라 일렬로 줄지어 엉금엉금 가다 "끼익" 하고 듣기 싫은 소리를 내며 멈춰선다. 재를 뒤집어쓴 인간들이 납으로 된 삽을 들고 모여들어 차에 올라 재를 부리는데 뿌연 먼지가 점점 구름이 되어, 그들이 하는 작업은 이내 시야에서 가려지고 만다.

잿더미와 그 위로 쉴 새 없이 먼지가 자욱하게 일어난다. 잠시 먼지가 가라앉는 사이 잿더미 위로, 의사 에클버그 눈 광고판이 보인다. 에클버그 눈은 푸르고 거대한데 홍채 크기가 무려 1미터에 달한다. 얼굴은 없이 두 눈은, 있지도 않은 콧등에 걸친 커다랗고 노란 안경 너머로 이쪽을 바라본다. 분명 어떤 익살맞은

안과의사가 퀸스 지역에서 개업하여 돈 좀 벌려고 광고판을 세웠다가 자신은 영영 장님이 되어버렸거나 어디론가 이사를 가버린 게 틀림없다. 이 광고판을 까맣게 잊어버리고서 말이다. 오랜 세월 페인트가 벗겨지고 햇빛과 비바람에 시달려도 여전히 두 눈은 이 장엄한 재 쓰레기 매립지를 생각에 잠긴 채 내려다보고 있다.

잿더미 계곡 한쪽에는 작고 탁한 강이 흐르는데, 화물선이 지나갈 때마다 도개교가 올라가서 기차는 삼십 분 정도 기다려야 하고 승객들은 그 음침한 풍경을 바라볼 수밖에 없다. 그곳에선 적어도 기차가 1분은 정차하는데, 바로 그 때문에 톰 뷰캐넌이 몰래 만난다는 그 여자를 처음 보게 되었다.

톰에게 다른 여자가 있다는 사실은 톰을 아는 사람들이 있는 곳이라면 어디서든 화제가 되었다. 톰은 애인과 유명 식당에 가서도 가만있질 못하고 돌아다니기 일쑤며, 아는 사람을 만나기라도 하면 수다에 빠져들어 그 여자를 혼자 내버려 두는 일이 많아 주변 사람들은 이런 톰을 못마땅하게 여겼다. 그 여자가 누군지 호기심이 없진 않았지만 그렇다고 만나고 싶은 생각은 없었다. 하지만 결국 그 여자를 보게 되었다. 어느 날 오후 나는 톰과 함께 기차를 타고 뉴욕으로 가는 길이었다. 기차가 그 잿더미 계곡에서 멈춰 서자 톰이 자리에서 일어나 내 팔을 붙들더니 말 그대로 강제로 끌어내리며 말했다.

"여기서 내리자고. 내 여자 한 번 봐야지."

톰이 점심 식사 때 술을 진탕 마셔서 그런다고 생각했다. 내게 자기 여자를 보여주겠다니, 이건 거의 폭력이나 마찬가지였다. 일요일 오후에 내게 별다른 일이 뭐 있겠냐고 톰이 제멋대로 넘겨짚은 모양이었다.

하얗게 칠한 나지막한 철로 담장을 넘어 톰을 따라나섰다. 에클버그 의사가 끈질기게 지켜보는 가운데, 건너편으로 넘어가서는 기차 오는 방향으로 길 따라 100미터쯤 걸어갔다. 눈에 띄는 건물이라고는 황무지 끝에 있는 작고 노란 벽돌 건물뿐이었다. 그곳이 나름 중심가 역할을 하는 셈인데 주변에는 아무것도 없었다. 건물에는 가게가 셋 있는데, 하나는 세입자를 구하는 중이고 다른 하나는 재투성이 길가에 있는 24시간 영업하는 식당이고, 세 번째 가게는 자동차 정비소였다. '정비, 조지 B. 윌슨, 자동차 사고팝니다'라는 팻말이 붙어 있었다. 톰을 따라 그 정비소 안으로 들어갔다.

장사가 시원치 않은지 정비소 안은 텅 비어 있었다. 자동차라고는 어두컴컴한 구석에 먼지를 뒤집어쓰고 처박혀 있는 낡아빠진 포드 한 대뿐이었다. 이 칙칙한 자동차 정비소는 한낱 눈속임에 불과하고 위층에는 호화롭고 낭만적인 방들이 숨겨 있을지 모른다는 엉뚱한 생각을 잠깐 했다. 그때 주인이 작업 수건에 손을 닦으며 사무실 문 앞에 모습을 드러냈다. 금발에 빈혈이 있는 듯 핏기 없는 얼굴이지만 꽤 잘생긴 사내였다. 우리를 보자 연푸른 눈동자에 촉촉하고 어슴푸레한 희망의 빛이 감돌았다.

"윌슨, 잘 있었어? 장사는 잘 되고?"

윌슨 어깨를 툭 치며 톰이 유쾌하게 인사했다.

"뭐, 그저 그렇죠."

윌슨은 뭔가 시큰둥했다.

"그 차는 언제 팔려고 해요?"

"다음 주쯤. 지금 사람을 시켜서 손보는 중이거든."

"그 친구 되게 굼뜨네요. 안 그래요?"

"아니, 그런 친구 아니야. 그런 식으로 생각한다면 다른 데다 팔아버리겠어."

톰이 쌀쌀맞게 대꾸하자, 윌슨이 급하게 변명했다.

"그런 뜻이 아니고요. 단지 제 말은……."

윌슨이 말을 맺지 못하고 머뭇거리는 사이 톰은 조바심이 나는 듯 정비소 주변을 둘러보았다. 그때 계단을 내려오는 발소리가 들리더니 조금 덩치 있어 보이는 여자가 사무실 문으로 들어오면서 순식간에 빛을 가로막았다. 여자는 30대 중반으로 약간 뚱뚱하지만, 몇몇 여자들이 그러듯 풍만한 몸을 꽤 육감적으로 움직였다. 검푸른 물방울무늬 비단 드레스를 걸친 그 여자가 얼굴이 예쁘다는 생각은 전혀 안 들지만, 온몸 신경이 불을 지피듯 끊임없이 타오르는 듯한 활력은 바로 알아차릴 수 있었다. 그 여자는 슬며시 미소 짓고는 남편이 무슨 유령이라도 되듯 그냥 지나치더니 톰과 악수하며 뜨거운 눈빛으로 톰을 바라보았다. 그런 다음 입술을 축이며 남편은 쳐다보지도 않은 채, 낮고 거친 목소리로 말했다.

"의자 갖고 와요. 앉게 하지도 않고 뭐 해요?"

"아, 그렇지."

윌슨은 부랴부랴 작은 사무실 쪽으로 걸어가더니 이내 시멘트 색깔 벽과 뒤섞여 사라졌다. 주변에 있는 건 뭐든 뿌연 재에 가려지듯, 시커먼 작업복과 희끄무레한 머리카락도 먼지에 뽀얗게 덮이고서. 하지만 아내에겐 재가 묻어있지 않았다. 아내가 톰에게 가까이 다가가자, 톰이 격정적으로 말했다.

"보고 싶었어. 다음 기차를 타."

"알겠어요."

"지하에 있는 신문 가판대 옆에서 만나."

조지 윌슨이 사무실에서 의자 두 개를 들고 나타나자 아내는 고개를 끄덕이더니 톰에게서 떨어졌다.

길 따라 쭉 내려가서 우리는 눈에 띄지 않게 그 여자를 기다렸다. 7월 4일 독립기념일을 며칠 앞둔 때라 깡마른 이탈리아계 아이 하나가 먼지를 뒤집어쓴 채 철길 따라 폭죽을 한 줄로 늘어놓고 있었다.

"끔찍한 곳이야, 안 그래?"

톰이 에클버그 의사 광고판을 바라보며 찡그린 채 말했다.

"정말 끔찍해."

"이곳을 벗어나는 게 저 여자한테도 좋아."

"남편이 반대 안 할까?"

"윌슨 말이야? 그 친구는 자기 마누라가 뉴욕에 사는 여동생을 만나러 가는 줄 알아. 한참 얼빠진 녀석이라 자기가 살았는지 죽었는지도 모르는 놈이거든."

그렇게 해서 나는 톰 뷰캐넌과 그 여자와 함께 뉴욕으로 갔다. 아니, 정확히 말하면 '함께'는 아니었다. 윌슨 부인이 눈치껏 다른 칸에 탔기 때문이다. 톰은 열차에 같이 타고 있을지도 모를 이스트에그 사람들 감정을 생각해 그 정도는 배려할 줄 알았다.

그 여자는 갈색 모슬린 드레스로 갈아입었는데, 뉴욕 기차역에서 부축을 받으며 내릴 때 옷이 펑퍼짐한 엉덩이에 착 달라붙어 있었다. 신문 가판대에서 〈타운 태틀〉과 영화 잡지 한 권씩 사고, 역 구내매점에서 콜드크림과 작은 향수 한 병을 샀다. 지상으로 올라가서는 소음이 심한 차도에서 택시를 네 대나 그냥 보내고 나서 회색 시트 씌운 연보라색 신형 택시를 골라잡았다. 우리가 탄 택시는 붐비는 기차역에서 빠져나와 햇빛이 반짝이는 거리로 미끄러지듯 빠르게 들어갔다. 창밖을 내다보던 윌슨 부인이 재빨리 고개를 돌리더니 앞으로 몸을 숙이며 칸막이 유리를 두드리며 진지하게 말했다.

"강아지 한 마리 갖고 싶어. 아파트에서 기를 거야. 얼마나 좋을까…… 강아지 기르면."

택시를 후진하게 해서 존 D. 록펠러를 우스꽝스럽게 꼭 닮은 백발노인 쪽으로 다가갔다. 노인 목에 걸린 바구니엔 품종을 알 수 없는 갓 태어난 강아지 열두어 마리가 웅크리고 있었다.

"품종이 뭐예요?"

노인이 택시 쪽으로 다가오자, 윌슨 부인이 잔뜩 기대하며 물었다.

"뭐든 다 있어요. 어떤 종을 원하세요?"

"경찰견 한 마리를 사고 싶은데요. 그런 개는 없나 보죠?"

노인은 미심쩍게 바구니를 들여다보다가 손을 넣어 버둥대는 강아지 하나를 들어 올리자, 톰이 한마디 했다.

"경찰견이 아니잖아요."

"뭐 딱히 경찰견이라고 할 수는 없어요."

목소리엔 실망이 묻어있었으나, 노인은 갈색 수건 같은 강아지 등을 쓰다듬으며 말했다.

"에어데일 종에 가깝다고 볼 수 있지요. 이 털 좀 보세요. 꽤 좋은 털이죠. 감기에 걸려서 귀찮게 하는 일은 없다니까요."

"귀여운데요. 얼마예요?"

윌슨 부인이 들뜬 목소리로 물어보자, 노인은 감탄스럽다는 듯 그 강아지를 바라보며 말했다.

"이거요? 10달러는 주셔야죠."

강아지는 눈에 띄게 다리가 희긴 하지만, 에어데일 종이라는 데는 의심의 여지가 없었다. 새로운 주인이 된 윌슨 부인은 강아지를 무릎으로 옮기더니 추위 타지 않는다는 털을 황홀한 듯이 쓰다듬었다.

"남자앤가요, 여자앤가요?"

윌슨 부인이 고상하게 물어보았다.

"쟤요? 남자애죠."

"암캐잖아요."

톰이 단정 지으며 돈을 내밀었다.

"자, 돈 받아요. 딴 데서 사면 열 마리는 족히 사고도 남을 거요."

우리는 5번가를 향해 달렸다. 여름날 일요일 오후는 목가적이라 할 만큼 따뜻하고 포근했다. 하얀 양들이 떼 지어 우르르 저 모퉁이를 돌아 나타난다 해도 놀라지 않을 정도였다.

"잠깐만. 난 여기서 내려야겠어."

내가 말을 꺼내자마자 톰이 무슨 소리냐며 재빨리 가로막았다.

"우리 아파트에 같이 가지 않으면 머틀이 섭섭해할 거야. 안 그래, 머틀?"

"같이 가요. 제 동생 캐서린에게 전화해서 오라고 할게요. 주위에서 다들 엄청 예쁘다고 해요."

윌슨 부인이 거듭 간청했다.

"글쎄, 가고는 싶지만……."

결국, 우리는 센트럴파크를 지나 웨스트 100번대 거리 쪽으로 계속 달렸다. 158번가에 이르자, 길게 잘라놓은 하얀 케이크 같은 아파트 한쪽에 택시를 세웠다. 윌슨 부인은 왕궁에 돌아온 여왕처럼 당당하게 주변을 둘러본 뒤, 강아지와 그밖에 구입한 물건들을 챙기고는 위풍당당하게 안으로 들어갔다.

"맥키 부부를 오라고 해야겠어. 동생도 당연히 부르고."

엘리베이터를 타고 올라가며 윌슨 부인이 말했다.

집은 아파트 맨 위층에 있었다. 작은 거실과 작은 주방, 화장실이 딸린 작은 침실이 하나씩 있었다. 거실에는 태피스트리로 장식된 가구들이 문간까지 꽉 차 있었다. 거실보다 너무 커서 돌아다니다 보면, 베르사유 정원이 수놓인 태피스트리에 숙녀들이 그네 타는 장면이 있는데 꼭 그 장면에서 자꾸만 걸려 넘어지기 일쑤였다. 벽에는 크게 확대한 사진이 하나 걸려 있는데, 언뜻 보기엔 흐릿한 바위에 암탉 한 마리가 앉아 있는 모습이었다. 하지만 멀리서 보니 암탉으로 보인 건 바로 부인용 모자였다. 얼굴이 통통한 노부인이 환하게 웃으며 방을 내려다보는 사진이었다. 탁자에는 〈타운 태틀〉 과월호 몇 권과 『베드로라 불리는 시몬』 한 권과 브로드웨이 스캔들이 실린 싸구려 잡지들이 널려 있었다. 윌슨 부인은 강아지에 온통 빠져 있었다. 엘리베이터 보이가 마지못해 짚을 잔뜩 채운 상자와 우유를 사러 심부름 갔다가, 시키지도 않은 강아지 크고 딱딱한 개 비스킷까지 한 통 사 가지고 왔다. 비스킷 하나가 오후 내내 우유 접시에 담긴 채 무심하게 흐물흐물 녹아내리고 있었다. 그러는 사이, 톰은 잠겨 있던 옷장을 열어 위스키 한 병을 꺼내 왔다.

나는 평생 술에 취한 적이 딱 두 번 있는데, 두 번째가 바로 그날 오후였다. 8시가 지나도 방 안에는 밝은 햇살이 들어차 있었다. 하지만 거기서 일어난 모든 일은 하나같이 희미하고 몽롱했다. 윌슨 부인은 톰 무릎에 앉아 몇몇 사람에게 전화를 걸었다. 담배가 떨어지자 나는 담배 사러 길모퉁이에 있는 가게에 갔다. 돌아와 보니 그들은 사라져 보이지 않았다. 나는 별일 없다는 듯 말없이 거실에 앉아서 『베드로라 불린 시몬』 일부분을 읽었다. 내용이 형편없어서인지 술에 취해서인지는 모르겠지만 무슨 내용인지 도통 알아먹을 수가 없었다.

손님들이 하나둘 도착하기 시작할 즈음, 톰과 머틀이 다시 나타났다. 머틀과는 한잔하고 난 뒤부터 서로 편하게 이름을 부르기로 했다.

머틀의 여동생 캐서린은 늘씬하고 속물근성 있으며 나이는 서른 살쯤 되어 보였다. 순 붉은색으로 들러붙는 단발머리를 하고 얼굴엔 뽀얗게 분을 바른 모습이었다. 눈썹을 뽑고 좀 더 예쁘게 보이도록 다시 그려 넣었지만, 원래 자리에 다시 눈썹이 자라는 바람에 얼굴이 지저분해 보였다. 캐서린이 움직일 때마다 두 팔에 달린 많은 도기 팔찌들이 쉼 없이 짤랑거렸다. 주인인 양 거침없이 들어와서는 자기 물건처럼 가구들을 둘러보기에, 나는 캐서린이 여기 사는 게 아닐까 생각했다. 궁금해서 정말 여기 사느냐고 물어보자 캐서린은 내 질문을 그대로 따라 하며 한바탕 깔깔거리더니, 자기는 친구와 호텔에서 지낸다고 했다.

아래층에 사는 맥키 씨는 얼굴이 창백한 여성스러운 남자였다. 방 안 모든 사람에게 깍듯하고 정중하게 인사하는데, 방금 면도를 한 듯 광대뼈엔 하얀 거품 자국이 묻어있었다. 맥키 씨는 자기가 '예술 관련 일'을 한다고 말했다. 나중에야 이 사람이 사진작가이고, 머틀 어머니 사진을 찍은 사람일 거라 짐작했다. 확대해서 흐릿해져 유령이라도 나올 것 같던 바로 그 사진 말이다. 맥키 아내는 목소리가 카랑카랑한데 매사 심드렁하고 예쁘긴 해도 내겐 진짜 별로였다. 결혼하고 나서 남편이 백 하고도 스물일곱 번이나 자기를 사진 찍어 주었다고 자랑스레 떠벌렸다.

조금 전에 옷을 갈아입었던 머틀이 이제는 크림색 시폰으로 된 화려한 야회복으로 차려입었다. 방 여기저기 다닐 때마다 옷자락이 쓸려 바스락거리는 소리가 났다. 옷이 날개라더니 인품

마저 달라 보였다. 정비소에서 보여주던 강렬한 활력은 어느새 지독한 거만으로 변해 있었다. 머틀이 짓는 그런 웃음이며 몸짓, 말투는 시간이 갈수록 더 심해져 갔다. 존재감이 커질수록 주변 공간은 더 비좁아졌다. 마침내 그 모습은 뿌연 연기 속에서 시끄럽게 소음 내는 회전축을 따라 빙글빙글 도는 듯해 보였다.

"얘, 캐서린, 너를 속이려고 달려드는 놈들 많을 거야. 돈이 전부라고 본다니까. 지난주에 발 좀 봐 달라고 어떤 여자 불렀는데, 글쎄 그자가 내민 청구서를 보면 내가 무슨 맹장 수술이라도 받았나 싶더라니까."

머틀이 캐서린을 보며 고상한 척 커다란 목소리로 말하는데, 맥키 부인이 옆에서 끼어들었다.

"그 여자 이름이 뭔데요?"

"에버하트 부인. 집집마다 다니면서 발을 관리해주는 여자예요."

맥키 부인이 금세 화제를 돌렸다.

"옷이 예뻐요. 참 매력적이네요."

머틀은 경멸하듯 눈썹을 추켜올리며 그 칭찬을 묵살했다.

"뭐 옷 같지도 않은 옷이죠. 아무렇게나 보여도 될 때 가끔 걸친다고나 할까."

맥키 부인이 바로 말을 받았다.

"아시겠지만, 당신이 입으니까 아주 잘 어울려요. 제 남편 체스터가 그런 당신 자태를 포착해낸다면 정말 멋진 작품이 나올 거예요."

모두 말없이 머틀을 바라보았다. 눈 위로 흘러나온 머리카락 한 올을 쓸어 올리면서 머틀은 환하게 웃으며 우리 쪽을 바라보았다. 맥키 씨는 고개를 한쪽으로 기울인 채 머틀을 골똘히 바라보다가 자기 눈앞에서 손을 올려 앞뒤로 천천히 움직였다.

"조명을 바꿔야겠어요."

맥키 씨가 잠시 뜸 들이고 나서 말했다.

"이목구비 입체감을 드러내고 싶어요. 뒤쪽 머리카락 전부 살리면서 말이죠."

그러자 맥키 부인이 큰 소리로 끼어들었다.

"조명은 안 바꾸는 게 낫겠어요. 내 생각에는……."

맥키 씨가 "쉿!" 하고 말을 끊자, 우리 모두 주인공을 향해 다시 눈길을 돌렸다. 그러자 톰 뷰캐넌이 다 들리게 하품을 하며 자리에서 일어나며 말했다.

"맥키네가 마실 음료수가 있어야겠어. 머틀, 얼음하고 광천수 좀 가져오지 그래. 다들 자러 가기 전에."

"엘리베이터 보이한테 아까 얼음 가져오라 시켰는데. 아랫것들은 정말. 내내 잔소리를 해야 한다니까."

머틀은 늘어 터진 하류층 사람들 때문에 짜증난다는 듯 눈썹을 추켜올렸다.

나를 보고는 멋쩍게 웃어 보였다. 그러고 나서 강아지에게 달려가 열렬히 입을 맞추더니, 열 명도 넘는 요리사가 자기 명령을 기다리고 있기라도 한 듯 부엌으로 휙 들어갔다.

"롱아일랜드에서 꽤 멋진 사진들을 찍어 왔어요."

맥키 씨가 자신에 찬 목소리로 말했다.

톰이 멍하니 맥키 씨를 쳐다보았다.

"그중 둘을 골라서 액자에 끼워 집에 걸어놓았어요."

"뭐가 둘이라는 거요?"

톰이 물었다.

"작품 말입니다. 하나는 '몬턱 곶—갈매기', 다른 하나는 '몬턱 곶—바다'라고 제목을 붙였지요."

그때 머틀 여동생 캐서린이 내 옆으로 와 앉으며 물었다.

"당신도 롱아일랜드에 사세요?"

"웨스트에그에 삽니다."

"정말요? 한 달 전에 거기서 열린 파티에 갔었는데. 개츠비라는 사람 집에서요. 혹시 그 사람 아세요?"

"바로 옆집에 살아요."

"근데 사람들 말로는 그 사람이 빌헬름 황제 사촌인가 조카인가 그렇다던데. 돈이 다 거기서 나온대요."

"정말요?"

캐서린은 고개를 끄덕였다.

"난 그 사람이 무서워요. 그 사람과는 조금도 엮이고 싶지 않아요."

이 흥미진진한 이야기는 맥키 부인이 캐서린을 가리키며 불쑥 말하는 바람에 거기서 중단되고 말았다.

"여보, 이 여자분과 작업하면 멋진 작품이 나올 것 같아요."

맥키 씨는 무심하게 고개만 끄덕이고는 다시 톰에게 관심을 보이며 말했다.

"롱아일랜드에서 더 작업을 해보고 싶어요. 할 수만 있다면요. 내가 바라는 건 그저 시작만이라도 하게 해달라는 겁니다."

머틀이 쟁반을 갖고 들어오자, 톰이 너털웃음을 지으며 말했다.

"머틀에게 부탁해 봐요. 저 여자가 소개장을 써줄 거요. 안 그래, 머틀?"

머틀은 무슨 말인지 어리둥절했다.

"뭘 써준다고요?"

"당신 남편을 모델로 작품을 만들 수 있게, 남편에게 맥키 씨를 소개하는 소개장을 써주라고."

잠시 작품 제목을 궁리하느라 톰은 소리 없이 입술을 움직였다.

"'주유기 앞 조지 B. 윌슨' 뭐 이런 제목으로 말이야."

캐서린은 내 쪽으로 몸을 바짝 기울이며 귓속말을 했다.

"두 사람 다 자기 배우자를 못마땅하게 여겨요."

"그래요?"

"너무 싫어 못 견딜 지경이라나요."

캐서린은 머틀과 톰을 번갈아 바라보며 말을 이어갔다.

"제 말은 그렇게 싫어하면서 왜 계속 사냐는 거예요. 나라면 당장 이혼해버리고 둘이 결혼할 거예요."

"머틀도 남편을 안 좋아하나요?"

대답은 예상치 않은 곳에서 나왔다. 우리 말을 엿듣고 있던 머틀이 직접 그렇다고 대답했다. 그 말은 거칠고 추잡스러웠다.

"봤죠?"

캐서린이 의기양양하게 말하더니 다시 목소리를 낮추었다.

"저 두 사람은 톰의 아내 때문에 떨어져 지낼 수밖에 없어요. 톰의 아내가 천주교 신자라 이혼할 수가 없대요."

하지만 데이지는 천주교 신자가 아니었다. 이 그럴싸한 거짓 말에 충격을 아니 받을 수가 없었다. 캐서린이 말을 이어갔다.

"둘이 결혼하면요, 잠잠해질 때까지 서부에 가서 살 거래요."

"유럽으로 가는 게 더 나을 텐데요."

내 말에 캐서린이 호들갑을 떨었다.

"어머, 유럽 좋아하세요? 얼마 전에 몬테카를로에서 돌아왔거든요."

"그랬군요."

"바로 작년인데, 친구와 함께요."

"오래 있었나요?"

"아뇨. 몬테카를로에만 갔다가 바로 돌아왔어요. 마르세유를 경유해서요. 출발할 때 1200달러 넘게 가지고 갖는데 사설 도박장에서 이틀 만에 몽땅 잃었어요. 돌아오느라 얼마나 고생했는지 몰라요. 제길, 그 도시라면 정말 치가 떨려요."

늦은 오후, 잠시 창문에 비친 하늘은 지중해 멋진 푸른 바다와도 같았다. 바로 그때, 맥키 부인이 카랑카랑하게 말하는 바람에 정신이 번쩍 들어, 나는 다시 방 안으로 시선을 돌렸다.

"나도 하마터면 실수할 뻔했다니까요. 몇 년 동안 나를 쫓아다니던 작달막한 유대인 놈하고 결혼할 뻔했지 뭐예요. 나보다 한참 떨어지는 인간이란 걸 알고 있었죠. 다들 내게 이렇게 말하는 거예요. '루실, 네가 너무 아까워.'라고. 그때 남편 못 만났으면 그 인간이 날 차지했을 거예요."

머틀이 고개를 끄덕이며 말했다.

"그랬군요. 하지만 내 말 좀 들어봐요. 그래도 당신은 그 남자랑 결혼은 안 했잖아요."

"안 했죠."

"한데, 난 했어요. 그게 바로 나와 당신이 처한 상황이 다르다는 거예요."

머틀이 모호하게 말하자, 캐서린이 물었다.

"언니는 왜 그 사람과 결혼했어? 아무도 강요하지 않았잖아."

머틀은 잠시 생각하고 나서 입을 열었다.

"그 사람이 신사인 줄 알고 결혼했어. 교양 있는 사람이라 생각했지. 알고 보니 내 신발을 핥을 자격도 없는 놈이더라고."

"그래도 한동안 형부에게 미쳐 있었잖아."

캐서린 말이 도무지 믿기지 않는다는 듯, 머틀이 버럭 소리 질렀다.

"미쳐 있었다고? 내가 그놈한테 미쳐 있었다고 누가 그래? 한 번도 그 인간한테 미쳐본 적 없어. 저기 저 남자에게 미쳐본 적이 없던 것처럼."

머틀이 갑자기 나를 가리키는 바람에 다들 힐난하듯 나를 쏘아보았다. 나는 머틀과 과거 아무 관계도 아니었다는 사실을 표정과 손짓으로 보여주어야 했다.

"그 인간한테 빠져 있던 건 결혼하던 그 순간뿐이지. 하지만 곧 내 실수를 깨달았어. 결혼식 날 입은 예복이 실은 남에게 빌린 건데 나에게는 한마디도 안 했지 뭐야. 어느 날 남편이 외출한 사이 누가 그 예복을 찾으러 온 거야. '아, 그게 당신 옷이었어요? 처음 듣는 얘긴데요.' 그 예복을 돌려주고 나서 오후 내내 드러누워 엉엉 울기만 했지."

캐서린이 다시 나에게 말을 걸었다.

"언니는 정말이지 헤어졌어야 했어요. 십일 년이나 그 정비소에서 같이 살았다고요. 톰은 언니 첫 번째 애인이잖아요."

방에 모인 사람들은 계속해서 위스키를 찾았다. 벌써 두 병째였다. 안 마셔도 마신 거나 다름없이 기분 낼 수 있는 캐서린만은 예외였다. 톰은 벨을 눌러 심부름하는 사람을 부른 다음, 저녁 식사 대용으로 유명한 샌드위치를 사 오게 했다. 나는 밖으로 나가서 보드라운 석양을 받으며 공원이 있는 동쪽으로 산책이나 하려고 했다. 하지만 그때마다 거칠고 자극적인 이야기들이 내 발목을 잡아당기기라도 하듯, 의자에 붙들려 앉아 있어야 했다. 도시에 높이 줄지어 있는 건물, 그 노란 창문들은 어두운 거리에서 우연히 위를 올려다보는 사람에게 사람이 가진 비밀을 슬쩍 일러주었는지 모르겠다. 나 역시 하늘을 올려다보며 궁금해하는 사람 중 하나였으니까. 나는 안에 있으면서도 동시에 밖에 있는 느낌이었다. 다양한 인간사에 놀랍도록 매혹을 느끼면서도 한편으로는 진절머리도 났다.

머틀은 의자를 내 쪽으로 끌고 오더니 더운 입김을 내뿜으며 자신이 처음에 톰과 어떻게 만났는지 이야기를 털어놓았다.

"기차를 타면 꼭 마지막까지 남는 자리, 서로 마주 보는 비좁은 자리 있잖아요. 동생을 만나 함께 밤을 보낼 생각으로 뉴욕으로 가는 길이었죠. 신사복에다 에나멜 구두를 신은 톰을 그때 처음 봤는데, 눈을 뗄 수가 없었어요. 그이를 쳐다볼 때마다 머리 위에 붙어 있는 광고판을 쳐다보는 척해야 했죠. 기차가 뉴욕에 도착했을 때 톰이 내 옆자리로 오는 거예요. 상체를 내게 밀착시키는데 팔로 막아보려 했지만 어쩔 수가 없었죠. 경찰 부른다고 했지만, 그이는 내 말이 진심이 아니란 걸 알아버렸어요. 나는 너무 흥분한 나머지 택시를 타고 가면서도 지하철 아닌 택시 타고 간다는 걸 알지 못할 정도였어요. 그저 머릿속에는 이 생각뿐이었죠. '인생은 영원하지 않아. 인생은 영원하지 않아.'"

머틀은 맥키 부인 쪽을 돌아보며 가식적으로 한바탕 웃어 보였다.

"이봐요! 이따 이 옷 갈아입으면 바로 당신에게 줄게요. 나는 내일 또 사면 될 테니. 그러고 보니 쇼핑할 물건 목록이나 만들어야겠네. 마사지 기구랑 파마 기구, 개 목걸이랑 스프링 달린 작고 예쁜 재떨이, 어머니 무덤에 놓을 여름 내내 시들지 않는 까만 비단 리본 화환. 잊어버리지 않게 할 일 적어놔야겠다."

9시였다. 얼마 지나지 않아 다시 시계 보니 10시가 되어 있었다. 두 주먹을 쥔 채 무릎에 올려놓고 잠든 맥키 씨를 보니 그 모습이 마치 어느 활동가를 찍어 놓은 사진처럼 보였다. 나는 손수건을 꺼내 오후 내내 거슬리던, 뺨에 말라붙은 비누 거품 자국을 닦아주었다.

강아지는 탁자에 앉아 담배 연기 자욱한 방을 두리번거리며 이따금 아주 조그맣게 낑낑댔다. 사람들은 사라졌다가 다시 나타났다. 어디로 갈지 계획 세우고, 서로 잃어버려 찾아다니고, 그러다가 몇 걸음 떨어진 곳에서 서로를 찾아냈다. 자정 무렵, 톰과 머틀은 마주 보고 서서 열띤 목소리로 말다툼을 했다. 머틀한테 데이지 이름을 들먹일 권리가 있느냐 없느냐를 놓고서.

"데이지! 데이지! 데이지!"

머틀이 격한 목소리로 데이지 이름을 여러 번 불렀다.

"언제든지 내 맘대로 부를 거야. 데이지! 데이······."

순간 톰이 손바닥을 편 채로 크게 휘둘러 머틀 코를 후려갈겼다.

욕실 바닥에 피 묻은 수건이 널리고, 여자들이 나무라는 소리도 들렸다. 소란스러웠다. 더 크게 아프다고 울부짖는 소리가 끊어질 듯 길게 이어졌다. 맥키 씨가 잠에서 깨어나 멍한 상태에서 문 쪽으로 가다가 멈춰 서서 주변 광경을 둘러보았다. 자기 아내와 캐서린이 비난도 하고 위로도 하며 비좁은 가구 사이에서 구급약을 들고 비틀비틀 이리저리 바쁘게 다녔다. 소파에선 망연자실한 표정으로 머틀이 피를 꽤 많이 흘리면서도 베르사유 풍경이 그려진 태피스트리를 더럽히지 않으려고 소파 위에다 〈타운 태틀〉을 펼치고 있었다. 맥키 씨가 다시 몸을 돌려 문 쪽으로 걸어 나가고, 나도 모자를 집어 들고 따라 나갔다.

"언제 점심 먹으러 오세요."

숨을 고르면서 엘리베이터를 타고 내려가는데 맥키 씨가 제안을 했다.

"어디서요?"

"어디서든지요."

"손잡이에서 손 떼세요."

엘리베이터 보이가 끼어들며 말하자, 맥키 씨가 점잖게 말했다.

"미안해요. 손대고 있는 줄 몰랐어요."

"좋아요. 얼마든지 좋죠."

……나는 그 사람 침대 옆에 서 있었고, 그 사람은 속옷 바람으로 시트를 두른 채 침대에 앉아 두 손에 커다란 포트폴리오를 들고 있었다.

"미녀와 야수…… 고독…… 식료품 가게의 늙은 말…… 브루클린 다리……."

어느 틈엔가 나는 펜실베이니아 역 차가운 지하 대합실에서 반쯤 졸며 누운 채 조간신문 〈트리뷴〉을 보며 새벽 4시 기차를 기다렸다.

3

옆집에서는 여름 내내 밤마다 음악이 흘러나왔다. 개츠비 푸른 정원에서는 남녀 무리가 서로 속삭이면서 샴페인을 주고받으며 별빛 아래에서 부나비처럼 이리저리 오갔다. 오후 만조 때가 되면 나는 개츠비 손님들이 바다에 설치한 다이빙대에서 뛰어내리거나 해변 뜨거운 모래밭에서 일광욕하는 모습을 지켜보았다. 한편 개츠비 모터보트 두 대가 수상스키를 끌고 폭포처럼 물거품을 일으키며 바다를 갈랐다. 주말이면 개츠비 롤스로이스 자동차는 셔틀버스가 되어 아침 9시부터 자정이 넘도록 시내에서 파티에 오가는 손님들을 수시로 실어 날랐다. 스테이션왜건 자동차는 기차로 오는 손님들을 태우고 매 시간마다 딱정벌레처럼 부지런히 움직였다. 월요일이면 특별 채용한 정원사를 비롯한 여덟 명이 걸레와 솔, 망치, 정원용 가위를 들고 간밤에 망가진 곳을 온종일 부지런히 손보았다.

매주 금요일엔 뉴욕에 있는 과일 가게에서 오렌지와 레몬이 다섯 상자나 배달되는데, 월요일이 되면 반으로 쪼개져 알맹이 없이 껍질만 남은 채로 뒷문 밖에 잔뜩 쌓여 피라미드를 이루었다. 부엌에는 주스 뽑는 기계가 있어서 집사가 엄지손가락으로 버튼을 200번만 누르면 30분 만에 오렌지 주스 200잔을 만들어 냈다.

적어도 2주에 한 번씩 출장 연회업자들이 몰려와 수백 미터에 달하는 천막과 수많은 형형색색 전구로 거대한 개츠비 정원을 크리스마스트리처럼 장식했다. 뷔페 테이블에는 빛깔 좋은 전채 요리와 알록달록 색을 맞춘 샐러드에다 그 위에 올린 양념구이 햄, 밀가루 반죽을 입혀 마법을 부린 듯 노릇노릇 잘 튀겨진 돼지고기와 칠면조고기가 잔뜩 차려져 있었다. 중앙 홀에는 진짜 청동 레일이 달린 바가 세워졌다. 바에는 각종 술이 준비되어 있었다. 코르디얼 종류 술은 오래전에 잊힌 술이라 젊은 여자 손님 대부분은 알아보지도 못했다.

7시쯤 오케스트라가 도착했다. 별 볼 일 없는 5인조 악단이 아니라, 오보에와 트롬본, 색소폰, 비올라, 코넷, 피콜로, 고음과 저음 드럼까지 갖춘 완벽한 오케스트라였다. 해변에서 마지막까지 수영하던 사람들도 돌아와 위층에서 옷을 갈아입었다. 뉴욕에서 온 차들이 저택 안 도로 깊숙이 겹겹이 주차했다. 홀과 살롱과 베란다에는 벌써 화려한 원색 드레스를 하고, 최신 유행하는 머리 스타일과 고급 숄을 두른 여자들로 붐볐다. 바 분위기는 절정에 달했다. 칵테일 쟁반이 둥둥 떠 바깥 정원까지 전달되자, 마침내 잡담과 농담 그리고 즉흥적인 풍자로 분위기는 최고조에 달했다. 그 자리에서 사람을 소개받고도 금방 잊어버리는가 하면, 서로 이름도 모르는 여자들끼리 신나게 떠들어댔다.

해가 지면서 사방이 점점 캄캄해져 갈수록 불빛은 더욱 환해진다. 오케스트라가 선정적인 칵테일 파티용 음악을 연주하자, 사람들도 이에 맞춰 오페라를 하듯 한층 더 목소리를 높인다. 시간이 흐를수록 가볍게 던진 말 한마디에도 까르르 웃음이 터져 나온다. 사람들이 새로 도착하면서 무리가 불어나기도 하고 순식간에 흩어졌다가 다시 생기기도 한다. 사람들은 벌써 이리저리 돌아다니는데, 자신만만한 여자들은 진득이 자리 잡은 사람들 사이를 오가며 어느 무리에서 중심이 되어 짜릿하고 즐거운 순간을 만끽하다가 승리감에 취해 쉼 없이 바뀌는 불빛 아래 다양한 얼굴과 목소리 사이를 밀물과 썰물이 되어 미끄러지듯 누비고 다닌다.

집시처럼 돌아다니는 사람들 가운데 찰랑거리는 오팔 드레스를 입은 여자 하나가 운반되는 칵테일 잔 하나를 휙 낚아채더니 호기롭게 단번에 비우고는 조 프리스코처럼 손을 움직이며 야외 무대에서 혼자 춤을 춘다. 순간 사방이 조용하다. 오케스트라 지휘자가 친절하게도 그 여자 춤에 맞춰 리듬을 바꾼다. 시사 풍자극에 나오는 길다 그레이 대역배우가 맞다는 둥 엉뚱한 이야기가 나돌면서 여기저기 한바탕 술렁댄다. 바야흐로 파티가 시작된 것이다.

개츠비 집을 처음 방문한 날, 나는 정식으로 초대받은 몇 안 되는 손님 중 하나였다. 대부분은 초대받지 않고 그냥 왔다. 롱아일랜드로 데려다주는 자동차를 타고 개츠비 집 앞에서 내려, 개츠비 쪽 사람이 안내하는 대로 입장하고 놀이 공원에서 하듯 알아서 행동하면 되었다. 때때로 그들은 개츠비를 만나지도 않고 그냥 돌아가기도 하는데, 그런 단순한 마음 자체가 파티 입장권이나 마찬가지였다.

나는 정식으로 초대를 받았다. 토요일 이른 아침 개똥지빠귀 알처럼 푸른 제복을 입은 운전기사가 주인이 보내는 초대장을 들고 우리 집 잔디밭으로 건너왔다. 생각지도 못한 정식 초대장이었다. 거기엔 그날 밤 자기 집에서 '조촐한 파티'를 여는데, 와서 자리를 빛내주면 대단한 영광이라고 적혀 있었다. 나를 몇 번 본 적 있고, 전부터 나를 만나보고 싶었지만, 사정이 여의치 않아 그러지 못했다고 했다. 초대장 끝에는 위엄 있는 필체로 '제이 개츠비'라고 서명되어 있었다.

7시가 조금 넘자 나는 하얀 플란넬 양복을 입고 개츠비 잔디밭으로 건너갔다. 낯선 사람들이 소용돌이처럼 모였다 흩어지는데 나는 좀 겸연쩍어하면서 서성거렸다. 간혹 통근 열차에서 본 듯한 얼굴이 눈에 띄기는 했지만 말이다. 젊은 영국인들이 꽤 많이 눈에 띄어 놀랐다. 모두 잘 차려입었지만 뭔가 굶주려 보이는데 믿음직하고 잘 나가는 미국인들에게 다가가 나지막하고 진지하게 말을 걸고 있었다. 뭔가를 팔고 있는 게 분명해 보였다. 채권이든 보험이든 자동차든 간에. 그자들은 적어도 주변에 눈먼 돈이 널려 있다는 사실쯤은 뼛속 깊이 알고 있으며, 말 몇 마디만 잘하면 그 돈을 수중에 넣는 일쯤은 아무것도 아니라고 확신하는 듯 보였다.

나는 도착하자마자 주인을 찾아보려 했다. 두세 명 붙잡고 주인이 어디 있는지 물어보았지만, 그들은 물어보는 내가 더 놀랍다는 듯 바라보며 아무것도 모른다고 딱 잘라 말했다. 그 바람에 나는 칵테일 테이블 쪽으로 슬금슬금 자리를 옮겨야 했다. 그곳은 혼자 온 사람이 혼자임을 들키지 않고, 빈둥대는 것처럼 보이지 않으면서 머무를 수 있는 유일한 공간이었다.

차라리 술이라도 마시고 취해서 이 지독한 어색함을 날려버리려던 참에 조던 베이커가 집 안에서 나오더니 대리석 계단 맨 위에 서서 몸을 약간 뒤로 젖힌 채 흥미롭다는 듯 경멸 섞인 눈길로 정원을 내려다보고 있었다.

환영받든 아니든 지나가는 사람한테 말 한마디라도 건네려면 우선 누군가와 같이 붙어 다녀야 한다는 생각이 들었다.

"안녕하세요!"

조던에게 다가가면서 큰 소리로 아는 척했다. 내 목소리가 정원을 가로지르는데 민망할 정도로 커 보였다.

"여기 올지 모른다고 생각했어요. 옆집에 산다고 한 적이 있어서……."

내가 다가가자, 조던은 무심하게 바라보며 대답했다.

이내 나를 잘 돌봐 주겠다고 약속이라도 하듯 아무렇지 않게 내 손을 잡더니 계단 아래 노란 드레스를 똑같이 입고 서 있는 두 여자 쪽으로 귀를 기울였다.

"안녕하세요! 당신이 이겼으면 했는데 아쉬워요."

두 여자가 동시에 말했다.

골프 선수권 대회 얘기였다. 조던은 지난주에 열린 결승전에서 패배했다.

"우리가 누군지 모를 거예요. 한 달쯤 전에 여기서 만났는데."

노란 드레스를 입은 두 여자 중 한 명이 말했다.

"그 뒤로 염색했나 봐요."

조던이 말을 했지만, 내가 걸음을 옮기면서 두 여자도 아무 생각 없이 따라 이동하는 바람에, 그 말은 바구니에서 꺼내 놓자마자 동나버린 뷔페 요리처럼 금세 썰렁해져 일찍 떠오른 달에게 말한 셈이 돼버렸다. 가느다란 황금 팔로 조던은 나와 팔짱을 끼고, 함께 계단을 내려가 정원 주위를 산책했다. 정원에 석양빛이 물들었다. 누군가 우리 쪽으로 칵테일을 담은 쟁반을 들고 왔다. 조던과 나는 칵테일을 집어 들고서 노란 드레스를 입은 두 여자, 처음 보는 세 남자와 같은 테이블에 앉았다. 세 남자가 뭐라 뭐라 하는데, 웅얼거리는 탓에 모두 자기를 '웅얼웅얼 씨'라고 소개하는 것 같았다.

"이런 파티에 자주 오세요?"

조던이 옆자리에 앉은 여자에게 물었다.

"지난번에 당신을 봤을 때가 마지막이었죠."

여자는 자신 있는 목소리로 능숙하게 말하며 친구를 바라보았다.

"루실, 너도 그렇지 않니?"

루실도 그렇다고 했다.

"전 이런 파티가 좋아요. 행동에 신경 안 써도 되니 언제나 즐겁죠. 저번에 여기 왔을 때 의자에 걸려 옷이 찢어진 적이 있어요. 그분이 제 이름과 주소를 묻더라고요. 일주일도 안 돼서 크루아리에 의상실에서 소포로 새 이브닝드레스를 보내주었죠."

"그 옷을 받았어요?"

조던이 물었다.

"물론이죠. 오늘 입고 오려 했는데 가슴 부분이 너무 커서 줄여야 해요. 연보라색 구슬이 달린 연푸른색 드레스예요. 무려 265달러짜리."

"그렇게까지 하다니, 좀 웃기지 않아요? 그 사람은 누구와도 말썽 일으키길 원치 않나 봐요."

다른 여자가 열을 내며 말하자, 내가 물었다.

"누구 말인가요?"

"개츠비죠. 어떤 사람이 그러는데……."

두 여자와 조던은 무슨 비밀 이야기라도 하듯 바짝 다가앉아 머리를 맞대며 말했다.

"누가 그러는데, 개츠비가 사람을 죽였대요."

우리 모두 전율을 느꼈다. 이름을 웅얼거린 세 남자도 몸을 기울여 열심히 들었다.

"그렇게까지 보긴 어려워요. 그보다는 전쟁 때 독일 스파이였다는 말이 더 그럴 듯해요."

루실이 의심하며 말했다.

"독일에서 함께 자라고 개츠비를 속속들이 안다는 사람에게서 들었어요."

셋 중 한 남자가 같은 생각이라는 듯 고개를 끄덕이며 장담하자, 첫 번째 여자가 끼어들었다.

"아, 아니에요. 그럴 리 없어요. 전쟁 때 미군으로 활약한 걸요."

우리가 다시 자기 말에 솔깃해하자, 그 여자는 신이 난 듯 몸을 앞으로 기울이며 말했다.

"가끔 주위에 아무도 없다 생각될 때 개츠비가 어떤 표정 짓는지 보세요. 사람 하나쯤은 죽이고도 남을 위인이라니까요."

그 여자는 눈살을 찌푸리며 몸서리를 쳤다. 루실도 몸서리쳤다. 우리 모두 고개를 들어 개츠비가 있는지 주위를 둘러보았다. 비밀스럽게 소곤댈 일이 별로 없는 사람들조차 개츠비에 대해 소곤댄다는 건 그만큼 개츠비가 사람들에게 낭만적인 추측을 불러일으킨다는 증거였다.

첫 번째 저녁 식사가 나왔다. 자정이 지나면 식사가 한 번 더 나온다. 조던은 건너편 테이블에 자리 잡은 자기 일행과 합석하자고 했다. 테이블에는 부부 세 쌍, 조던을 경호한다고 따라온 한 남자가 있었다. 그 남자는 대학생으로 거칠고 비꼬는 말이 입에 붙어 있었다. 조던이 어떤 식으로든 이른 시일에 자기에게 굴복하리라 믿는 눈치였다. 이들은 여기저기 돌아다니지 않고 자기들만의 품위를 유지하면서 자기 동네의 우아한 품격을 보여주는 역할을 맡은 듯했다. 이스트에그 사람들은 웨스트에그 사람들을 짐짓 겸손하게 대하면서도 그들 나름 다채롭고 쾌활한 놀이 분위기에 대해 조심스레 경계하였다.

"나가요. 너무 점잖은 자리네요."

조던이 조용히 말했다. 어딘가 맞지 않는 분위기에서 삼십 분을 그냥 흘려보내고 난 후였다.

조던과 나는 같이 일어났다. 조던은 파티 주인을 찾아보겠노라고 일행에게 말했다. 내가 주인을 한 번도 만나보지 못해 불편해한다고 조던이 덧붙이는데, 그 말에 마음이 편치 않았다. 대학생은 쌀쌀맞게 웃어 보이며 고개를 끄덕였다. 왠지 표정이 어두웠다.

사람들이 붐비는 바를 제일 먼저 살폈지만, 개츠비는 없었다. 계단 꼭대기에도 베란다에도 보이지 않았다. 혹시나 해서 으리으리한 문 하나가 눈에 확 들어오길래 그 문을 열고 안으로 들어갔다. 천장이 높은 고딕식 서재였다. 영국산 참나무를 조각해 서재를 만들었는데 해외 어느 유적을 고스란히 옮겨놓은 듯했다.

커다란 올빼미 안경을 쓴 건장한 중년 남자 하나가 널찍한 테이블 끝에 앉아 있는데 약간 술에 취한 듯 초점 잃은 눈빛으로 서가를 바라보고 있었다. 우리가 들어가자 그 남자는 격하게 의자를 획 돌리더니 조던을 머리부터 발끝까지 훑어보았다.

"어떻다고 생각하시오?"

느닷없이 그 남자가 물었다.

"무슨 말인지?"

그 남자는 손을 흔들며 서가를 가리켰다.

"저 책들. 진짜인지 확인하고 말고 할 필요가 없어요. 벌써 다 확인했거든. 다 진짜예요."

"저 책들이요?"

그 남자는 고개를 끄덕였다.

"틀림없이 진짜요. 속지도 있고 다 있어요. 혹시 마분지로 만든 장식용 책인가 했는데 하나같이 완벽하게 진짜였소. 속지도……. 아! 한 번 보여주지요."

우리가 의심하는 게 당연하다는 듯, 그 남자는 서가로 달려가서 『스토더드 강연집』 1권을 들고 왔다.

"자, 보시오. 진짜로 인쇄된 책이오. 처음에 나도 깜박 속았지 뭐요. 이 집 주인은 데이비드 벨라스코처럼 연출 능력이 진짜 뛰어나다니까. 실로 경이로울 뿐이오. 이렇게 완벽할 수가! 리얼리즘의 극치라고나 할까! 책장이 뜯기지 않은 채 그대로요. 읽어가면서 뜯으라는 거지. 근데 여긴 왜 들어왔는지? 뭐 찾는 거라도 있소?"

내 손에서 책을 낚아채더니 얼른 서가에 도로 꽂았다. 벽돌 마냥 하나라도 빠지면 서가 전체가 무너질지 모른다고 중얼거리면서.

"누가 데리고 왔어요? 아니면 그냥 왔나요? 난 누굴 따라왔는데. 다들 그렇게 와요."

그 남자는 이것저것 물어보았다.

조던은 아무 말 없이 재미있다는 듯 남자를 쳐다보았다. 경계심은 늦추지 않은 채.

"난 루즈벨트라는 여자를 따라왔어요. 클로드 루즈벨트 부인 말이오. 그 여자 알아요? 어젯밤 어디서 봤더라. 오늘로 일주일 내내 술에 취해 있는데 서재에 있으면 술이 좀 깰까 해서요."

"그래, 술은 좀 깼나요?"

"조금은. 아직 잘 모르겠어요. 여기 들어온 지 한 시간밖에 안 돼서. 책 얘기했던가? 저 책들은 진짜요! 저 책들은……."
"그 얘기 조금 전에 들었어요."
우리는 정중하게 악수하고 나서 다시 밖으로 나왔다.
정원 야외무대에서는 사람들이 춤을 추고 있었다. 나이 든 남자들이 주변은 아랑곳하지 않고 둥글게 띠를 만들어 계속해서 도는 바람에 젊은 여자들은 뒤로 밀려났다. 춤 솜씨가 뛰어난 커플들은 구석에서 서로 껴안고 비틀대면서도 우아하게 춤을 췄다. 짝이 없는 여자 대부분은 혼자 춤추거나 오케스트라 밴조나 타악기 연주자를 불러내 같이 추기도 했다. 자정이 되어가자 분위기가 더욱 고조되었다. 유명한 테너 가수가 이탈리아어로 노래 부르고, 이름난 알토 가수는 재즈풍으로 노래했다. 사이사이 정원 곳곳에서 눈길을 끄는 묘기가 벌어지고 웃음소리가 여름 하늘로 피어올랐다. 행복하면서도 공허해 보였다. 무대에 오른 쌍둥이는 아까 노란 드레스를 입고 있던 그 아가씨들이었다. 무대의상을 입고 여러 동작을 보여주는데 어린애가 하는 것처럼 유치했다. 무대 밖에선 핑거볼보다 더 큰 잔으로 샴페인이 돌아다녔다. 달이 더 높이 떠올랐다. 달빛을 받아 바다에 둥둥 떠 있는 세모꼴 은빛 비늘이 잔디밭에서 울리는 팽팽한 밴조 현에서 튕기는 리듬에 맞춰 조금씩 떨리고 있었다.
나는 여전히 조던 베이커와 함께 있었다. 조던과 나는 내 또래 남자와 키 작고 수다스러운 아가씨와 같은 테이블에 앉아있었다. 그 아가씨는 조금만 우스갯소리를 해도 미친 듯이 깔깔댔다. 그제야 나는 파티가 슬슬 흥이 나기 시작했다. 샴페인을 핑거볼로 두 잔 마시고 나자, 눈앞 광경이 뭔가 의미 있고 중요해지면서 내게 깊이 다가왔다.

여흥이 잠시 멎었을 때, 같은 테이블에 앉은 남자가 나를 보고 미소 지으며 정중하게 말했다.

"낯이 익은데요. 혹시 전쟁 때 3사단에 근무하지 않았어요?"

"아, 네. 9기관총대대에 있었어요."

"나는 1918년 6월까지 7보병연대에 있었어요. 어쩐지 전에 어디선가 본 것 같다는 생각이 들었어요."

잠시 우리는 습하고 음산한 어느 작은 프랑스 마을에 대해 이야기를 나눴다. 얼마 전 수상비행기를 샀는데 다음 날 아침에 타 본다는 말로 보아 분명 이 근처에 사는 게 분명했다.

"같이 타지 않을래요? 요 근처 바다에서요."

"언제요?"

"언제든 편한 시간에요."

막 이름을 물어보려는 순간, 조던이 나를 돌아보고는 미소 지으며 물었다.

"기분이 좋아졌나 봐요."

"많이 좋아졌어요."

나는 다시 새로 알게 된 남자 쪽으로 고개를 돌렸다.

"이런 파티에 익숙하지 않아서요. 아직 집주인도 못 봤어요. 나는 바로 저 건너에 살아요."

나는 손을 들어 저쪽 잘 안 보이는 울타리를 가리켰다.

"개츠비라는 사람이 운전기사를 보내 초대장을 보냈어요."

그 남자는 이해할 수 없다는 듯 잠시 나를 바라보았다.

"내가 개츠비예요."

남자가 불쑥 말하자 나는 깜짝 놀라 소리를 질렀다.

"뭐라고요? 아, 실례했어요."

"아는 줄 알았죠. 내가 주인 노릇을 제대로 못했나 보네요."

남자는 이해한다는 듯, 아니 이해하고도 남는다는 듯 미소를 지어 보였다. 그 미소는 영원히 변치 않을, 평생 네댓 번이나 볼까 싶은 보기 드문 미소였다. 온 세상을 잠시 보았거나 봐버린 듯, 당신을 마냥 좋아할 수밖에 없어서 당신에게 빠져들었다는 그런 미소, 당신이 이해받고 싶은 만큼 이해하고 당신이 믿고 싶은 만큼 당신을 믿어 주며 당신이 전하고 싶은 최고의 인상을 받았다고 확인해 주는 그런 미소였다. 하지만 내 앞에는 잘 차려입었지만 거칠어 보이는, 서른한두 살쯤 된 젊은 남자가 있을 뿐이었다. 지나치게 격식을 갖추는 그 남자 말투는 까딱하면 우스울 뻔했다. 자기소개하기 전부터 말을 신중하게 골라서 한다는 인상을 강하게 받았다.

개츠비가 자기 정체를 밝힌 직후, 집사가 급히 들어오더니 시카고에서 전화 왔다고 전했다. 개츠비는 한 사람 한 사람에게 고개를 살짝 숙이며 양해를 구했다.

"필요한 거 있으면 뭐든 말해요. 그럼 실례할게요. 나중에 봐요."

자리를 뜨자마자 나는 바로 조던 쪽으로 몸을 돌렸다. 내가 얼마나 놀랐는지 보여줘야 한다는 생각이 들어서였다. 나는 개츠비를 혈색 좋고 뚱뚱한 중년 신사로 생각했다.

"저 사람 도대체 뭐 하는 사람이죠? 뭐 아는 거 있어요?"

"그냥 개츠비라는 사람이죠."

"내 말은 어디 출신이고 무슨 일을 하는 사람이냐는 거죠."

"당신도 드디어 이 논쟁에 가세하는군요."

조던이 살짝 미소 지으며 말했다.

"글쎄요. 자기 말로는 옥스퍼드 출신이라 하던데요."

배경이 어렴풋이 드러나는 듯싶더니 조던이 바로 다음에 한 말 때문에 다시 사라져버렸다.

"하지만 난 안 믿어요."

"왜요?"

"모르겠어요. 그냥 옥스퍼드에 다녔다고는 믿기지 않아서요."

조던이 힘주어 말하자, '개츠비가 살인범 같다'라는 어떤 여자가 한 말이 떠올라서 호기심이 더 일었다. 개츠비가 루이지애나 주 습지대 출신이거나 뉴욕 이스트사이드 남부 출신이라고 했다면 아무 의심 없이 믿었을 텐데 말이다. 이랬다면 그럴 듯했으니까. 하지만 시골에서 자란 내 미천한 경험에 비추어 봐도 어디서 왔는지도 모르는 젊은 사람이 롱아일랜드 해협 으리으리한 저택을 산다는 건 믿기지 않는 일이었다.

"어쨌든 그 사람이 여는 파티는 성대해요."

딱딱한 얘기는 딱 질색이라는 도시인답게 조던은 화제를 돌렸다.

"이렇게 성대한 파티가 좋아요. 남들 눈에 잘 안 띄잖아요. 파티가 작으면 프라이버시가 보장 안 돼요."

둥둥 하고 베이스 드럼이 울리더니 갑자기 오케스트라 지휘자가 커다란 목소리로 떠들썩한 장내를 휘어잡으며 외쳤다.

"신사 숙녀 여러분! 개츠비 씨 요청으로 블라디미르 토스토프 최신곡을 연주해 드리겠습니다. 이 작품은 지난 5월 카네기홀에서 호평을 받은 바 있습니다. 신문을 보신 분이라면 이 곡이 얼마나 대단한 반응을 몰고 왔는지 잘 아실 겁니다."

지휘자는 겸손하면서도 유쾌하게 미소를 짓고는 "엄청난 반응이었죠."라고 덧붙였다. 그 말에 모두 웃음을 터뜨렸다.

"이 작품 제목은 블라디미르 토스토프의 '세계 재즈 역사'입니다."

지휘자는 힘차게 말을 마무리했다.

토스토프 음악은 귀에 잘 들어오지 않았다. 연주가 시작되고 나서 개츠비에게 시선이 고정됐기 때문이다. 개츠비는 대리석 계단에 혼자 서서 곳곳에 모인 사람들을 흐뭇하게 내려다보고 있었다. 햇볕에 그을린 얼굴은 팽팽해서 매력적이고 짧은 머리는 매일 다듬는지 단정했다. 개츠비에게서 사악한 구석이라고는 전혀 찾아볼 수 없었다. 거기 있던 손님들과 별다르지 않았다. 술을 안 마신다는 점 말고는. 분위기가 달아오를수록 개츠비는 더 말짱하고 빈틈없어 보였다. '세계 재즈사' 연주가 끝나자 아가씨들은 남자들 어깨에 강아지처럼 애교스럽게 머리를 기대거나 누군가 받쳐 주겠거니 하고 남자들 품으로 장난스럽게 쓰러지거나 심지어 사람들 무리 속으로 몸을 젖혀 넘어지기도 했다. 하지만 개츠비한테 쓰러지는 사람은 아무도 없었다. 프랑스식 단발머리를 한 아가씨들 누구도 개츠비 어깨에 머리를 얹지 않았으며 삼삼오오 노래 부르는 사람들 가운데 누구도 개츠비와 함께 노래하지 않았다.

"실례합니다."

개츠비 집사가 우리 옆에 갑자기 나타났다.

"베이커 양이시죠? 실례합니다만 개츠비 씨가 단둘이 뵙고 싶다고 합니다."

"저하고요?"

조던이 깜짝 놀라면서 말했다.

"네, 그렇습니다."

조던은 깜짝 놀란 듯 나를 보며 눈썹을 치켜세우고는 천천히 일어나 집사를 따라 저택 쪽으로 걸어갔다. 그제야 조던이 야회복을 입고 있다는 걸 알았는데, 뭘 입어도 다 운동복 같았다. 맑고 상쾌한 아침에 골프 배우러 처음 골프장에 나가는 사람처럼 발걸음이 가벼웠다. 나는 혼자 남았고, 시간은 새벽 2시가 다 되어갔다. 테라스 위쪽, 창문이 많은 길쭉한 방에서 소란스럽지만, 흥미를 끄는 소리가 한동안 들렸다. 조던과 함께 온 대학생이 코러스 걸 두 명과 음담패설을 하며 나를 붙잡고 함께 어울리자고 하기에, 그 친구를 피할 요량으로 집 안으로 들어갔다.

큼직한 방은 사람들로 꽉 차 있었다. 노란 드레스를 입은 여자 하나가 피아노를 연주하고, 그 옆에는 유명한 합창단 출신인 키가 큰 붉은 머리 젊은 여자가 노래를 부르고 있었다. 샴페인을 꽤 많이 마셔서인지 그 여자는 세상만사가 슬프다는 듯 노래를 온통 구슬프게 불러대는데 흐느끼기까지 했다. 노래하다 중간중간 숨을 헐떡이며 울음을 삼키고는 목소리를 떨면서 소프라노로 노래를 계속했다. 눈물이 뺨을 타고 흘러내리는데, 주르르 흐르지는 않았다. 짙게 칠한 속눈썹에 닿아 화장이 번지면서 검은 실개천처럼 서서히 흘러내렸다. 얼굴에 그려진 악보 따라 노래하는 모양이라고 누군가 우스갯소리를 하는데, 그 여자는 노래하다 말고 대자로 의자에 털썩 주저앉아 늘어지더니 취기를 이기지 못하고 그대로 곯아떨어졌다.

"저 여자, 아까 남편이라 말하는 남자와 싸운 모양이에요."

곁에 있는 한 여자가 말해 주었다.

나는 주위를 둘러보았다. 남아 있는 여자들 대부분 남편이라는 남자들과 싸우고 있었다. 조던과 함께 이스트에그에서 온 두 부부조차 말다툼 끝에 서로 떨어져 있었다. 남편 중 하나가 젊은 여배우에게 엄청 치근덕대며 대화를 나누는 사이, 그 아내는 처음엔 대수롭지 않은 듯 품위 있게 웃어넘기려다가 완전히 평정을 잃고 남편을 공격하기 시작했다. 말이 끊어진 틈을 타 아내는 남편 곁에 갑자기 나타나 분을 참지 못해 날 선 얼굴로 남편 귀에다 대고 "안 그러기로 했잖아!"라고 소리 질렀다.

집에 가기 싫어하는 건 말 안 듣는 남자들뿐만이 아니었다. 홀을 차지하고 있는 사람은 바로 애처롭게 술에서 깨어난 두 남자와 잔뜩 화가 난 그 아내들이었다. 아내들은 격앙된 목소리로 서로를 위로하고 있었다.

"저이는 내가 재밌게 놀려고 하면 꼭 집에 가자고 한다니까요."

"그렇게 이기적인 사람은 처음 보네요."

"우리처럼 집에 빨리 가는 사람은 없을 거예요."

"우리도 그래요."

"글쎄, 오늘은 우리가 마지막인 듯한데?"

두 남자 중 하나가 멋쩍게 말했다.

"오케스트라도 벌써 삼십 분 전에 떠났다고."

도대체 그게 말이 되냐며 부인들은 입을 모았지만, 언쟁은 짧은 실랑이로 이내 마무리되고 두 여자 모두 발을 동동 구르며 어둠 속으로 끌려나갔다.

홀에서 모자 갖고 올 때까지 기다리는 사이, 서재 문이 열리면서 조던 베이커가 개츠비와 같이 걸어 나왔다. 개츠비는 조던에게 열의를 갖고 정겹게 대하며 마지막으로 뭔가 말하려 했지만, 몇몇 사람이 작별인사를 하러 다가오자 갑자기 딱딱하게 격식을 갖추었다.

조던 일행이 현관에서 조던에게 얼른 오라고 재촉했다. 조던은 악수하느라 잠시 머뭇거렸다.

"놀라운 얘기를 들었어요. 내가 저기 얼마나 있었죠?"

조던이 목소리를 낮추어 물어보았다.

"글쎄, 한 시간쯤?"

"정말…… 놀라운 얘기예요."

조던이 무언가 홀린 듯이 말을 반복해서 했다.

"하지만 아무한테도 말 안 하기로 했으니 당신을 이렇게 애태

울 수밖에 없네요."

조던은 내 얼굴에 대고 우아하게 연달아 하품하며 말했다.

"연락 좀······. 전화번호부에서······ 시고니 하워드 부인 이름으로······ 우리 이모님······."

이렇게 말하고서 조던은 서둘러 갔다. 햇볕에 그을린 손을 경쾌하게 내게 흔들며 현관에서 기다리는 일행 속으로 사라졌다.

처음 방문한 주제에 너무 오랫동안 남아 있어서 조금 멋쩍긴 하지만, 개츠비를 중심으로 모여 있는 손님들과 마지막까지 어울렸다. 개츠비에게 사실 이른 저녁부터 찾아다녔다고, 정원에서 미처 알아보지 못해 미안하다고 말을 하고 싶었다.

"그런 말 마세요. 신경 쓸 일 아니에요."

말투도 다정하지만 내 어깨를 토닥이는 손길도 더없이 다정해 보였다.

"내일 아침 9시에 수상비행기 같이 타기로 한 약속 잊지 말아요."

잠시 후 뒤쪽에서 집사가 다가왔다.

"필라델피아에서 전화가 왔습니다."

"알았어요. 곧 갈게요. 잠시만······. 그럼 여러분, 안녕히들 가세요."

"잘 있어요."

"잘 가요."

개츠비가 미소를 지었다. 내가 늦게까지 남아 마지막 손님이 되기를 오랫동안 기다려왔다는 듯, 유쾌하고 의미심장한 뭔가가 담겨있었다.

"잘 가요…… 안녕."

하지만 계단을 내려가면서 그날 밤이 아직 다 끝나지 않았다는 걸 알게 되었다. 정문에서 15미터쯤 떨어진 곳에서 헤드라이트 십여 개가 이상하고 떠들썩한 광경을 비추고 있었다. 개츠비 차고에서 나온 지 채 2분도 안 된 신형 쿠페 자동차가 도랑에 처박혀 있었다. 오른쪽이 들리고 바퀴 하나가 떨어져 나간 채로. 불쑥 튀어나온 담벼락에 부딪혀 바퀴가 빠져나간 모양인데, 운전자 대여섯 명이 차에서 내려 어찌 된 일인가 하고 주의 깊게 쳐다보고 있었다. 하지만 이들이 세운 차들이 길을 막고 있어서 뒤에 있는 차들이 경적을 한참이나 울려댔고 그 바람에 가뜩이나 혼란스러운 사고 현장이 더욱 혼란스러워졌다.

긴 코트를 입은 남자가 부서진 차에서 내리더니 길 한복판에 선 채, 자동차에서 바퀴, 바퀴에서 구경꾼들을 번갈아 쳐다보았다. 표정은 어리둥절하면서도 파티 여운인지 즐거워 보이기도 했다.

"이런! 차가 도랑에 빠졌네."

그 남자가 소리쳤다.

차가 빠졌다는 사실에 꽤 놀란 모양이었다. 처음에는 놀라는 모습이 특이하다고 생각하며 바라보다가 이내 그자가 누군지 알아보았다. 아까 서재에서 죽치고 앉아있던 그 남자였다.

"어떻게 된 거예요?"

남자는 난처하다는 듯 어깨를 으쓱했다.

"기계에 대해서는 진짜 아무것도 몰라요."

남자 말투는 단호했다.

"하지만 어쩌다 저렇게 된 거죠? 벽을 들이받았어요?"

"나한테 묻지 말아요. 운전은 완전 꽝이에요. 전혀 모르지요. 어쨌든 일은 벌어졌고 내가 아는 건 그게 다요."

이 사고에 대해 자신은 아무것도 모른다는 듯, 올빼미 안경을 쓴 남자가 말했다.

"참, 운전을 못하면 한밤중에 운전하지 말았어야죠."

"난 운전할 생각이 없었어요. 운전할 생각조차 안 했다고요."

남자가 버럭 화를 내자, 구경꾼들도 놀랐는지 조용해졌다.

"그럼 자살할 생각이었어요?"

"바퀴 하나만 빠져서 그나마 다행이네요. 운전도 서툰 사람이 운전을 잘하려고도 안 하다니!"

"말을 못 알아듣네요. 내가 운전한 게 아니라고요. 차에 다른 사람이 있어요."

남자가 범인으로 몰리자 해명했다.

이 말을 듣고 사람들이 충격을 받은 사이, 쿠페 자동차 문이 천천히 열리면서 "아, 아!" 하는 신음이 들려왔다. 지켜보는 사람들은 이제 한 무리가 되어 있었다. 자동차 문이 열리자 이들은 자기도 모르게 뒤로 물러서며 유령이라도 본 듯 모두 멈칫했다. 그러자 창백한 표정을 한 사람이 아주 느릿느릿 부서진 차에서 비틀거리며 조금씩 빠져나왔다. 맞지 않는 커다란 무용 신발을 신어보듯 조심스럽게 땅에 발을 디뎠다.

그 유령 같은 사람은 헤드라이트 불빛 때문에 눈이 부신 듯했고 계속 울려대는 경적에 정신을 못 차린 듯 술에서 덜 깬 듯 잠시 비틀대며 서 있다가 그제야 코트 입은 남자를 알아보았다.

그 남자는 비로소 긴 코트 입은 남자를 알아보고는 차분하게 물었다.

"무슨 일인데에? 기름이라도 떨어졌나아?"

"봐요!"

대여섯 명이 손가락으로 빠져나간 바퀴를 가리켰다. 바퀴를 잠시 물끄러미 바라보더니 하늘에서 떨어진 게 아닌가 의심하듯 하늘을 쳐다보았다.

"바퀴가 빠졌다고요."

누군가 설명해 주자, 남자는 고개를 끄덕였다.

"처음엔 차가 멈춘 줄 모올랐어요."

잠시 침묵. 남자는 한숨을 푹 쉬고 나서 어깨를 펴더니 힘주어 말했다.

"주유소 어딨는지 누구우 아는 사라암?"

적어도 열 명이 넘는 사람들이, 그들 중 일부는 그 사람보다 더 나을 게 없는 사람도 있었지만, 바퀴가 차에서 완전히 떨어져 나갔다고 말해 주었다.

남자는 잠시 머뭇거리다 정색하며 제안했다.

"차를 뒤로 빼요. 기어, 후진으로 하고."

"바퀴가 떨어져 나갔다고요!"

남자는 잠시 멈칫하다 대꾸했다.

"해봐서 나쁠 거 없잖아요."

빵빵대는 경적 소리가 점점 커가자 나는 돌아서서 잔디밭을 가로질러 집으로 갔다. 가다가 다시 한 번 뒤를 돌아보았다. 오늘도 웨이퍼 과자 같은 달이 개츠비 저택을 환하게 비추고 있었다. 아직 환한 개츠비 정원에서 말과 웃음이 서서히 사라져가도 달빛은 오래 남아 여전히 밤하늘을 아름답게 밝히고 있었다. 창문과 큼직한 문을 바라보니 갑자기 공허하다는 생각이 들었다. 현관에 서서 정중히 손들어 작별 인사하는 집주인이 오늘따라 더없이 쓸쓸해 보였다.

지금까지 쓴 글을 읽어 보니 몇 주 간격을 두고 사흘 동안 일어난 일에 내가 완전히 빠져 있었다는 생각이 든다. 하지만 그 사건들은 다사다난하기 마련인 여름에 일어날 법한 우연한 일이었을 따름이고, 그 후 한참 시간이 흐른 뒤에도 내 개인적인 일에 훨씬 더 몰두해 있었다.

나는 주로 일을 하며 시간을 보냈다. 프로비티 신탁 회사로 간다고 남부 뉴욕 고층 빌딩 사이로 급히 내려갈 때면 이른 아침 해가 서쪽으로 내 그림자를 길게 드리웠다. 직원들이나 젊은 증권업자와도 격의 없이 지냈다. 그들과 어둡고 북적이는 식당에서 돼지고기로 만든 작은 소시지와 으깬 감자, 커피로 점심을 같이 먹기도 했다. 저지 시에 사는, 경리 부서에서 일하는 어떤 아가씨와 잠깐 연애를 하기도 했는데, 오빠가 자꾸 나를 못마땅하게 봐서 7월에 아가씨가 휴가를 떠난다기에 그 참에 조용히 관계를 끊어버렸다.

나는 주로 예일 클럽에서 저녁을 먹었다. 몇 가지 이유로 그때가 하루 중 가장 우울한 시간이었다. 저녁을 먹고 나면 2층 도서관으로 올라가 한 시간 동안 투자와 증권에 대해 성실하게 공부했다. 식당에는 시끄러운 녀석들도 더러 있었지만, 도서관으로 올라오는 일은 없었기 때문에 공부하기에는 아주 좋았다. 공부를 마치고 나서 날씨가 좋으면 매디슨가를 따라 유서 깊은 머리 힐 호텔을 지나, 33번가 너머 펜실베이니아 역까지 걸어가곤 했다.

뉴욕이 좋아지기 시작했다. 멋지고 활기찬 밤 분위기, 남자와 여자, 자동차들이 쉴 새 없이 몰려들며 눈을 어지럽히는 이 도시가 마음에 들었다. 5번가로 걸어 올라가서 군중 속에서 낭만적인 여자를 골라내, 제지나 방해 없이 몇 분 동안 그들 삶으로 들어가는 상상을 하며 즐겼다. 때로는 마음속으로 길모퉁이에 있는 아파트까지 따라가, 그들이 문을 열고 뒤돌아 내게 미소 지은 뒤 따뜻한 어둠 속으로 사라져가는 모습을 상상해 보기도 했다. 매력적인 대도시 황혼 속에서 나는 가끔 고독했고 다른 사람에게서도 고독을 느꼈다. 쇼윈도우 앞을 서성이며 혼자 외로이 저녁 먹을 시간을 기다리는 가난한 젊은 사무원들, 인생과 밤의 가장 강렬한 순간을 낭비하고 있는 어스름 속 젊은 사무원들 말이다.

다시 8시가 되어 40번가 어두운 골목에 극장가로 향하는 택시들이 다섯 줄로 늘어선 모습을 볼 때면 가슴이 내려앉는 느낌이었다. 택시 탄 사람들은 떠나기를 기다리며 서로 몸을 기대고 노래를 불렀고, 무슨 농담인지는 몰라도 웃고 떠들었다. 담뱃불이 택시 안 모습을 희미하게 비춰 주었다. 그들과 은밀한 흥분을 나누기 위해 즐거운 곳으로 나도 서둘러 간다고 상상하며 그들이 행복하기를 마음속으로 기원했다.

한동안 조던 베이커를 만나지 못하다가 한여름이 되어서야 만날 수 있었다. 처음엔 우쭐한 기분에 함께 돌아다녔다. 골프 챔피언인 조던을 모두가 알아보았기 때문이다. 그러다가 그 이상의 뭔가가 생겼다. 사랑에 빠진 건 아니지만 애정이 깃든 호기심 같은 것이 있었다. 세상을 따분하게 바라보는 오만한 표정에는 뭔가가 숨겨져 있었다. 처음에는 안 그랬다고 해도 가식에도 무언가를 감추기 마련이다. 어느 날 나는 그게 뭔지 알아냈다. 워릭에서 열린 파티에 갔을 때, 빌린 차 덮개를 열어놓은 채 비를 맞고는 그 일에 대해 거짓말을 했다. 문득 데이지네 집에 갔던 날 밤에 미처 생각나지 않았던 소문이 떠올랐다. 조던이 처음 참가했던 큰 골프 경기에서 신문에 나올 법한 사건이 벌어졌다. 준결승전에서 안 좋은 자리에 놓여 있던 공을 슬쩍 옮기려 했다는 의혹이 있었다. 그 일은 추문으로 확대되다 곧 진정되었다. 캐디가 증언을 취소했고, 유일한 목격자는 자기가 잘못 본 모양이라며 한발 물러섰다. 하지만 그 사건은 조던 이름과 함께 뇌리에 여전히 남아 있다.

조던은 영리하고 약삭빠른 남자를 본능적으로 피했다. 이제와 생각해 보면 어떤 규범에서 벗어날 생각을 전혀 못하는 남자가 더 안전하다고 느끼는 듯했다. 조던은 어떻게 구제할 수 없을 정도로 정직하지 못했다. 자신에게 불리한 상황을 견디지 못하고 원치 않은 상황이 벌어지면 세상을 향해 오만하리만치 차가운 미소를 짓는 동시에 단단하고 멋진 육체의 욕구를 충족시키기 위해 어릴 때부터 줄곧 속임수를 써왔던 것 같다.

그러거나 말거나 나에겐 별 상관이 없었다. 여자가 하는 거짓말을 그리 심하게 탓할 일은 아니다. 그저 유감스러울 뿐이고 그러고는 곧 잊어버렸다. 우리가 자동차 운전에 대해 별난 대화를 나눈 건 바로 그 하우스 파티에 가면서다. 차를 몰고 몇몇 노동자를 지나쳐가던 중에 우리 차의 펜더가 어떤 남자 코트 단추를 살짝 건드리는 일이 있었다.

"차를 험하게 모네요. 좀 주의하든지 아예 운전하지 말아야겠어요."

내가 한마디 했다.

"조심하고 있어요."

"아니, 조심 안 하고 있잖아요."

"그럼, 다른 사람이 조심하면 되겠네요."

"그게 무슨 말이죠?"

"다른 사람이 날 피하겠죠. 사고는 쌍방이 일으키는 거니까."

조던은 자기 생각을 굽히지 않았다.

"당신처럼 부주의한 사람을 만나면 어떡하죠?"

"그럴 일이 없길 바라야죠. 부주의한 사람은 싫어요. 그래서 당신을 좋아하는 거예요."

햇빛에 바랜 듯한 조던의 회색 눈동자는 앞만 바라보고 있었다. 하지만 이로 인해 우리 관계는 더 나아졌다. 잠시나마 나는 조던을 사랑한다고 생각했다. 하지만 나는 생각이 느린데 게다가 욕망을 억제하는 내면의 규칙도 많았다. 무엇보다 고향 여자와의 애매한 관계를 정리하는 게 급선무라고 생각했다. 나는 베이커에게 일주일에 한 번은 편지를 썼다. 그때마다 '당신을 사랑하는 닉'이라고 적었지만, 생각나는 건 조던이 테니스를 칠 때면 마치 콧수염처럼 윗입술에 땀방울이 맺었던 모습뿐이었다. 그럼에도 우리 사이엔 모호한 합의가 있었다. 내가 자유로워지려면 그 합의를 요령껏 잘 깨야 했다.

사람은 누구나 기본적인 미덕 가운데 하나쯤은 가지고 있다고 믿는다. 내게도 그런 미덕이 있는데, 그건 바로 나도 내가 알고 있는 몇 안 되는 정직한 사람 중에 하나라는 점이다.

4

일요일 아침, 교회 종소리가 바닷가 마을에 울려 퍼지면 사람들은 애인과 함께 개츠비 집으로 다시 몰려왔다. 잔디밭 여기저기를 들떠서 즐겁게 돌아다녔다.

"그 사람, 밀주업자래요."

젊은 여자들이 칵테일 바와 꽃밭 사이를 오가며 말했다.

"사람을 죽인 적이 있대요. 어떤 사람한테 자기가 폰 힌덴부르크의 조카이자 악마와 육촌 관계라는 게 들통나서 그 사람을 죽였다는 거예요. 자기야, 장미 한 송이 꺾어줄래요? 술 있으면 저 크리스털 잔에 남은 한 방울이라도 따라주고."

언젠가 기차 시간표 빈자리에다 그해 여름 개츠비 집에 온 사람들 이름을 적어놓은 적이 있다. 이제는 접힌 부분이 다 해진 시간표 위쪽엔 '1922년 7월 5일 유효'라고 인쇄되어 있었다. 하지만 지금도 희미하게 남아 있는 그 이름들을 알아볼 수가 있다. 그 이름들은 환대를 받고도 개츠비를 전혀 모른다는 식으로 교묘하게 얼버무린 사람들에 대해 내가 하는 막연한 설명보다 훨씬 뚜렷한 인상을 줄 것이다.

이스트에그에서는 체스터 베커 부부와 리치 부부, 예일대학 시절에 알고 지낸 번슨이라는 남자, 지난여름 메인주에서 물에 빠져 죽은 웹스터 치벳 박사가 왔다. 혼빔 부부와 윌리 볼테어 부부, 늘 구석에 있다가 누구든지 가까이 다가가면 염소처럼 코를 벌름거리던 블랙벅 일가도 모두 왔다. 이스메이 부부와 크리스티 부부(휴버트 아우어바흐와 크리스티 씨의 부인이라고 하는 편이 맞을 것이다), 소문에 따르면 어느 겨울 오후에 별다른 이유도 없이 솜처럼 머리가 하얗게 세어버렸다는 에드거 비버도 왔다.

내 기억에는 클래런스 엔다이브도 이스트에그에서 온 사람이었다. 헐렁한 흰색 반바지를 입고 딱 한 번 왔는데, 에티라는 건달과 정원에서 싸움 붙은 적이 있다. 롱아일랜드 한참 떨어진 곳에서 치들 부부와 O. R. P. 슈레더 부부, 조지아주의 스톤월 잭슨 에이브럼 부부, 피시가드 부부와 리플리 스넬 부부가 왔다. 스넬은 주 형무소에 들어가기 사흘 전에 거기 왔었는데, 만취한 채 자갈길에 쓰러져 있다가 율리시스 스웨트 부인이 운전하는 자동차에 오른손이 깔렸다. 또 댄시 부부도 왔고, 예순은 족히 넘은 S. B. 화이트베이트, 모리스 A. 플링크와 해머헤드 부부, 담배 수입업자인 벨루가와 그의 아가씨들도 왔다.

웨스트에그에서는 폴 부부와 멀레디 부부, 세실 로벅과 세실 숀, 주 의회 상원 의원인 굴릭, '필름스 파 엑설런스'를 경영하는 뉴턴 오키드, 에크호스트와 클라이드 코언, 돈 S. 슈워츠(아들), 아서 매카티도 왔는데, 이들은 모두 영화와 이런저런 방식으로 관련 있는 사람들이었다. 그리고 캐틀립 부부, 벰버그 부부, G.

얼 멀둔도 왔다. 얼 멀둔은 나중에 아내를 목졸라 죽인 그 유명한 멀둔과 형제였다. 공연 기획자인 다 폰타노, 에드 레그로스와 제임스 B. 페릿과 드 종 부부와 어니스트 릴리도 왔다. 이들은 도박을 하러 왔다. 페릿이 어슬렁거리며 정원으로 나온다는 건 몽땅 털렸으니 다음날 연합철도 주가가 이익이 나는 쪽으로 움직여야 한다는 의미였다.

클립스프링어라는 남자는 그 저택에 하도 자주 오고 너무나 오래 머물러서 '하숙생'으로 불렸다. 그 남자에게 과연 다른 집이 있긴 했는지 의심스러울 정도였다. 연극계 인사로는 거스 와이즈와 호레이스 오도너번, 레스터 마이어, 조지 덕위드, 프랜시스 불이 왔다. 뉴욕에서도 사람이 왔는데, 크롬 부부와 배키슨 부부, 데니커 부부와 러셀 베티, 코리건 부부와 켈러허 부부, 듀어 부부와 스컬리 부부, S. W. 벨처와 스머크 부부, 지금은 이혼한 젊은 퀸 부부, 타임스 스퀘어에서 지하철에 뛰어들어 자살한 헨리 L. 팔메토도 있었다.

베니 맥클리너핸은 늘 젊은 여자 네 명을 거느리고 왔다. 그 여자들은 같은 사람이 아니었지만, 외모가 너무나 비슷해서 아무래도 전에도 왔던 것 같은 인상을 주었다. 여자들 이름은 잊어버렸다. 재클린이나 컨수엘라, 아니면 글로리아, 주디, 또는 준 같은 이름이었을 것이다. 그들의 성은 꽃이나 달처럼 음악적이거나 미국 대자본가의 성처럼 엄숙해서, 캐물어 보면 누구네 사촌이라고 실토할 것만 같았다.

이 사람들 외에 포스티나 오브라이언이 적어도 한 번 왔던 게 기억나고, 베데커 집안 아가씨들과 전쟁 때 코에 총상을 입은 젊은 브루어, 올브룩스버거 씨와 약혼녀인 헤이그 양, 아디터 피츠피터스와 한때 미국 재향군인회 회장을 지낸 P. 주이트 씨, 자신의 운전기사라는 남자와 함께 온 클라우디아 힙 양, 그리고 우리가 공작이라 부른 어느 나라 왕자라는 사람이 있었는데, 그때는 이름을 알았지만 지금은 잊어버렸다.

이 사람들 모두가 그해 여름 개츠비 저택에 왔다.

7월 하순 어느 날 아침 9시, 개츠비가 으리으리한 차를 몰고 울퉁불퉁한 길을 따라 올라와 우리 집 문 앞에 멈춰 서서 빵 빠앙 빠아앙 경적을 울렸다. 개츠비가 여는 파티에 두 번 참석하고 수상비행기도 타기도 했다. 간곡하게 나를 초대하여 해변을 여러 번 이용했지만, 개츠비가 나를 직접 찾아오기는 처음이었다.

"잘 지냈어요? 오늘 나하고 점심 같이 먹어요. 내 차로 같이 가면 돼요."

그 사람은 미국인 특유 여유로운 자세로 자동차 대시보드에 중심 잡고 걸터앉아 있었다. 그런 모습을 보니 어렸을 때 무거운 걸 들어본 적이 없거나 의자에 똑바로 앉아본 적이 없지 않았을까 하는 생각이 들기도 하고, 게임 같은 데서 가끔 벌어지는 묘한 알 수 없는 긴장이 느껴지기도 했다. 꼿꼿이 격식을 차리는 와중에도 뭔가 불안해 보였다. 잠시도 가만히 있지 못하고 다리를 떤다든지 손을 쥐었다 폈다 했다.

내가 감탄하며 자기 차를 바라보자, 그런 내 모습을 보고는 더 잘 볼 수 있게 차에서 뛰어내렸다.
"차 멋지죠. 그렇지 않나요? 전에 이런 차 본 적 없을 텐데요?"
전에 본 적 있는, 다른 사람도 봤을 법한 차였다. 차는 짙은 크림색에 니켈로 장식되어 번쩍였다. 괴물처럼 길쭉한 차체 안쪽에는 모자 상자와 음식 상자, 공구 상자가 자랑이라도 하듯 완비되어 있었다. 차 앞쪽에서 움직여가며 보니, 해가 무슨 여남은 개라도 되듯 앞 유리가 햇빛을 이리저리 강렬하게 반사하는데 그 모습이 마치 미로와 같았다. 겹겹이 된 유리 때문인지 차 안은 온실 같았다. 우리는 푸른색 가죽 시트에 앉아 시내로 출발했다.
지난달에 개츠비와 대여섯 번쯤 이야기를 나누었지만 실망스럽게도 딱히 할 말이 없었다. 뭔가 대단한 인물일 거라는 첫인상은 점점 사라지고 내겐 그저 호화로운 펜션 주인으로 보일 뿐이었다.

그러던 차에 난데없이 차를 같이 타게 되었다. 웨스트에그에 도착도 하기 전에, 개츠비는 우아하게 말을 하다 끝을 두루뭉술하게 넘기고는 연갈색 양복 무릎을 불안하게 두드렸다.
"이봐요, 친구. 난 어떤 사람인 것 같아요?"
나는 약간 당황하여 그 질문에 어울릴 말을 찾아 막연하게 얼버무렸다.
그러자 내 말을 자르며 개츠비가 말했다.
"음, 나에 대해 잠깐 얘기해 드릴게요. 다른 데서 들은 소문 때문에 나를 잘못 알면 안 되잖아요."

보아하니 자기 집 홀에서 오간 별별 황당한 험담을 잘 알고 있는 듯했다.

"하나님께 맹세코 진실만을 말할게요."

개츠비는 거짓말이면 신이 주는 천벌도 받겠다는 듯 갑자기 오른손을 들어 보였다.

"난 중서부 어느 부잣집에서 태어났어요. 지금은 다 죽고 저 혼자예요. 미국에서 자랐지만 옥스퍼드에서 교육받았죠. 우리 집안 사람들은 옥스퍼드 출신이 많아요. 전통이죠."

슬쩍 곁눈질로 나를 바라보았다. 순간 조던 베이커가 한 말이 생각났다. 왜 개츠비가 거짓말한다고 했는지 그 이유를 알 것 같았다. 개츠비는 옥스퍼드에서 교육받았다는 말을 급하게 했다. 마치 전에 그 말로 괴로움을 많이 당하기라도 한 듯, 목이라도 조이는 듯 내뱉자마자 얼른 삼켰다. 이런 의심이 들자 개츠비가 한 말은 모두 산산조각이 났다. 뭔가 음흉한 데가 있지 않나 하는 의구심을 지을 수가 없었다.

"중서부 어디 출신이에요?"

내가 무심코 물어보자 개츠비가 답했다.

"샌프란시스코요."

"그렇군요."

"가족이 다 죽는 바람에 꽤 많은 돈을 물려받았죠."

그 목소리는 자못 숙연했다. 갑작스레 죽은 가족에 대한 생각을 아직도 다 떨쳐내지 못한 듯했다. 나를 놀리는 게 아닐까 잠시 의심했지만, 개츠비를 힐끗 보고 나서는 그렇지도 않다는 생각이 들었다.

"그 후로 파리나 베네치아, 로마 같은 유럽 대도시에서 인도 젊은 왕자처럼 지냈어요. 보석 특히 루비를 수집하고 사냥도 하고 취미로 그림도 좀 그리면서 살았지요. 오직 나 자신만을 위한 일이었고, 오래전에 있었던 그 아주 슬픈 일을 잊으려고 애썼지요."

개츠비가 하는 말이 하도 터무니가 없어, 절로 나오는 웃음을 애써 참았다. 실오라기 하나 빤히 보일 만큼 너무 상투적이어서 머리에 터번을 두른 어떤 '캐릭터'가 땀구멍마다 톱밥을 흘리며 볼로뉴 숲을 가로질러 호랑이를 쫓는 이미지밖에 떠오르지 않았다.

"그러다가 전쟁이 터졌어요. 전쟁은 나를 고통에서 구원해주리라 여겼죠. 죽으려고 별별 시도를 해봐도 다 소용없더라고요. 무슨 마법에 홀린 것 같기도 하고. 전쟁이 시작되자 나는 중위로 임관하였죠. 아르곤 숲 전투에서는 두 기관총 부대를 이끌고 너무 깊숙이 침투하는 바람에 뒤에 오던 보병부대와 1킬로미터가량 차이 나면서 고립되었어요. 병사 130명이 루이스식 기관총 열여섯 자루로 이틀 밤낮을 버텼지 뭐예요. 마침내 보병부대가 도착했을 때는 시체 더미 속에서 독일군 사단 휘장을 세 개나 발견했지요. 나는 소령으로 진급하고 가는 곳마다 연합국 정부에서 훈장을 달아주었어요. 심지어 몬테네그로에서도. 저 아드리아해에 있는 작은 몬테네그로 말이에요."

그 작은 몬테네그로! 개츠비는 목청을 돋우며 고개를 끄덕였다. 미소를 지으며 말이다. 몬테네그로 수난의 역사를 이해하고, 몬테네그로 국민의 용감한 투쟁을 공감한다는 미소였다. 몬테네그로의 작지만 따뜻한 마음으로부터 이런 감사의 표시를 하게 만든 일련의 국가 정세를 완전히 이해한 듯한 그 미소! 개츠비의 매력에 사로잡혀서인지 불신은 수면 아래로 가라앉았다. 잡지 여러 권을 순식간에 훑어본 기분이었다.

개츠비는 주머니에 손을 넣더니 리본이 달린 메달 하나를 꺼내 내 손바닥에 올려놓았다.

"몬테네그로에서 받은 훈장이에요."

놀랍게도 진짜 훈장처럼 보였다. '다닐로 훈장'이라는 글자와 '몬테네그로 국왕 니콜라스'라는 글자가 원형으로 새겨져 있었다.

"뒤집어 보세요."

메달 뒷면에 적힌 문구를 나는 크게 소리 내어 읽었다.

"제이 개츠비 소령의 공적을 기리며."

"내가 늘 갖고 다니는 게 하나 더 있어요. 옥스퍼드 시절 기념품인데 트리니티 대학 구내에서 찍은 겁니다. 내 왼쪽에 있는 사람이 지금 돈캐스터 백작이에요."

멀리 첨탑이 보이는 아치 아래서 블레이저 재킷을 입은 젊은 사람 여섯이 다 같이 어울려 찍은 사진이었다. 크리켓 배트를 들고 있는 사람이 개츠비였다. 많이는 아니고 지금보다 약간 젊어 보였다.

듣고 보면 다 맞는 얘기였다. 내 눈엔 베네치아 대운하에 있는 개츠비 저택에 내걸린, 번쩍거리는 호랑이 가죽이 아른거렸다. 루비 상자를 열고 진홍빛 보석 빛깔에 빠져들며 상처받은 마음을 스스로 달래는 개츠비 모습도.

"오늘 중요한 부탁 하나 하려 해요."

개츠비가 만족스러운 듯 기념품을 주머니에 집어넣으며 말했다.

"그러자면 나에 대해 좀 알아둘 필요가 있다고 생각했어요. 나를 별 볼 일 없는 사람이라 여기지 않았으면 했거든요. 알다시피 지난날 내게 있었던 슬픈 기억을 잊으려고 여기저기 떠돌아다니다 보니, 주로 낯선 사람들 틈바구니에서 지내게 되었죠."

개츠비는 잠시 머뭇거리다 덧붙였다.

"그런 이야기는 이따 오후에 듣게 될 거예요."

"점심때요?"

"아뇨, 오후에요. 베이커와 차 마시기로 했다면서요?"

"혹시 베이커를 사랑하고 있나요?"

"아닙니다. 사랑하는 사이 아니에요. 하지만 베이커가 친절하게도 이 문제를 당신에게 말해 보겠다고 하더군요."

나는 '이 문제'가 무엇인지 조금도 알아듣지 못했다. 흥미보다는 성가시다는 생각이 더 들었다. 내가 개츠비 얘기나 하자고 조던에게 차 마시자고 한 게 아니었다. 개츠비가 말하는 '부탁'이라는 게 꽤 황당하지 않을까 하는 생각이 들자, 사람들 북적대는 개츠비 파티에 괜히 발을 들여놨구나 하고 잠시나마 후회했다.

개츠비는 더는 별다른 말 안 했다. 뉴욕 시내가 가까워질수록 자세를 단정하게 가다듬었다. 루즈벨트 부두를 지나가는데, 붉은 띠를 두르고 대양을 횡단하는 배들이 얼핏 보였다. 어둡고 칙칙한, 아직도 사람들이 드나드는 20년도 넘은 낡은 술집들이 빈민가 울퉁불퉁한 길을 따라 늘어서 있었다. 빠르게 지나가니 양쪽으로 잿더미 쌓인 골짜기가 나왔다. 그곳을 지나가는데 자동차 정비소에서 윌슨 부인이 숨을 몰아쉬며 힘차게 펌프질하는 모습이 힐끗 보였다.

우리는 속도를 내어 달렸다. 자동차 펜더가 날개처럼 펼쳐질 정도로. 불빛을 흩트리며 롱아일랜드 시티 절반을 가볍게 지나갔다. 하지만 딱 거기까지였다. 고가도로 교각을 돌아서 가는데 "부웅 - 부웅 - 부우웅" 하는 귀에 익은 오토바이 소리가 들려왔다. 교통경찰이 미친 듯이 따라오더니 우리 옆까지 바짝 쫓아왔다.

개츠비가 "알겠어요."라고 말하고는 차를 서서히 멈춰 세웠다. 개츠비는 지갑에서 하얀 카드를 꺼내어 경찰관 눈앞에 대고 흔들어 보였다.

"됐습니다."

경찰관이 가볍게 거수경례하며 말했다.

"다음에는 잘 알아 모시겠습니다. 개츠비 씨, 실례 많았습니다."

"그게 뭐죠? 그 옥스퍼드 사진인가요?"

"전에 경찰서장한테 호의를 베푼 적이 있는데, 해마다 크리스마스 카드를 보내주네요."

 거대한 다리를 지나가는데, 다리 대들보 사이로 햇빛이 비치면서 자동차들이 쉴 새 없이 반짝거렸다. 강 건너편으로 하얀 각설탕 덩어리 같은 건물들이 더미를 이루어 서서히 솟아오르듯 눈에 들어왔다. '냄새 안 나는 깨끗한 돈으로' 세워졌으면 하고 바랐던 그 건물들이. 퀸스보로 다리에서 바라보는 뉴욕은 세상의 온갖 신비와 아름다움을 간직한 곳이라는 첫 환상이 그대로 살아 있는, 그래서 늘 처음 보는 도시 같았다.

 꽃으로 장식한 영구차가 시신을 싣고 우리를 지나쳐갔다. 이어 차양을 내린 마차 두 대와 친구들을 태운 좀 더 밝은 분위기의 마차 몇 대가 뒤따랐다. 차를 탄 사람은 윗입술이 짧은 남동부 유럽사람들인데, 처량한 눈빛으로 우리를 내다보고 있었다. 휴일에 우울할 텐데 그 사람들이 개츠비의 화려한 차를 구경하게 되어 다행이라 생각했다. 우리가 블랙웰 섬을 건너갈 때, 백인 기사가 모는 리무진이 우리 옆을 지나갔다. 차 안에는 세련되게 차려입은 흑인 남자 둘과 흑인 여자 하나가 타고 있었다. 그 사람들은 무슨 경쟁이라도 하듯 거만하게 우리 쪽을 향해 달걀 노른자 같은 눈동자를 굴려대자 나는 크게 웃음을 터뜨렸다.

 '이 다리를 건넜으니 이젠 무슨 일이든 일어날 수 있겠지. 무슨 일이든…….' 나는 혼자 생각에 잠겼다.

 심지어 개츠비 같은 사람이 나타난다 해도 딱히 놀랄 만한 일도 아니었다.

왁자지껄한 정오였다. 선풍기가 잘 돌아가는 42번가 지하 식당에서 나는 개츠비와 점심을 먹기로 했다. 눈이 바깥 거리 환한 빛에 익숙해진 탓에 몇 번 끔벅이다가, 대기실에서 누군가와 이야기 나누고 있는 개츠비를 어렴풋이 알아보았다.

"캐러웨이 씨, 이쪽은 내 친구 울프심이에요."

키가 작고 코가 납작한 유대인이 큼직한 머리를 들어 나를 쳐다보았다. 양쪽 콧구멍에 털이 길게 삐져나와 있었다. 잠시 후 나는 어스름한 가운데서 그의 작은 눈을 찾아낼 수 있었다.

"……그래서 내가 그 자식을 한 번 쳐다봤지."

울프심이 나와 악수하며 진지하게 말했다.

"그런데 내가 어떻게 했을 것 같나?"

"무슨 말씀인지?"

하지만 내 손 내려놓고 코를 벌름거리며 의미심장하게 개츠비 쪽으로 향하는 모습으로 보아 나한테 하는 말은 아닌 게 분명했다.

"캐츠포에게 돈을 건네면서 이렇게 말했지. '좋아, 캐츠포. 입을 다물 때까지 그 녀석에게 한 푼도 주지 마.' 하고 말이야. 녀석은 결국 입을 다물었지."

개츠비는 우리 두 사람 팔을 잡고 식당으로 들어갔다. 울프심은 뭔가 말을 하려다 도로 삼켰고 몽유병자처럼 멍해 보였다.

"하이볼로 드릴까요?"

수석 웨이터가 묻자, 울프심이 천장에 그려진 장로교회풍으로 그려진 요정들을 보며 말했다.

"여기도 괜찮은 식당이군. 하지만 길 건너 식당이 더 좋아!"

"그래요. 하이볼로 주세요."

개츠비는 웨이터에게 말하고 나서 울프심을 보며 말했다.

"거긴 너무 더워요."

"덥고 비좁은 건 사실이야. 하지만 추억이 많은 곳이거든."

울프심이 말하고 나자 내가 물었다.

"거기가 어딘데요?"

"옛 메트로폴."

울프심이 침울하게 생각에 잠기며 반복했다.

"옛 메트로폴. 죽고 떠나버린 이들 얼굴이 가득하지. 영원히 떠나버린 친구들 얼굴. 거기서 그날 밤 로지 로젠탈이 총 맞은 일을 지금껏 살아오면서 잊어본 적이 없어. 우리 일행은 여섯 명이고, 테이블에 같이 둘러앉았지. 그날 로지 로젠탈은 밤새도록 잔뜩 먹고 실컷 마셨어. 새벽이 되어갈 무렵, 웨이터가 말도 안 된다는 표정을 지으며 와서 얘기하더라고. 누군가 밖에서 얘기 좀 하자고 부른다는 거야. 로지가 '알았어.' 하고는 일어나려 해서 내가 도로 앉혔지. '만나고 싶으면 그 녀석들보고 이리로 직접 오라고 해. 로지, 무슨 일 있어도 이 방 밖으로 나가면 안 돼.' 그때가 새벽 네 시 무렵이었으니, 블라인드를 올렸으면 새벽빛을 볼 수 있었을 거야."

"그래서 로지는 나갔나요?"

내가 순진하게 묻자, 울프심이 화가 치미는 듯 내 쪽으로 코를 홱 돌렸다.

"그럼, 나갔지. 그 친구가 문간에서 돌아보며 이렇게 말하더군. '웨이터보고 내 커피 치우지 말라고 해.' 바깥 거리로 나가자 놈들은 로지의 볼록한 배에다 총을 세 방이나 갈기고선 차를 몰고 달아나버렸지."

"그중 네 명은 전기의자에서 사형당했지요."

내가 기억을 더듬으며 말했다.

"베커까지 다섯 명이었지."

울프심은 흥미롭다는 듯 나를 향해 코를 벌름거렸다.

"사업할 데를 찾고 있나 본데?"

사형당한 얘기하다가 뜬금없이 사업 얘기가 나와 무척 당황스러웠다. 개츠비가 나 대신 대답해주었다.

"아, 아니에요! 이 친구는 그 사람이 아니에요."

"아니라고?"

울프심은 실망한 눈치였다.

"이 사람은 그냥 친구예요. 그 얘긴 나중에 하자고 말씀드렸는데."

울프심이 멋쩍은 듯 말했다.

"미안, 내가 사람을 착각했나 보군."

육즙 많은 고기 요리가 잘게 썰려 나오자 울프심은 옛 메트로폴에 대한 감상적인 분위기는 다 잊어버리고 게걸스럽게 먹기 시작했다. 그러면서도 먹는 동안에 눈으로는 아주 천천히 식당 안을 두루 살폈다. 등을 돌려 바로 뒤에 있는 사람들까지 살펴보고 나서야 둘러보는 일을 마무리했다. 내가 자리에 없었다면 테이블 아래까지 살펴봤을지도 모른다.

"이봐요."

내 쪽으로 몸을 기울이며 개츠비가 말했다.

"오늘 아침, 차에서 나 때문에 기분 나쁘거나 하지 않았어요?"

그 특유의 미소를 지어 보였지만, 이번엔 나도 넘어가지 않았다.

"난 비밀을 좋아하지 않아요. 왜 솔직하게 툭 터놓고 하고 싶은 얘기 말하지 않는지 모르겠어요. 왜 베이커를 통해서 알아야 하죠?"

"아, 무슨 꿍꿍이가 있거나 하진 않아요."

개츠비는 나를 안심시키려고 했다.

"알다시피 베이커는 대단한 운동선수인데, 그런 여자가 말도 안 되는 이상한 일을 할 리가 없잖아요."

갑자기 시계를 보고 나서 개츠비가 벌떡 일어나 밖으로 나가는 바람에, 테이블에는 울프심과 나만 남게 되었다.

"전화해야 할 일이 있나 보군."

개츠비 뒷모습을 눈으로 좇으며 울프심이 말했다.

"좋은 친구지. 안 그런가? 잘 생기고 나무랄 데가 없는 신사라니까."

"네."

"영국 오그스퍼드 대학 출신이야."

"아!"

"개츠비가 영국 오그스퍼드 대학을 나왔다니까. 오그스퍼드 대학 알지?"

"들어봤습니다."

"세계적으로 유명한 대학이잖아."

"개츠비를 알고 지낸 지 오래되었나요?"

"몇 년 됐지."

대답에 흐뭇함이 묻어났다.

"운 좋게도 전쟁 직후에 알게 됐지. 한 시간 동안 얘기하고 나니 참 괜찮은 사람이구나 하는 생각이 들더라고. '집에 데려가서 어머니와 누이에게 소개해 주고 싶은 사람이군.' 속으로 이렇게 생각했다니까."

울프심이 잠시 말을 멈췄다.

"내 소맷부리 단추를 보고 있나 보군."

사실 난 그 단추를 보고 있진 않았지만, 그 말을 듣고 바라보게 되었다. 이상하게도 친근해 보이는 아이보리색 단추였다.

"사람 어금니로 만든 최상급 제품이오."

"그렇군요!"

나는 그 단추들을 찬찬히 들여다보았다.

"참으로 기발하네요."

"그렇지."

울프심은 코트를 챙겨 입으면서 말했다.

"개츠비는 여자를 아주 조심하지. 친구 마누라는 쳐다보지도 않는다니까."

본능적으로 신뢰하는 대상이 자리로 돌아와 앉자마자, 울프심은 커피를 홀쩍 들이켜고는 자리에서 일어났다.

"점심 잘 먹었네. 젊은 사람들한테 눈치 없다고 미움받기 전에 얼른 일어나야지."

"좀 더 있다 가시지 않고요?"

개츠비가 말은 이렇게 했지만 심드렁했다. 울프심은 좋은 일이 있기를 바란다는 듯, 한 손을 들어 올렸다.

"호의는 고맙지만 난 세대가 다르다네. 자네들은 여기 앉아서 스포츠나 여자 얘기……."

나머지 말은 알아서 상상하라는 듯 한 번 더 손을 흔들었다.

"이제 나이 쉰인데 더는 자네들 귀찮게 하면 안 되지."

울프심이 악수하고 돌아서는데 코가 살짝 떨려 애처로워 보였다. 내가 혹시 기분 상하게 하진 않았는지 조금 걱정스러웠다.

"저 사람이 가끔은 감상적일 때가 있어요. 오늘이 바로 그런 날이에요. 뉴욕 일대에서 꽤 유명한 괴짜죠. 브로드웨이에서 먹고사는."

"도대체 뭐 하는 사람이에요? 배우인가요?"

"아뇨."

"그럼 치과의사?"

"마이어 울프심이? 천만에, 도박사예요."

개츠비는 잠깐 망설이다가 냉정하게 덧붙였다.

"1919년에 월드시리즈 승부를 조작한 바로 그 사람이에요."

"월드시리즈를 조작했다고요?"

그 말에 머리가 어질어질했다. 물론 나도 1919년 월드시리즈 승부 조작 사건을 기억하고 있었다. 하지만 나 같은 사람에게 그런 사건은 불가피한 상황으로 얽힌 결과라고만 생각했었다. 한 인간이 무려 오천만 명이나 되는 사람들의 믿음을 갖고 놀 수도 있다는 생각은 단 한 번도 해본 적이 없었다. 금고를 터는 강도처럼 말이다.

"어떻게 그런 일이 가능할 수 있죠?"

나는 잠시 정신을 가다듬고 나서 물었다.

"그냥 기회다 싶어 잡았을 거예요."

"왜 감옥에 안 갔죠?"

"그 사람 잡아넣기 힘들죠. 얼마나 영리한 사람인데."

점심값은 내가 내겠다고 고집을 부렸다. 웨이터한테 거스름돈을 받는 사이, 북적대는 식당 건너편에 앉아 있는 톰 뷰캐넌이 눈에 들어왔다.

"잠깐 같이 가요. 인사할 사람이 있어요."

내가 개츠비에게 말을 하는데, 톰이 우리를 보자마자 벌떡 일어나더니 우리 쪽으로 성큼성큼 걸어왔다.

"그동안 어디 있던 거야?"

톰이 반가워하며 말을 이어갔다.

"네가 전화 안 한다고 데이지가 얼마나 화났는지 알아?"

"여기는 개츠비 씨, 이쪽은 뷰캐넌 씨."

그들은 짧게 악수를 했다. 개츠비는 당황한 듯 평소 같지 않게 긴장한 표정이 역력했다.

"도대체 어디서 뭘 하고 지낸 거야? 웬일로 이렇게 멀리까지 식사하러 다 오고?"

톰이 이것저것 물었다.

"개츠비 씨하고 점심 먹었어."

나는 개츠비 쪽으로 몸을 돌렸지만 금세 어디로 갔는지 자리에 없었다.

1917년 10월 어느 날…….

(그날 오후 조던 베이커가 플라자 호텔 커피숍 딱딱한 의자에 꼿꼿이 앉아 이렇게 말했다.)

……그날 저는 보도로 갔다가 잔디밭으로 갔다가 하면서 이리저리 걷고 있었어요. 잔디밭을 걷는 게 더 기분이 좋았죠. 영국제 구두를 신고 있었는데 밑창이 고무여서 그런지 바닥에 닿는 느낌이 아주 부드러웠거든요. 새로 사 입은 체크무늬 스커트도 바람에 살랑살랑 날렸어요. 바람이 불 때면 집집마다 내걸린 성조기가 팽팽하게 펼쳐지면서 뭔가 불만 있다는 듯 '탓 탓 탓' 소리를 냈지요.

가장 큰 깃발과 가장 큰 잔디밭이 있는 집이 바로 데이지네 집이었죠. 그때 데이지는 나보다 두 살 위인 열여덟 살이었는데, 루이빌 모든 아가씨들 중에 제일 인기가 많았어요. 데이지는 흰옷을 입고 로드스터라는 흰색 소형 오픈카를 타고 다녔어요. 데이지 집에는 종일 전화벨이 울려댔어요. 테일러 기지 젊은 장교들이 들뜬 마음으로 "제발 한 시간만!"을 외치며 어떻게든 데이트 한 번 해보려고 야단들이었죠.

그날 아침 데이지 집 맞은편에는 흰색 오픈카가 길모퉁이에 세워져 있고 차 안에는 데이지가 처음 보는 중위와 같이 앉아 있는 거예요. 서로 어찌나 푹 빠져 있는지 내가 서너 걸음 떨어진 곳까지 다가갔는데도 알아차리지 못할 정도였어요.

뜻밖에 데이지가 먼저 나를 불렀어요.

"안녕 조던, 이리 좀 와 봐."

데이지가 나에게 말을 걸어서 기분이 좋았어요. 언니들 중에서 데이지를 가장 좋아했거든요. 저보고 적십자사에 붕대 만들러 가는 길이냐고 물었어요. 그렇다고 대답했더니, 자기는 못 간다고 전해 달라고 하더군요. 데이지가 말하는 동안 그 장교는 줄곧 데이지만 바라보았어요. 젊은 여자라면 누구나 받아보고 싶을 만한 그런 눈길이었죠. 무척 로맨틱해서 아직도 기억나요. 그 장교 이름이 바로 제이 개츠비였어요. 그 뒤로 4년 넘게 그 사람을 못 봤지요. 나중에 롱아일랜드에서 만났을 때도 그 사람인 줄을 몰랐어요.

그게 1917년 일이었어요. 저도 그다음 해부터는 남자 친구를 사귀기 시작하고 골프대회에도 나가면서 데이지를 자주 못 봤어요. 데이지는 자기보다 약간 더 나이 많은 사람들과 어울렸어요. 그런데 이상한 소문이 돌았어요. 어느 겨울밤, 해외로 파병 가는 군인을 배웅하러 뉴욕 간다고 가방을 싸다가 엄마한테 들켰다는 거예요. 뉴욕에는 결국 못 갔죠. 몇 주 동안 가족과 말도 안 했대요. 그 일이 있고 나선 다시는 군인과 사귀지 않았대요. 대신 군대에 갈 수 없는 평발이나 근시들하고만 어울렸다나 뭐라나.

하지만 이듬해 가을이 되자 데이지는 다시 평소처럼 명랑해졌어요. 전쟁이 끝난 후에는 본격적으로 사람들과 어울려 다니기 시작하더니 2월쯤에는 뉴올리언즈 남자와 약혼했다는 얘기가 있었죠. 그런데 6월이 되자 시카고 남자 톰 뷰캐넌과 결혼하더라고요. 루이빌에서는 여태 본 적이 없는 화려하고 성대한 결혼식이었죠. 신랑은 기차 특실 네 량을 빌려 백 명이나 되는 하객을 태우고 와서는 멀바크 호텔 한 층을 통째로 빌렸어요. 결혼식 전날에는 35만 달러 진주 목걸이를 선물했고요.

나는 신부 들러리를 섰어요. 결혼식 전날 밤 피로연이 열리기 30분 전에 신부 방에 들어갔는데, 데이지가 꽃장식을 한 드레스를 입고 6월의 밤처럼 아름답게 침대에 누워 있었어요. 그런데 술에 잔뜩 취해 있더라고요. 한 손에는 포도주 병을, 다른 손에는 편지를 쥐고 말이지요.

"축하해 줘. 술을 마셔본 적이 없는데, 와 기분 정말 끝내준다."

데이지가 중얼거렸다.

"언니, 무슨 일이라도 있는 거야?"

겁이 덜컥 나더라고요. 그렇게 취한 여자는 본 적이 없었거든요.

데이지는 휴지통을 침대 위에 올려놓고 이리저리 뒤지더니 "자, 이거" 진주 목걸이를 꺼내 들었어요.

"이걸 아래층으로 가져가서 갖고 싶은 사람 있으면 아무나 가지라고 줘버려. 사람들에게 데이지가 마음 바뀌었다고 말해. 데이지가 마음 바뀌었다고!"

데이지는 울음을 터뜨렸어요. 울고 또 울었죠. 나는 밖으로 나가서 데이지네 가정부를 찾아 데리고 왔어요. 문을 걸어 잠그고 찬물을 채운 욕조에 데이지가 들어가 있도록 했죠. 욕조에서도 편지를 꼭 쥐고 놓지 않더라고요. 욕조에서 편지가 젖어 흐물흐물해지자 공처럼 뭉쳐 꼭 쥐어 잡았지요. 하지만 눈송이처럼 조각조각 흩어지는 걸 보고 나서야 비눗갑에 버리게 했지요.

말 한마디도 안 했어요. 먼저 암모니아 냄새로 정신 차리게 한 뒤 이마에 얼음찜질하고 나서 서둘러 드레스를 입혔지요. 30분 뒤 진주 목걸이도 하고 해서 방에서 나왔어요. 그렇게 사건은 마무리되었죠. 다음날 5시에 톰 뷰캐넌과 결혼식을 올렸지요. 눈 하나 깜빡하지 않고 말이죠. 신혼여행도 석 달 동안 남태평양으로 떠났지요.

신혼여행에서 돌아온 뒤 샌타바버라에서 두 사람을 만났는데, 남편에게 그렇게 미쳐 있는 여자는 처음 보았어요. 남편이 잠시라도 자리를 비우면 불안하게 주변을 둘러보며 이렇게 말하더군요.

"톰 어디 간 거야?"

그러고는 남편이 나타날 때까지 넋 나간 표정으로 멍하니 있는 거예요. 남편 머리를 자기 무릎에 올려놓고 모래사장에 한 시간이나 앉아 있기도 했어요. 손으로 남편 눈가를 어루만지며 더 없이 행복한 표정으로 남편을 내려다보곤 했지요. 함께하는 그들 모습은 감동적이었어요. 보는 사람도 입가에 미소 짓게 했죠. 그때가 8월이었지요. 내가 샌타바버라를 떠난 지 일주일 되던 어느 날 밤, 톰이 몰던 차가 벤투라 도로에서 사륜차를 들이받아 차 앞바퀴가 빠져나가는 사고가 있었어요. 함께 탄 여자가 팔이 부러지는 바람에 신문에도 났죠. 샌타바버라 호텔에서 객실 청소부로 일하는 여자였어요.

이듬해 4월, 데이지는 딸을 낳았죠. 가족은 1년 동안 프랑스에 가 있었어요. 어느 봄날에 칸에서 보고 다음엔 도빌에서도 만났죠. 그 후에 그들은 시카고로 돌아와 정착했지요. 알다시피 데이지는 시카고에서 인기가 대단했죠. 그들 부부는 돈 많고 멋대로 행동하는 젊은 부자들과 어울려 다녔지만, 데이지는 평판이 아주 좋았어요. 아마 술을 마시지 않기 때문일 거예요. 술꾼들 사이에서 술을 마시지 않는다는 건 커다란 이점이죠. 쓸데없는 말을 안 해도 되고 게다가 다른 사람들이 술에 취해 제정신이 아니니 혼자 이상한 짓을 해도 괜찮은 거죠. 아마 데이지가 바람피운 적은 없을 거예요. 하지만 데이지 목소리엔 분명 뭔가가 있었던 것 같기도 하고…….

그런데 6주 전쯤에 데이지가 몇 년 만에 개츠비라는 이름을 듣게 된 거예요. 바로 제가 당신한테 물어봤는데……. 기억나요? 웨스트에그에 사는 개츠비라는 사람 아느냐고 물었잖아요. 당신이 집으로 돌아간 뒤 데이지가 내 방에 들어와 나를 깨우며 "개츠비 누구?" 하면서 물어보더군요. 나는 반쯤 졸면서도 아는 대로 말을 해줬죠. 그랬더니 데이지가 아주 야릇한 목소리로 틀림없이 자기가 아는 개츠비라는 거예요. 그제야 비로소 나는 예전에 데이지의 흰색 자동차에 탔던 그 장교가 바로 우리가 아는 개츠비라는 생각을 하게 되었어요.

플라자 호텔을 나선 뒤 30분이 다 되어서야 조던 베이커는 이야기를 마무리했다. 그때 우리는 빅토리아 관광용 마차를 타고 센트럴파크를 지나고 있었다. 해는 영화배우들이 많이 사는 웨스트 50번가 고층 아파트들 너머로 뉘엿뉘엿 사라졌다. 여자아이들 해맑은 목소리가 풀밭에 모여 우는 귀뚜라미들처럼 무더운 황혼 속에 울려 퍼졌다.

> 나는 아라비아의 족장
> 너의 사랑은 나의 것
> 어두운 밤, 잠이 들면
> 네가 자는 그곳으로 찾아가리

"참으로 기이한 우연이군요."
"하지만 절대 우연이 아니에요."
"우연이 아니라고요?"
"개츠비가 그 집을 왜 샀겠어요. 일부러 데이지 집이 보이는 만 반대쪽에 집을 샀다니까요."

그렇다면 6월 그날 밤에 개츠비가 간절히 바라보았던 건 별만이 아니었던 모양이다. 아무 목적 없이 호화로운 자궁에 있다가 갑자기 벗어나, 살아 숨 쉬는 존재로 개츠비가 내게 다가왔다.

"그 사람은 알고 싶어 해요."

조던이 말을 이어갔다.

"어느 날이든 오후에 당신이 데이지를 집으로 초대하고 자신도 불러 줄 수 있는지."

너무나 겸손한 부탁에 몸이 다 떨릴 지경이었다. 개츠비는 5년이나 기다려 대저택을 샀고, 우연히 날아드는 나방들에게 별빛을 나눠주었던 셈이다. 정작 자신은 어느 날 오후 잘 모르는 이웃에게 '초대받아 건너가기' 위해서 말이다.

"고작 그런 사소한 부탁을 하려고 지금까지 그 긴 얘기를 한 건가요?"

"그 사람은 두려워하고 있어요. 너무 오래 기다려 왔으니까요. 당신이 기분 나빠할까 봐 걱정도 하고요. 가만 보면 사람을 힘들게 하긴 하죠."

뭔가 꺼림칙한 데가 있었다.

"근데 왜 당신한테 부탁하지 않을까요? 자리 마련해 달라고."

"그 사람은 자기 집을 데이지에게 보여줬으면 하더라고요. 당신 집 바로 옆이잖아요."

"아, 그렇군요!"

"언제가 됐든 자기 집 파티에 우연히 오지 않을까 기대했나 봐요."

조던이 말을 이었다.

"하지만 데이지는 끝내 오지 않았지요. 그 뒤로 사람들에게 가볍게 지나가는 말로 데이지를 아느냐고 물어봤던 거예요. 제가 안다고 말한 첫 번째 사람이고요. 댄스파티에서 나를 부른, 바로 그날 밤이었죠. 얼마나 조심스럽게 공들여가며 얘기하는지 몰라요. 당신도 들었어야 했는데. 물론 나는 즉시 뉴욕에서 점심이나 같이하자고 말했죠. 근데 갑자기 그 사람 표정이 싹 변하더라고요. '일상생활 속에서 자연스럽게 만나고 싶어요' 계속 이렇게 말하는 거예요. 당신이 톰과 각별한 사이라고 얘기해주자 그 사람은 계획을 다 포기하려고 하더군요. 개츠비는 톰에 대해서는 잘 몰라요. 혹시 데이지 이름이라도 보게 될까 봐 몇 년 동안 시카고 신문을 읽었는데도 말이에요."

이제 날이 어두워졌다. 작은 다리 밑을 지날 때, 나는 조던 어깨를 팔로 두르며 내 쪽으로 끌어당기며 저녁이나 같이 먹자고 했다. 그 순간 데이지와 개츠비에 대한 생각이 내 머리에서 완전히 사라졌다. 대신, 세상을 냉소적으로 대하며 깔끔하고 강인한 느낌이면서도 속이 좁은 이 여자에게 온통 정신 팔리게 되었다. 내 팔에 안겨 즐겁게 몸을 기대고 있는 이 여자에게. 짜릿한 흥분과 함께 경구 하나가 귓가를 울려댔다. '이 세상에는 쫓기는 자와 쫓는 자, 바쁜 사람과 피곤한 사람뿐이다.'

"데이지한테도 자기 삶이 있어야 해요."

조던이 속삭이자, 궁금한 점이 생각났다.

"데이지가 개츠비를 만나려고 할까요?"

"데이지는 아무것도 모르게 해야죠. 개츠비도 데이지가 아는 걸 원치 않아요. 당신은 데이지에게 그냥 차 마시러 오라고 하기만 하면 돼요."

우리는 어둠에 묻힌 가로수 길을 지나, 59번가로 나왔다. 미묘하면서도 희미한 불빛이 한 블록이나 이어지며 공원을 비추고 있었다. 개츠비나 톰 뷰캐넌과 달리 나에게는 여자가 없었다. 어두운 처마 밑이나 눈부신 간판을 따라 불현듯 떠오르는 그런 여자 얼굴이 없었다. 그래서 곁에 있는 조던을 두 팔로 꽉 끌어안았다. 조던이 내 속마음을 알아채기라도 하듯 엷은 미소를 지어 보이자, 이번에는 내 얼굴 가까이 더 바짝 끌어당겼다.

5

그날 밤 웨스트에그에 있는 집으로 돌아왔을 때, 순간 나는 집에 불이라도 난 줄 알았다. 새벽 2시인데도 웨스트에그 반도 한쪽 모퉁이 전체가 불빛으로 환했다. 불빛은 관목 숲을 덮어 보여 환상적인데다, 길가에 늘어선 전선을 따라 가늘고 길게 번쩍거렸다. 모퉁이를 돌자, 그제야 그 불빛은 개츠비 집에서 나온다는 걸 알았다. 지붕 꼭대기부터 지하실까지 온통 환했다.

처음에는 또 파티가 열리나 보다 생각했다. 숨바꼭질이나 술래잡기를 하며 집을 활짝 열어젖힌 줄 알았다. 하지만 아무 소리도 들리지 않았다. 나무들 사이를 지나가는 바람 소리만 들렸다. 집이 어둠을 향해 윙크하듯 전선이 바람 따라 흔들리고 불빛이 깜박거렸다. 타고 온 택시가 부르릉거리며 사라지자, 개츠비가 잔디밭을 가로질러 내가 있는 곳으로 걸어왔다.

"집이 마치 세계박람회장 같아요."

내 말에 개츠비는 멍하니 자기 집으로 시선을 돌렸다.

"방을 좀 둘러봤어요. 코니아일랜드에 같이 다녀오지 않을래요? 내 차로요."

"그러기엔 너무 늦었어요."

"그럼 수영장에서 몸이나 좀 풀어볼까요? 여름 내내 한 번도 안 썼거든요."

"나는 잠이나 자야겠어요."

"그럼 어쩔 수 없죠."

개츠비는 초조해하며 내가 무슨 말이라도 해주기를 바라는 듯 나를 보았다.

"베이커하고 얘기 나눴어요."

나는 좀 뜸 들인 다음, 말을 했다.

"내일 데이지한테 전화해서 우리 집에 차 마시러 오라고 할 거예요."

"아, 잘 됐군요."

개츠비는 무심한 듯 대꾸했다.

"하지만 당신에게 폐 끼치고 싶진 않아요."

"언제가 좋을까요?"

내가 물어보자마자 개츠비가 바로 되받았다.

"당신은 언제가 좋은데요? 정말이지 당신에게 폐 끼치고 싶지가 않아요."

"그럼 모레는 어때요?"

잠시 생각하더니 개츠비가 약간 주저하며 말했다.

"잔디를 좀 깎아야 하는데……."

우리 둘은 잔디를 내려다보았다. 멋대로 자란 우리 집 잔디와 색이 짙고 잘 관리된 개츠비네 잔디는 누가 봐도 경계가 뚜렷했다. 아무래도 우리 집 잔디를 말하는 듯싶었다.

"의논할 게 하나 더 있는데……, 사소한 문제이긴 하지만."

개츠비가 머뭇거리며 모호하게 말하자, 내가 물었다.

"그럼 며칠 뒤로 미룰까요?"

"아, 그런 얘기 아닙니다. 어쨌든……."

개츠비는 말을 꺼내 놓고도 어찌해야 할지 몰랐다.

"내 생각엔……, 그러니까 말이죠, 수입이 그렇게 많은 편은 아니지요?"

"네 그렇게 많진 않아요."

내 대답이 안심이라도 됐는지, 개츠비는 더 자신 있게 말을 이어갔다.

"그럴 줄 알았어요. 실례라면 용서해요. 알다시피 부업으로 작은 사업체 하나 운영하고 있어요. 내 생각엔 당신 수입이 많지 않다면……, 지금 증권 일을 하고 있지 않나요?"

"증권 쪽에서 일하고 있기는 해요."

"그렇다면 이 일이 맘에 들 거예요. 시간도 많이 안 들고, 돈도 짭짤하게 벌 수 있거든요. 대놓고 공공연히 떠벌리며 다닐 일은 아니긴 하지만."

지금 와서 생각해 보니, 당시 상황이 그래서 넘어갔지 만약 다른 상황이었더라면 그런 대화는 내 인생을 불안하게 흔들어놓을 만했다. 하지만 나를 돕겠다는 뜻이 분명하고, 게다가 방법이 너무 서투르기도 해서 그때 나는 거절 말고는 달리 선택의 여지가 없었다.

"지금 하는 일만으로도 벅차서요. 고맙긴 하지만 다른 일을 할 만한 여력이 없네요."

"울프심과 거래하라고 하는 건 아니에요."

저번 점심때 들은 '사업 거래' 때문에 내가 꺼린다고 개츠비는 생각하는 것 같았다. 나는 아니라고 선을 그었다. 개츠비는 내가 뭐라도 더 말해 주길 기다렸지만 다른 데 골몰하느라 별 반응을 안 하자, 하는 수 없이 집으로 돌아갔다.

저녁에 있었던 일로 인해서인지 머리가 몽롱하면서도 행복했다. 우리 집 현관을 들어서는데 잠 속으로 깊이 걸어 들어가는 것만 같았다. 그래서 나는 개츠비가 코니아일랜드에 갔는지 어쨌는지, 또 집 안을 요란스레 불을 밝히고는 얼마나 오래 '방을 살펴봤는지' 알지 못한다. 이튿날 아침 사무실에서 나는 데이지에게 전화를 걸어, 우리 집에 차 마시러 오라고 했다.

"톰은 오지 않았으면 좋겠어."

"뭐라고요?"

"톰은 같이 안 왔으면 좋겠다고."

"톰이 누군데요?"

묻는 데이지 목소리가 천연덕스러워 보였다.

약속한 날은 비가 세차게 쏟아졌다. 11시에 비옷을 걸친 남자가 잔디깎이를 들고 나타나, 개츠비 씨가 이 집 잔디를 깎으라고 자기를 보냈다고 했다. 순간 나는 핀란드인 가정부에게 오늘 와 달라고 부탁하는 걸 깜빡한 게 생각났다. 그래서 부리나케 마을로 차를 몰고 가서 하얗게 회칠한, 비에 젖은 골목길을 돌아다니다 가정부를 찾아내고, 찻잔과 레몬, 꽃을 좀 샀다.

사실 꽃은 안 사도 되었다. 두 시가 되자 개츠비 집에서 화분이 엄청 들어왔기 때문이다. 온실 하나가 통째로 옮겨온 느낌이었다. 한 시간 뒤에 개츠비가 흰 플란넬 양복에 은색 셔츠 황금색 넥타이를 하고서, 허겁지겁 문을 열고 들어왔다. 얼굴은 창백하고 밤에 잠을 못 잤는지 눈 밑이 거무스름했다. 들어서자마자 개츠비가 물었다.

"준비는 다 되었나요?"

"잔디를 말하는 거라면 보기 좋게 잘 깎였어요."

"잔디라뇨? 아, 마당 잔디 말이군요."

개츠비는 창밖을 바라보았다. 하지만 표정을 보니 눈에 아무것도 보이지 않는 듯했다.

"아주 근사하네요."

진심인지 아닌지 개츠비 말투가 모호했다.

"신문 보니 4시경에 비가 멈출 거래요. 《저널》에서 본 것 같아요. 준비는 다 되었나요? ……차를 마신다든지."

나는 개츠비를 식료품 저장실로 데려갔다. 개츠비는 핀란드인 가정부를 못마땅한 듯 잠시 쳐다봤다. 가게에서 배달된 레몬 케이크 열두 조각을 함께 찬찬히 살펴보았다.

"이 정도면 될까요?"

"그럼요. 그럼요. 아주 훌륭해요."

그러고는 힘없는 목소리로 덧붙였다. "……친구."

3시 반쯤 되자 비는 잦아들어 축축한 안개로 바뀌었다. 이슬비도 간간이 뿌렸다. 개츠비는 클레이가 쓴 『경제학』을 멍한 눈으로 들여다보다가, 핀란드 가정부가 부엌을 오가는 발소리에 흠칫 놀라기도 하고, 보이지는 않지만 놀라운 사건이 밖에서 연이어 일어나고 있기라도 한 듯 흐릿한 창문 쪽을 응시하기도 했다. 그러다가 벌떡 자리에서 일어나더니 자신 없는 목소리로 집에 가야겠다고 말했다.

"아니, 왜요?"

"아무도 차 마시러 오지 않네요. 시간이 너무 늦었어요!"

개츠비는 급히 가야 할 곳이 있기라도 한 듯, 자기 손목시계를 들여다보았다.

"종일 기다릴 수는 없어요."

"바보같이 왜 이러세요. 아직 4시도 안 됐어요."

내가 억지로 잡아끌기라도 한 듯 개츠비는 맥없이 다시 앉았다. 바로 그때 우리 집 들어오는 길로 자동차가 하나 들어오는 소리가 들렸다. 우리 둘 다 벌떡 일어났다. 나는 약간 어쩔 줄 몰라 하며 마당으로 나갔다.

빗방울이 뚝뚝 떨어지는 라일락 나무 아래로 큼직한 오픈카 한 대가 들어와 멈춰 섰다. 보랏빛 삼각 모자를 쓴 데이지가 고개를 살짝 옆으로 숙인 채 나를 보고는 기쁨에 겨운 듯 화사한 미소를 지어 보였다.

"오빠, 정말로 여기서 살아요?"

물결이 신나게 밀려오는 듯한 데이지 목소리는 빗속에서도 기운을 북돋아 주는 강장제였다. 내가 뭐라 입을 열어보기도 전에, 오르락내리락하는 그 목소리에 잠시나마 귀 기울일 수밖에 없었다. 비에 젖은 머리카락 한 올이 푸른 물감으로 그은 듯 뺨에 흘러내려 있었다. 차에서 내릴 때 잡은 손은 비에 젖어 번들거렸다.

"날 좋아하죠?"

데이지가 귓속말로 속삭였다.

"아니면 왜 혼자 오라고 했어요?"

"그건 랙크렌트 성의 비밀이야. 운전기사보고 어디 딴 데 가서 한 시간 정도 있다 오라고 해."

"퍼디, 한 시간 뒤에 오세요."

그런 다음, 데이지가 의젓하게 말했다.

"저 사람 이름이 퍼디예요."

"휘발유 냄새 때문에 저 사람 코도 어떻게 된 모양이지?"

"그러진 않을 거예요. 근데 왜요?"

말투가 순진하고 천진난만했다.

우리는 집 안으로 들어갔다. 놀랍게도 거실에는 아무도 없었다. 어리둥절해서인지 내 목소리가 올라갔다.

"어? 이게 아닌데."

"뭐가요?"

그때 현관문에서 가볍지만 정중하게 문 두드리는 소리가 들리자, 데이지가 그쪽으로 고개를 돌렸다. 내가 얼른 나가서 문을 열었다. 개츠비가 시체처럼 창백한 얼굴로, 무슨 아령이라도 쥐고 있는 것처럼 두 손을 코트에 넣은 채 물구덩이에 서서 애처롭게 나를 바라보았다.

두 손을 여전히 코트 주머니에 넣은 채 개츠비는 잔뜩 긴장한 듯 나를 지나쳐 안으로 들어가더니 꼭두각시 인형처럼 급하게 몸을 돌리며 거실로 사라졌다. 그 모습이 하나도 이상하거나 우습지 않았다. 밖에는 비가 다시 세차게 내렸다. 비가 들이치지 않도록 문을 닫는데, 내 심장이 다 쿵쾅거렸다.

잠시 아무 소리도 들리지 않았다. 그러다가 거실에서 목이 멘 듯한 소리와 짧은 웃음소리가 들리기도 하다가 애써 해맑게 지어내는 데이지 목소리가 들려왔다.

"당신을 다시 보게 되어 정말 기뻐요."

그러고는 다시 침묵이 흘렀다. 지겨울 만큼 견디기 어려웠다. 거실 밖에서 뭐 할 것도 없고 그냥 있기도 그래서 안으로 들어갔다.

개츠비는 여전히 주머니에 손을 넣은 채 무척 여유가 있는 척 심지어 아무렇지 않은 척, 벽난로 선반에 기대어 서 있었다. 머리를 뒤로 너무 젖혀서인지 벽난로 위에 있는 고장 난 시계에 머리가 닿을 정도였다. 이런 자세여서인지 데이지를 바라보는 개츠비는 눈빛이 흔들리고 심란해 보였다. 데이지 역시 많이 놀란 듯하지만 우아하게 딱딱한 의자 끝에 앉아 있었다.

"우린 전에 만난 적이 있어요."

개츠비가 중얼거리면서 순간적으로 나를 힐끔 쳐다보았다. 억지로 웃으려 했지만 그러지 못하고, 입을 다물지도 못해 입술이 어설프게 살짝 벌어져 있었다. 벽시계가 머리에 눌려 위험하게 기울어졌지만, 다행스럽게도 개츠비는 몸을 돌려 떨리는 손으로 시계를 잡아 제자리로 돌려놓았다. 그러고는 뻣뻣하게 소파에 앉아 팔걸이에 팔꿈치를 대고 손으로 턱을 괴었다.

"시계를 건드려서 미안해요."

개츠비 말에 오히려 내 얼굴이 빨갛게 달아올랐다. 머릿속에는 할 말이 수없이 많았지만 단 한마디도 꺼내지 못했다.

"낡아빠진 시계인 걸요."

이렇게 말하는 내가 꼭 바보 같았다.

잠시 시계로 말이 오가는 사이, 다들 시계가 바닥에 떨어져 무슨 산산조각이라도 났다고 믿는 것 같았다.

"우리는 몇 년 동안 서로 못 만났어요."

데이지가 최대한 감정을 절제하여 담담하게 털어놓았다.

"오는 11월이면 5년만입니다."

반사적으로 튀어나온 개츠비 말에 우리 모두 잠시 무슨 말을 해야 할지 갈피를 잡지 못했다. 내가 가까스로 머리 쥐어짜서 부엌에 같이 가서 차나 준비하자고 둘을 일으켜 세우는데, 하필 그때 핀란드 가정부가 차 쟁반을 들고 들어왔다. 무슨 악마라도 되는 것처럼.

테이블에 차와 케이크를 놓느라 어수선하게 몸을 움직이다 보니 다행히도 자연스럽게 예의 같은 것이 갖추어졌다. 개츠비는 아무 말 없이 그림자처럼 가만히 있었다. 데이지와 내가 말을 주고받는 동안 우리 둘을 주의 깊게 번갈아 바라보는데 눈빛이 긴장되고 어두워 보이기까지 했다. 하지만 개츠비가 침묵이나 지키자고 이 자리를 만든 게 아니었기에 나는 적당히 기회를 보다

양해를 구하고 자리에서 일어났다.

"어디 가는데요?"

개츠비가 놀라면서 물었다.

"곧 올게요."

"가기 전에 할 말이 있어요."

개츠비가 허겁지겁 나를 따라 부엌으로 오더니 문을 닫으며 비참하다는 듯 "아, 맙소사!"라고 낮은 소리로 말했다.

"왜 그러세요?"

"정말로 끔찍한 실수를 했어요. 끔찍하고 끔찍한 실수 말이에요."

개츠비가 고개를 절레절레 흔들며 말했다.

"당황해서 그래요. 그뿐입니다."

다행히도 내가 때를 맞추어 이 말을 덧붙였다.

"데이지도 똑같이 당황했어요."

"데이지가 당황했다고요?"

개츠비는 믿을 수 없다는 듯 나에게 되물었다.

"당신 못지않게요."

"소리 낮추세요."

"꼭 어린애처럼 구는군요."

내가 참지 못해 짜증을 냈다.

"게다가 무례하기까지. 데이지가 저기 혼자 앉아 있잖아요."

개츠비는 손을 올려 내 말을 막더니, 원망하는 눈빛으로 나를 보고는 살며시 문을 열고 거실로 돌아갔다. 지금도 그때 그 눈빛을 잊을 수가 없다.

  나는 뒷길로 나와서 걸었다. 30분 전 개츠비가 초조하게 집 주변을 돌았던 것처럼. 그러다가 비를 피할 요량으로 잎이 무성한 옹이 진 검은 거목이 있는 쪽으로 뛰어갔다. 비가 다시 한 번 쏟아졌다. 개츠비 정원사가 잘 다듬어주긴 했지만, 어딘가 울퉁불퉁한 잔디밭에 작은 진흙 웅덩이와 선사 시대 늪지 같은 게 여기저기 생겨났다. 나무 밑에서는 개츠비 거대한 저택 말고는 아무것도 보이지 않아, 교회 첨탑을 바라보던 칸트처럼 30분이 되도록 그 거대한 저택을 바라보았다. 10년 전에 한 양조업자가 당시 유행에 따라 지은 집으로, 근처 작은 주택 주인들에게 지붕을 짚으로 덮어주면 5년 동안 세금을 다 내주겠다고 제안했다 한다. 그런데 이웃들이 하나같이 거절해서 거기에 일가 터를 잡으려던 계획은 틀어지고 그러다가 양조업자도 쇠락의 길로 접어들고 말았다. 그 자식들은 문에서 검은 장례 화환이 떼어지기도 전에 그 집을 팔아 버렸다. 미국 사람들이 농노가 되겠다는 경우는 어쩌다가 있을 뿐이고, 대개는 소작농으로 살아보겠다고 고집부리는 경우가 다반사였다.

  30분쯤 지나자 다시 햇살이 비쳤다. 식료품 가게 차가 저녁거리를 싣고 올라왔다. 개츠비네 집에서 일하는 사람들이 저녁 식사를 차릴 참이었다. 개츠비가 오늘 저녁 한 숟가락이라도 뜰 수 있을지 걱정이 되었다. 한 가정부가 저택 위쪽 창문을 여느라 창문마다 잠깐씩 모습이 나타났다가 사라졌다. 중앙에 있는 커다란 내닫이창에서 몸을 밖으로 숙여 조심스레 침을 뱉기도 했다.

이제 두 사람이 있는 곳으로 돌아가야 할 시간이 되었다. 비가 계속 내리는데, 빗소리가 꼭 두 사람이 속삭이는 소리처럼 감정 기복에 따라 어떤 때는 커지기도 어떤 때는 작아지기도 했다. 그러다 비가 그치고 조용해지자 집 안에도 고요가 다시 찾아오지 않았을까 하는 생각을 했다.

나는 집 안으로 들어갔다. 부엌에서 난로를 뒤집어엎지 않았다 뿐이지 별소리를 다 내고 난 뒤에 들어갔다. 하지만 둘은 아무 소리도 듣지 못한 듯했다. 두 사람은 긴 소파 양쪽 끝에 앉아서 서로를 바라보고 있었다. 뭔가 질문을 했는데 아직 상대방에게 전달되지 않고 공중에 떠 있기라도 한 듯 서로를 응시하고 있었다. 좀 전에 당황하던 흔적은 찾아볼 수 없었다. 데이지 얼굴은 눈물로 범벅이 되어 있었다. 내가 들어서자, 벌떡 일어서더니 거울 앞으로 가서 손수건으로 서둘러 눈물 자국을 지웠다. 개츠비에게는 놀라울 만한 변화가 있었다. 말 그대로 얼굴은 빛이 났다. 기쁨을 드러내는 말이나 몸짓은 없었지만, 얼마나 행복해 보이는지 그 기운이 방에 가득 흘러넘쳤다.

"아, 왔어요?"

마치 몇 년은 못 본 사람을 대하듯 개츠비가 반겼다. 내게 악수라도 청할지 모른다는 생각이 잠시 들 정도였다.

"비가 그쳤어요."

"그래요?"

내 말을 듣고서야 방에도 햇살이 비춘다는 걸 알았는지 햇살을 열렬히 환영하는 무슨 후원자라도 되는 듯 미소를 지으며 데이지에게도 이 소식을 전했다.

"어떻게 생각해요? 비가 그쳤대요."

"너무 좋아요, 제이."

슬픔이 살짝 서린, 아름다움이 가득 넘치는 목소리였다. 데이지 목소리는 뜻밖의 기쁨을 고스란히 드러낼 뿐이었다.

"당신과 데이지를 우리 집에 초대하고 싶어요. 데이지한테 집 구경도 좀 시켜주고."

"나도 함께 말인가요?"

"물론이죠."

데이지는 위층으로 가서 세수했다. 그때야 욕실 수건이 떠올라 좀 창피하다고 생각했지만 이미 벌어진 일이었다. 나는 개츠비와 함께 잔디밭에서 데이지를 기다렸다.

"우리 집 정말 멋지지 않나요? 집 정면에 가득 비치는 저 햇살 좀 보세요."

"그래요."

나는 개츠비 집이 멋지다고 인정해주었다. 개츠비는 직접 아치형 문과 네모난 탑을 하나하나 꼼꼼히 훑어보며 말했다.

"저 집 살 돈을 버는 데 꼬박 3년이 걸렸어요."

"재산을 상속받은 줄 알았어요."

"그랬죠. 하지만 대공황 때 다 잃었어요. 전쟁으로 말도 아니었죠."

개츠비는 그때 자기가 무슨 말을 하는지도 잘 모르는 듯했다. 무슨 사업을 하느냐는 내 질문에 "당신이 상관할 일이 아닙니다."라고 대답했기 때문이다. 불쑥 입 밖으로 튀어나온 말이 잘 못되었다는 점을 다 말하고 나서야 알았다.

"아, 여러 가지 사업을 했어요."

개츠비가 바로 말을 수정했다.

"약국도 하고 석유에도 손을 댔지요. 하지만 지금은 다 그만뒀어요."

나를 좀 더 유심히 쳐다보고 나서 말을 이어갔다.

"그날 밤에 내가 제안한 거 생각해 봤어요?"

내가 미처 대답하기 전에 데이지가 밖으로 나왔다. 드레스에 두 줄로 달린 놋쇠 단추가 햇빛을 받아 반짝였다.

"저 으리으리한 저택에 살아요?"

데이지가 손가락으로 가리키며 말했다.

"맘에 들어요?"

"맘에 들어요. 근데 저런 집에서 어떻게 혼자 사는지 믿기지 않아요."

"밤이나 낮이나 사람들로 북적이지요. 흥미로운 일을 하는 사람들. 유명한 사람들."

우리는 해안을 따라가는 지름길 대신에 큰길까지 내려가서 큼지막한 뒷문으로 이어진 길을 통해 집으로 들어갔다. 데이지가 뭔가에 홀린 듯 넋을 잃고 중얼거렸다. 하늘을 배경으로 높이 솟아 중세시대 느낌이 드는 커다란 저택 실루엣을 보며 데이지는 입을 다물지 못했다. 노란 수선화 짙은 향기, 하늘하늘 향긋한 산사나무와 자두꽃 향기, 제비꽃 옅은 금빛 향기에 취해 말이 제대로 안 나왔다. 기분이 이상했다. 우리가 대리석 계단까지 다가 갔는데도 화려한 드레스를 입고 문을 드나들던 여인들은 하나도 눈에 띄지 않았다. 나무에서 지저귀는 새소리만 들릴 뿐 어떤 소리도 들리지 않았다.

우리가 안으로 들어가 마리 앙투아네트 시대 음악실과 왕정복고 시대 살롱을 지나가는 동안, 손님들이 소파나 테이블 뒤에서 꼭꼭 숨어 숨죽이고 있으라는 명령이라도 받은 게 아닐까 하는 생각이 들었다. 개츠비가 '머튼 대학 도서관'이라는 서재 문을 닫는 순간, 전에 봤던 올빼미 안경 남자가 유령처럼 웃음을 꼭 터뜨리는 것만 같았다.

위층으로 올라갔다. 침실 여러 개가 장밋빛과 보랏빛 비단, 싱싱한 꽃들로 꾸며져 있었다. 옷방들과 당구대가 놓인 방들도 지나갔다. 욕탕을 갖추고 있는 욕실도 하나가 아니었다. 어느 방으로 들어가니 한 남자가 머리가 헝클어진 채 파자마 차림으로 방바닥에서 운동하고 있었다. '하숙생' 클립스프링어였다. 그날 아침, 나는 그 남자가 해변에서 정신없이 돌아다니는 모습을 본 적 있었다. 마침내 우리는 개츠비 방으로 들어갔다. 침실과 욕실, 애덤식 서재로 이루어져 있었다. 우리는 앉아서 개츠비가 벽장에서 꺼내온 샤르트뢰즈 와인을 한 잔씩 마셨다.

개츠비는 데이지에게서 잠시도 눈을 떼지 못했다. 데이지가 사랑스러운 눈으로 반응을 어떻게 하는지에 따라 자기 집 모든 것들의 가치를 재평가라도 할 심산인 듯했다. 놀랍게도 데이지가 실제로 눈앞에 나타난 마당에 자기가 뭘 갖고 있다 한들 무슨 의미가 있겠냐는 듯 자기 소유물들을 멍하게 바라보았다. 한 번은 그만 계단에서 굴러떨어질 뻔했다.

개츠비 침실은 어느 방보다 소박했다. 화장대에 놓인 순금 화장 도구만 제외한다면. 데이지가 좋아하며 빗을 집어 머리를 빗자, 개츠비는 의자에 앉아서 눈을 가리면서 웃어댔다.

"정말 믿기지 않아. 뭐라 말을 해야 할지…… 어떻게 표현해야 좋을지……."

개츠비 목소리는 들떠 있었다.

개츠비는 분명 두 번째 단계까지 지나 이제 세 번째 단계로 접어들고 있었다. 처음엔 당황해 어쩔 줄 모르다가, 다음엔 그냥 막 기뻐하다가, 지금은 데이지가 눈앞에 있다는 사실에 그저 넋을 잃고 정신을 놓은 듯 보였다. 개츠비는 아주 오랫동안 데이지와 함께할 순간만을 꿈꿔 왔다. 이를 악물고, 말하자면 상상할 수 없을 만큼 간절하게 오직 이 순간만을 생각하며 기다려 왔다. 이에 대한 반작용이었을까. 너무 많이 감긴 시계태엽이 풀리듯 긴장이 서서히 풀리고 있었다.

잠시 후 개츠비는 정신을 가다듬고 독특하게 만들어진 커다란 옷장 두 개를 열어 보였다. 옷장 속에는 양복과 실내복, 넥타이가 가득 들어차 있고, 셔츠가 여남은 벌씩 벽돌처럼 쌓여 있었다.

"영국에서 옷을 사서 보내 주는 사람이 있어요. 봄가을로 계절이 바뀔 때마다 옷을 골라서 보내 주지요."

개츠비는 와이셔츠 더미를 끄집어내 우리 앞에 셔츠를 하나하나 던져놓았다. 얇은 리넨 셔츠와 두꺼운 실크 셔츠, 고급 플란넬 셔츠가 떨어지면서 매끄럽게 펼쳐지며 테이블을 알록달록하게 덮었다. 우리가 감탄하는 사이 개츠비는 셔츠를 더 많이 가져와서 부드럽고 화려한 셔츠 더미가 산처럼 점점 더 높아졌다. 산호색과 풋사과색, 보라색과 옅은 오렌지색 줄무늬, 소용돌이무늬, 격자무늬 셔츠에 인디언블루색으로 개츠비 이니셜이 새겨진 셔츠들. 그런데 갑자기 데이지가 셔츠 더미에 얼굴을 파묻고는 왈칵 울음을 터뜨렸다.

"정말 셔츠가 너무 아름다워요."

데이지가 흐느꼈다. 목소리가 겹겹이 쌓인 셔츠 더미에 파묻혀 잘 들리지도 않았다.

"슬퍼져요. 이렇게…… 이렇게 아름다운 셔츠를 지금까지 한 번도 본 적 없어요."

집 안을 다 보고 난 뒤에 우리는 마당과 수영장, 수상비행기와 한여름 꽃밭을 둘러보려고 했다. 하지만 비가 내리기 시작하자, 나란히 복도에 서서 롱아일랜드 바닷물이 일렁이는 광경을 창문으로 바라보았다.

"안개만 끼지 않으면 만 건너편에 있는 당신 집이 보일 텐데. 선착장 끝에 초록색 등이 밤새 늘 켜져 있더군요."

데이지가 불쑥 개츠비하고 팔짱을 꼈지만, 개츠비는 방금 자기가 한 말에 정신이 팔려있었다. 아마 그 불빛이 지니고 있던 엄청난 의미가 이제 영원히 사라져버렸다는 생각을 문득 떠올렸는지 모른다. 자신과 데이지를 갈라놓았던 엄청난 거리에 비하면 그 불빛은 데이지와 거의 닿을 만큼 가까워 보였다. 달 가까이서 빛나는 어떤 별처럼. 하지만 이제 그 불빛은 선착장 끝에서 빛나는 초록색 등에 지나지 않았다. 개츠비를 마법처럼 사로잡았던 대상 하나가 줄어든 셈이다.

나는 방 안을 돌아다니며 어스름 속에서 잘 분간이 안 갔지만 여러 물건을 유심히 살펴보았다. 책상 위쪽 벽에 걸린 커다란 사진이 눈길을 끌었다. 요트복을 입은 노인이었다.

"이분은 누구죠?"

"아, 댄 코디 씨에요."

어디서 들어본 적 있는 이름 같았다.

"지금은 돌아가셨어요. 몇 년 전만 해도 가장 가까이 지냈지요."

책상 위 작은 액자에는 요트복을 입은 개츠비 사진이 들어있었다. 고개를 당당하게 쳐든 모양새를 보니 열여덟 살 정도 되어 보였다.

"이 사진 멋지네요!"

데이지가 감탄했다.

"뒤로 쫙 빗어 넘긴 머리! 전에 이런 머리 했다고 말한 적 없었는데……, 요트 얘기도."

"여기 좀 봐요."

개츠비가 급하게 말했다.

"스크랩해 둔 기사들이에요…… 당신에 관한."

두 사람은 나란히 서서 신문 기사를 찬찬히 훑어보았다. 내가 개츠비한테 루비를 보여달라고 말하려는 순간, 전화벨이 울렸다. 개츠비가 수화기를 집어 들었다.

"네……. 글쎄요. 지금은 통화가 곤란해요…… 지금은 곤란하다니까요. ……작은 도시라고 말했는데……. 작은 도시라고 하면 그 친구가 잘 알 텐데……. 글쎄요, 디트로이트를 작은 도시라 생각한다면 그런 친구를 어디에 써먹을 수 있을지……."

개츠비는 전화를 끊었다. 바로 데이지가 창가에서 큰 소리로 불렀다.

"얼른 이쪽으로 와요!"

비는 여전히 내리고 있었지만, 서쪽 하늘은 먹구름이 걷히고 있었다. 바다 위로 분홍빛, 금빛 구름이 거품처럼 피어올랐다.

"저기 좀 봐요."

데이지가 속삭이더니, 잠시 뜸 들이며 말했다.

"저 분홍 조각구름 하나 떼어내서 당신을 태우고 이리저리 밀고 다니고 싶어요."

나는 이만 집 안으로 들어가려고 했지만 두 사람은 나를 놓아주지 않았다. 아무래도 내가 옆에 있는 게 맘이 더 편하다고 생각하는 것 같았다.

"이렇게 하는 건 어때요? 클립스프링어한테 피아노 쳐달라고 하죠."

제안하고 나서 개츠비가 "유잉!" 하고 이름 부르며 방 밖으로 나가더니, 잠시 후에 청년 하나를 데리고 돌아왔다. 성긴 금발에

뿔테 안경을 쓴 그 사람은 무슨 상황인지 몰라 난처한 표정을 짓는데 조금 피곤해 보이기도 했다. 청년은 목 단추를 푼 깔끔한 스포츠 셔츠에 흐릿한 면바지를 입고 운동화를 신었다. 제법 단정해 보였다.

"운동하는데, 우리가 방해한 건 아니죠?"

데이지가 예의 바르게 물었다.

"자고 있었어요."

클립스프링어가 당황한 듯 볼멘소리로 크게 말했다.

"제 말은 잠들어 있었는데, 그러다가 일어나서……."

개츠비가 말을 끊었다.

"클립스프링어는 피아노를 잘 쳐요. 안 그래, 유잉?"

"잘 치지 못해요. 아니……, 거의 못 친다고 봐야죠. 하도 연습을 안 해서……."

"자, 1층으로 내려갑시다."

개츠비가 말을 잘랐다. 스위치를 올리자 창문에 내려앉았던 어둠이 사라지고 집 안이 환한 빛으로 가득했다.

음악실에 들어서자 개츠비는 피아노 옆에 놓인 외등을 켰다. 떨리는 손으로 데이지에게 담뱃불을 붙여 주고는 멀리 떨어져 있는 기다란 소파에 데이지와 같이 앉았다. 복도 바닥에 반사되어 들어오는 희미한 빛 말고는 다른 빛이라곤 하나도 없었다.

클립스프링어가 '사랑의 둥지'를 연주하고 난 뒤, 의자에 앉은 채 몸을 돌려 불만스럽다는 듯 어둠 속에서 개츠비를 찾았다.

"보시다시피 연습을 전혀 못했어요. 못 친다고 말씀드렸잖아요. 연습을 전혀……."

개츠비가 말을 자르며 명령하듯 말했다.

"말이 너무 많아. 어서 쳐 봐!"

아침에도
저녁에도
우리는 너무나 즐거웠지…….

밖에는 바람이 세차게 불었고, 해안을 따라 멀리서 천둥소리가 희미하게 들렸다. 이제 웨스트에그에는 전등이 하나둘씩 켜지고 있었다. 사람들을 태워 뉴욕에서 출발한 전차가 빗줄기를 뚫고 마을로 들어오고 있었다. 사람 내면에 커다란 변화가 일어나고, 흥분이 공기 속으로 번져나가는 그런 시간이었다.

한 가지는 분명해, 그 무엇보다
부자는 더 부자가 되고 가난뱅이에겐 아이만 생기지
그러는 사이
그러는 동안……

집에 간다고 내가 인사하러 갔을 때, 나는 개츠비 얼굴에서 또다시 당황해하는 마음을 읽게 되었다. 지금 누리는 행복이 얼마나 의미가 있을지에 대해 어렴풋하게 의심을 하는 듯한 표정이었다. 5년에 가까운 세월! 눈앞에서 데이지를 보면서도 개츠비

133

에겐 그날 오후가 그동안 꾸었던 꿈에 비하면 턱없이 미치지 못하는 순간이 분명 있었을 터다. 하지만 그건 데이지 잘못이라기보다 개츠비가 오래도록 품어왔던 어마어마한 환상 때문은 아닐까. 그 환상의 힘은 데이지를 넘어서고 모든 걸 뛰어넘었다. 개츠비는 창조적인 열정으로 환상에 빠져들어 환상을 끊임없이 키워내고 자기 앞에 떠도는 별별 빛나는 깃털로 그 환상을 장식해왔다. 그 누구도 열정이 많고 순수하다 해도 가슴에 깊숙이 유령처럼 떠도는 마음에는 당해낼 수가 없으리라.

개츠비를 바라보고 있자니 지금 분위기에 조금씩 눈에 띄게 적응해 가는 것 같았다. 개츠비는 데이지 손을 꼭 잡았고, 데이지가 귀에다 대고 뭔가 나지막이 속삭이자 감정이 북받치는 듯 데이지 쪽으로 몸을 돌렸다. 가만히 생각해보면 파도처럼 출렁이는 열띤 데이지 목소리에 개츠비가 푹 빠져들어 있던 것 같다. 아무리 오래 꿈꾸어도 질리지 않을 그 목소리는 평생 사라지지 않는 불멸의 노래와 같다고나 할까.

두 사람은 나를 까맣게 잊어버렸다. 그러다가 데이지가 힐끔 나를 쳐다보고는 손을 내밀었다. 개츠비에게 나는 눈에 들어오지도 않았다. 내가 다시 한 번 바라보자 두 사람도 나를 보았다. 둘은 서로 뜨거운 기운에 푹 빠져 있는 모습이었다. 나는 두 사람을 남겨 둔 채 방에서 나와, 대리석 계단을 내려가서 빗속으로 걸어 들어갔다.

6

이 무렵 어느 날, 뉴욕에서 한 야심만만한 젊은 기자가 아침부터 개츠비 집을 찾아와서는 다짜고짜 뭐 할 말 없느냐고 물었다.

"뭐에 대해 말하라는 거죠?"

개츠비가 정중하게 물었다.

"글쎄요……, 뭐든 다요."

5분 정도 혼란스럽게 대화가 오고 간 뒤에야 그 기자가 신문사 편집실에서 굳이 밝히고 싶지 않은, 아니면 자신도 잘 알지 못하는 어떤 문제와 관련하여 개츠비 이름을 들었다는 게 드러났다. 그날은 쉬는 날인데도 진실을 '캐내려고' 자진해서 급하게 찾아왔다는 거였다.

그냥 한 번 터뜨려본 거지만 그 기자의 육감은 맞아떨어졌다. 개츠비의 악명은 사실 파티에 초대된 적이 있는 수백 명에게는 이미 널리 퍼져있었는데, 남 말 좋아하는 사람들이 각자 아는 대로 말하고 퍼뜨리다 보니 그 소문은 여름 내내 부풀려지고 마침내 뉴스거리가 될 지경까지 이르게 되었다. 그 무렵 '캐나다 직송 지하 밀주 파이프라인' 같은 괴담이 개츠비와 관련하여 떠돌았다. 개츠비가 아예 집에 살지 않고, 집처럼 보이는 배에 살면서 롱아일랜드 해안을 따라 오르내린다는 소문이 끈질기게 나돌았다. 노스타코타 주의 제임스 개츠가 왜 이런 소문을 좋아했는지 그 이유를 설명하기는 쉽지 않은 일이다.

제임스 개츠, 이게 개츠비의 진짜 이름, 적어도 법률상의 이름이었다. 개츠비가 열일곱 살일 때, 인생 경력을 쌓기 시작하는 그 시점에서 제이 개츠비로 이름을 바꿨다. 그 시점은 댄 코디의 요트가 슈페리어 호에서 가장 위험한 여울에 닻을 내리는 걸 목격한 순간을 말한다. 그날 오후, 찢어진 초록색 셔츠에 작업복 바지 차림으로 호숫가에서 빈둥거리던 때까지는 제임스 개츠였지만, 노 젓는 배를 빌려 투올로미 호로 가까이 가서 곧 바람이 거세어져 삼십 분 후면 배가 부서질지도 모른다고 코디에게 알려준 순간부터는 이미 제이 개츠비였다.

어쩌면 이미 오래전부터 그 이름을 준비해 두었는지도 모른다. 개츠비 부모는 능력 없는 데다 실패마저 익숙한 농사꾼이었다. 개츠비는 그런 부모를 여태 단 한 번도 부모로 받아들인 적이 없었다. 사실, 롱아일랜드 주 웨스트에그에 사는 제이 개츠비는 스스로 만들어낸 이상적인 모습에서 나온 인물이었다. 그 사람은 신의 아들이었다. 이 말에 의미가 있다면 그것은 말 그대로 '자기 아버지 일' 즉 거대하고 세속적인 겉만 번지르르한 아름다움에 봉사해야 했다. 그래서 열일곱 살짜리 소년이 만들어낼 법한 제이 개츠비라는 인물을 꾸며낸 다음, 끝까지 그 이미지에 충실했다.

일 년이 넘게 개츠비는 슈페리어 호수 남쪽 부근에서 조개를 캐거나 연어를 잡기도 하고 그밖에 먹고사는 일이라면 뭐든 닥치는 대로 하면서 생활을 꾸려 나갔다. 때로는 힘들고 때로는 느긋하게 지내면서 몸은 자연스럽게 그을리고 단단해져 갔다. 개츠비는 여자를 일찍 알았다. 하지만 여자는 인생을 망쳐놓는다고 생각해서인지 여자를 경멸했다. 젊은 여자들은 무지하다는 이유로, 다른 여자들은 과도한 자아도취로 히스테리를 부린다는 이유로 경멸했다.

하지만 개츠비 마음속에는 폭풍우가 끊임없이 몰아쳤다. 밤에 잠자리에 들면 너무나 기괴하고 터무니없는 생각이 머릿속을 떠나지 않았다. 세면대 위에서 시계가 째깍째깍 소리를 내고, 달이 촉촉한 빛으로 방바닥에 어지럽게 널린 옷을 적실 때면, 개츠비 머릿속에서는 차마 말로 표현할 수 없을 정도로 화려한 우주가 실타래처럼 맴돌았다. 개츠비는 졸음이 몰려와 생생한 장면을 망각으로 감쌀 때까지, 매일 밤 환상에 거듭 빠져들었다. 한동안 개츠비는 이런 몽상을 하며 맘껏 상상 속에 빠져 지냈다. 현실은 얼마나 비현실적인지 충분하게 보여주는 증거가 되고, 이 세상이라는 기반은 요정의 날개 위에 안전하게 놓여 있다는 일종의 보증 같은 것이었다.

댄 코디를 만나기 몇 달 전, 앞으로 다가올 영광을 본능적으로 직감한 개츠비는 미네소타주 남부에 있는 로터교 재단에서 운영하는 세인트올라프대학에 들어갔다. 하지만 2주 만에 학교를 그만두었다. 자기 운명의 북소리, 아니 그보다는 자신의 운명에 대한 대학의 지독한 무관심에 질려서 생활비를 벌려고 시작한 학교 청소부 일마저 지겨워지더니 바로 그만두었다. 학교를 그만두고 나서 슈페리어 호수로 다시 돌아왔다. 마침 댄 코디가 얕은 호숫가에서 요트 닻을 내린 그날, 개츠비는 뭔가 할 거리를 찾아 돌아다니던 중이었다.

당시 코디는 쉰 살이었다. 네바다주의 은광과 유콘강, 1875년 이후 골드러시가 낳은 인물이었다. 코디는 몬태나주에서 나는 구리를 거래하여 엄청난 돈을 벌었다. 사업을 하면서 몸은 단련되고 건장했지만, 마음은 말랑말랑하여 정에 약한 구석이 많았다. 수많은 여자가 이를 눈치채어 코디에게 돈을 뜯어내려고 갖은 수작을 다 부렸다. 여기자인 엘러 케이가 맹트농 부인처럼 약점을 이용해 코디를 요트에 태워 바다로 내보내는 추문이 벌어지기도 했는데 이 사건은 워낙 유명하여 1902년 저급언론계에서는 누구나 다 아는 일이었다. 코디는 5년 동안 날씨 좋은 해안을 따라 이리저리 떠돌다가, 마침내 리틀걸 만에서 제임스 개츠와 우연히 만나게 되는데, 이는 개츠에겐 운명적인 만남이었다.

노에 기댄 채 난간으로 둘러싸인 갑판을 올려다보는 젊은 개츠에게 그 요트는 세상 모든 아름다움과 매력 그 자체였다. 아마도 코디에게 미소를 지었을 것이다. 자기가 미소를 지으면 사람들이 좋아한다고 그렇게 알고 있었을 테니. 어쨌든 코디는 질문 몇 가지를 던지게 되는데(대답하는 과정에서 '개츠비'라는 새로운 이름이 불쑥 튀어나왔다), 이 청년이 두뇌 회전이 빠른 데다 아주 야심만만하다는 걸 알게 되었다. 며칠 뒤 코디는 개츠비를 덜루스로 데려가 푸른색 코트 하나와 흰 면바지 여섯 벌, 요트 모자를 사주었다. 투올로미호가 서인도 제도와 바버리 해안으로 떠날 때, 개츠비도 함께 떠났다.

개츠비는 뭐라고 딱히 한정하기 어려운 이런저런 사적인 일을 도맡았다. 댄 코디 곁에 있는 동안 집사가 되기도 하고, 항해사에, 조타수에, 비서가 되기도 했으며 심지어는 경비원 노릇을 하기도 했다. 댄 코디는 평소엔 멀쩡하다가도 술만 들어가면 돈을 주체하지 못하고 막 쓰는 경향이 있어서, 개츠비에게 의지하여 이런 돌발 사태에 대비하고자 하였다. 이런 관계가 5년이나 유지되는 동안, 두 사람은 요트를 타고 대륙을 세 바퀴나 돌았다. 어느 날 밤, 엘러 케이가 보스턴에서 승선하고 나서 일주일 뒤 댄 코디가 불행하게 사망하지만 않았더라면 그 관계는 영원히 이어졌을지 모른다.

개츠비 침실에 걸려 있던 코디의 사진이 기억난다. 머리는 희끗희끗한데 혈색은 좋아 보였다. 얼굴은 딱딱하고 무표정했다. 미국 서부 개척 시기에 창녀촌과 술집 분위기가 다분히 폭력적이었는데, 이러한 분위기를 동부 해안으로 가져온 선구적 난봉꾼이었다. 개츠비는 술을 거의 마시지 않는데, 이는 따지고 보면 코디 영향 때문이었다. 파티가 무르익다 보면 이따금 여자들이 개츠비 머리에 샴페인을 붓기도 했지만, 개츠비 자신은 술에 아예 손을 대려 하지 않았다.

개츠비는 코디로부터 돈을 물려받기로 되어 있었다. 유산 2만 5천 달러. 하지만 실제로는 받지 못했다. 자신에게 불리하게 적용된 법 규정을 도무지 이해할 수가 없었다. 남겨진 수백만 달러는 결국 엘러 케이에게 고스란히 넘어갔다. 개츠비에게 남겨진 거라고는 댄 코디한테서 유난스레 제대로 받은 교육뿐이었다. 제이 개츠비라는 모호한 윤곽에 어엿한 사람이라는 실체가 채워졌다.

개츠비는 한참 후에야 이런 얘기를 모두 해줬다. 하지만 지금 여기에 적는 이유는 개츠비 조상과 관련하여 말도 안 되는 헛소문을 불식시키고 싶어서다. 더구나 내가 그런 소문을 믿어야 할지 말아야 할지 몰라 혼란을 겪던 차에, 개츠비가 내게 그 이야기를 들려준 적이 있다. 그러니까 개츠비가 한숨을 돌리는 이 틈을 이용해, 개츠비에 대한 여러 오해를 확실히 정리해 두고 싶다.

나와 관련된 개츠비의 연애 사건도 잠시 소강상태에 접어들었다. 지난 몇 주 동안 개츠비를 본 적 없고 전화 통화도 못했다. 뉴욕에서 조던과 쏘다니거나 조던네 나이 든 이모 비위를 맞춰가며 시간을 보냈다. 그러던 어느 일요일 오후, 마침내 나는 개츠비 집을 찾아갔다. 내가 들른 지 채 2분도 안 됐는데, 어떤 사람이 한잔하자고 톰 뷰캐넌을 데려왔다. 당연히 나는 놀랄 수밖에 없었지만 정말로 더 놀라운 점은 이제껏 그런 일이 한 번도 없었다는 사실이다.

그들 일행은 세 명인데 모두 말을 타고 왔다. 톰과 슬론이라는 남자, 그리고 갈색 승마복을 입은 예쁘장한 여자였다. 여자는 전에 여기에 온 적 있었다.

"만나서 반갑습니다. 이렇게 찾아줘서 영광입니다."

개츠비가 현관에 서서 이들을 맞았다.

마치 그 사람들이 그런 인사에 신경이라도 쓰기라도 하는 듯한 말투였다.

"자, 앉으세요. 담배라도 피우겠어요? 조금만 기다리면 마실 술을 준비할게요."

개츠비는 방을 바쁘게 이리저리 다니면서 벨을 눌렀다.

개츠비는 톰이 그 자리에 있다는 사실에 적잖이 당황하였다. 하지만 그 사람들은 그냥 뭔가 마시려고 들린 게 아닐까 하는 생각에, 마음이 불편해 뭐라도 대접해야 할 것만 같았다. 슬론 씨는 아무것도 안 마신다고 했다.

"레모네이드는요?"

"아뇨, 괜찮아요."

"그럼 샴페인 약간만이라도?"

"아뇨, 감사합니다만……, 죄송합니다……."

"승마는 즐거웠어요?"

"이 근처가 말타기에 참 좋더군요."

"제 생각으로는 자동차들이……."

"물론 그렇긴 하죠."

개츠비가 보기엔 톰이 마치 처음 소개받아 대하는 듯해서, 개츠비는 더는 참지 못하고 톰을 돌아보며 말을 꺼냈다.

"전에 어디선가 뵌 것 같아요, 뷰캐넌 씨."

"아, 네."

톰은 어렴풋이 기억나는 듯한데 뭔가 분명하진 않았다. 하지만 말투는 무뚝뚝하면서도 정중했다.

"그랬지요, 기억나요."

"2주 전쯤이었어요."

"맞아요. 여기 있는 닉과 함께 있었잖아요."

"당신 부인을 알고 있습니다."

개츠비가 거의 도발하다시피 말을 이어갔다.

"그래요?"

톰이 나에게 고개를 돌렸다.

"닉, 이 근처에 살아?"

"바로 옆집이야."

"그래?"

슬론 씨는 대화에 끼지 않고 의자에 거만하게 앉아 있었다. 여자도 아무 말이 없었다. 하지만 하이볼 두 잔을 마시고 나더니 여자가 나긋나긋해지더니 갑자기 제안했다.

"개츠비 씨, 다음 파티에 우리 모두 올게요. 괜찮죠?"

"물론이죠. 와준다면 영광입니다."

"고맙군요."

슬론 씨는 말은 그렇게 하면서도 별로 고마워하는 기색은 없었다.

"자, 이제 슬슬 집에 갈 시간이 된 것 같군요."

"뭘 그리 서두르세요."

개츠비가 간곡하게 말렸다. 이제 평정을 되찾았는지 톰에 대해 좀 더 알고 싶어 했다.

"괜찮다면, 저녁 식사까지 하고 가는 건 어떤지요? 뉴욕에서 손님이 더 온다 해도 놀라거나 하지 않을 겁니다."

"그럼 우리 집에 가서 식사하는 건 어때요? 두 분 다요."

여자가 신이 나는 듯 들뜬 목소리로 말했다. 나를 포함해서 하는 말이었다. 하지만 슬론 씨가 자리에서 일어서며 "갑시다."라고 말했다. 이는 여자에게만 한 말이었다.

"난 진심인데."

여자가 고집을 부리며 말했다.

"정말로 두 분도 같이 갔으면 해요. 자리 많아요."

개츠비가 어떻게 하겠냐고 묻는 눈빛으로 나를 보았다. 보아하니 개츠비는 가고 싶어 했지만, 슬론 씨가 초대할 마음이 없다는 걸 알아차리지 못했다.

"난 못 갈 것 같아요."

내가 말하자, 여자가 개츠비에게 관심을 보이며 재촉했다.

"그럼, 당신만이라도 같이 가요."

슬론 씨가 여자 귀에 대고 뭔가 속삭였지만, 여자는 큰 소리로 고집을 부렸다.

"지금 출발하면 늦지 않을 거예요."

"내겐 타고 갈 말이 없어요. 군대에 있을 때는 말을 탔지만, 지금은 말을 구입한 적이 없어요. 차로 따라갈게요. 잠깐 기다려주세요."

슬론과 여자가 현관 한쪽에 서서 서로 언성을 높이는 사이, 톰과 나는 현관 밖으로 나왔다. 톰이 어이없다는 듯 한마디 했다.

"뭐야, 저 사람 정말 따라오겠는데. 눈치 없네. 여자가 원치 않는다는 걸 모르나 봐?"

"그 여자가 계속 같이 가자고 하잖아."

"오늘 파티가 크긴 하지만 거기엔 저 사람이 알만한 사람은 하나도 없을 텐데."

톰이 얼굴을 찡그렸다.

"그나저나 도대체 저 친구가 데이지를 어디서 만난 거야? 내가 고리타분하게 생각하는지 모르겠지만 요즘 여자들 너무 쏘다녀서 마음에 안 들어. 별 이상한 놈들 만나고 다닌다니까."

갑자기 슬론 씨와 여자가 계단을 내려오더니 말에 올라탔다.

"자, 어서 가자고. 이러다 늦어. 빨리 가야 해."

슬론 씨가 톰에게 말하고 나서 나를 보며 말했다.

"개츠비 씨에게 우리가 마냥 기다릴 수 없어서 그냥 갔다고 전해 주겠어요?"

나는 톰과 악수를 했고, 나머지 사람과는 차갑게 눈인사만 나누었다. 그들은 말을 타고 재빨리 찻길 따라 내려가 8월 무성한 신록 사이로 사라졌다. 그제야 개츠비가 모자와 얇은 코트를 손에 들고 현관에 나타났다.

그다음 토요일 밤에 열린 개츠비의 파티에 톰이 데이지와 같이 온 걸 보면, 혼자 돌아다니는 데이지를 톰은 못내 불편했던 모양이다. 톰이 같이 온 그날 파티는 뭔지 모를 숨 막히는 긴장감이 흘렀던 것 같다. 그래서인지 그해 여름 개츠비가 연 어느 파티보다 유난히 또렷이 기억난다. 똑같은 사람들, 적어도 최소한 똑같은 부류 사람들이 참석하고 똑같은 샴페인이 넘쳐나고 똑같은 별별 소동이 벌어졌지만, 전에는 느끼지 못한 뭔가 불편하고 불쾌한 그런 감정이 분위기에 퍼져있었다. 아니면 아마도 그 세상에 익숙해져서 웨스트에그 자체를 완벽한 세상으로 받아들이게 되었는지 모른다. 어느 곳과도 비교할 수 없는 나름의 기준과 나름의 위대한 인물을 갖춘 하나의 세상으로 말이다. 그런데 이제 나는 데이지 눈을 통해 이곳을 새롭게 바라보고 있었다. 그동안 나름 적응하여 익숙해진 대상을 새로운 눈으로 다시 바라본다는 건 언제나 서글픈 일이다.

톰과 데이지는 해가 뉘엿뉘엿 질 때쯤 도착했다. 열기 넘치는 사람들 사이를 여유롭게 같이 거닐고 있을 때, 데이지가 특유의 옹알거리며 기교 부리는 목소리로 말했다.

"이런 분위기 정말 흥분돼요. 오빠, 오늘 밤 언제라도 키스하고 싶으면 말해요. 기꺼이 해드릴 거예요. 내 이름을 불러요. 아님, 녹색 카드를 보여주든지. 녹색 카드 지금 줄……."

"한 번 둘러보세요."

개츠비가 급하게 말을 잘랐다.

"둘러보고 있어요. 지금 신나게……."

"말로만 듣던 유명한 사람들을 직접 보게 될 겁니다."

톰은 대수롭지 않다는 듯 손님들을 훑어보며 말했다.

"우린 별로 돌아다니는 편이 아니라서요. 사실, 여기엔 아는 사람이 한 명도 없는 것 같군요."

"그래도 저 여자는 알 텐데요."

하얀 자두나무 아래엔 사람이라기보다는 한 떨기 아름다운 난초 같은 여인이 도도하게 앉아 있었다. 톰과 데이지는 그 여인을 유심히 쳐다보았다. 영화에서나 보던 유명한 여배우였다. 영화배우를 직접 눈으로 보게 되니, 톰과 데이지는 마치 현실이 아닌 듯한 묘한 기분이 들었다.

"정말 아름답네요."

데이지가 말하자, 개츠비가 거들었다.

"옆에서 여배우 쪽으로 몸을 숙이고 있는 남자가 영화감독입니다."

무슨 의식이라도 치르듯 개츠비는 두 사람을 이 무리 저 무리로 데리고 다니면서 소개를 했다.

"이쪽은 뷰캐넌 부인……, 그리고 뷰캐넌 씨……."

잠시 뜸 들이다가 이렇게 덧붙였다.

"폴로 선수입니다."

"아, 아닙니다. 아니에요."

톰이 얼른 부정했다.

하지만 개츠비는 그 말이 마음에 들을 만했다. 그날 저녁 내내 톰이 '폴로 선수'로 통했기 때문이다.

"이렇게 유명한 사람들을 많이 만나 보기는 처음이에요."

데이지가 감탄하며 말을 이어갔다.

"나, 저 사람 팬이었는데……. 이름이 뭐였더라?…… 코가 푸르스름한 저 사람."

개츠비는 그 사람이 누구라고 일러주면서 그렇게 유명한 영화 제작자는 아니라고 덧붙였다.

"아, 어쨌든 저 사람 팬이었어요."

"폴로 선수라고 하지 않는 게 낫겠어. 저 유명한 사람들 그냥 바라보기만 해도 좋잖아. 아무도 모르게."

톰이 신이 난 듯 말했다.

데이지와 개츠비는 함께 춤을 추었다. 개츠비가 폭스트롯 춤을 우아하면서도 조심스럽게 추는 모습을 보고 깜짝 놀랐던 기억이 난다. 그때까지 개츠비가 춤추는 모습을 한 번도 본 적이 없었다. 그리고 나서 두 사람이 우리 집 쪽으로 천천히 걸어가 30분쯤 계단에 앉아 있는 동안, 데이지 부탁으로 나는 정원에 남아서 망을 보았다. 데이지가 노파심에 말을 덧붙였다.

"불이 날지 홍수가 날지, 전혀 예상하지 못한 일이 벌어질지 누가 알겠어요?"

우리가 저녁 식사하려고 함께 자리에 앉아 있는데, 까맣게 잊고 있던 톰이 나타났다.

"내가 저쪽 사람들하고 식사하려고 하는데 괜찮지? 재미난 이야기를 하는 친구가 있어서 말이야."

"그렇게 해요. 주소 적고 싶으면 이 금박 연필로 쓰세요."

데이지가 상냥하게 대답했다. 잠시 후 주위를 둘러보더니 내게 그 여자가 '볼품없지만 귀여운 편'이라고 했다. 이 말을 들으니 데이지가 개츠비와 같이 있었던 30분을 제외하면 별로 즐겁게 지내지 못했다는 걸 알 수 있었다.

우리가 앉은 테이블에는 유독 술에 취한 사람들이 많았다. 개츠비가 전화 받으러 간 사이, 2주 전에 만났던 사람들과 자리를 같이했는데, 그건 내 실수였다. 그땐 즐거웠지만, 지금은 역겨운 느낌이 들었다.

"베데커 양, 괜찮아요?"

베데커는 몸을 제대로 가누지도 못해 내 어깨에 자꾸 기대려다가, 내가 괜찮은지 말을 걸자 "뭐어?" 하며 그제야 똑바로 앉으며 눈을 떴다.

내일 동네 클럽에서 함께 골프나 치자고 데이지에게 조르던 덩치 큰 여자가 베데커를 대신해 말했다. 그리 활동적으로 보이진 않았다.

"아, 얘는 괜찮아요. 칵테일을 대여섯 잔 마시면 늘 저렇게 소리를 질러요. 내가 그만 마시라고 늘 말하거든요."

"나, 술에 손도 안 댔다고."

여자는 아랑곳하지 않고 축 늘어진 채 말했다.

"네가 소리 지르는 걸 들었어. 여기 계신 시벳 박사님께 말했지. '의사 선생님, 여기 봐주셔야 할 사람 있어요.'라고 말이야."

"선생님이 봐주시면야 얘는 당연히 고맙다고 할 거예요. 하지만 선생님이 저 애 머리를 수영장에 처박는 바람에 재 옷이 다 젖어버렸어요."

또 다른 친구가 말을 했다. 하나도 고마워하지 않는 말투였다.

"수영장에서 누가 내 머리를 물속에 처박는 게 정말 싫어. 한 번은 뉴저지에서 하마터면 익사할 뻔했다니까."

베데커가 중얼거리자 시벳 박사가 대꾸했다.

"그러니까 술을 마시지 말았어야지."

"사돈 남 말 하시네요! 손을 떨고 있으면서. 절대로 선생님한테 수술받지 않을 거예요."

베데커가 거칠게 한소리 했다.

그런 식이었다. 거의 마지막으로 기억나는 장면은 데이지와 나란히 서서 영화감독과 여배우를 지켜본 일이었다. 감독과 여배우는 여전히 하얀 자두나무 아래에 있었다. 창백하고 가느다란 한 줄기 달빛만이 둘 사이에 끼어들 수 있었다. 저녁 내내 감독은 여배우에게 아주 조금씩 허리를 굽혀 마침내 아주 가까운 거리에 이르렀을 거라는 생각이 들었다. 심지어 내가 지켜보는 동안에도 마지막까지 미세하게 고개 숙여 여배우 볼에다 입을 맞추었다.

"난 저 여자가 마음에 들어요. 예뻐 보여요."

하지만 데이지가 보기에 나머지 사람들은 하나도 마음에 안 들었다. 겉보기로 따질 수 있는 문제가 아니라 오로지 감정의 문제였다. 이유를 따질 필요가 없었다. 데이지는 웨스트에그가 한편으로 무섭게 느껴졌다. 브로드웨이가 롱아일랜드 어촌 마을을 전례 없는 '엄청난 장소'로 만들어놓아서다. 이곳은 낡고 진부한 미사여구가 부끄러울 정도로 생생한 활력이 있을 뿐만 아니라, 아무것도 없는 데서 전혀 생각지도 못한 데로 지름길을 따라 주민들을 몰고 가는 힘센 운명에 겁을 먹었다. 데이지는 도저히 이해할 수 없는 그 간결함 속에서 무서운 뭔가를 발견했다.

사람들이 자동차를 기다리는 동안 나도 현관 계단에 앉아 있었다. 현관 앞쪽은 어두웠다. 밝은 문에서 흘러나오는 희미한 빛만이 아직 동트지 않은 새벽을 비추고 있었다. 위층 의상실에서 그림자 하나가 블라인드 뒤로 아른거리다가 다른 그림자에게 자리를 내어주고, 이런 식으로 그림자들의 행렬이 이어졌다. 창밖에서는 보이지 않는 거울 앞에서 여자들은 분을 바르고 립스틱을 칠했다.

"도대체 개츠비란 자는 뭐 하는 인간이야? 거물 밀주업자라도 되는 거야?"

톰이 불쑥 물어보자, 내가 되물었다.

"그런 소리 어디서 들었는데?"

"들은 건 아니고 그냥 짐작일 뿐이야. 알다시피 요즘 벼락부자들은 죄다 밀주업자잖아?"

"개츠비는 아니야."

내가 잘라 말했다. 톰은 잠시 아무 말이 없었다. 발아래 찻길에 깔린 자갈을 발로 비벼 달그락 소리를 낼 뿐이었다.

"어쨌든 이 별난 사람들을 한데 모으느라 고생깨나 했을 거야."

산들바람이 불자 회색 안개 같은 데이지의 모피 깃이 살랑거렸다.

"여기 오는 사람들은 우리가 아는 사람들보다 재미있는데요."

데이지가 확신하듯 말하자, 톰이 시큰둥하게 반응했다.

"당신은 그렇게 재미있어 하는 것 같지 않던데."

"아니에요. 재미있었어요."

톰이 웃으며 내 쪽으로 몸을 돌렸다.

"아까 그 아가씨가 데이지에게 찬물 샤워를 시켜달라고 했을 때, 데이지 표정 봤어?"

데이지는 거칠고 낮은 목소리로 리듬을 타며 노래하기 시작했다. 가사 의미를 하나하나 음미하며 노래를 불렀다. 전에 한 번도 그런 적이 없고 앞으로도 절대로 안 그럴 것처럼. 음이 높아지면 데이지 목소리도 알토 가수처럼 부드럽게 멈췄다가 다시 이어지곤 했다. 그런 순간마다 데이지가 발산하는 따뜻하고 인간적인 마력이 허공에 조금씩 퍼져 나갔다.

"초대 안 받은 사람들도 많이 와요. 그 아가씨도 초대받지 않았어요. 사람들이 그냥 밀고 들어오는 거예요. 사람이 너무 예의 바른 건지 거절할 줄을 몰라요."

"난 그자가 누구고 무슨 일을 하는지 알아내야겠어. 꼭 알아내고 말겠어."

톰이 고집을 부리자, 데이지가 대답했다.

"지금 바로 내가 말해줄 수 있어요. 약국을 소유하고 있죠. 아주 많아요. 자수성가한 사람이에요."

좀처럼 오지 않던 리무진이 드디어 차도로 모습을 드러내며 다가왔다.

"잘 자요, 오빠."

데이지가 나를 보고 인사했다.

데이지 시선은 나를 떠나 불 켜진 계단 꼭대기를 향했다. 열린 문 사이로 그해 유행한 산뜻하면서도 슬픈 왈츠곡 '새벽 3시'가 흘러나왔다. 격식이라고는 하나도 없는 개츠비 파티를 통해 데이지는 자신에게 전혀 없던 낭만이라는 걸 조금은 맛볼 수가 있었다. 위에서 들리는 저 노래는 대체 뭐길래 데이지를 자꾸만 안으로 끌어들이는 걸까? 이 어두컴컴하고 헤아릴 수도 없는 시간 속에서 무슨 일이 벌어질까? 어쩌면 뜻밖의 손님이, 모두를 놀라게 할 정말 귀한 사람이 올지도 모른다. 마법과도 같았던 한순간의 만남으로, 지난 5년 흔들림 없이 헌신해온 세월을 말끔히 잊게 해줄 눈부시게 아름다운 젊은 아가씨가 올지도 모를 일이었다.

그날 밤 나는 늦게까지 그곳에 머물렀다. 개츠비가 좀 있으면 시간이 나는데 내게 기다려줄 수 있느냐고 부탁했기 때문이다. 그날도 어김없이 몇몇 사람들은 깜깜한 해변으로 내려가 수영을 하고 추워 몸을 떨면서도 깔깔 웃으며 수영 파티를 마무리할 때까지, 위층 손님방에서 불이 모두 꺼질 때까지, 나는 정원에 그대로 머물며 기다렸다. 마침내 개츠비가 계단을 내려왔다. 햇빛에 그을린 얼굴은 유독 굳어 있고, 두 눈은 반짝반짝 빛났지만 어딘지 모르게 피곤해 보였다. 개츠비가 대뜸 말했다.

"데이지는 파티를 좋아하지 않았어요."
"아니에요. 정말 좋아했습니다."
하지만 개츠비는 단호했다.

"좋아하지 않았어요. 즐거워하지 않았다고요."

개츠비가 더는 아무 말도 하지 않았다. 뭐라 말할 수 없을 정도로 기분이 엄청 가라앉았다고 그저 짐작할 뿐이었다.

"데이지가 너무 멀게만 느껴졌어요. 이해시키기가 너무 어려워요."

"아까 그 춤 말하는 거예요?"

"춤이라뇨?"

개츠비는 손가락을 한 번 튕겨 여태 추었던 춤을 지워버렸다.

"춤은 중요하지 않아요."

개츠비가 기대한 건 딱 하나였다. 데이지가 톰에게 가서 '난 당신을 결코 사랑한 적이 없어요.'라고 말해주길 원했다. 그렇게 말을 해서 데이지가 지난 4년을 말끔히 지워버리고 나면, 두 사람은 이제 구체적으로 앞으로 어떻게 할지를 논의하면 될 일이었다. 그중 하나는 자유로워진 데이지와 함께 루이빌로 돌아가서 데이지 집에서 결혼식을 올리는 일도 가능했다. 마치 5년 전으로 돌아간 것처럼.

"그런데 데이지는 이런 내 맘을 이해하지 못해요. 전에는 잘 이해했는데. 우린 몇 시간이나 같이 앉아서……."

개츠비는 잠시 말을 멈추더니 과일 껍질과 버려진 선물, 밟힌 꽃들이 어지러이 널린 길을 쓸쓸하게 왔다갔다 걷기 시작했다.

"나라면 데이지에게 너무 많은 걸 요구하지 않을 거예요. 이미 지나간 시간을 되돌릴 수는 없잖아요."

내가 작심하고 말을 꺼내자, 개츠비는 말도 안 된다는 듯 목소리를 높였다.

"지나간 시간을 되돌릴 수 없다고요? 아니, 얼마든지 되돌릴 수 있어요!"

개츠비는 자기 주변을 미친 듯이 둘러보았다. 집 앞 어둠 속 어딘가에, 손이 닿지 않는 그 어딘가에 지나간 시간이 숨어 있기라도 하듯. 그러면서 개츠비는 결연하게 고개를 끄덕이며 말했다.

"모두 예전처럼 돌려놓을 겁니다. 데이지도 곧 알게 될 거예요."

개츠비는 자신의 과거에 대해 많은 이야기를 했다. 짐작해 보건대, 개츠비는 자신에 대한 어떤 생각, 데이지를 사랑하도록 만든 바로 그 무언가를 되찾고 싶었던 것 같다. 그 뒤로 개츠비 삶은 혼란스럽고 무질서해졌다. 하지만 다시 한 번 출발점으로 돌아가 모든 걸 찬찬히 되짚어볼 수 있다면, 개츠비는 그게 무엇인지 찾아낼 수 있으리라……

……5년 전 어느 가을밤, 개츠비와 데이지는 낙엽 지는 거리를 걷고 있었다. 걷다 보니 나무가 하나도 없는, 달빛이 하얗게 비추는 어느 길에 이르렀다. 둘은 걸음을 멈추고 서로를 바라보았다. 일 년 중 두 차례 계절이 크게 바뀌는 변화에서 오는 묘한 흥분이 감도는 서늘한 밤이었다. 집집마다 켜진 고요한 불빛이 콧노래를 부르며 어둠 속으로 퍼지고, 별들도 부산하게 빛을 내고 있었다. 개츠비가 힐끗 보기엔, 보도블록이 무슨 사다리라도 되는 듯했다. 나무 위 비밀스러운 공간으로 이어지는 사다리. 개

츠비는 그 사다리를 타고 그곳까지 올라갈 수 있으리라. 홀로 올라간다면 일단 생명의 젖꼭지를 입에 물고 그 무엇과도 견줄 수 없는 신비로운 젖을 꿀꺽꿀꺽 마실 수 있으리라.

데이지 하얀 얼굴이 가까이 다가오자, 개츠비는 심장이 더 빨리 뛰었다. 이 아가씨와 입을 맞추고 말로 표현할 수 없는 자신의 꿈을 곧 사라질 데이지 숨결과 영원히 결합하게 하면 자신의 마음은 하느님의 심장처럼 다시는 뛰지 않으리란 걸 잘 알고 있었다. 그래서 개츠비는 소리굽쇠가 별에 부딪히며 내는 아름다운 소리에 귀를 기울이며 잠시 기다렸다. 그러고 나서 개츠비는 데이지에게 키스를 했다. 입술이 닿자 데이지는 개츠비를 향해 활짝 피어났다. 상상은 현실이 되어, 데이지는 오직 개츠비를 위한 화사한 꽃으로 거듭났다.

이야기를 들으면서 개츠비가 무섭도록 감성적이라고 느낀 그 순간에 뭔가가 떠올랐다. 알기 어려운 리듬, 오래전 어디선가 들었을 법한, 지금은 잃어버린 낱말의 파편 같은 것이랄까. 한순간 어떤 구절이 막 떠오르면서 말없이 입술이 벌어졌다. 하지만 결국, 아무 말도 나오지 않았다. 내가 간신히 떠올렸던 말들도 영원히 전할 수 없게 되고 말았다.

7

어느 토요일 밤, 개츠비 집에는 불이 켜지지 않았다. 개츠비에게 무슨 일이라도 있는지 너무나 궁금했다. 끝없을 것만 같던 탐욕스러운 향락 파티는 처음 경력을 시작할 때와 마찬가지로 슬그머니 종적을 감췄다.

부푼 기대를 안고 개츠비 집 차도로 들어온 자동차들이 잠깐 머물다가 이내 화가 나서 떠나 버린 일을 나도 뒤늦게 서서히 알게 되었다. 혹시 병이라도 났나 싶어 집으로 찾아가 보았다. 험상궂게 생긴 낯선 집사가 문간에서 의심쩍은 눈빛으로 빼꼼히 내다보았다.

"개츠비 씨가 아픈가요?"

"아뇨." 꾸물거리다가 마지못해 집사가 "선생님"이라는 말을 덧붙였다.

"요즘 통 못 봐서 좀 걱정이 돼서요. 캐러웨이란 사람이 찾아왔었다고 전해 주세요."

"누구요?"

집사가 무례하게 따져 물었다.

"캐러웨이요."

"캐러웨이. 네 알겠습니다. 그렇게 전하겠습니다."

집사는 퉁명스럽게 문을 쾅 하고 닫아버렸다.

핀란드 가정부가 알려준 바에 의하면, 일주일 전에 개츠비는 집에서 일하던 사람들을 모두 해고하고 대여섯 명을 새로 고용했는데, 이들은 웨스트에그 마을에 가서 상인들에게 매수당하는 일 없이 전화로 적당한 양을 주문한다고 했다. 식료품 점원 말에 따르면 그 집 부엌이 돼지우리 같아 보인다고 했고, 마을에 소문이 떠도는데, 새로 고용된 사람들은 진짜로 고용된 사람들이 아니라는 내용이었다.

다음날 개츠비가 전화를 걸어오자, 내가 물었다.

"여길 떠날 생각이에요?"

"아니에요."

"집에서 일하던 사람들을 다 해고했다고 들었는데."

"뒷말하지 않을 사람들이 필요해서요. 데이지가 꽤 자주 찾아오거든요. 오후에요."

그러니까 데이지가 못마땅한 눈빛으로 보는 바람에 그 커다란 저택이 무슨 마분지로 된 집처럼 와르르 무너져버린 꼴이었다.

"새로 들어온 사람들은 울프심이 뭐라도 도와주고 싶어 하던 사람들입니다. 형제자매 같은 사람들이죠. 작은 호텔을 경영해 본 적도 있습니다."

"그렇군요."

개츠비는 데이지 부탁으로 내게 전화를 걸었다고 했다. 내일 데이지네 집으로 점심 먹으러 같이 가자고 했다. 베이커도 올 거라고 하면서. 30분 뒤에는 데이지가 직접 전화를 걸어왔다. 내가 가겠다고 하자 안심하는 눈치였다. 뭔가가 있었다. 하지만 그들이 설마하니 그 자리에서 소동을 한바탕 벌이리라고는 꿈에도 생각하지 못했다. 전에 개츠비가 정원에서 대충 일러준 그 가슴 아픈 소동 말이다.

이튿날은 푹푹 쪘다. 아마도 그해 여름에서 마지막으로 가장 무더운 날이었을 것이다. 내가 탄 기차가 터널을 빠져나오자 햇빛이 쏟아졌다. 지글지글 타오르는 대낮에, 내셔널 비스킷 회사에서 울리는 소리만이 정적을 깨뜨리고 있었다. 객차의 밀짚 좌석은 금세 불이 날 것처럼 뜨거웠다. 내 옆에 앉은 여자는 흰 블라우스 속으로 미묘하게 흘러내리는 땀을 잘 참아내다가, 손에 쥔 신문이 축축하게 젖자 너무 더워 도저히 못 참겠는지 적막을 깨며 탄식을 했다. 지갑이 바닥으로 툭 떨어지자, "어머나!" 하며 숨을 가쁘게 몰아쉬었다.

나는 지친 몸을 굽혀 지갑을 주운 다음, 훔칠 뜻이 없음을 보여 주려고 지갑 끝을 살짝 잡고서 팔을 쭉 뻗어 돌려주었다. 하지만 그 여자를 포함해 주변 사람들 모두 내가 수상하다는 눈초리였다.

차장이 지나가며 낯익은 얼굴을 향해 말을 건넸다.

"덥네요. 엄청난 날씨네요! 덥다, 더워, 더워! 진짜 너무 덥지 않으세요? 덥죠? 그렇죠?"

차장이 내 정기 승차권을 확인하고 돌려주는데, 손자국이 거뭇하게 묻어있었다. 이런 더위에는 차장이 누군가의 붉은 입술에 키스하든 말든, 누군가가 차장 가슴팍에 머리를 기대어 셔츠 주머니가 땀으로 젖든 말든 누가 신경이나 쓰겠는가!

……개츠비와 내가 문에서 기다리는 동안 뷰캐넌 저택의 복도를 통해 약한 바람을 타고 전화벨 소리가 들려왔다.

집사가 전화를 받더니 목소리가 커졌다.

"주인어른 시체라고요? 부인, 죄송하지만 오늘은 해드릴 수가 없습니다. 이런 한낮에는 너무 더워서 손을 댈 수가 없다고요!"

하지만 결국 집사가 하게 된 말은 "네……, 네……, 알겠습니다."였다.

집사는 수화기를 내려놓고 땀에 젖어 번들거리는 얼굴로 우리에게 다가오더니 뻣뻣한 밀짚모자를 받아들었다.

"사모님께서는 거실에서 기다리고 계십니다."

그럴 필요까지 없는데도 거실 쪽을 가리키며 큰 소리로 말했다. 이런 무더위에는 불필요한 몸짓 하나하나가 평범한 일상에 대한 모독처럼 느껴졌다.

차양이 드리운 방은 어둑하고 서늘했다. 데이지와 조던은 커다란 소파에 흰 드레스가 선풍기 바람에 날리지 않게 누르면서 비스듬히 누워 있었다. 그 모습은 마치 은으로 만든 조각 같았다.

"꼼짝도 하기 싫어요."

둘이 동시에 말했다.

조던은 손을 내밀어 내 손에 잠시 얹었다. 검게 그을린 손에 분이 하얗게 칠해져 있었다.

"그런데 우리 운동선수, 톰 뷰캐넌은?"

내가 물었다. 동시에 복도 전화기 쪽에서 소리 죽여가며 퉁명스럽게 통화하는 톰의 허스키한 목소리가 들려왔다.

진홍빛 카펫 가운데에 서서, 개츠비는 황홀한 눈으로 주위를 둘러보았다. 이를 보며 데이지는 달콤하고 가슴 설레게 하는 웃음을 지어 보였다. 데이지 가슴께에서 미세한 분가루가 공기 중으로 퍼져 나갔다.

"애인한테 전화 와서 톰이 지금 통화 중이래요."

조던이 내게 귀띔했다.

우리는 아무 말도 하지 않았다. 복도에서 들리는 짜증스러운 목소리는 점점 더 커졌다.

"그래, 알았어. 당신한테는 그 차를 안 판다고……. 당신한테 팔아야 할 의무가 있는 것도 아니고……, 점심시간에 이런 일로 날 귀찮게 하다니, 도저히 참을 수가 없다고!"

"수화기를 내려놓고서 괜히 저런다니까!"

데이지가 빈정대자, 내가 확실히 안다며 한마디 했다.

"아니야, 그렇지 않아. 저건 진짜 거래야. 나도 우연히 알게 됐어."

톰이 문을 휙 열어젖히더니 육중한 몸으로 잠시 문을 가리고 서 있다가 서둘러 방 안으로 들어왔다.

"개츠비 씨!"

톰은 싫은 속내를 교묘히 감추며 개츠비에게 넓적한 손을 내밀며 인사했다.

"만나서 반갑습니다⋯⋯. 음, 닉⋯⋯."

"시원한 음료수 갖다 주세요."

데이지가 큰 소리로 주문했다.

톰이 다시 방에서 나가자, 데이지는 일어나서 개츠비에게 다가가더니 얼굴을 끌어당겨 입술에 키스했다.

"내가 당신을 사랑하는 거 알죠?"

데이지가 나지막하게 속삭였다. 조던이 눈살을 찌푸리며 말했다.

"여기에 다른 숙녀도 있다는 걸 잊었나 봐."

그러자 데이지는 의아한 눈길로 돌아보며 말했다.

"그럼 너도 닉 오빠에게 키스해."

"정말 수준 낮고 천박해!"

"난 상관없어!"

큰 소리로 말하고 나서, 데이지는 벽돌 난롯가에서 신나게 탭 댄스를 추어댔다. 그러다 덥다는 생각이 들었는지 별안간 무슨 죄라도 지은 사람처럼 소파에 털썩 주저앉았다. 바로 그때, 보모가 예쁘게 차려입은 어린 여자애를 데리고 방으로 들어왔다.

"아이고, 눈에 넣어도 안 아픈 내 보물단지! 자, 사랑하는 엄마한테 오렴."

데이지가 두 팔을 벌리며 나지막이 속삭였다.

보모가 손을 놓아주자, 아이는 얼른 달려가더니 수줍게 엄마 품속으로 파고들었다.

"아이고, 예쁘고 귀한 보물덩어리! 엄마가 우리 아가 금발에 분가루를 묻혔네? 자, 이제 일어나서 인사해야지……. 안녕하세요."

개츠비와 나는 차례로 몸을 숙여 아이가 머뭇거리며 내민 고사리손을 잡았다. 개츠비는 많이 놀란 눈으로 계속해서 아이를 지켜보았다. 데이지에게 이런 아이가 있으리라고는 미처 생각해보지 못한 눈치였다.

"점심 먹기 전인데 옷을 갈아입었어요."

아이가 데이지 쪽으로 얼른 몸을 돌리며 말했다.

"엄마가 우리 예쁜 딸 보여 주려고 그랬지."

데이지는 희고 가느다란 아이 목주름에 얼굴을 파묻으며 말했다.

"넌 엄마의 꿈이야. 작아도 아주 소중한 꿈."

"네." 하며 아이는 조용히 고개를 끄덕이고 나서 말했다.

"조던 아줌마도 흰옷 입었어요."

"엄마 친구들이야, 좋지?"

데이지는 아이를 돌려세워 개츠비와 마주 보게 했다.

"어때, 아저씨들 멋지지 않니?"

"아빠 어딨어요?"

"얜 아빠를 안 닮았어요. 날 닮았죠. 머리카락도 얼굴 생김새도 날 닮았죠."

데이지가 소파에 다시 앉자, 보모가 한 발짝 다가와 아이 손을 잡았다.

"패미야, 이리 와."

"잘 가, 우리 아가!"

아이는 평소에 교육을 잘 받았는지 내키지 않은 듯 뒤를 돌아보면서도 보모 손을 잡고 밖으로 나갔다. 바로 그때 톰이 얼음을 가득 채워 짤그락 소리가 나는 진 리키 네 잔을 들고 들어왔다.

개츠비가 잔을 하나 집어 들며 말했다.

"정말 시원해 보이네요."

얼핏 보기에도 긴장한 기색이 역력했다.

우리는 잔을 받아, 단숨에 쭉 벌컥벌컥 들이켰다. 마시고 나서, 톰이 상냥한 목소리로 말했다.

"어디선가 읽은 적이 있는데, 태양이 해마다 더 뜨거워진다고 하더군. 이러다가 머지않아 지구가 폭발이라도 한다 했던가, 아니 잠깐만, 그 반대인가? 태양이 해마다 점점 식어가고 있다나 뭐라나."

톰이 불쑥 개츠비에게 제안했다.

"밖으로 나갑시다. 집을 구경시켜 드리지요."

나는 그들과 함께 베란다로 나갔다. 뜨거운 열기가 그대로 머물러 있는 바로 앞 초록빛 바다에서 조그만 돛단배 하나가 저 탁트인 바다를 향해 느릿느릿 움직이고 있었다. 개츠비는 잠시 눈으로 그 배를 좇더니, 한 손을 들어서 만 건너편을 가리켰다.

"저는 저기 맞은편에 살아요."

"그렇군요."

우리는 눈을 들어 장미 정원과 뜨거운 잔디밭, 불볕더위 해안가 따라 잡초 더미를 바라보았다. 하얀 돛이 파랗고 시원한 수평

선을 배경으로 느릿느릿 움직이고 있었다. 앞에는 바다가 부채 모양으로 펼쳐져 있고, 섬들은 축복받아 풍요로워 보였다.

"당신도 하면 얼마든지 즐길 수 있을 겁니다. 한 시간 정도 이 친구랑 바다에 나갔다 와도 좋을 거예요."

톰이 고개를 끄덕이며 말했다.

햇빛을 가려 다소 어둑한 식당에서 우리는 함께 점심을 먹었다. 불안한 부분이 역력했지만 아무렇지 않은 듯 유쾌하게 차가운 맥주를 마셨다.

"오늘 오후엔 뭐 할까? 내일은? 앞으로 30년은?"

데이지가 호들갑스레 물어보자, 조던이 대꾸했다.

"끔찍하게 왜 그래. 가을이 오고 날이 선선해지면 다시 살 만해질 텐데 뭐."

"하지만 너무 덥단 말이야. 다 혼란스럽고 답답하기만 해. 우리 모두 시내로 가요!"

데이지가 막 울음이라도 터뜨릴 듯한 표정을 지으며 말했다.

데이지는 더위에 지칠 대로 지쳐 목소리마저 잠겼지만, 더위를 쫓아내기라도 하듯 목소리에 계속 힘을 주었다. 의미 없는 말을 하면서도 무슨 의미든 부여하려고 했다.

"마구간을 차고로 개조한다는 이야기는 나도 들어봤죠. 하지만 차고를 고쳐서 마구간으로 사용하는 사람은 아마 내가 처음일 겁니다."

톰이 개츠비와 계속 말을 이어가자, 데이지가 고집 피우며 보챘다.

"시내로 나갈 사람 누구 없어요?"

데이지가 끈질기게 물었다. 개츠비가 데이지를 살포시 바라보는데, 데이지 입에서 절로 감탄이 나왔다.

"아, 당신 참 멋있네요."

두 사람 눈이 마주치자, 오직 단둘이 있는 것처럼 서로 다정히 바라보았다. 데이지는 애써 눈길을 식탁 쪽으로 돌렸다.

"당신은 언제나 멋있어요."

데이지가 또 한 번 말했다. 개츠비에게 사랑을 고백한 셈이었다. 톰 뷰캐넌도 알아차렸다. 톰은 할 말을 잃었다. 입을 다물지 못한 채 개츠비를 바라보다가, 오래전에 알던 사람인데 방금 알아봤다는 듯 데이지를 쳐다보았다.

데이지는 천진난만하게 말을 계속 이어갔다.

"당신, 광고에 나오는 사람하고 많이 닮았어요. 알잖아요, 광고에 나오는 그 사람……."

톰이 재빨리 말을 가로챘다.

"좋아. 나도 시내로 갈 거야. 자……, 모두 같이 시내로 가자고."

톰은 아내와 개츠비를 번갈아 쏘아보며 자리에서 일어났다. 하지만 아무도 꿈쩍 안 했다.

"자, 어서! 대체 왜들 이래? 시내로 갈 거면 지금 출발하자고!"

톰 목소리엔 짜증이 약간 묻어있었다.

톰은 화를 참느라 떨리는 손으로 남은 술을 들이켰다. 데이지 성화에 못 이겨 우리는 자리에서 일어나 자갈이 깔린 이글거리는 찻길로 나갔다.

"지금 바로 갈까요? 그냥 이렇게? 담배 피울 사람은 먼저 피우게 해야 하지 않을까요?"

데이지가 어떻게 할지 물어보았다.

"점심 먹으면서 다들 피웠잖아."

톰이 퉁명스럽게 말하자, 데이지가 달래며 말했다.

"아, 우리 재미있게 놀아요. 날씨도 더운데 웬 짜증이에요."

톰은 아무 말도 하지 않았다. 데이지가 차갑게 쏘아붙였다.

"당신 마음대로 해요. 조던, 가자."

두 여자가 위층에 올라가 준비하는 동안, 밖에서 남자 셋은 뜨겁게 달구어진 자갈을 발로 이리저리 굴리며 기다렸다. 서쪽 하늘엔 벌써 은빛 초승달이 떠 있었다. 개츠비가 무슨 말을 하려다 그만두지만, 그보다 먼저 톰이 마치 기다렸다는 듯 몸을 돌려 개츠비를 마주 보았다. 개츠비가 마지못해 물었다.

"마구간이 이쪽에 있습니까?"

"이 길을 따라 사백 미터쯤 가다 보면 있어요."

"아."

잠시 정적이 흘렀다. 톰이 갑자기 버럭 화를 냈다.

"뭐 하러 시내로 가자는 건지 도통 모르겠단 말이야. 여자들 머릿속엔 뭐가 들어 있는지……."

"뭐 마실 거라도 가지고 갈까요?"

위층 창에서 데이지가 내다보며 물었다.

"위스키는 내가 가져갈게."

톰이 대답하고는 안으로 들어갔다.

개츠비가 굳은 표정으로 나를 돌아보며 말했다.

"이 집에서는 무슨 말이든 뭐라 말하기 참 곤란하네요."

"데이지가 생각 없이 말을 해요. 목소리엔 무언가 가득 들어차 있는데……."

내가 머뭇거리는 사이, 개츠비가 한 말이 뜬금없었다.

"온통 돈으로 들어차 있지요."

바로 그랬다. 전에는 미처 알지 못했다. 목소리가 돈으로 가득 들어차 있다는 걸. 올라가기도 하고 내려가기도 하는 그 매력 넘치는 목소리는 동전이 짤랑거리는 소리 같았다. 쨍쨍 울리는 심벌즈 소리 같기도 하고……. 하얀 궁전 저 높은 곳에 있는 공주, 황금 아가씨…….

톰이 1리터짜리 술병을 수건에 싸서 밖으로 나왔다. 뒤이어 데이지와 조던이 금속성 천으로 만든, 머리에 딱 붙는 모자를 쓰고, 얇은 케이프를 양팔에 걸치고 나왔다.

"모두 내 차 타고 갈래요?"

개츠비가 제안했다. 그러고는 초록색 가죽 시트가 뜨거운지 만져보았다.

"차를 그늘에 세워두었어야 했는데."

"변속 기어에요?"

톰이 물었다.

"네."

"그럼 당신이 내 쿠페를 몰고, 내가 당신 차를 몰도록 하죠."

개츠비는 이 제안이 썩 마음에 들지 않았다.

"기름이 별로 많지 않을 텐데요."

개츠비 말에 톰은 별것도 아니라는 듯 부산떨며 말했다.

"기름은 얼마든지 넣을 수 있어요."

계기판을 들여다보며 톰이 말을 이어갔다.

"기름 떨어지면 약국에 들르면 돼요. 요즘 약국에서 뭐든 다 살 수 있잖아요."

엉뚱한 말이 끝나고 나자, 잠시 침묵이 흘렀다. 데이지가 얼굴 찌푸리며 톰을 쳐다보았다. 개츠비도 뭐라 말할 수 없는 난감한 표정이었다. 누군가가 해준 얘기를 들었을 뿐인 듯한, 분명 낯설면서도 어렴풋한 그런 표정 말이다.

"가자, 데이지."

톰이 데이지를 개츠비 차 쪽으로 밀며 말했다.

"이 서커스 마차로 당신을 편안히 모실게."

톰이 자동차 문을 열어 태우려고 했지만, 데이지는 어깨를 감싼 남편 팔에서 빠져나왔다.

"당신은 닉과 조던을 태우고 가요. 우린 쿠페를 타고 따라갈 테니."

데이지는 개츠비에게 바짝 다가가 코트를 만지작거렸다. 조던과 톰, 그리고 내가 개츠비 차 앞 좌석에 탔다. 톰은 기어가 익숙하지 않은지 몇 번 이리저리 움직여보더니 숨 막히는 더위 속으로 총알같이 달려 나갔다. 개츠비와 데이지를 남겨 둔 채로.

"봤지?"

톰은 내게 답을 원한다는 듯 물어보았다.

"뭘?"

톰은 조던과 내가 진즉 알고 있었다는 걸 알아채고는 나를 날카롭게 노려보았다.

"내가 바보인 줄 아나 봐, 응?"

톰이 넌지시 떠보며 말했다.

"하기야 내가 바보인지도 모르지. 하지만 나도…… 어떻게 해야 할지 내다볼 줄 아는 눈은 가지고 있다고. 믿지 않을지 모르겠지만 과학적으로 말하자면……."

톰은 잠시 말을 잃었다. 전혀 예상치도 못한 일이 갑자기 덮쳐와서일까? 형체도 없는 깊은 나락에 빠져들다가 겨우 정신을 차려 빠져나왔다.

"그 친구에 대해 좀 알아본 적 있지. 이럴 줄 알았으면 좀 더 파헤치는 건데……."

"점쟁이한테라도 가본 거예요?"

조던이 가볍게 웃으며 물었다.

"뭐라고?"

우리가 웃자 톰은 우리를 쳐다보며 "점쟁이?"라며 당황한 듯 말했다.

"개츠비에 관해 물어보니까."

"아, 개츠비! 아니, 내 말은 그 친구 과거를 좀 조사해 봤다는 말이야."

"그럼 그 사람이 옥스퍼드 출신이라는 것도 알아냈겠군요."

조던이 거들며 말하자, 톰은 말도 안 된다며 믿을 수 없다는 표정이었다.

"옥스퍼드 좋아하시네! 잘도 그러겠다. 분홍 정장이나 입고 다니는 주제에."

"어쨌거나 옥스퍼드 출신이라니까요."

"뉴멕시코에 있는 옥스퍼드겠지. 아니면 그 비슷한 곳이든가."

톰은 코웃음을 치며 비웃었다.

"이봐요, 톰. 그렇게 속물처럼 굴 거면, 개츠비 같은 사람을 왜 점심에 초대한 거예요?"

조던이 못마땅하다는 듯 따져 물었다.

"데이지가 초대한 거야. 결혼하기 전부터 알던 사이라던데……. 어디서 알고 지냈는지 난들 어떻게 알아?"

술이 점점 깨면서 우리 모두 예민해졌다. 이를 잘 알고 있기에 잠시 서로 아무 말도 하지 않고 달렸다. 이윽고 T. J. 에클버그 박사의 빛바랜 두 눈이 시야에 들어왔다. 그제야 나는 기름이 부족할지 모른다고 한 개츠비 말이 떠올랐다.

"이 정도 기름이면 시내까지 충분히 갈 수 있겠는데."

톰이 말하자, 조던이 고개를 가로저으며 말했다.

"이렇게 푹푹 찌는 날씨에 길에서 오도 가도 못해 꼼짝 못하게 되면 어쩌려고요. 아 생각만 해도 싫어."

톰이 성급하게 브레이크를 밟았다. 차는 윌슨 정비소 간판 아래로 먼지를 일으키며 미끄러져 들어가다가 멈춰 섰다. 잠시 후, 가게 주인이 나오더니 차를 멍하니 바라보았다.

"기름 좀 넣어줘!"

톰이 거칠게 말했다.

"우리가 뭣 때문에 차 세웠는데……. 경치나 감상하려고?"

"제가 몸이 좋지 않아요. 종일 아팠다고요."

윌슨이 꼼짝하지 않고 말했다.

"어디가 안 좋은데?"

"완전히 지쳤어요."

"그럼, 내가 할까? 아까 전화 걸 땐 팔팔한 것 같던데."

윌슨은 문에 기대어 있다가 힘겹게 숨을 가쁘게 몰아쉬며 걸어 나와 기름탱크 뚜껑을 열었다. 햇빛에 비친 얼굴이 파리했다.

"점심시간을 방해할 생각은 없었어요. 단지 내가 돈이 너무 급해서요. 갖고 계신 오래된 차 어떻게 할 건지 궁금했어요."

"이 차는 어떤데? 지난주에 새로 샀거든."

"멋진 노란색 차군요."

윌슨이 주유기를 힘주어 잡으며 말했다.

"사고 싶어?"

"그러고 싶죠. 하지만 괜찮아요. 다른 차로도 돈을 벌 수 있거든요."

"갑자기 돈은 왜 필요한데?"

"여기서 너무 오래 살았어요. 이사 가려고요. 마누라하고 서부로 갈 거예요."

"마누라하고?"

깜짝 놀란 듯 톰 목소리가 올라갔다.

"마누라는 10년 전부터 그 얘기를 해왔어요."

윌슨은 주유기에 기대고 손으로 햇빛을 가리며 잠깐 쉬었다.

"이제는 마누라가 원하든 말든 떠나려고 해요. 먼 곳으로 데리고 가려고요."

그때 쿠페 자동차가 먼지를 일으키며 우리 옆을 휙 지나갔다. 얼핏 손 흔드는 모습도 보였다.

"얼마요?"

톰 목소리는 여전히 퉁명스러웠다.

"지난 이틀 동안 내가 몰랐던 사실을 알게 되었어요. 그래서 이사 가려는 거고요. 자동차 문제로 당신을 귀찮게 한 것도 다 그 때문입니다."

"얼마냐니까."

"1달러 20센트입니다."

무자비하게 내리쬐는 더위에 정신이 혼미해진 나는 윌슨이 톰을 전혀 의심하지 않는다는 걸 시간이 좀 지나고 나서야 알게 되었다. 윌슨은 머틀이 자기와 다른 세상에 살고 있다는 사실을 알고 나서 충격으로 병이 들었다. 나는 윌슨을 물끄러미 바라보다가 이어서 톰을 쳐다보았다. 톰도 불과 한 시간 전에 윌슨과 비슷한 경험을 한 처지였다. 남자 세계에서 지능이나 인종 같은 문제는 아픈 사람과 건강한 사람 차이만큼 그리 커 보이지 않는다는 생각이 문득 들었다. 윌슨은 너무 아픈 나머지, 죄를 지은 사람처럼, 도저히 용서받지 못할 죄를 지은 사람처럼 보였다. 무슨 불쌍한 여자애를 임신시키기라도 하듯.

"그 차를 팔지, 뭐. 내일 오후에 보내 줄게."

이 지역은 햇빛이 쨍쨍한 대낮에도 늘 어딘가 음산해 보였다. 나는 뒤를 조심하라는 경고라도 받은 듯 뒤로 고개를 돌렸다. 잿더미 너머로 T. J. 에클버그 박사가 거대한 눈으로 우리를 내려다보고 있었다. 그런데 잠시 후, 몇 미터도 안 되는 곳에서 또 다른 눈이 우리를 집중해서 지켜본다는 걸 알아차렸다.

정비소 위층 창문 하나가 커튼이 약간 젖혀있는데 그 사이로 머틀 윌슨이 우리 쪽을 뚫어지게 내려다보고 있었다. 보는 데에 너무 열중해서인지 머틀은 누가 자신을 보고 있는지도 전혀 의식하지 못했다. 천천히 인화되는 사진처럼 얼굴에 별별 감정이 하나하나 드러나고 있었다. 표정이 묘하게 낯익었다. 여자 얼굴에서 흔히 봐온 표정이긴 하나, 초점이 없고 뭐라 말하기 어려운 그런 표정이었다. 그러다가 질투와 놀람으로 부릅뜬 두 눈이 톰이 아닌 조던 베이커에게 꽂혀 있다는 걸 알아차렸다. 조던을 톰 아내로 여긴 듯했다.

마음이 단순하다가도 혼란스러워지면 정말 그야말로 걷잡을 수가 없게 된다. 차가 출발하고 나서도 톰은 가슴이 벌렁벌렁하며 두려운 생각에 빠져들었다. 불과 한 시간 전까지만 해도 아내와 애인이 온전히 자기 손 안에 있다고 생각했는데, 손아귀에서 어느 순간 둘 다 빠져나가고 있었기 때문이다. 데이지를 따라잡으려고 동시에 윌슨에게서 멀어지려고 톰은 본능적으로 가속기를 밟아댔다. 롱아일랜드 방향으로 시속 80킬로미터로 질주했다. 마침내 고가도로 거미줄 같은 교각 사이로 느긋하게 달리는

173

푸른색 쿠페가 보였다.

조던이 신이 나서 말했다.

"50번가 일대에 있는 대형 영화관들이 시원해요. 다들 떠나 버린 뉴욕 한여름 오후가 난 좋아요. 뭔가 농익은 듯한 느낌이 있어요. 온갖 진기한 과일이 손에 막 떨어질 것만 같은 그런 농익은 느낌이랄까."

'농익은'이라는 단어는 톰을 더 불안하게 했다. 하지만 뭐라고 말해 보기도 전에 쿠페가 멈춰 섰다. 데이지가 차를 옆으로 대라고 신호를 보냈다.

"어디로 갈 거예요?"

데이지가 큰 소리로 물어보았다.

"영화 보면 어떨까?"

"너무 더워요. 당신들이나 가요. 우린 차로 이 근처 좀 돌아다니다가 나중에 합류할게요."

썩 와닿진 않지만, 데이지가 나름 재치 부린다며 말을 이어갔다.

"어느 길모퉁이에서 봐요. 담배 두 개비 피우는 사람 보면 그게 나라고 생각하면 돼요."

트럭 한 대가 뒤에서 빵빵대자 톰이 서두르며 말했다.

"여기서 더는 의논하기 힘들겠어. 센트럴파크 남쪽, 플라자 호텔 앞으로 나를 따라와."

톰은 몇 번이나 고개 돌려 그들 차가 잘 따라오는지 살폈다. 다른 차들 때문에 잘 안 보이면 시야에 들어올 때까지 속도를 늦쳤다. 두 사람이 옆길로 빠져나가 영원히 사라져 버리진 않나 두려워하는 사람처럼.

하지만 개츠비와 데이지는 옆길로 새지 않았다. 우리 모두 플라자 호텔에서 응접실 딸린 스위트룸을 빌렸는데, 어쩌다 이런 선택을 했는지 이해 안 되는 면이 있었다.

방으로 다 같이 들어갈 때까지 입씨름은 쉽게 끝나지 않고 시끌시끌했다. 뭣 때문에 그랬는지 사실 기억도 나지 않는다. 와중에 속옷이 축축하게 뱀처럼 감기고 식은 땀방울이 등골 따라 흘러내린 육체적 기억은 아직도 생생하다. 처음엔 데이지가 욕실 다섯을 빌려 냉수욕을 하자고 했다. '박하 술을 마실 만한 곳'이라는 얘기까지 나왔다. 그러자 우리는 저마다 '말도 안 되는 생각'이라며 한마디씩 했다. 우리가 한꺼번에 직원에게 몰려가 말을 하는데, 직원은 어리둥절한 모양이었다. 그렇게 말하는 우리도 우리가 퍽 재미있는 사람이라고 생각하거나 생각하는 척했다.

방은 큼직하지만, 숨이 막혔다. 4시가 다 되었는데도 열어놓은 창문에서 공원 관목 숲에서 뜨거운 바람만 불어왔다. 데이지는 거울 앞에서 등을 돌리고 선 채 머리를 매만졌다.

"정말 굉장한 방이네요."

조던이 감탄하며 나지막이 말하자 모두가 웃음을 터뜨렸다.

"다른 창문도 열어."

데이지가 돌아보지도 않고 시키듯 말했다.

"다른 창문 없어."

"그럼 전화해서 도끼 가져오라 하든가……."

"더위는 그냥 잊어버리자고. 덥다고 짜증내면 열 배 더 더워지잖아."

톰 목소리엔 짜증이 묻어있었다.

톰은 감싼 수건을 풀어서 위스키를 꺼내어 탁자에 올려놓았다. 느닷없이 개츠비가 한마디 했다.

"데이지는 가만히 두는 게 좋지 않겠어요? 시내로 오자고 한 건 당신이잖아요."

잠시 침묵이 흘렀다. 못에 걸려 있던 전화번호부가 바닥에 떨어지자, 조던이 "미안해요."라고 나지막이 말했다. 이번엔 아무도 웃지 않았다.

"내가 집을게요."

내가 나서자, 개츠비는 끊어진 줄을 살펴보더니 재밌다는 듯 집어 던졌다. 톰이 바로 쏘아붙였다.

"당신 말버릇 참 고상하군요. 안 그래요?"

"뭐가요?"

"말끝마다 이상하게 표현하는데, 어디서 배워먹은 건지?"

데이지가 더는 안 되겠다 싶었는지 거울에서 돌아서며 말했다.

"이봐요, 톰. 그런 인신공격이나 할 거면 여기에 뭐 하러 더 있어요. 전화해서 박하 술에 넣을 얼음이나 갖고 오라 하세요."

톰이 수화기를 들자, 눌려 있던 열기가 폭발하듯 음악 소리가 크게 들렸다. 아래층 무도회장에서 들려오는 멘델스존의 '결혼행진곡'이었다. 그날따라 노래 화음마저 불길하게 들렸다.

"이 더위에 결혼하네요!"

조던이 안 됐다는 듯 내뱉자, 데이지가 기억을 더듬으며 말했다.

"음, 나도 6월 중순에 결혼했는데. 6월에 루이빌에서! 누가 기절했는데. 누구였죠, 톰?"

"빌록시."

톰 대답은 짧고 무뚝뚝했다.

"빌록시라는 남자였죠. 상자를 만든다고 '블록스' 빌록시라고 불렀죠. 정말이에요. 테네시주 빌록시 출신이었어요."

조던이 옆에서 거들었다.

"사람들이 그 사람을 우리 집에 데려왔었죠. 교회에서 바로 두 집 옆이 우리 집이었거든요. 그 남자가 3주가 다 되도록 나갈 생각을 안 하는 거예요. 아빠가 그만 나가 달라고 했죠. 그런데 그 남자가 나간 다음 날에 아빠가 돌아가셨어요."

자기가 한 말이 앞뒤 안 맞는다는 느낌이 드는지, 조던이 조금 있다가 한마디 덧붙였다.

"물론 두 사건은 아무 관련이 없어요."

"내가 아는 사람 중에 멤피스 출신 빌 빌록시라는 사람 있는데."

내가 말하자, 조던이 말을 받았다.

"바로 그 사람 사촌이에요. 그 사람이 떠나기 전에 가족사를 다 얘기해줬죠. 내가 요즘 사용하는 알루미늄 골프채도 그 사람이 준 거예요."

결혼식이 시작되면서 음악 소리가 잦아들었다. 이번에는 창문을 통해 긴 환호성이 흘러들어왔다. 뒤이어 "와……와……와!" 환호하는 소리가 띄엄띄엄 들려오더니 마침내 무도회가 시작되었다. 재즈 음악이 신나게 터져 나왔다.

"우린 늙었나 봐. 젊다면 벌써 일어나 춤췄을 텐데."

데이지가 말하자, 조던이 손을 내저으며 말렸다.

"빌록시를 생각해서 참아. 근데 어디서 그 사람 알게 되었어요, 톰?"

"빌록시?"

톰은 애써 기억을 더듬으며 말했다.

"난 그 사람 몰라. 데이지 친구였거든."

그러자 데이지가 부인했다.

"내 친구는 무슨. 난 그 사람 전에 본 적도 없어요. 자기가 제공한 열차 특실 타고 왔던데."

"글쎄, 그 친구는 당신을 안다고 하던데. 루이빌 출신이라고 하면서. 막판에 에이서 버드가 그자를 데리고 와서는 같이 초대해 줄 수 있냐고 묻더라고."

조던이 미소를 지었다.

"아마 남의 차 얻어 타고 집으로 가는 중이었나 보죠. 나한테는 그러던데요. 예일대학에 다닐 때 학년 대표였다고."

톰과 나는 서로 멍하니 쳐다보았다.

"빌록시가?"

"일단 학년 대표 같은 건 없었는데……."

개츠비가 초조한 듯 발로 톡톡 바닥을 차자, 갑자기 톰이 개츠비 쪽으로 시선을 돌렸다.

"그나저나 개츠비 씨, 옥스퍼드 대학 출신이라면서요?"

"꼭 그런 건 아니고요."

"아, 맞다. 옥스퍼드 다녔다고 했지."

"네……. 다니긴 다녔죠."

잠시 침묵이 흘렀다. 곧이어 톰이 한마디 했다. 불신과 모욕이 담긴 말투였다.

"빌록시가 예일대학 다닐 때쯤 당신은 옥스퍼드 다녔겠구먼."

또다시 침묵이 이어졌다. 웨이터가 노크하더니 잘게 부순 박하와 얼음을 들고 들어왔다. "감사합니다" 말하고 문 닫고 나가는데도 아무도 말하는 사람이 없었다. 이윽고 침묵이 깨지면서 드디어 중대한 진실이 밝혀지려는 듯한 순간이 왔다.

"옥스퍼드 다녔다고 말했잖아요."

"그 말은 들었어요. 근데 언제 다녔다는 거죠?"

"1919년에 다섯 달 동안 다녔습니다. 바로 그것 때문에 진짜 옥스퍼드 출신이라고 말하지 않는 거예요."

톰은 자기처럼 믿지 못하는지 보려고 주위를 살폈다. 하지만 우리는 모두 개츠비를 바라보고 있었다.

"휴전하고 나서 일부 장교에게 그런 기회를 주었지요. 영국이나 프랑스 어느 대학이든 갈 수 있었어요."

나는 자리에서 일어나서 등이라도 두드려 주고 싶었다. 전에 경험한 적 있는, 개츠비에 대한 완전한 믿음이 되살아났다.

데이지가 엷게 미소 지으며 일어나 탁자 쪽으로 가더니 톰에게 재촉했다.

"톰, 위스키나 따요. 박하 술 만들어 줄 테니 술이나 들어요. 마시고 나면 지금 모습처럼 자신이 바보 같아 보이진 않을 테니……. 어머 이 박하 좀 봐!"

"잠깐 기다려 봐. 개츠비 씨에게 하나 더 물어볼 게 있다고."

톰이 불쑥 말을 가로챘다.

"계속하세요."

개츠비가 공손하게 받아쳤다.

"도대체 당신은 왜 우리 집 일에 끼어들어 분란을 일으키는 거요?"

개츠비는 마침내 터질 게 터졌다고 생각하는지 흐뭇한 미소까지 지어 보였다.

"분란을 일으킨 건 개츠비가 아니잖아요. 당신이 문제를 키웠잖아요. 제발 좀 참으라고요."

데이지가 크게 상심하며 두 사람을 번갈아 바라보았다.

"참으라고?"

톰이 데이지가 한 말을 그대로 반복했다. 말도 안 된다는 표정이었다.

"자기 마누라가 어디서 굴러먹던 누군지도 모르는 놈하고 놀아나는 판에 가만히 앉아서 보고만 있으라고? 아니, 진짜 말이 된다고 생각해? 당신 생각에 내가 동의할 거 같아? ……요즘 사람들, 가정을 어떻게 꾸리든 어떻게 유지하든 관심 하나 없고 자기 맘대로 편할 대로 생각하는 모양인데, 그렇게 자기 하고 싶은 대로 다 하다가는 잘하면 백인이 흑인하고 결혼한다는 소리까지 나오겠는데."

감정이 격해져 횡설수설하느라 얼굴이 붉어진 톰은 마치 자신이 문명을 지키는 최후 보루가 된 듯한 모양이었다.

"여기 있는 사람은 다 백인뿐이에요."

조던이 중얼거렸다.

"내가 인기 없는 거 나도 다 알아. 파티를 거창하게 열지도 않지. 요즘 세상은 친구 사귀고 싶으면 집을 아예 돼지우리로 만들어야 하나 봐."

나 역시 무척 화가 났지만, 톰이 한마디씩 할 때마다 웃음이 나오려고 했다. 바람둥이에서 도덕군자로 톰이 아무렇지 않게 변신하니 말이다.

"당신에게 할 말이 있어요."

개츠비가 뭔가 말을 하려고 하자, 데이지가 눈치채고는 곤혹스러운 듯 말을 막았다.

"제발 그만 하세요! 모두 집에 가요. 이제 집으로 가는 게 좋지 않겠어요?"

"그게 좋겠어. 일어나, 톰. 아무도 술 마실 생각이 없잖아."

내가 일어서며 재촉했는데도 톰은 아랑곳하지 않았다.

"개츠비 씨가 내게 무슨 말을 하려는지 듣고 싶어."

"당신 아내는 당신을 사랑하지 않아요. 당신을 사랑한 적도 없어요. 데이지는 나를 사랑한다고요."

아무도 예상하지 못한 말이었다.

"이거 완전히 돌았구먼."

톰이 반사적으로 소리쳤다. 개츠비도 잔뜩 흥분해서 벌떡 일어서며 소리 질렀다.

"데이지는 당신을 사랑한 적이 없다고. 알아들어? 내가 가난했기 때문에 나를 기다리다 지쳐서 어쩔 수 없이 당신과 결혼한 거야. 일어나면 안 되는 일이었다고. 데이지 가슴속엔 오직 나밖에 없고. 나만 사랑한다고!"

이쯤에서 조던과 나는 나가려 했지만, 톰과 개츠비는 무슨 경쟁이라도 하듯 우리보고 남아 있어 달라고 완강하게 붙잡았다. 두 사람은 이제 더는 숨길 게 없었다. 자기 감정을 알아봐달라고 떼라도 쓰는 듯 보였다. 그게 무슨 대단한 특권이라도 되는 것처럼.

"데이지, 앉아봐. 그동안 무슨 일이 있던 거야? 다 털어놔 봐."

톰이 아버지라도 되는 듯 묵직하게 말했지만 뜻한 대로 되지 않았다.

"무슨 일 있었는지는 내가 금방 얘기했잖아. 벌써 5년이 다 되어 간다고……. 당신만 몰랐던 거지."

톰이 데이지를 향해 몸을 홱 돌렸다.

"이 친구를 5년이나 만났다는 거야?"

"만나진 않았어. 아니, 만날 수가 없었다고. 하지만 우린 한결같이 사랑했지. 이봐, 당신은 아무것도 몰랐잖아. 당신은 아무것도 모른다고 생각할 때면 가끔 웃음이 나오더라고."

말은 이렇게 하면서도 개츠비 눈에는 웃음기가 전혀 없었다.

"아……, 그게 다겠지."

 톰은 두툼한 양손 손가락을 모아 성직자처럼 톡톡 두드리며 의자에서 앉은 채로 몸을 뒤로 젖히면서 분통을 터뜨렸다.

 "이 사람 미쳤나 보네! 5년 전 무슨 일이 있었는지는 말하지 않겠어. 그땐 데이지를 알지도 못했으니까!……. 뒷문으로 식료품 배달이나 하면서 눈이라도 맞았겠지. 그러지 않고서야 무슨 수로 데이지에게 접근할 수 있었겠어. 이거 말고는 다 새빨간 거짓말이야. 데이지는 나를 사랑해서 나와 결혼했어. 지금도 나를 사랑한다고."

 "아니." 개츠비가 고개를 가로저으며 말했다.

 "누가 뭐래도 데이지는 날 사랑한다고. 어쩌다 바보 같은 생각에 빠지고 무슨 짓을 하는지 잘 모를 때가 있어서 좀 그렇긴 해도 말이야."

 톰은 뭔 말인지 안다는 듯 고개를 끄덕이면서도 여지없이 쏘아붙였다.

 "무엇보다 중요한 건 나도 데이지를 사랑한다는 거야. 가끔 술을 진탕 마셔서 바보 같은 짓을 하긴 하지만, 그래도 늘 제자리로 돌아온다고. 마음속으로는 언제나 데이지를 사랑하지."

 "역겨운 소리 하고 앉아 있네."

 데이지가 쏘아붙이고는 내 쪽으로 몸을 돌렸다. 목소리 낮추어 말하는데도 방 안엔 경멸이 소름 끼칠 정도로 가득했다.

 "우리가 왜 시카고를 떠났는지 진짜 몰라? 술판이 벌어지면 얼마나 가관이었는데. 그런 얘기해주는 사람도 없었나 봐. 정말 놀랄 일이야."

개츠비가 데이지에게 다가가 옆에 섰다.

"데이지, 이제 다 끝났어. 그런 건 이제 하나도 중요하지 않아. 저 사람에게 진실만 말해……. 단 한 번도 사랑한 적이 없다고……. 그러고 나면 모든 게 지워지는 거야. 영원히."

데이지는 개츠비를 멍하니 바라보았다.

"정말……, 내가 어떻게 저런 사람을 사랑할 수 있겠어요?…… 도대체 어떻게?"

"당신은 저 사람 사랑한 적이 없어."

데이지는 머뭇거렸다. 눈으로 호소하듯 조던과 나를 바라보았다. 자기가 무슨 짓을 하고 있는지 이제야 깨달았다는 듯. 자기는 처음부터 아무 일도 벌일 생각이 없었다는 듯. 하지만 엎질러진 물이었다. 주워 담기엔 너무 늦었다.

"저 사람을 사랑한 적이 없어요."

데이지 목소리는 마지못해 말하는 투가 역력했다.

"카피올라니에서도?"

톰이 불쑥 물었다.

"그래요."

"당신 신발 적실까 봐 내가 펀치볼에서 당신을 안고 내려온 그날도? ……데이지?"

톰 목소리는 쉰 듯하면서도 다정했다.

"제발 그만 해요."

데이지 목소리는 차가웠지만, 더는 증오가 느껴지진 않았다.

"이봐요, 제이."

데이지가 개츠비를 바라보며 이름을 불렀다. 담배에 불을 붙이려는데 데이지 손은 가늘게 떨고 있었다. 순간 담배와 불붙인 성냥개비를 카펫에 던져버렸다.

"아, 당신은 너무 많은 걸 바라는군요. 지금 당신을 사랑하잖아요……. 그걸로 충분하지 않나요? 지나가 버린 일을 대체 어쩌라는 거예요."

데이지가 힘없이 흐느끼기 시작했다.

"한때 톰을 사랑한 적도 있어요……. 하지만 당신도 사랑했어요."

개츠비는 눈을 지그시 감았다가 뜨며 되물었다.

"나도 사랑했다고?"

"그것도 거짓말이야."

톰이 잔인하게 말했다.

"데이지는 당신이 살아있는 줄도 몰랐어. 어쨌든 데이지와 나 사이엔 당신은 알지도 못하는 일이 많아. 데이지도 나도 잊을 수 없는 사연들 말이야."

톰이 방금 내뱉은 말은 개츠비 몸속 깊숙이 아프게 파고들었다. 개츠비가 말했다.

"데이지와 단둘이 얘기하고 싶어. 지금 데이지가 너무 흥분한 상태라……."

"단둘이 말한다 해도 내가 톰을 사랑한 적이 없었다고 말할 순 없어. 사랑한 적이 아예 없었다? 그건 사실이 아니니까."

애처롭게 데이지가 인정하자, "당연하지"라며 톰이 맞장구를 쳤다.

데이지는 남편을 향해 몸을 돌렸다.

"당신한테는 그게 무슨 중요한 문제라도 되나 보네요."

"당연히 중요하지. 앞으로는 당신을 더 잘 돌봐 줄 거야."

"아직도 분위기 파악이 안 되나 보네. 이제 더는 당신이 데이지를 돌볼 필요가 없다고."

개츠비가 당황스럽다는 표정을 지으며 말했다.

"필요 없다고?"

톰이 눈을 동그랗게 뜨며 호탕하게 웃었다. 이젠 자제할 만한 여유가 있어 보였다.

"어째서?"

"데이지는 당신을 두고 떠날 테니까."

"말도 안 되는 소리."

"하지만 정말이에요."

데이지가 힘겨워하며 간신히 말하자, 느닷없이 개츠비를 눌러 내릴 듯 톰이 거칠게 말했다.

"데이지는 날 떠나지 않는다고! 여자 손에 끼울 반지까지 훔치는 그런 천박한 사기꾼한테 가려고 나를 떠나지는 않아."

"도저히 못 참겠어! 아, 제발 여기서 나가요."

"당신 도대체 뭐 하는 놈이야? 마이어 울프심 패거리라는 건 나도 우연히 알게 됐지. 내가 좀 알아봤거든. 내일은 더 많이 알아봐야겠어."

"마음대로 하든가."

개츠비 반응은 차분했다.

"당신이 운영한다는 '약국'이 뭔지 알아냈다고."

톰이 우리를 돌아보며 거침없이 말했다.

"이 작자가 울프심과 짜고 이곳과 시카고 뒷골목 약국 여러 곳을 사서는 에틸알코올을 판다고. 이 사람이 부리는 수작 중 하나지. 처음 봤을 때부터 밀주업자겠거니 짐작했는데 내 예상이 빗나가지 않았어."

"그게 뭐 어쨌다는 거요? 당신 친구 월터 체이스도 그 일 한다고 아주 자랑스러워하던데."

개츠비가 점잖게 반박하자, 톰도 지지 않았다.

"그런데 당신은 그 친구가 곤경에 빠질 때 모른 척했잖아. 안 그래? 뉴저지 교도소에서 한 달 동안이나 썩게 내버려 두었다고. 월터가 당신한테 뭐라고 말하는지 한 번 들어봐야 하는 건데."

"그 사람은 완전 알거지 신세로 우리한테 왔거든. 돈 좀 만지게 되니 엄청 좋아하기만 하더군, 친구."

"날 보고 친구 친구 하지 마."

톰이 버럭 소리쳤다. 개츠비는 아무 대꾸도 하지 않았다.

"월터가 당신을 도박법 위반으로 고발할 수도 있었어. 근데 울프심이 겁을 줘서 입을 다물었던 거라고."

개츠비 표정이 어딘지 모르게 다시 낯설어 보였다. 그래도 마음을 다 감출 수는 없었다. 톰이 천천히 말을 이었다.

"약국 사업은 푼돈 놀이에 지나지 않지. 하지만 당신은 뭔가 꿍꿍이짓을 벌이고 있어. 월터조차 겁나서 나한테 털어놓지 않는 걸 보면."

나는 데이지를 힐끗 쳐다보았다. 데이지는 잔뜩 겁에 질린 얼굴로 개츠비와 남편을 번갈아 바라보고 있었다. 이어서 조던에게 눈길을 돌리니, 조던은 안 보이는 흥미로운 뭔가를 턱 끝에 올려놓고 균형 잡으려 애쓰는 자세를 취하고 있었다. 그런 뒤 개츠비 쪽으로 몸을 돌렸는데 그 표정을 보고 깜짝 놀라지 않을 수 없었다. 정말 이건 정원에서 사람들이 쑥덕거리던 중상모략을 다 무시하고 하는 말이다. 개츠비는 표정이 무슨 '살인이라도 저지른' 사람처럼 보였다. 그 순간 개츠비 얼굴은 그런 방식으로밖에는 묘사할 수가 없었다.

그런 표정을 짓고 난 뒤, 개츠비는 데이지에게 흥분해서 말을 쏟아내기 시작했다. 모든 걸 부정하고 아직 나오지도 않은 비난에 대해서까지 자신을 변호했다. 하지만 말을 하면 할수록 데이지는 더 움츠러들기만 해서 개츠비도 결국 포기해 버리고 말았다. 오후 들어 시간이 미끄러지듯 흘러가는데 스러진 꿈만이 계속 싸워댔다. 꿈은 만질 수 없는 데도 계속 만져보려 애쓰는 것 같았다. 암울하지만 끝내 절망하지 않고 방 건너 잃어버린 목소리를 향해 더 다가서려고 몸부림쳤다.

그 목소리 주인공이 다시 한 번 집에 가자고 애원했다.

"제발요, 톰! 더는 못 견디겠어요."

겁에 질린 눈이었다. 지금껏 어떤 의도, 어떤 용기가 있었든

이 모든 게 다 헛것이라고 말하는 듯했다.

"데이지, 둘이서 먼저 출발해. 개츠비 씨 차로."

데이지는 놀라서 톰을 바라보았다. 톰은 제법 관대한 듯하면서도 경멸하는 눈초리를 고수했다.

"어서. 저 친구가 당신을 괴롭히진 않을 거야. 주제넘은 사랑타령도 다 끝났다는 걸 이젠 알아차렸을 테니."

개츠비와 데이지는 아무 말도 안 하고 휙 나가버렸다. 마치 유령처럼 멀어져갔다. 연민이고 뭐고 없었다. 느닷없이 벌어진 일이었다.

잠시 후 톰은 자리에서 일어나서 마개도 따지 않은 위스키병을 수건으로 감쌌다.

"이거 마실래? 조던? ……닉?"

나는 아무 대답하지 않았다.

"닉?" 톰이 다시 물었다.

"왜?"

"술 좀 마실 거야?"

"아니……. 방금 생각이 났어. 가만 보니 오늘이 내 생일이네."

나는 이제 서른 살이 되었다. 내 앞에 놓인 새로운 10년이라는 세월이 불길하고 위협적인 길처럼 펼쳐있다는 느낌이 들었다.

7시가 되자 우리는 톰과 함께 쿠페를 타고 롱아일랜드로 출발했다. 톰은 쉬지 않고 떠들었다. 과하게 기분 좋아하며 웃어댔다. 조던이나 나는 이런 톰이 멀게만 느껴졌다. 찻길에서 울리는 낯선 소음이나 고가도로 굉음과도 같이. 사람이 아무리 공감한다 해도 한계가 있기 마련이다. 등 뒤로 도시 불빛이 점점 멀어져 가듯 두 사람 간 비극적인 말다툼도 희미해져 가 다행이라 생각했다. 서른 살, 앞으로 10년은 얼마나 외로울까? 사람들은 점점 자기 짝을 찾아가겠지? 꿈도 열망도 점점 시들해가고, 머리숱도 점점 줄어들 텐데. 내 곁에는 조던이 있었다. 데이지와는 달리, 너무나 현명해서 까맣게 잊어버린 꿈을 해를 넘겨서까지 간직할 사람은 아니었다. 어두운 다리를 지나갈 때, 조던이 나른한 듯 창백한 얼굴을 내 어깨에 기댔다. 이제 서른 살이라는 생각에 마음이 무거웠으나 내 손을 잡아주는 손길에서 걱정이 사르르 녹아내렸다.

그렇게 우리는 서늘한 저녁 어스름을 뚫고 계속 차를 몰았다. 죽음을 향한 질주였다.

잿더미 옆에서 커피집을 운영하는 젊은 그리스 사람 마이클리스가 사건에서 가장 중요한 목격자였다. 마이클리스는 무더위 속에서 잠에 빠져들었다가 5시가 넘어서야 일어났다. 정비소로 어슬렁거리며 가보니 조지 윌슨이 사무실에서 끙끙 앓고 있었다. 낯빛이 아주 심하게 안 좋았다. 얼굴이 희끄무레한 머리 색깔만큼 창백했다. 온몸은 부들부들 떨었다. 마이클리스가 윌슨에게 침대에 가서 좀 누우라고 권하는데도, 윌슨은 장사를 안 해 버리면 손해가 막심하다며 거절했다. 이런 실랑이가 벌어지는 사이, 그들 머리 위쪽에서 "와장창" 소리가 들려왔다.

"마누라를 2층에 가뒀어. 모레까지 저렇게 두려고. 그런 다음

이사 가든지 해야지."

월슨은 넋이 나간 사람처럼 힘없이 말했다.

마이클리스는 깜짝 놀랐다. 4년 동안이나 이웃으로 지내지만, 월슨은 정말이지 그런 말을 할 사람으로는 보이지 않았기 때문이다. 월슨은 늘 지쳐 있었다. 일이 없을 때는 문간 의자에 앉아 길 가는 사람이나 자동차를 멍하니 바라보았다. 누가 말이라도 걸면 늘 하던 대로 사람 좋게 웃기는 하지만 생기라고는 하나 없었다. 마누라에게 잡혀 살았으면 살았지, 자기 뜻대로 하는 남자는 아니었다.

그러니 마이클리스가 대체 무슨 일이 있었는지 캐묻는 건 당연했다. 하지만 월슨은 조금도 알려주지 않았다. 오히려 이 청년에게 의심스러운 눈초리로 몇 날 몇 시에 어디서 뭘 했는지 이것저것 캐물었다. 분위기가 점점 불편해질 즈음, 일꾼 몇 명이 정비소 앞을 지나 자기 가게 쪽으로 가자 나중에 다시 올 생각으로 자리를 떴다. 하지만 막상 다시 오진 않았다. 깜빡해서 그랬을 뿐이다. 7시가 지나 다시 밖으로 나와보니 정비소 아래층에서 욕을 퍼붓는 월슨 부인 목소리가 크게 들렸다. 그제야 비로소 월슨과 나눈 대화가 생각났다.

"때려! 때려 보라고! 이 더러운 겁쟁이야!"

목소리가 더 커졌다. 잠시 후 월슨 부인이 팔을 흔들며 고래고래 소리 지르면서 어둠 속으로 달려나갔다. 마이클리스가 가게 문간을 채 나서기도 전에 상황은 모두 끝나버렸다.

그 차는 멈추지 않았다. '죽음의 차'라고 신문에 났던 그 차. 점점 짙어 가는 어둠 속에서 차가 튀어나오더니 순간 뭔가를 친 듯 비틀거리다가 다음 모퉁이를 돌아 사라져버렸다. 마이클리스는 그 차가 무슨 색인지 확실하게 기억하지 못했다. 처음 찾아온 경찰에게는 연두색이라고 말했다. 뉴욕으로 가던 다른 차는 100미터쯤 지나간 뒤에 멈춰 서더니 차를 돌려 사고 현장으로 급히 돌아왔다. 머틀 윌슨이 끈적끈적한 검붉은 피와 먼지로 뒤범벅되어 무참히 쓰러져 죽어있었다.

마이클리스와 운전자가 가장 먼저 머틀에게 다가갔다. 땀에 젖은 블라우스를 찢어 보니 왼쪽 가슴이 축 늘어진 채 너덜거리고 있었다. 심장 박동은 들어보나 마나 했다. 입은 크게 벌어졌고 입가는 조금 찢어져 있었다. 엄청난 활력을 포기하기엔 분노가 너무 치밀어서 그랬는지 다소 숨이 찬 듯한 모양이었다.

우리는 아직 현장에서 제법 떨어져 있는데도 자동차 서너 대와 몰려드는 사람들을 보았다.

"사고가 크게 났나 보네! 잘 됐어. 윌슨한테 일거리가 생길 테니."

톰은 속력을 줄이긴 했지만, 그때만 해도 차를 멈출 생각은 없어 보였다. 그런데 좀 더 가까이서 정비소 앞에 모여 있는 사람들 심각한 표정을 보자 자기도 모르게 브레이크를 밟았다.

"한 번 보고 가자고. 구경이나 할 겸."

톰이 미심쩍은 듯 말했다.

그제야 나는 정비소에서 끊임없이 흘러나오는, 힘없이 울부짖는 소리를 알아차렸다.

차에서 내려 정비소 쪽으로 걸어가자, 울부짖는 소리는 "아, 이럴 수가!" 괴롭게 토하는 신음으로 바뀌었다.

"무슨 끔찍한 사고라도 났나 봐."

톰 목소리엔 왠지 모를 긴장이 묻어있었다.

정비소 앞쪽엔 사람들이 이미 빙 둘러 있어서 톰은 까치발을 해서 들여다보았다. 사고당한 사람 머리 위로 철제 등갓 속 노란 등불이 흔들거리며 켜져 있을 뿐이었다. 안쪽을 들여다보던 톰이 갑자기 소리를 질러대더니, 억센 팔로 사람들을 정신없이 밀치면서 안으로 들어갔다.

사람들이 웅성웅성하면서 시신 주위를 에워싸며 바짝 모여들었다. 사람들에 가려서 하나도 보이지 않았다. 그러다 새로 구경꾼들이 끼어들며 줄을 흐트러뜨리는 바람에 조던과 나는 안으로 밀려 들어갔다.

머틀 윌슨 시신은 이 무더운 밤에 오한에 시달리는 사람처럼 담요 두 장에 싸인 채 벽 쪽 작업대에 놓여 있었다. 톰은 우리 앞에서 등을 돌린 채 꼼짝 않고 시체를 내려다보았다. 톰 옆에는 교통경찰 한 명이 서 있는데, 땀을 뻘뻘 흘리며 수첩에 이름을 받아썼다가 다시 고쳤다 하고 있었다. 텅 빈 정비소에서 울부짖는 소리가 크게 들리는데 처음엔 어디서 나는지 알 수가 없었다. 그러다 윌슨이 사무실 높은 문지방에 서서 문기둥을 잡고 흐느끼는 모습이 보였다. 옆에서 한 남자가 어깨를 토닥이며 나지막이 뭐라 말을 건넸지만, 윌슨에게는 아무것도 들리거나 보이지 않는 것 같았다. 한없이 오열했다. 시선은 흔들리는 전등에서 작업대로 천천히 왔다가 다시 전등 쪽으로 돌아가다 반복하면서.

"아, 세상에! 이럴 수가! 어찌 이런 일이! 아이고, 하느님!"

톰은 불쑥 고개를 들어 멍한 눈으로 정비소 주변을 살피더니 경찰관을 보며 중얼거리는데 뭐라 종잡을 수가 없을 정도였다.

"마⋯⋯브⋯⋯오."

경찰관이 받아적으면서 말했다.

"아뇨, '로'예요. 마⋯⋯브⋯⋯로."

한 남자가 이름을 바로 잡아주고 있었다. 톰이 자기 말 들어보라면서 거칠게 따져 물었다.

"리을에 오, 로."

경찰관이 무심히 대하자, 톰이 넓적한 손으로 경찰관 어깨를 부여잡았다. 그제야 경찰관은 "뭐요?" 하며 고개를 돌렸다.

"어떻게 된 일인지⋯⋯. 말 좀 해주세요."

"자동차에 치였어요. 즉사했죠."

"즉사라고요?"

톰은 재차 확인이 필요한 듯 반복해서 말하며 경찰관을 바라보았다.

"여자가 도로로 뛰어들었어요. 어떤 미친놈인지 몰라도 차를 세우지도 않고 가버렸어요."

"차는 두 대였어요. 하나는 이쪽으로 오고, 또 하나는 저쪽으로 가고. 알겠어요?"

마이클리스가 말하자, 경찰관이 날카롭게 물어봤다.

"어디로 가던가요?"

"서로 반대 방향으로요. 근데 이 여자가……."

손이 담요 쪽으로 반쯤 올라가다 다시 옆구리 쪽으로 내려왔다.

"이 여자가 저쪽으로 뛰어갔어요. 뉴욕에서 오던 차에 그대로 들이받았어요. 아마 시속 오륙십 킬로미터는 족히 됐을 겁니다."

"이 지역 이름이 뭡니까?"

"부르는 이름이 딱히 없어요."

깔끔하게 차려입은 흑인이 옆에 있다가 창백한 표정으로 가까이 오며 말했다.

"노란 차였어요. 노란색 큰 차. 새 차였죠."

"사고를 목격했나요?"

경찰관이 물었다.

"아뇨. 하지만 그 차가 저를 지나쳐서 이 길로 쭉 달려갔어요. 60킬로미터는 넘고요. 한 80에서 90킬로미터는 되었을 거예요."

"이리 와서 이름 좀 적으세요. 좀 비켜 주세요. 이름 적어야 해요."

사무실 문에 기대 몸을 추스르지 못하던 윌슨에게 몇 마디가 들린 모양이었다. 윌슨은 신음하며 울부짖는 와중에 말을 했다. 느닷없이 새로운 내용을 진술한 셈이었다.

"어떤 차인지 말 안 해도 돼! 내가 다 알고 있다고."

나는 톰을 지켜보았다. 어깨 뒤쪽 단단한 근육이 코트 아래에서 팽팽하게 당겨지는 게 보였다. 재빨리 윌슨에게 걸어가더니 바로 앞에서 멈춰 서고는 양팔 윗부분을 꽉 움켜잡았다.

"정신 차려야 해."

무뚝뚝하지만 달래는 말투였다.

윌슨이 톰을 발견하더니 발끝에 힘을 주고 일어났다. 톰이 잡아주지 않았다면 털썩 주저앉았을지 모른다.

"내 말 잘 들어."

톰이 윌슨을 살짝 흔들며 말했다.

"방금 뉴욕에서 돌아오는 길이야. 전에 얘기했던 쿠페를 가지고 오던 길이라고. 오늘 오후에 내가 몰았던 그 노란 차 있지? 그건 내 차가 아니야, 내 말 듣고 있어? 난 오후 내내 그 차를 보지도 못했다고."

아까 그 흑인과 나만이 톰과 가까이 있어서, 톰이 하는 말을 똑똑히 들을 수 있었다. 경찰관은 뭔가 낌새를 알아채고 날카로운 눈초리로 톰을 노려보았다.

"그게 다 무슨 소리요?"

경찰관이 물어보자, 톰은 손으로 윌슨 몸을 붙잡고 있는 채로 고개를 돌리며 말했다.

"난 이 사람 친구입니다. 이 사람이 사고 낸 차를 안다고 하는데…… 노란색 차랍니다."

경찰관은 어렴풋이 뭔가가 있다는 듯 톰을 수상쩍은 눈초리로 바라보았다.

"당신 차는 무슨 색인데요?"

"파란색 쿠페입니다."

"방금 뉴욕에서 돌아오는 길입니다."

우리 차 바로 뒤에서 따라오던 운전자가 이를 확인해 주자, 경찰관은 다시 돌아섰다.

"자, 이름 정확하게 다시 한 번 알려주세요……."

톰은 윌슨을 인형처럼 안아 들어 사무실 의자에 앉혀놓고 나왔다.

"누가 여기 와서 저 사람하고 같이 있어 줘요."

톰이 시키듯이 날카롭게 말했다. 그러고는 가장 가까이 서 있던 두 남자가 잠시 서로 곁눈질하다가 마지못해 사무실로 들어가는 모습을 지켜보았다. 그런 다음 문을 닫고 작업대 쪽은 쳐다보지도 않고 계단을 내려왔다. 톰이 나를 바짝 스쳐 지나가며 아주 작게 말했다.

"그만 이제 나가자고."

톰이 위세 좋게 두 팔로 길을 뚫었다. 사람들 눈을 의식하며, 모여드는 구경꾼 틈에서 빠져나왔다. 그때 왕진 가방을 든 의사가 다급하게 지나쳐갔다. 혹시나 해서 30분 전에 부른 의사였다.

톰은 천천히 차를 몰고 가다가 모퉁이를 돌고 나서는 힘껏 가속기를 밟았다. 쿠페가 어둠을 뚫고 질주했다. 잠시 후에 나지막이 흐느끼는 쉰 목소리가 들렸다. 눈물이 톰의 뺨을 타고 흘러내렸다.

"빌어먹을 겁쟁이 자식! 그놈은 차를 세우지도 않았어."

바람에 스치는 시커먼 나무 사이로 뷰캐넌 집이 불쑥 우리 눈앞에 나타났다. 톰은 현관 앞에 차를 세우고 2층을 올려다보았다. 창문 두 개가 담쟁이덩굴 사이로 훤히 빛나고 있었다.

"데이지가 집에 와 있군."

톰은 차에서 내리며 힐끗 나를 보더니 미간을 찌푸렸다.

"닉, 웨스트에그에 내려줄 걸 그랬어. 오늘 밤에 딱히 할 일도 없는데 말이야."

톰은 어느새 태도가 달라져 있었다. 말투도 엄숙하고 단호했다. 달빛이 비치는 자갈길을 걸어가며 활기차게 몇 마디 말을 하면서 상황을 마무리했다.

"집까지 택시 타고 가. 내가 불러 줄게. 기다리면서 조던하고 너는 부엌에 가서 저녁 좀 차려달라고 하든지……. 먹고 싶으면."

톰이 문을 열었다.

"들어가지."

"아니, 괜찮아. 택시만 불러줘. 밖에서 기다릴게."

조던이 내 팔을 잡으며 말했다.

"닉, 그냥 들어가요."

"아니, 괜찮아요."

나는 속이 좀 매스꺼웠다. 혼자 있고 싶었다. 하지만 조던이 붙잡으려 했다.

"이제 겨우 9시 반이에요."

집 안으로 들어가느니 차라리 지옥이라도 가고 싶은 심정이었다. 종일 같이 있으면서 진절머리가 났다. 조던마저도 지겨웠다. 조던도 내 표정에서 뭔가 눈치챘는지 홱 돌아서더니 현관 계단을 올라 집으로 들어가 버렸다. 나는 손으로 머리를 감싸고 몇 분간 앉아 있었다. 안에서 집사가 택시 부르는 소리가 들렸다. 나는 정문에서 기다릴 셈으로 일어나 천천히 차도를 따라 내려갔다.

20미터도 못 갔을 때, 누군가 내 이름을 불렀다. 관목 사이에서 개츠비가 걸어 나왔다. 그 순간 꽤 으스스한 기분이 들었다. 개츠비 분홍색 양복이 달빛에 유난히 반짝였다. 머리가 텅 비어 버리는 것만 같았다.

"여기서 뭐 해요?"

내가 물었다.

"그냥 서 있어요."

왠지 비열한 수작처럼 보였다. 곧 집을 털기라도 할 모양이었다. 뒤에 있는 시커먼 관목 숲에서 사악한 얼굴 '울프심 일당' 얼굴을 보았다 해도 별로 놀라지 않았을 것이다.

"오는 도중에 사고 난 거 봤어요?"

"네, 봤어요."

잠시 머뭇거리다 개츠비가 물었다.

"그 여자 죽었어요?"

"예."

"그럴 줄 알았어요. 데이지한테도 그럴 거라고 말했어요. 충격은 한꺼번에 받는 게 나아요. 데이지는 충격을 잘 견디고 있어요."

개츠비는 데이지 반응 말고는 이 세상에서 문제 될 게 없다는 투로 말했다.

"샛길로 빠져서 웨스트에그로 왔어요. 그 차는 내 차고에 뒀어요. 목격한 사람은 아무도 없는 것 같아요. 확신할 순 없지만."

이렇게 말하는 개츠비가 순간 너무나도 혐오스러웠다. 당신 생각이 틀렸다는 말도 해주고 싶지 않았다.

"사고 난 여자는 누구예요?"

개츠비가 물었다.

"윌슨 부인이에요. 남편이 그 정비소 주인이죠. 도대체 어떻게 하다가 그런 사고를 냈어요?"

"그러니까 내가 핸들을 돌리려고 했지만······."

개츠비가 말을 잇지 못했다. 문득 나는 진실을 직감했다.

"데이지가 운전했어요?"

"그래요."

개츠비가 잠시 뜸 들이고 나서 말했다.

"그렇지만 내가 운전했다고 할 겁니다. 알다시피 뉴욕을 떠날 때 데이지는 신경이 무척 날카로웠죠. 운전하면 마음이 좀 진정되리라 생각했나 봐요······. 그런데 마주 오는 차와 엇갈리는 순간 그 여자가 우리 쪽으로 뛰어들었어요. 다 순식간에 일어난 일이에요. 그 여자는 우리를 아는 사람으로 생각했나 봐요. 뭔가 말을 하려는 것 같기도 하고. 그 여자를 피해 마주 오던 차 쪽으로 핸들을 돌렸다가 겁이 나서 다시 되돌렸어요. 내가 핸들을 잡는 순간 충격이 느껴지더군요······. 아마 즉사했을 겁니다."

"몸이 갈기갈기 찢기고······."

"그만 해요. 어쨌든…… 데이지는 계속 가속기를 밟고 있는 거예요. 차를 멈추려 했지만 어쩔 수가 없었어요. 그래서 내가 비상 브레이크를 잡아당겼죠. 그러고 나서야 데이지는 내 무릎에 쓰러졌어요. 그때부터는 내가 운전을 했어요."

개츠비가 바로 말을 이어갔다.

"데이지는 내일이면 괜찮아질 거예요. 나는 그냥 여기서 기다리면서 혹시 톰이 오늘 오후에 있던 일로 데이지를 괴롭히는지 지켜보려고 해요. 데이지가 문을 잠그고 자기 방에 있어요. 남편이 폭력이라도 행사하면 불을 껐다 켰다 하기로 했고요."

"톰은 데이지를 건드리지 않을 거예요. 지금 데이지는 안중에도 없거든요."

"난 그 사람을 믿을 수가 없어요."

"그나저나 얼마나 기다리려고요?"

"밤새. 필요하다면요. 어쨌든 모두 잠들 때까지 기다리려고요."

문득 새로운 생각이 머리를 스쳐 갔다. 만일 데이지가 차를 운전했다는 사실을 톰이 알게 된다면 어떻게 될까? 톰은 거기에 무슨 연관성이 있다고 생각할지도 모르겠다. 톰이 뭔가를 꾸며낼지도 모를 일이었다. 나는 집 쪽을 바라보았다. 아래층 창문 두세 개에 불이 들어와 있었다. 2층 데이지 방에서도 분홍빛 불빛이 새어 나오고 있었다.

"여기서 잠깐만 기다려 봐요. 뭔 일이 일어날 낌새가 있는지 살펴보고 올게요."

내가 말하고 나서 잔디밭 가장자리를 따라 되돌아가서 자갈길을 가로질러 베란다 층계를 살금살금 올라가 보았다. 거실 커튼이 열려 있고, 방은 비어 있었다. 석 달 전 그 6월 밤에 우리가 함께 식사했던 현관을 가로질러 사각형 작은 불빛이 비치는 곳까지 갔다. 식료품 창고인 듯했다. 블라인드가 쳐 있었지만, 창틀에 조그만 틈이 나 있는 게 보였다.

데이지와 톰이 부엌 식탁에 마주 앉아 있었다. 차게 식은 닭튀김 한 접시와 맥주 두 병이 놓여 있었다. 톰은 맞은편 데이지에게 뭐라고 열심히 말을 했다. 진지하게 데이지 손을 자기 손으로 감쌌다. 데이지는 이따금 고개를 들어 톰을 바라보며 알겠다는 듯이 고개를 끄덕였다.

두 사람은 행복해 보이진 않았다. 통닭과 맥주에는 손도 대지 않았다. 그렇다고 불행해 보인다고 할 수도 없었다. 무언가 자연스럽고 친밀한 분위기도 있었다. 누가 그 모습을 본다면 둘이 무슨 작당이라도 하나라고 말했을지 모르겠다.

현관에서 살금살금 걸어 나오는데 어두운 길 따라 택시가 올라오는 모습이 보였다.

개츠비는 아까 그 자리에서 나를 기다리고 있었다.

"거기 조용해요?"

개츠비가 걱정하며 물었다.

"네, 아주 조용해요."

내가 머뭇거리며 물었다.

"그만 집에 돌아가 눈 좀 붙이는 게 어때요?"

개츠비는 고개를 가로저었다.

"데이지가 잠들 때까지 여기서 기다리려고요. 먼저 들어가요."

개츠비는 코트 주머니에 손을 넣고 돌아서서 집을 진지하게 다시 바라보았다. 내가 옆에 있는 게 신성하게 밤샘을 하는데 무슨 모독이라도 된다는 듯이. 그래서 나는 개츠비가 달빛 아래서 홀로 공허한 장면을 그대로 지켜보도록 남겨 두고 그곳을 빠져나왔다.

8

밤새도록 잠을 제대로 이룰 수가 없었다. 바다에서는 안개 경보가 신음을 내듯 끊임없이 들려왔다. 나는 기이한 현실과 잔인한 꿈 사이를 반쯤 아픈 상태로 헤매며 뒤척였다. 동이 틀 무렵 개츠비 집으로 택시가 올라오는 소리를 듣고 침대에서 벌떡 일어나 옷을 주섬주섬 걸쳐 입었다. 개츠비에게 뭔가 해줄 말, 미리 해줘야 할 경고가 있었다. 아침이 되면 너무 늦을지도 모른다는 생각이 들었다.

개츠비 집 잔디밭을 가로질러 가 보니 현관문이 열려 있었다. 개츠비가 낙담한 건지 아니면 잠이 든 건지 홀 안 테이블에 몸을 기대고 있었다.

"아무 일도 없었어요. 줄곧 기다렸지요. 새벽 4시쯤 돼서 데이지가 창가로 오더니 잠깐 있다가 불을 끄더군요."

개츠비가 많이 지쳐 보였다.

우리는 담배를 찾으려고 넓은 방 여러 군데를 헤맸다. 그날처럼 개츠비 집이 엄청나게 커 보인 적은 없었다. 장막 같은 커튼을 걷으면서 전등 스위치를 찾느라 크고 컴컴한 벽을 수없이 더듬거렸다. 한 번은 내가 뭔가에 걸려 피아노 건반 위로 "쾅" 소리를 내며 넘어지기도 했다. 사방은 온통 먼지투성이였다. 오랫동안 환기를 시키지 않은 듯 방에서 곰팡내가 났다. 마침내 처음 보는 탁자에서 담뱃갑 하나를 찾았다. 말라비틀어진 담배 두 개비가 들어있었다. 우리는 거실 프랑스식 창문을 열어젖히고 어둠 속으로 담배 연기를 내뿜으며 앉아 있었다.

"이곳을 떠나야 해요. 사람들이 당신 차를 찾아낼 거예요."

"지금 떠나라고요?"

"일주일 정도 애틀랜틱시티에 가 있거나 아니면 몬트리올로 올라가 있든지."

하지만 개츠비는 그럴 생각이 아예 없었다. 데이지가 어떤 선택을 할지 모르는 상태에서 혼자 내버려 두고 도망가듯 떠나는 건 도저히 생각할 수가 없는 일이었다. 개츠비는 여전히 마지막 한 가닥 희망을 부여잡고 있었다. 그런 개츠비에게 차마 다 내려놓으라 그만두라 말할 수도 없었다.

바로 그날 밤에 개츠비는 댄 코디와 보낸 젊은 시절 이상한 이야기를 내게 들려주었다. '제이 개츠비'라는 존재를 톰이 비열하고 악의적으로 유리처럼 박살내버렸기 때문에 은밀하고 길었던 광상곡 연주를 이제 더는 할 필요가 없어졌다. 개츠비는 무슨 얘기든 숨김없이 털어놓았을 테지만, 무엇보다 데이지 이야기를 하고 싶어 했다.

개츠비에게 데이지는 세상에서 처음 만난 '우아한' 여자였다. 아직 드러나지도 않은 온갖 능력을 발휘해 그런 부류 사람들과 접촉하긴 했지만, 자기와는 늘 보이지 않는 철조망이 가로놓여 있었다. 데이지는 가슴 설레게 하는, 매력 있는 여자였다. 처음에는 캠프 테일러 부대 다른 장교들과 같이 갔지만, 그다음에는 혼자서 찾아갔다. 참으로 놀라운 경험이었다. 그렇게 멋진 집은 처음이었다. 하지만 그 집이 그토록 숨 막힐 정도로 강렬한 데에는 바로 데이지가 그 집에 살고 있기 때문이었다. 부대 막사가 개츠비에게 예사롭듯, 데이지에겐 그런 집이 한마디로 별것 아니었다. 그 집은 뭐라 말할 수 없이 신비로웠다. 2층 침실은 어느 침실보다 더 아름답고 근사했다. 복도마다 신바람 나고 행복한 일들이 막 벌어질 것만 같았다. 철 지난 라벤더에 처박혀 있는 케케묵은 로맨스가 아니라 신선하게 살아 숨 쉬는 향기로운 그런 로맨스가 있을 것만 같았다. 올해 출시된 신형 차처럼 빛나는, 무도회 꽃처럼 시들 줄 모르는 그런 로맨스. 지금까지 이미 많은 남자가 데이지에게 사랑 고백을 했다는 사실이 개츠비를 더욱 설레게 했다. 개츠비 눈에는 데이지가 한없이 귀하게 보였다. 데이지가 사는 집 어디에서든 그 남자들 존재를 느낄 수 있었다. 떨리는 감정으로 왔다 갔다 하는 그림자와 애절한 메아리가 집 안 곳곳을 가득 채우고 있었다.

  개츠비는 자신이 데이지 집에 발을 들이게 된 자체가 말도 안 되는 일이라는 사실을 잘 알고 있었다. 제이 개츠비로서는 자기 장래가 아무리 대단하다 해도 당시에는 경력도 없는 한낱 무일푼 청년에 불과했으며 정체를 감추어주는 망토인 군복은 언제 어깨에서 벗겨질지 모를 일이었다. 그래서 자신에게 주어진 시간을 최대로 활용했다. 자신이 얻을 수 있는 거면 뭐든 닥치는 대로 악착같이 취했다. 10월 어느 날 밤, 마침내 개츠비는 데이지를 차지했다. 사실 개츠비는 데이지 손을 만져볼 능력조차 없었는데도 말이다.

개츠비는 속임수를 써서 데이지를 차지했기에 자신을 스스로 경멸했을지도 모른다. 백만장자라고 환상을 불어넣어 데이지를 속였다는 뜻이 아니라 의도적으로 안심하게 했다는 점이다. 개츠비 자신도 데이지와 같은 상류 계층이고 데이지를 충분히 돌볼 능력이 있는 남자라 여기게 했다. 사실은 개츠비에게 그럴 만한 능력은 전혀 없었다. 뒤를 봐줄 만한 부유한 가족도 없고, 비정한 정부 변덕에 따라 세계 어디든 불려 다녀야만 하는 처지였다.

하지만 개츠비는 자신을 경멸하거나 하지 않았다. 일은 상상한 대로 흘러가지만은 않았다. 얻을 수 있는 것만 가지고 훌쩍 떠나버리면 그만이라고 생각했는지 모른다. 하지만 막상 온 힘을 다해 취하고자 한 건 다름 아닌 성배였다는 걸 알게 되었다. 데이지가 특별하다는 건 잘 알고 있었지만 '우아한' 여자가 도대체 얼마만큼 특별할 수 있는지는 잘 알지 못했다. 데이지는 개츠비에게 아무것도 남기지 않은 채, 부유한 자기 집으로, 화려하고 풍요로운 자기 삶 속으로 사라져버렸다. 개츠비는 데이지와 결혼이라도 한 것 같은 기분이었지만, 단지 그것뿐이었다.

이틀 뒤 둘이 다시 만났을 때, 개츠비는 숨이 막힐 만큼 마음 졸이면서, 왠지 차일 듯한 불안감마저 들었다. 데이지네 집 현관은 돈을 주고 빛나는 별을 사다가 붙인 듯한 느낌이 들었다. 그만큼 귀한 사치품들로 치장했다. 데이지와 서로 마주 보고 그 야릇하고 사랑스러운 입술에 키스할 때, 긴 고리버들 의자에서 나는 삐걱거리는 소리조차도 우아하게 들렸다. 감기 걸린 데이지 목소리는 더 허스키하고 매력 넘쳤다. 개츠비는 재물에 둘러싸여 보호되는 젊음과 신비, 수많은 옷가지에서 느껴지는 산뜻함, 가난한 사람들이 고달프게 살아가는 삶과는 확연히 다른 이곳에서 안전하고 자랑스럽게 은처럼 빛나는, 데이지라는 여자를 온몸으로 깨닫게 되었다.

"내가 데이지를 사랑한다는 걸 알고 나서 얼마나 놀랐는지 몰라요. 한동안은 차라리 데이지가 날 차버렸으면 하고 바라기도 했지만, 그런 일은 일어나지 않았어요. 데이지도 나를 사랑했으니까요. 데이지는 나를 엄청 유식하다고 봤어요. 자기도 모르는 세계를 내가 알고 있다고 생각하면서……. 아무튼 야망 따윈 까맣게 잊어버리고 매 순간 사랑에 깊이 빠져들었죠. 어느 순간 다른 모든 일은 하나도 눈에 들어오지도 않았어요. 앞으로 뭘 할지 데이지와 얘기하면서 즐겁게 시간을 보낼 수 있는데, 굳이 거창한 일을 하는 게 무슨 의미가 있었겠어요?"

개츠비가 해외로 파병되기 전날 늦은 오후, 개츠비는 데이지를 껴안고 오랫동안 말없이 앉아 있었다. 쌀쌀한 가을날이라, 방에는 불이 피워져 있고 데이지 두 뺨은 벌겋게 달아올라 있었다. 가끔 데이지가 뒤척이면 개츠비도 안고 있던 팔을 조금씩 움직였다. 한 번은 윤기 흐르는 까만 머리카락에 입을 맞추기도 했다. 다음 날로 예정된 기나긴 이별을 위해 추억을 깊이 간직하려는 듯, 두 사람은 그날 오후 내내 차분하게 조용히 보냈다. 둘이 사랑을 나누던 한 달 동안, 데이지 다문 입술이 개츠비 옷깃을 살짝 스칠 때만큼, 데이지가 잠들어 있기라도 한 듯 그 손끝을 살며시 만질 때만큼 더 가까웠던 적은 없었다. 더 간절히 더 깊숙이 마음 통한 적도 일찍이 없었다.

전쟁에서 개츠비는 활약이 대단했다. 전선에 배치되기도 전에 육군 대위로 진급했고, 아르곤 전투를 치른 뒤에는 소령으로 진급해 사단 기관총 부대 지휘관이 되었다. 휴전 조약이 성사되자마자 귀국하려고 안간힘을 다했지만 무슨 행정 착오인지는 몰라도 옥스퍼드로 가게 되었다. 개츠비는 이제 걱정이 이만저만이 아니었다. 데이지로부터 초조하기도 하고 실망스럽다는 편지를 받았기 때문이다. 데이지 입장에선 개츠비가 왜 돌아오지 못하는지 이해할 수가 없었다. 주변 압력이 점점 거세지던 터라 데이지는 개츠비를 얼른 만나고 싶고, 개츠비가 자기 옆에 있어 주기를 원했다. 그렇게 해서 자기 선택이 옳았다고 확인받고 싶었다.

당시 데이지는 생각이 어릴 뿐 아니라 온실 속 화초나 마찬가지였다. 격조 있는 난초 향과 더불어 쾌활하고 명랑한 속물근성 냄새도 가득했다. 새로운 선율을 담아 그해 유행하는 노래를 연주하는 오케스트라를 떠올리게 했다. 인생에 대한 비애를 암시라도 하듯, 밤새도록 색소폰이 '빌 스트리트 블루스'를 뭔가 애잔하고 구슬프게 연주하는 동안 수백 켤레 금빛 은빛 무도화가 바닥을 스치며 먼지를 일으켰다. 땅거미가 지기 시작하는 차 마시는 시간엔, 방마다 은근하고 달짝지근한 열기로 심장 박동 소리가 끊이질 않았다. 새로운 얼굴들이 애절한 호른 소리에 이리저리 흩날리는 장미꽃잎처럼 이곳저곳을 누비고 다녔다.

사교 시즌이 되면 데이지는 또다시 이런 황혼의 세계를 돌아다니기 시작했다. 갑자기 하루에 대여섯 번씩 데이트를 잡아 남자 대여섯 명을 만나기도 했다. 그럴 때는 새벽녘에 아무렇게나 잠이 들었다. 침대 옆 바닥, 시들어 가는 난초 사이에 이브닝드레스가 구겨지고, 구슬과 시폰이 아무렇게나 뒤엉키게 내버려둔 채로. 이제 데이지는 자기 삶이 하루빨리 정상적인 형태를 갖추길 원했다. 그런 결단은 어떤 힘에 영향을 받을 수밖에 없었다. 사랑이든 돈이든 아니면 의심의 여지 없는 어떤 현실적인 이유든. 데이지 바로 가까이에, 손을 뻗으면 닿을 만한 거리에 그러한 힘이 널브러져 있었다.

봄이 한창일 무렵, 톰 뷰캐넌이 등장하면서 그 힘은 구체적으로 모습을 드러냈다. 톰은 풍채가 건장하고 사회적 지위도 무게감이 있었다. 같이 있으면 데이지 자신도 우쭐해졌다. 한동안 데이지는 갈등으로 몸부림치기도 하지만 또 한편으로 마음이 편안해지고 안도감이 느껴지기도 했다. 결국, 데이지는 아직 옥스퍼드에 있는 개츠비에게 마음을 정리한 편지 한 통을 보내게 되었다.

어느덧 롱아일랜드에 새벽이 밝았다. 우리는 집 안을 돌아다니며 아래층 창문을 하나씩 모두 활짝 열었다. 우중충하던 집 안이 창문을 열 때마다 점점 황금빛 햇살로 채워졌다. 나무 그림자가 불쑥 이슬 위에 드리워지고, 새들이 푸른 나뭇잎 사이로 모습을 드러내지 않은 채 지저귀기 시작했다. 바람이 거의 없는 데다 공기도 상쾌했다. 시원하고 기분 좋은 하루를 예고하는 듯했다.

"데이지는 톰을 사랑한 적이 없어요."

개츠비가 창문에서 몸을 돌리더니 나를 바라보며 도전적으로 말했다.

"기억하겠지만 어제 오후에 데이지는 몹시 흥분한 상태였어요. 톰은 겁을 주면서 막 다그쳤지요. 내가 비열한 사기꾼이라도 되는 양 몰아세우더군요. 그러니 데이지가 자신이 무슨 말을 하는지도 모르게 된 거예요."

개츠비는 우울하게 앉아 있었다.

"물론 신혼 때는 아주 잠깐 톰을 사랑한 적도 있었겠죠. 하지만 그때도 나를 더 사랑했을 거예요. 알겠어요?"

개츠비가 느닷없이 이상한 말을 했다.

"어쨌든 그건 지극히 개인적인 문제였을 뿐이지요."

그 말을 어떻게 받아들여야 할까? 진위를 가리기 어려운 문제에 너무 골몰한 나머지 튀어나온 말이라고밖에는 달리 생각할 수가 없었다.

톰과 데이지가 여전히 신혼여행 중일 때, 드디어 개츠비가 프랑스에서 돌아왔다. 개츠비는 군대에서 받은 마지막 봉급으로 루이빌로 갔다. 비참한 기분이었지만 가만히 있기 너무나 힘들어서 어쩔 수 없이 떠난 여행이었다. 루이빌에서 일주일쯤 머물렀다. 11월 밤에 데이지와 거닐었던 거리를 서성이고, 데이지 흰 차를 타고 함께 달렸던 호젓한 장소에도 다시 가보았다. 데이지 집이 개츠비에게는 그 어떤 집보다 늘 신비롭고 유쾌해 보이듯, 그 도시 역시 비록 데이지는 떠나버리고 없지만, 우수 어린 아름다움으로 가득 차 있었다.

루이빌을 떠나면서 개츠비는 좀 더 열심히 찾았더라면 어쩌면 데이지와 마주쳤을지 모른다는 생각이 들기도 했다. 마치 데이지를 남겨 두고 떠나는 기분처럼. 일반실 객차는 몹시 무더웠다. 수중엔 돈이 한 푼도 남아 있지 않았다. 개츠비는 객차 사이 통로에 있는 접이식 의자에 앉았다. 기차역이 미끄러지듯 멀어져 갔다. 낯선 건물들 뒷모습이 스쳐 지나갔다. 이윽고 기차가 봄 들판으로 들어서자 노란 전차와 경주하듯 나란히 달렸다. 저 전차에 탄 사람들은 언젠가 어느 길에선가 뽀얗고 매력적인 데이지를 한 번쯤 우연히라도 마주치지 않았을까.

선로가 구부러지면서 기차는 점점 태양과 멀어져 갔다. 태양은 점점 낮게 가라앉으며 데이지가 숨 쉬던, 저 멀리 사라지는 도시를 축복하듯 빛을 흩뿌리는 것 같았다. 마치 공기 한 움큼이라도 잡으려는 듯, 데이지로 빛을 발하던 도시 한 조각이라도 건지려는 듯 개츠비는 필사적으로 팔을 뻗었다. 하지만 이제 두 눈에는 눈물이 번지고 붙잡기엔 모든 게 너무나 빨리 지나가고 있었다. 그 도시에서 가장 멋지고 가장 좋아하는 대상을 영원히 잃게 되었다는 걸 뼈아프게 실감하며.

벌써 9시가 되었다. 우리가 아침 식사를 마치고 현관으로 나왔다. 밤새 공기가 서늘해져, 어느새 가을 기운이 완연했다. 개츠비 옛 일꾼 중에서 유일하게 남은 정원사가 계단 아래로 다가왔다.

"개츠비 씨, 오늘 풀장 물을 빼버리려고 해요. 곧 낙엽이 지기 시작하는데 배수관이 막힐 수 있거든요."

"오늘은 하지 마세요."

개츠비가 그러고는 변명하듯 내 쪽으로 몸을 돌렸다.

"여름 내내 수영장에 한 번도 못 들어간 거 알아요?"

나는 손목시계를 보고 나서 자리에서 일어났다.

"기차 시간이 십여 분밖에 안 남았어요."

나는 시내로 나가고 싶지 않았다. 도무지 일할 기분이 안 났지만, 그보다는 다른 이유가 있었다. 개츠비를 혼자 남겨 두고 떠나고 싶지 않았다. 결국, 그 기차를 놓치고 그다음 기차도 놓치고 나서야 마지못해 자리에서 일어설 수 있었다.

"전화할게요."

끝내 자리에서 일어서면서 내가 말했다.

"그래요."

"12시쯤에 할게요."

우리는 천천히 계단을 걸어 내려갔다.

"데이지도 전화할 거예요."

개츠비가 말하고 나서 자기 말에 내가 동조라도 해주길 바라듯 불안하게 나를 바라보았다.

"아마 그럴 겁니다."

"그러겠죠. 잘 가요."

악수하고 나서 나는 그 집에서 걸어 나왔다. 울타리에 이르기 바로 전에 뭔가 해줄 말이 생각나 돌아서서 잔디밭 너머로 소리 쳤다.

"그 사람들 다 썩어 빠진 놈들이에요. 그 사람들 몽땅 합쳐 놓는다고 해도 당신이 훨씬 가치 있는 사람이에요."

나는 지금까지도 그때 그 말을 참 잘했다고 생각한다. 어쩌면 처음부터 끝까지 개츠비를 제대로 인정한 적이 없었기 때문에, 그때가 개츠비를 유일하게 칭찬하고 격려해준 순간이었지 않나 싶다. 개츠비는 처음엔 점잖게 고개를 끄덕이더니 나중엔 무슨 뜻인지 알았다는 듯 활짝 밝은 미소를 지어 보였다. 화려한 분홍색 양복이 하얀 계단을 배경으로 밝은 점처럼 남겨진 모습을 바라보니 문득 석 달 전 개츠비 집을 처음으로 찾아가던 밤이 떠올랐다. 잔디밭과 찻길에는 파티에 참석한 사람들로 북적북적했다. 개츠비가 부패한 짓으로 막대한 부를 모았을 거라 넘겨짚는 사람들도 많았다. 그때 개츠비는 타락하지 않은 꿈을 숨긴 채, 저 계단에서 그 사람들에게 손을 흔들어 작별 인사를 했었다.

나는 그런 환대가 고마웠다고 말했다. 따뜻하게 맞아주어서 늘 잊지 못할 거라고 말이다. 나도 다른 사람들도 그랬다.

"잘 있어요! 아침 잘 먹고 가요, 개츠비."

뉴욕 직장으로 들어와서 나는 끝도 없이 쏟아지는 주식 시세표와 씨름하느라 그만 회전의자에 앉은 채 깜박 잠이 들었다. 정오가 되기 바로 전에 전화벨 소리에 잠이 깨었다. 깜짝 놀라 일어나는데 이마엔 땀이 줄줄 흘러내렸다. 조던 베이커였다. 가끔 그 시간에 전화하곤 했다. 호텔과 골프장, 다른 사람 집을 오가며 불규칙한 생활을 하다 보니 마땅히 전화할 시간을 찾기 어려웠기 때문일 것이다. 전화선을 타고 오는 조던 목소리는 보통 때는 골프장에서 사무실 창문으로 날아 들어온 잔디 조각처럼 신선하고 청량하지만, 그날 아침에는 왠지 거칠고 메마르게 들렸다.

"데이지네 집에서 나왔어요. 지금 햄스테드에 있는데 오늘 오후에 사우샘프턴으로 내려가려고 해요."

조던이 데이지 집에서 나오겠다고 한 건 적절한 선택일지 모르지만 나는 기분이 언짢았다. 조던에게서 다음 말을 듣고 나서 마음이 더욱 굳어버렸다.

"어젯밤 내게 그리 친절하지 않던데요."

"그런 상황에서 그게 그렇게 중요해요?"

잠시 침묵이 흐르고 나서 조던이 입을 열었다.

"어쨌든……, 당신을 만나고 싶어요."

"나도 만나고 싶어요."

"사우샘프턴에 가지 말고 오후에 시내로 나오라는 얘긴가요?"

"아뇨……. 오늘 오후는 시간 내기 어려워요."

"알았어요."

"오늘 오후는 아무래도 힘들겠어요. 여러 가지……."

잠시 이런 식으로 대화가 이어지다가 갑자기 통화가 끊기고 말았다. 어느 쪽이 먼저 수화기를 내려놓았는지 모르지만, 나는 신경 쓰지 않았다. 두 번 다시 얘기할 수 없다 해도 그날은 여자와 차 마시며 태평하게 잡담이나 나눌 기분이 아니었다.

 몇 분 후에 개츠비 집으로 전화 걸었더니 통화 중이었다. 네 번씩이나 전화를 다시 걸어보았다. 짜증이 난 전화 교환 아가씨가 그 전화선은 디트로이트에서 걸려 올 장거리 전화를 기다리는 중이라고 말해주었다. 기차 시간표를 꺼내 3시 50분 기차에 작게 동그라미 표시했다. 그러고 나서 의자에 깊숙이 앉아 이런저런 생각을 했다. 그때가 정오 무렵이었다.

 그날 아침 기차가 잿더미 계곡을 지날 때 일부러 반대편 자리로 옮겼다. 주유소 주변은 구경꾼들이 호기심 삼아 온종일 북적일 거라 봤다. 아이들은 흙먼지 속에서 검붉은 핏자국을 찾아낼 테고, 말하기 좋아하는 사람들은 무슨 일이 있었는지 반복하여 떠들어댈 것이다. 더는 할 말이 없을 때까지 그렇게 사고 이야기를 몇 번씩 하다 보면 다들 왜 모여 있고 지금 뭔 소리 하는지도 까맣게 잊어버릴 것이다. 머틀 윌슨이 비극적으로 어떻게 사라졌는지조차도. 이제 조금 앞으로 돌아가서 전날 밤 우리가 떠난 뒤, 정비소에서 무슨 일이 있었는지 이야기해야겠다.

 경찰은 머틀 여동생인 캐서린이 어디 있는지 알아내는 데에 애를 먹었다. 사건이 일어난 날 밤, 캐서린은 술을 마시지 않는다는 자기만의 규칙을 깬 게 분명했다. 경찰이 찾아갔을 때, 술에 잔뜩 취해 구급차가 이미 플러싱으로 떠났다는 말도 제대로 알아듣지 못했다. 캐서린은 나중에 알아듣고 나서, 구급차가 자신을 두고 벌써 떠났다며 절대 있을 수 없는 일이 벌어진 양 기절까지 했다. 다행히 누군가가 호의 때문인지 호기심 때문인지 캐서린을 차에 태우고 언니 시신을 따라가게 해주었다.

　자정이 한참 지난 뒤까지도 사람들이 정비소로 들이닥쳤다. 조지 윌슨은 정비소 안쪽 소파에 앉아 있는데 여전히 몸을 제대로 가누지 못했다. 한동안 사무실 문이 열려 있어서 정비소로 찾아온 사람은 누구나 그 열린 문을 통해 그 광경을 들여다볼 수밖에 없었다. 마침내 누군가가 수치스럽게 뭘 이런 걸 다 구경하냐며 문을 닫아 주었다. 마이클리스와 몇 사람이 윌슨과 같이 있었다. 처음엔 네댓 명이었다가 두세 명으로 줄어들었다. 좀 더 시간이 흐른 후, 마이클리스는 마지막까지 남아 있던 어느 낯선 남자에게 15분만 더 있어 달라고 부탁하고는 자기 가게로 돌아가서 커피 한 주전자를 끓여 왔다. 그런 다음 혼자 그곳에서 새벽까지 윌슨 곁을 지켰다.

　윌슨이 뭐라 중얼중얼하는데 뭔 말인지 종잡을 수가 없었다. 새벽 3시쯤 되자 변화가 나타났다. 윌슨이 차분해지더니 노란색 차 이야기를 불쑥 꺼냈다. 그 차가 누구 차인지 알아낼 방법이 있다고 하면서 두 달 전 자기 아내가 뉴욕에 갔다가 얼굴에 멍이 들고 코가 부어서 돌아온 일이 있다고 털어놓았다.

　윌슨은 자기 입으로 말해놓고는 놀라 움찔하며 "아, 이럴 수가!"라고 소리 내어 울었다. 마이클리스는 어설프게나마 마음을 딴 데로 돌려보려고 애썼다.

217

"아저씨, 결혼한 지 얼마나 됐죠? 자, 잠깐 앉아서 제가 묻는 말에 대답해봐요. 결혼한 지 얼마나 됐어요?"

"12년 됐어."

"아이는 없어요? 아저씨, 좀 가만히……, 제가 묻고 있잖아요. 아이는 없어요?"

껍데기가 딱딱한 갈색 딱정벌레들이 희미해진 전등 빛에 잇달아 부딪쳤다. 바깥 도로에서 자동차가 쌩쌩 달리는 소리가 들릴 때마다 마이클리스에겐 그 소리가 몇 시간 전 사고를 내고 달아나는 그 자동차 소리로 들렸다. 마이클리스는 정비소 안으로 들어가고 싶지 않았다. 시체가 놓여 있던 작업대에 핏자국이 얼룩져 있었기 때문이다. 그래서 안절부절 못하며 사무실 안을 돌아다녔다. 그 바람에 아침도 되기 전에 사무실에 무슨 물건이 있는지 다 알게 되었다. 그러다가 가끔 윌슨 옆에 앉아서 진정시키려 애써보기도 했다.

"아저씨, 가끔이라도 교회 나가세요? 오랫동안 안 가봤어도 말이에요. 교회에 전화해 목사님 오게 해서 아저씨랑 이야기해 보라고 할까요?"

"아무 데가 안 나가."

"교회는 다녀야죠, 아저씨. 이럴 때를 대비해서라도요. 그래도 한 번은 갔을 거잖아요. 결혼식 교회에서 안 했어요? 아저씨, 내 말 좀 들어보세요. 교회에서 결혼 안 했어요?"

"아주 오래전 일이야."

대답하려 애쓰며, 가누지 못하던 몸을 바로 잡았다. 윌슨은 잠시 말이 없었다. 그러다 조금 전에 보았던 알 듯 모를 듯한 표정을 지어 보였다.

"저기 서랍 열어서 봐."

윌슨이 책상을 가리키며 말했다.

"어떤 서랍요?"

"저 서랍……, 그거."

마이클리스가 자기 쪽에서 가장 가까운 서랍을 열었다. 서랍 안에는 가죽과 은실로 꼰 고급스러운 가죽 개 줄밖에 없었다. 새것처럼 보였다.

"이거요?"

마이클리스가 개 줄을 집으며 물었다.

윌슨이 쳐다보고는 고개를 끄덕였다.

"어제 오후에 발견했지. 마누라가 뭐라 둘러댔지만 뭔가 수상쩍다고 생각했어."

"그럼 아주머니가 샀다는 말이에요?"

"마누라가 포장지에 싸서 선반에 두었더군."

마이클리스는 뭐가 이상하다는 건지 도무지 알 수 없었다. 그래서 윌슨 부인이 개 줄을 살만한 이유를 열 가지 넘게 알려주었다. 하지만 윌슨이 "아, 맙소사!"라고 중얼거리는 모습을 보아, 예전에 부인에게서 이미 몇 가지 똑같은 해명을 들은 모양이었다. 마이클리스가 위로한다고 한 이런저런 해명도 결국 허공에다 대고 말한 셈이 돼버렸다.

"그러니까 그놈이 마누라를 죽인 거라고."

윌슨이 말했다. 급작스러운지 말을 다 하고 나서도 입을 다물지 못했다.

"누가 그랬다고요?"

"찾아낼 방법 있어."

"아저씨, 지금 제정신 아니에요. 너무 충격받아서 지금 무슨 말 하는지도 모르잖아요. 아침까지 조용히 앉아서 쉬는 게 낫겠어요."

"그놈이 내 마누라 죽였어."

"아저씨, 그건 사고였어요."

윌슨은 고개를 가로저었다. 눈을 가늘게 뜨고 입은 여전히 다물지 못한 채, "흠!" 하고 소리를 냈다. 귀신처럼 다 알고 있다는 듯.

"난 다 알아."

윌슨이 단정 지으며 말했다.

"난 남을 의심할 줄 몰라. 누굴 해칠 생각도 없고. 내가 뭘 안다면 그건 분명한 사실이야. 차를 타고 있던 놈이야. 마누라는 그놈한테 무슨 말을 하려고 달려간 건데 그 자식은 세우지도 않고 그대로 깔아뭉갠 거지."

마이클리스도 그 장면을 목격했지만 무슨 특별한 의미가 있을 거라 미처 생각하지 못했다. 당시엔 부인이 차를 세우려 했다기보다 자기 남편한테서 도망치는 거라고 믿었다.

"아니, 아주머니가 왜 그렇게 했겠어요?"

"엉큼한 년이거든."

이게 대답이라는 투로 말했다.

"아, 아······."

윌슨은 무슨 경련이라도 일어나는 듯 다시 몸을 가쁘게 움직였다. 마이클리스는 손에 쥔 개 줄을 비틀며 서 있었다.

"아저씨, 전화로 연락 가능한 친구 있어요?"

하지만 부질없는 희망 사항에 불과했다. 윌슨에게는 친구가 한 명도 없는 게 분명했다. 마누라 하나도 벅차했다. 시간이 조금 지나, 창가에 푸르스름한 빛이 보이면서 방 안이 환해지자 곧 날이 밝는다는 생각에 마이클리스는 마음이 놓였다. 5시쯤 되자 전등을 꺼도 될 만큼 밖이 환했다.

윌슨은 잿더미 계곡을 흐리멍덩하게 바라보았다. 작은 잿빛 먼지구름이 새벽바람에 예사롭지 않은 모습으로 이리저리 떠돌고 있었다.

"내가 마누라한테 이렇게 말했지. 나를 속일 수 있을지 몰라도 하느님은 속일 수 없다고. 난 마누라를 창가로 데려갔지."

윌슨은 한참 만에 침묵을 깨며 말을 하더니, 간신히 일어나 뒤쪽 창가로 가서 창문에 얼굴을 기대며 말을 이어갔다.

"하느님은 당신이 뭔 짓을 하고 다녔는지 다 알고 계셔. 나를 속일 수 있을진 몰라도 하느님은 못 속여!"

뒤에 서 있던 마이클리스는 윌슨이 T. J. 에클버그 박사 눈을 올려다보는 모습에 깜짝 놀랐다. 때마침 밤이 물러나고 동이 트면서, 박사 눈이 어렴풋하게 그 거대한 모습을 막 드러냈다.

"하느님은 다 내려다보고 있어."

윌슨이 반복해서 중얼거렸다.

"저건 광고판이에요."

마이클리스가 설득한다고 보이는 대로 말했다. 무엇 때문인지 알 수 없지만, 윌슨은 창가에서 몸을 돌려 방을 둘러보았다. 하지만 윌슨은 유리창에 얼굴을 바짝 대고 동트는 새벽을 바라보며 고개를 끄덕이면서 그 자리에 한참 서 있었다.

6시쯤 되자 마이클리스는 이미 지칠 대로 지쳐 있었다. 밖에서 자동차 멈추는 소리가 들리자 반가웠다. 간밤에 함께 정비소를 지키다가 집에 갔다 다시 온다고 약속했던 사람이었다. 마이클리스는 세 사람분 아침 식사를 준비했지만 결국 그 남자와 둘이서만 먹었다. 윌슨이 한결 조용해지고 나니 마이클리스도 집으로 돌아가 잠을 청했다. 네 시간 뒤 잠에서 깨어나 정비소로 돌아와 보니 이미 윌슨은 어디론가 사라지고 없었다.

윌슨은 줄곧 걸어 다녔다. 행적을 나중에 확인해 보니, 루스벨트 부두에서 개즈힐까지 갔다. 거기서 샌드위치를 샀지만 먹진 않고 대신 커피 한 잔을 사서 마셨다. 정오가 지난 뒤에야 개즈힐에 도착한 것으로 보아 지쳐서 느릿느릿 걸었던 모양이다. 여기까지는 윌슨이 어떻게 시간 보냈는지 설명하는 게 그리 어렵지가 않다. '약간 정신 나간 사람처럼 행동하는' 남자를 봤다는 아이들, 길가에서 이상한 눈길로 노려봤다는 운전자들도 있었다. 그런데 그 후 세 시간 동안 감쪽같이 사라져서 윌슨을 봤다는 사람이 아무도 없었다. 마이클리스에게 '찾아낼 방법 있다'고 말한 내용을 근거로, 경찰은 윌슨이 노란색 차를 찾으며 주변 정비소를 뒤지고 다녔으리라 추측했다. 하지만 정비소에서 윌슨을 봤다는 사람은 아무도 없었다. 아마 윌슨에게는 자신이 알아내고 싶은 걸 쉽게 확실하게 알아낼 방법이 있었던 것 같다. 윌슨은 2시 반쯤 웨스트에그에 도착해서, 누군가에게 개츠비 집으로 가는 길을 물어봤다. 그때쯤엔 이미 개츠비라는 이름을 알아낸 모양이다.

2시에 개츠비는 수영복으로 갈아입고 집사에게 전화 오면 수영장으로 알려달라고 말했다. 개츠비는 여름 내내 손님들이 좋아했던 공기 매트리스를 가지러 차고에 들러, 운전사 도움을 받아 바람을 채웠다. 그리고 나서는 무슨 일이 있어도 오픈카를 절대로 꺼내 놓지 말라고 엄하게 말했다. 운전사가 생각하기엔 이상한 지시였다. 차 오른쪽 앞 펜더를 수리해야 하는데 말이다.

개츠비는 매트리스를 어깨에 메고 수영장으로 갔다. 도중에 잠깐 멈춰서 옮겨 매는 걸 보고 운전사가 도와준다고 말했지만, 개츠비는 고개를 내저으며 노랗게 물들어가는 나무 사이로 사라졌다.

전화는 한 통도 오지 않았다. 집사는 낮잠도 안 자고 4시까지 기다렸다. 이미 받을 사람이 이 세상에 존재하지 않게 된 때까지. 개츠비 자신도 전화가 정말 걸려 올 거라고 믿지 않았을지도 모르겠다. 어쩌면 더는 신경 쓰지 않았을지도. 만약 정말 그랬다면 개츠비는 예전 따뜻한 그런 세상 다 잃어버렸다고, 단 하나인 그 꿈을 품고 너무 오래 살아왔다고 하면서 분명 값비싼 대가를 치렀다고 느꼈는지도 모르겠다. 장미꽃이 얼마나 기괴한지, 사람 손 거의 닿지 않은 풀밭에 햇살이 얼마나 가혹하게 내리쬐는지 깨달으며, 섬뜩해 보이는 나뭇잎 사이로 낯선 하늘을 올려다보며 틀림없이 몸서리를 쳤으리라. 주위에는 새로운 세상, 실재하지 않으면서도 물질적이며, 가엾은 유령들이 공기처럼 꿈을 들이마시면서 정처 없이 떠도는 세상……. 형체도 없이 나무들 사이로 소리 없이 다가오는 저 잿빛 환영처럼.

운전기사가 총소리를 들었다. 그 사람은 울프심 부하 중 한 명이다. 총소리가 났는데도 당시엔 별로 대수롭지 않게 생각했다고 한다. 나는 기차역에서 곧장 내려 개츠비 집으로 차를 몰았다. 내가 불안한 얼굴로 현관 계단을 뛰어 올라가자 그제야 사람들이 놀라기 시작했다. 하지만 그때 이미 그 사람들도 사고를 틀림없이 알고 있었을 거라 믿는다. 나는 운전사와 집사, 정원사와 함께 아무 말 없이 수영장을 향해 황급히 달려갔다.

수영장 한쪽 끝에서 맑은 물이 흘러나와 다른 쪽 배수구로 흘러가는데, 물결 흐름이 한눈에 보이진 않았다. 개츠비를 태운 매트리스는 잔물결을 따라 수영장 아래쪽으로 정처 없이 움직였다. 수면에 작은 파장을 만들지 못할 만큼 잔잔한 한 줄기 바람만으로도, 예상치 못한 짐을 싣고 매트리스는 이리저리 떠돌았다. 매트리스가 한 뭉치 낙엽에 닿으며 컴퍼스 다리 삼아 천천히 돌아, 가느다란 핏빛 동그라미가 수면에 따라 그려졌다.

우리가 개츠비 시신을 들고 집으로 옮긴 뒤에야 조금 떨어진 잔디밭에서 정원사가 윌슨 시체를 발견했다. 참극은 이렇게 끝이 났다.

9

 그로부터 2년이 지난 지금 돌이켜보면, 그날과 그다음 날 경찰과 사진기자, 신문 기자들이 개츠비 집 현관을 닳도록 드나들며 법석을 떨었던 장면만이 기억날 뿐이다. 정문에 밧줄을 치고 경찰관이 구경꾼들을 막았지만, 곧 아이들은 우리 집 잔디밭을 통해 개츠비 집으로 들어갈 수 있다는 걸 알아냈다. 수영장 주변에는 항상 아이들 몇 명이 입을 다물지 못한 채 모여 있었다. 그날 오후 형사로 보이는 사람이 허리를 숙여 윌슨 시체를 살피다가 자신만만하게 '미친놈'이란 표현을 사용했다. 그 말은 어떻게 하다 보니 형사라는 권위가 더해지면서 신문 기자들에게 영향을 주게 되어, 이튿날 조간신문 기사 주요 논조가 되어버렸다.
 대부분 악몽 같은 기사였다. 추측에 따라 써 내려간 참으로 기괴하고 진실과는 거리가 멀었다. 사인 규명 심리 과정에서 마이클리스가 증언하여 윌슨이 자기 아내를 의심했다는 사실이 드러나는데, 나는 이 사건 전체가 선정적인 이야깃거리로 전락할 수도 있겠다는 생각이 들었다. 하지만 캐서린은 뭔가 할 말이 있었을 텐데 단 한마디도 하지 않았다. 또한, 캐서린은 이 사건에 대해 놀라울 정도로 엄청난 연기력을 보여 주었다. 새로 눈썹을 고치고 나타나서는 단호한 눈길로 검시관을 똑바로 바라보며 말했다. 자기 언니는 개츠비를 만난 적이 없고, 남편과 더할 나위 없이 행복했으며 그 어떤 잘못된 짓도 하지 않았다고. 캐서린은 자기가 한 말을 진심으로 믿는 건지, 북받쳐 올라 더는 말도 안 나온다는 듯 손수건에 얼굴을 파묻고 소리 내어 울었다. 그리하여 윌슨은 '너무나 슬퍼한 나머지 제정신이 아니었던' 인간으로 치부되었다. 결국 이 사건은 가장 단순한 형태로 남겨지고, 더 이상 아무런 진전을 보지 못했다.

하지만 내가 보기엔 이 부분은 어디를 봐도 사건의 내용이나 본질과는 거리가 멀었다. 나는 개츠비 편인데, 개츠비 편에 서 있는 사람은 나밖에 없었다. 내 신고로 이 끔찍한 사건이 웨스트에그 마을에 알려지게 되면서 개츠비에 대한 온갖 억측과 사사로운 질문이 다 내게 쏟아졌다. 처음엔 너무 놀라고 당황스러웠다. 개츠비가 집에서 꼼짝 않고 누워 있기라도 하듯, 움직이지도 숨 쉬지도 말하지도 않게 되자 나는 점점 더 책임을 느끼게 되었다. 나 말고는 아무도 관심을 보이지 않았기 때문이다. 누구든 최후에는 막연하게나마 갖기 마련인 절절한 지극히 개인적인 '관심' 말이다.

개츠비 시체를 발견한 지 30분쯤 지나고 나니, 나는 주저 없이 본능적으로 데이지에게 전화를 걸었다. 하지만 그날 오후 데이지는 일찌감치 어디론가 멀리 떠나버린 상태였다. 톰과 함께 가방까지 챙기고서.

"어디로 간다고 하지 않았나요?"

"전혀요."

"언제 돌아온다는 말은요?"

"전혀요."

"어디로 갔는지 모르세요? 연락할 방법은 없을까요?"

"모릅니다. 뭐라 드릴 말씀이 없어요."

개츠비를 위해 누구든 데려오고 싶었다. 개츠비가 누워 있는 방에 들어가서 이렇게 안심시켜 주고 싶었다.

"개츠비, 당신을 위해 누구라도 데리고 올게요. 걱정 마요. 나만 믿어요. 누구든 데려올 테니……."

마이어 울프심이라는 이름은 전화번호부에 나와 있지 않았다. 집사가 브로드웨이에 있는 사무실 주소를 알려주어 전화를 걸었지만, 그때가 벌써 5시가 훨씬 지나서인지 아무도 전화를 받지 않았다.

"다시 연결해주시겠어요?"

"벌써 세 번이나 했어요."

"아주 중요한 일입니다."

"죄송합니다. 아무도 안 받네요."

응접실로 돌아와 보니 사람들이 많이 모여 있었다. 공무를 집행하고 나면 모두 가 버릴 사람들이란 생각이 문득 들었다. 시트를 걷고 아무렇지 않게 시신을 내려다보는 그 순간에도 내 머릿속에서는 개츠비가 뭔가를 계속 따져 물었다.

"이봐요, 친구. 날 위해 누군가를 좀 데려와야겠어요. 좀 애써

봐요. 나 혼자는 견뎌낼 수가 없어요."

누군가가 나에게 질문을 던지기 시작했다. 나는 뿌리치고 나서 2층으로 올라가 잠기지 않은 책상 서랍을 황급히 뒤졌다. 개츠비는 자기 부모가 죽었다고 한 번도 드러내놓고 말한 적이 없었다. 하지만 아무것도 없었다. 이제는 뇌리에서 사라진 폭력에 대한 증거, 오직 댄 코디 사진만이 벽에서 내려다보고 있을 뿐이었다.

이튿날 아침, 나는 울프심에게 쓴 편지를 집사에게 주어 뉴욕으로 보냈다. 개츠비에 대해 아는 바에 대해 알려달라고 요청하고 다음 기차로 내려와 달라고 부탁했다. 그 편지를 쓰면서 헛고생이 아닌가 하는 생각이 들었다. 정오가 되기 전에 데이지가 전화를 걸어올 거라 믿었던 것처럼. 울프심은 신문을 보는 대로 당장 달려올 거라 믿었다. 하지만, 달려오기는커녕 전화 한 통화도 오지 않았다. 경찰관과 사진기자, 신문 기자만 더 찾아왔을 뿐이다. 집사가 들고 온 울프심 답장을 보는 순간, 모든 사람에 대해 반감을 갖게 되었다. 개츠비와 나 사이 어떤 냉소적인 연대감마저 느끼면서.

친애하는 캐러웨이 씨,

이번 일은 내 생애에서 가장 끔찍하고 충격적인 사건입니다. 도저히 믿을 수 없습니다. 그자가 왜 그런 미친 짓을 했는지 도무지 이해가 안 됩니다. 나는 지금 아주 중요한 사업에 매여 있어서 도저히 그쪽으로 갈 수가 없습니다. 이 사건에 휘말릴 생각도 없습니다. 혹시 나중에라도 도움이 필요하다면, 에드가에게 편지로 알려주세요. 아직도 아무 정신을 차리지 못할 정도로 충격에 빠져 있습니다. 내가 어디 있는지조차 분간이 안 갑니다.

- 당신의 친구
마이어 울프심 드림

바로 아래 추신을 이렇게 휘갈겨 놓았다.

장례식 언제 어디서 하는지 알려주세요. 가족에 대해서는 전혀 아는 바가 없습니다.

그날 오후, 전화벨이 울리고 시카고에서 장거리 전화가 걸려왔다는 말을 들었다. 드디어 데이지가 전화하나 보다 생각했다. 하지만 전화가 연결되자, 몹시 가느다란 남자 목소리가 멀게 들려왔다.
"나 슬레이글인데……."
"예?" 처음 듣는 이름이었다.
"정말 재수가 없으려니. 안 그래? 내 전보 받았어?"
"전혀 받은 적이 없는데요."
"애송이 파크 녀석한테 문제가 생겼어. 카운터 너머로 채권을 넘기다가 딱 걸려버렸지 뭐야. 그쪽에서 바로 5분 전에 뉴욕에서 보낸 안내문을 받은 모양이야. 거기에 채권 번호가 적혀 있었거든. 어이, 뭐 좀 아는 거 있어? 이런 촌구석에서는 도무지 뭘 알 수가 있어야지…….”

“여보세요!”

내가 황급히 말을 가로막았다.

“이봐요, 난 개츠비가 아니에요. 개츠비는 죽었다고요.”

전화선 저쪽에서 뭐라 외마디가 들리고 긴 침묵이 이어지더니……, 그러고 나서 뭐라 못 알아먹게 불평을 쏟아내고는 전화를 끊었다.

사흘째 되는 날, 미네소타 어느 마을에서 헨리 C. 개츠라고 서명된 전보가 도착했다. 발신인이 곧 출발할 테니 도착할 때까지 장례식을 연기해달라는 내용이었다.

그 사람은 개츠비 아버지였다. 이 노인은 침통한 표정으로 힘이 하나 없고 넋이 나간 듯했다. 따스한 9월인데도 길고 두꺼운 싸구려 코트로 온몸을 감쌌다. 감정을 주체하지 못해 두 눈에서는 눈물이 계속 흘러내렸다. 손에 든 가방과 우산을 내가 받아드는데 아버지가 연신 회색 턱수염을 쓸어내리는 바람에 외투를 벗기는 데도 애를 먹었다. 개츠비 아버지는 금방이라도 쓰러질 것만 같았다. 음악실로 모시고 가서 자리에 앉힌 다음, 사람을 시켜 먹을 것을 가져오게 했다. 하지만 아무것도 먹으려 하지 않았다. 손을 떠는 바람에 우유만 엎지르고 말았다.

“시카고 신문에서 봤어요. 시카고 모든 신문에 기사가 났더군요. 보자마자 바로 출발했소.”

"어떻게 연락을 드려야 할지 몰랐습니다."

개츠비 아버지는 두 눈에 아무것도 들어오지 않았지만, 쉴 새 없이 방 안을 두리번거렸다.

"그자는 미쳤어. 미치지 않고서야 어떻게 그런 짓을."

"커피 좀 드시겠어요?"

"됐어요. 이젠 괜찮아요. 근데 이름이?"

"캐러웨이입니다."

"그래, 난 이제 괜찮아졌소. 지미는 어디 있는 거요?"

나는 아들을 안치한 거실로 데리고 가서 그곳에 홀로 남겨 두고 나왔다. 몇몇 아이들이 계단을 올라와 홀에서 기웃거리고 있었다. 지금 도착한 사람이 누구인지 알려주자 아이들은 마지못해 자리를 떴다.

잠시 뒤에 개츠비 아버지가 문을 열고 나왔다. 입은 다물지 못한 채, 얼굴은 약간 상기되었다. 양 볼엔 눈물이 찔끔찔끔 흘러내렸다. 개츠비 아버지는 이제 죽음이 공포로 느껴지지 않는 나이가 되었다. 처음으로 여유를 갖고 주변을 둘러보다가 홀이 높고 화려할 뿐만 아니라 서로 연결되어 있는 큼직한 방들을 보고 슬프면서도 경외에 가까운 자부심이 느껴지기도 했다. 개츠비 아버지를 2층 침실로 안내해드렸다. 외투와 조끼를 벗는 동안, 장례절차는 연기되었다고 알려주었다.

"어떻게 하실지 몰라서요, 개츠비 씨……."

"내 이름은 개츠요."

"……개츠 씨, 시신을 서부로 옮기고 싶을지 모른다고 생각했어요."

개츠비 아버지는 고개를 가로저었다.

"지미는 항상 이곳 동부를 더 좋아했소. 여기서 자리 잡고 잘 나갔거든. 아들 친구였소, 선생……?"

"가까운 사이였습니다."

"알다시피 우리 애는 장래가 촉망되는 아이였소. 아직 젊긴 해도 머리가 엄청 좋았지."

개츠비 아버지는 손가락으로 인상 깊게 자기 머리를 건드리며 말했다. 나는 고개를 끄덕였다.

"살아 있었다면 큰 인물이 되었을 거요. 제임스 J. 힐 같은 사람 말이오. 이 나라를 발전시키는 데 한몫했을 텐데."

"맞습니다."

나는 떨떠름하긴 하지만 맞장구를 쳤다.

개츠비 아버지는 수놓은 침대보를 만지작거리며 침대에서 벗겨내려 하다가 그대로 꼿꼿하게 드러누웠다. 그러더니 이내 잠이 들었다.

그날 밤 누군가가 깜짝 놀란 목소리로 전화를 걸어와서는 자기 이름은 말하지도 않고 누구냐고 대뜸 물어, "캐러웨이입니다."라고 대답했다.

"아……. 난 클립스프링어입니다."

안심한 듯한 목소리였다. 나도 마음이 놓였다. 개츠비 장례식에 올 사람이 한 사람 더 생겼기 때문이다. 신문에 부고를 내면 구경꾼만 잔뜩 꼬일까 봐, 몇몇 사람에게 직접 전화로 알리는 참이었다. 하지만 올 만한 사람을 찾기란 그리 쉬운 일은 아니었다.

"장례식은 내일입니다. 오후 3시에 이 집에서 해요. 누구 또 올 만한 사람 있으면 알려주세요."

"아, 그럴게요. 그런 사람이 없을 것 같긴 하지만, 혹시라도 있으면 그렇게 전하지요."

서둘러 말하는 투가 어딘지 모르게 미심쩍었다.

"당연히 내일 장례식에 올 거죠?"

"글쎄, 참석하도록 해보겠습니다. 제가 전화를 한 건……."

"잠깐만요."

내가 말을 끊으며 물었다.

"온다고 확실하게 말해주면 좋겠는데?"

"글쎄요, 실은……, 솔직히 말씀드리면 여기 그리니치에서 아는 사람들과 같이 있어요. 그 사람들은 내일도 제가 같이 있어주기를 바라거든요. 야유회 비슷한 거예요. 물론 빠져나가려고 애는 써볼게요."

너무 기가 막혀 "허!" 하고 한숨을 내쉬었다. 상대도 그 소리를 들었는지 말투가 신경질적으로 변했다.

"제가 전화한 이유는, 실은 그 집에 제 신발 한 켤레를 두고 와서요. 수고스럽지만 집사에게 말해서 그 신발 좀 보내주셨으면 해서요. 알 거예요, 테니스화. 그 신발 꼭 있어야 하거든요. 제 주소는……."

주소를 다 듣지 못했다. 수화기를 내려놓았기 때문이다.

그 후, 개츠비에게 좀 부끄러웠다. 내가 전화했던 어떤 남자는 개츠비 죽음은 자업자득이라는 투로 말하기도 했다. 하지만 따지고 보면 그건 내 실수였다. 그 사람은 개츠비가 내어준 술을 마시고 술기운으로 개츠비를 아주 심하게 비웃던 사람 중 하나였다. 애초 전화 걸지 말았어야 했다.

장례식 날 아침, 나는 마이어 울프심을 만나러 뉴욕에 갔다. 직접 찾아가지 않고서는 달리 연락할 방도가 안 보였기 때문이다. 엘리베이터 안내원이 일러준 대로 '스와스티카 지주회사'라는 간판이 붙어 있는 문을 밀고 들어갔다. 처음엔 사람이 아무도 없는 줄 알았다. "누구 안 계세요" 하고 내가 여러 번 큰 소리로 묻자, 칸막이 뒤편에서 뭐라 웅성대는 소리가 들렸다. 예쁘장한 유대인 여자가 안쪽 문에서 나타나더니 온갖 의심의 눈초리로 나를 훑어보았다.

"아무도 없어요. 울프심 씨는 시카고에 갔어요."

아무도 없다는 말은 분명 사실이 아니었다. 누군가 안쪽에서 휘파람으로 '로사리오'를 불기 시작했다. 음정은 맞지도 않았다.

"캐러웨이란 사람이 왔다고 전해 주세요."

"시카고에 있는 사람을 데려올 순 없잖아요. 안 그래요?"

바로 그때 문 저쪽에서 "스텔라!" 하고 부르는 소리가 들렸다. 틀림없는 울프심 목소리였다.

"책상 위에 성함을 남겨 주세요. 돌아오시면 전해 드릴게요."

여자가 재빨리 끼어들며 말했다.

"하지만 저기 계시잖아요."

여자는 내 쪽으로 한 걸음 더 다가서더니 씩씩거리며 손으로 자기 엉덩이를 위아래로 쓸어내리며 한마디 했다.

"요새 젊은 사람들은 자기 마음대로 아무 때나 밀고 들어올 수 있다고 생각한다니까. 정말 지긋지긋해. 내가 시카고에 있다고 하면 시카고에 있는 거지."

나는 개츠비 얘기를 했다.

"어머!" 여자는 나를 다시 훑어보았다.

"잠깐……, 이름이 뭐라고요?"

여자가 어디론가 가더니 잠시 후 마이어 울프심이 문을 열고 나와 점잔 빼며 두 손을 내밀었다. 나를 사무실 안쪽으로 데려가더니 참으로 슬픈 일이라고 경건하게 말하며 담배를 권했다.

"그 친구 처음 만났을 때가 기억나는군. 군대에서 소령으로 막 제대한 청년이었지. 전쟁 때 받은 훈장을 주렁주렁 달고 군복을 그대로 입고 다녔어. 형편이 어려워 사복을 사서 입기가 어려웠던 거지. 43번가에 있는 와인브레너 당구장에 들어와 일자리 달라고 했을 때가 그 친구를 처음 본 때일 거요. 이틀 동안 아무것도 못 먹었다더군. 내가 '점심이나 같이 먹자'고 말했지. 30분만에 4달러어치 넘게 먹어 치우더군."

"선생께서 일자리를 주셨나요?"

"일자리를 줬다마다. 내가 키우다시피 한 걸 뭐."

"아무것도 없는 데서 정말 밑바닥에서 그 사람을 일으켜 세워 줬소. 잘생기고 점잖은 젊은 친구라는 걸 처음부터 알아봤지. 오그스퍼드에 다녔다는 말을 하길래 쓸모가 있겠다 싶었지. 그래서 재향군인회에 가입하게 했는데, 거기서 높은 자리에도 있었다오. 그러고는 얼마 안 되어 알바니로 가서 고객 상대로 일을 했소. 우린 매사 아주 가까운 사이였지. 둘은 늘 함께였소."

늘 함께였다는 의미로 울프심이 두툼한 손가락 두 개를 들어 올렸다.

1919년 월드시리즈 승부 조작 사건에 두 사람이 밀접하게 연관되어 있는지 궁금했다. 잠시 침묵이 흐르고 나서 내가 말을 이었다.

"이제 그 사람은 죽었어요. 둘도 없이 가까운 사이였으니 오늘 오후 장례식에 오시는 걸로 알겠습니다."

"나도 가고는 싶소."

"그럼 이따 오시지요."

코털이 살짝 떨렸다. 울프심은 눈물을 글썽거리며 고개를 가로저었다.

"하지만 그럴 수가 없소······. 그 일에 말려들고 싶지가 않아."

"말려들고 말고 할 일이 없습니다. 이젠 다 끝났어요."

"사람이 피살된 일에 웬만하면 엮이고 싶지 않소. 빠져 있으려고. 젊었을 땐 이러지 않았지. 친구가 죽었다면 무슨 일 있어도 끝까지 함께했지. 감상적이라 여길지 모르겠지만 그땐 그랬지······. 별꼴 다 보더라도 끝까지."

울프심이 장례식에 못 오는 나름의 이유가 있다는 걸 확인하고 나서, 나는 자리에서 일어났다. 그러자 울프심이 불쑥 물었다.

"대학은 나왔소?"

잠시 나는 울프심이 '거래처'를 알선하려는 게 아닌가 하는 엉뚱한 생각을 했다. 하지만 울프심은 그저 고개를 끄덕이며, 악수만 청했을 뿐이었다.

"우정은 살아 있을 때 보여 줘야지, 죽고 나면 뭔 소용이요. 죽은 후엔 그대로 내버려 두자는 게 내 소신이요."

사무실에서 나오니 하늘은 이미 어두워져 있었다. 나는 가랑비를 맞으며 웨스트에그로 돌아왔다. 옷을 갈아입고 옆집으로 갔더니 개츠비 아버지가 흥분해서 홀을 왔다 갔다 하고 있었다. 아들과 아들 재산에 대한 자부심이 점점 커졌는지 이젠 나에게 뭔가를 보여 주려고 했다.

"예전에 지미가 보낸 사진이오. 한 번 봐요."

개츠비 아버지는 떨리는 손으로 지갑에서 뭔가를 꺼내 내게 보여 주었다.

바로 이 저택을 찍은 사진이었다. 모서리가 닳았고 손때가 지저분하게 묻어 있었다. 나에게 사진 구석구석을 가리키며 보여 주었다. "여길 봐요!"라고 말하고는 내가 얼마나 감탄하는지 내 눈을 살폈다. 사진을 너무 자주 보여 주다 보니, 이젠 실제 건물보다 사진에 있는 집이 더 진짜 같은 모양이었다.

"지미가 이 사진을 내게 보내줬어요. 참 근사하지 않소? 아주 잘 나왔다니까."

"정말 잘 나왔네요. 그런데 최근에 아드님을 언제 보셨죠?"

"그 애가 2년 전에 날 만나러 와서는 지금 살고 있는 집을 사주었소. 예전에 집을 나갔을 땐 갈라서는 줄 알았지. 그땐 그럴 만한 사정이 있었구나 하고 지금은 다 이해해요. 그 앤 자기 앞에 엄청난 미래가 있다는 걸 알았던 거요. 성공한 다음에는 나한테 얼마나 잘해 주었다고."

도로 집어넣기 싫은 듯 개츠비 아버지는 그 사진을 내 앞에서 잠시 더 들고 있었다. 그러다 지갑에 사진을 넣고 나서는 낡아서 너덜너덜한 책을 주머니에서 꺼냈다.『호펄롱 캐시디』라는 책이었다.

"여길 봐요. 이건 지미가 어렸을 때 갖고 있던 책이오. 이걸 보면 지미가 어떤 애인지 잘 알 수 있을 거요."

뒤표지를 펼친 다음, 내가 볼 수 있도록 책을 빙 돌렸다. 마지막 백지에 '계획'이라는 글씨와 '1906년 9월 12일'이라는 날짜가 적혀 있었다. 바로 밑에는 아래와 같이 쓰여 있었다.

기상	오전 6:00
아령 들기, 벽 타기	오전 6:15-6:30
전기학, 기타 공부	오전 7:15-8:15
일	오전 8:30-오후 4:30
야구, 운동	오후 4:30-5:00
웅변 연습, 자세와 실전 훈련	오후 5:00-6:00
발명에 필요한 공부	오후 7:00-9:00

〈결심〉

　섀프터스나 또는 xxx(해독이 불가능함)에서 시간을 낭비하지 말 것

　담배를 피우거나 씹지 않을 것

　이틀에 한 번씩 목욕할 것

　매주 유익한 책이나 잡지를 한 권씩 읽을 것

　매주 5달러 3달러씩 저축할 것

　부모님 말씀을 잘 들을 것

"이 책을 우연히 발견했소. 이걸 보니까 우리 애가 어떤 애인지 짐작하겠죠, 안 그래요?"

"지미는 남보다 앞서 나갈 운명이었다는 거요. 늘 이런 결심을 하고 있었거든. 그 애가 자기 계발에 얼마나 노력했는지 아시오? 말로 다 못할 정도거든. 한번은 나보고 돼지처럼 처먹는다고 해서 크게 혼난 적도 있긴 하지만 말이오."

　책을 덮기가 아쉬운 듯 내용을 하나하나 소리 내어 읽고는 지그시 나를 바라보았다. 내가 그 내용을 베끼기라도 해서 잘 이용해보기를 바라는 듯한 눈치였다.

　3시가 좀 못 되어 플러싱에서 루터교회 목사가 도착했다. 나도 모르게 다른 차가 오진 않는지 창밖을 내다보았다. 개츠비 아버지도 마찬가지였다. 시간이 지나 집사들이 들어와 홀에서 기다리자, 걱정스러운 듯 눈을 껌벅이더니, 비가 와서 그럴 수 있다고 자신 없는 태도로 비를 탓했다. 목사가 몇 번이나 자기 시

계를 들여다보길래, 한쪽으로 목사를 데리고 가서 한 30분만 더 기다려달라고 부탁했다. 하지만 소용없었다. 아무도 오지 않았다.

    5시쯤 자동차 석 대가 가랑비를 맞으며 묘지에 도착해 정문 옆에 멈춰 섰다. 선두에는 시커먼 장의차가, 이어서 개츠비 아버지와 목사와 내가 탄 리무진이, 마지막으로 네댓 명 집사들과 웨스트에그에서 온 우체부 한 명이 스테이션왜건을 타고 왔다. 모두 비에 흠뻑 젖어 있었다. 우리가 입구를 지나 묘지로 들어갈 때였다. 차 한 대가 멈춰 서더니 누군가 진창길을 철벅거리며 우리 뒤를 따라오는 소리가 들렸다. 뒤를 돌아보았다. 석 달 전, 어느 날 밤 서재에서 개츠비 책들에 경탄하던 올빼미 안경을 쓴 남자였다.
    그 후로는 그 남자를 본 적이 없었다. 장례식을 어떻게 알았는지, 심지어 그 사람 이름이 무엇인지도 모른다. 비가 쏟아지며 그 남자 두꺼운 안경을 가렸다. 개츠비 묘를 가리던 천이 벗겨지자, 이를 보려고 남자는 안경을 벗어 닦았다.
    나는 잠시 개츠비 생각을 해보려고 했다. 하지만 그 사람은 이미 너무 먼 곳에 있었다. 데이지는 한마디 조문도 한 송이 꽃도 보내지 않았다. 이젠 어떤 분노도 느껴지지 않았다.
    "죽은 자에게 비가 내리니 복이 있도다."
    누군가가 어렴풋이 중얼거리자, 올빼미 안경을 쓴 남자가 큰 목소리로 "아멘"이라고 화답했다.

간단하게 식을 마치고서 우리는 뿔뿔이 흩어져 비를 뚫고 차가 있는 곳으로 급히 걸어갔다. 올빼미 안경 쓴 남자가 입구에서 내게 말을 건넸다.

"집에는 들르지 못했습니다."

"아무도 찾아오지 않았어요."

"아니, 저런. 맙소사, 어떻게 그럴 수가! 수백 명이 그 집을 드나들었는데."

남자는 안경을 벗어 빗물을 닦아내며 한마디 했다.

"불쌍한 사람 같으니라고."

나한테 무엇보다 생생하게 기억나는 일 중 하나는 크리스마스 무렵이면 서부로 돌아가던 일이다. 고등학교 때도 대학교 때도 그랬다. 시카고보다 더 멀리 가는 친구들은 12월 어느 저녁 6시, 낡고 침침한 유니언역에서 몇몇 시카고 친구들과 모여 서둘러 작별 인사를 나누며 방학 분위기에 들떠있곤 했다. 이런저런 여학교에서 집으로 돌아가는 여학생들 털코트, 찬 입김 내뿜으며 떠들던 잡담, 오랜 친구들이 보이면 머리 위로 손 흔들던 추억이 떠오른다. "오드웨이네 집에 갈 거야? 허시네 집은? 슐츠네는?" 하며 서로 날을 맞춰 보던 일도, 장갑 낀 손마다 들려 있던 길쭉한 초록색 기차표도 생각난다. 마지막으로 탑승구 옆에 있는 선로에 서 있던 '시카고, 밀워키 & 세인트폴' 노선의 칙칙한 노란색 기차들이 그 자체로 마치 크리스마스라도 되는 듯 즐거워 보인 일도 기억난다.

기차가 역에서 나와 겨울밤 속으로 들어서면 진짜 눈다운 눈이 우리 눈앞 풍경으로 펼쳐졌다. 창문에 앉은 눈이 반사되어 반짝였다. 위스콘신주 여러 조그마한 시골 역 희미한 등불을 지나갈 때면 날카롭고 거친 기운이 갑자기 공기 중에 감돌았다. 식당차에서 저녁을 먹고 연결 통로 따라 자리로 돌아오면서 그 공기를 깊이 들이마셨다. 그 후 한 시간 동안 우리는 이 마을과 하나가 되는, 말로 표현하기 힘든 경험을 분명히 느낄 수 있었다.

그곳이 바로 나의 중서부다. 그곳은 밀밭이나 초원, 사라져버린 스웨던 사람들의 마을이 아니라 내 젊은 시절 가슴 떨리던 귀향 열차, 서리 내린 밤 가로등과 썰매 방울 소리, 불 켜진 창문이 눈밭에 던지는 크리스마스 화환의 그림자다. 나는 그곳의 일부다. 그 기나긴 겨울을 겪으며 다소 진중해진다. 몇 십 년 동안 가문 이름으로 불리는 도시에서 캐러웨이 가문 일원으로 성장했다는 사실에 조금 으쓱해지기도 한다. 이제야 나는 모두 결국 서부 이야기였다는 사실을 깨달았다. 톰과 개츠비, 데이지와 조던과 나는 모두 서부 사람이었다. 우리에겐 다 같이 뭔가 부족한 점이 있어서 묘하게 동부 생활에 적응하지 못한 모양이다.

동부가 나를 가장 흥분시켰을 때에도, 오하이오 강 너머로 볼품없이 부풀어 오른 도시들, 아이들과 연로한 노인들만 빼고는 누구에게나 쉼 없이 캐묻기 좋아하는 서부 사람들보다는 동부가 훨씬 낫다는 걸 알았을 때조차도 나에게 동부는 늘 뒤틀리고 일그러져 있었다. 특히 웨스트에그는 내가 특이한 꿈을 꿀 때면 아직도 나타난다. 엘 그레코가 그린 밤 풍경처럼 보인다. 평범하면서도 기괴한 집 수백 채가 음산한 하늘과 칙칙한 달 아래 펼쳐진 그런 풍경. 그림 전경에는 연미복을 입은 엄숙한 표정을 한 남자 네 명이 하얀 이브닝드레스를 입은 만취한 여자를 들것에 싣고 보도를 걸어가고 있다. 들것 옆에 늘어진 여자 손에는 보석이 차갑게 빛난다. 남자들은 장난기 없는 얼굴을 하고서 어느 집에 들어가지만 찾던 집이 아니다. 아무도 여자 이름을 모르고 신경 쓰지도 않는다.

개츠비가 죽고 나서 동부는 계속 그런 식으로 떠올랐다. 내 눈으로 어떻게 바로잡을 수가 없을 만큼 뒤틀려 있었다. 낙엽 태우는 푸른 연기가 하늘로 올라가고 빨랫줄에 걸린 빨래가 바람에 뻣뻣하게 얼릴 무렵, 나는 고향에 돌아가기로 마음먹었다.

떠나기 전에 처리할 일이 하나 있었다. 어쩌면 내버려 두는 게 더 나았을지도 모르는 어떻게 보면 하고 싶지 않은, 마음이 불편한 일이었다. 하지만 일을 제대로 정리하고 싶었다. 저 친절하면서도 무심한 바다가 내 쓰레기를 쓸어버리도록 그냥 내버려 두고 싶지 않았다. 나는 조던 베이커를 만나 우리 모두에게 일어났던 일과 그 후 내게 일어났던 일을 이야기했다. 조던은 커다란 의자에 비스듬히 앉아 꼼짝 않고 듣기만 했다.

조던은 골프복 차림이었다. 경쾌하게 살짝 들어 올린 턱, 낙엽 빛깔 머리카락, 무릎에 놓인 벙어리장갑처럼 그을린 갈색 얼굴. 멋진 삽화 속 여인 같은 조던이었다. 내가 말을 다 하고 나자, 조던은 아무 설명도 없이 다른 남자와 약혼했다고 말했다. 물론 조던이 고개를 끄덕이기만 하면 결혼하겠다고 달려들 남자가 한둘이 아니지만, 약혼이라는 말이 나는 믿어지지 않았다. 하지만 짐짓 놀라는 척했다. 아주 잠깐 내가 실수를 하고 있나 생각했다. 하지만 다시 한번 재빨리 생각을 가다듬고 나서 자리에서 일어나 작별 인사를 했다. 조던이 불쑥 한마디 했다.

"어쨌든 당신이 날 찼잖아요. 전화로 날 찼잖아요. 이제는 아무 미련도 없지만, 나로선 처음 겪는 일이라 한동안 좀 어지러웠어요."

우리는 악수를 했다. 조던이 이런 말을 덧붙였다.

"아 참 기억나요? 언젠가 자동차 운전에 대해 주고받았던 대화 말이에요."

"네……. 정확하진 않지만,"

"당신이 그랬죠? 부주의한 운전자는 또 다른 부주의한 운전자를 만날 때까지만 안전하다고. 그러게, 내가 또 다른 부주의한 운전자를 만났네요. 안 그래요? 내가 그런 잘못된 생각을 한 건 솔직히 내가 경솔하긴 했죠. 내 생각엔 당신은 꽤 정직하고 솔직한 사람이었으니까. 당신도 은근히 그렇게 자부했고요."

"난 이제 서른이에요. 자신을 속이면서 뿌듯해하기엔 당신보다 다섯 살이나 많아요."

내 말에 조던은 아무 말도 하지 않았다. 나는 화가 나서, 반쯤은 애정을 느끼면서 울컥 아쉬운 마음을 삭이며 그 자리를 나왔다.

10월 어느 날 오후 늦게 나는 톰 뷰캐넌을 만났다. 5번가를 따라 날렵하고 활기차게 내 앞에서 걷고 있었다. 방해물이 있으면 마치 때려누일 듯이 두 손을 조금 앞으로 내밀고, 고개를 이리저리 움직이며 주변을 불안정하게 바라보면서. 내가 따라잡을까 봐 속도를 늦추려는 순간, 톰은 걸음을 멈추더니 미간을 찌푸리며 보석 가게 진열장을 들여다보았다. 그러다가 갑자기 나를 발견하고는 내 쪽으로 걸어와 손을 내밀었다.

"왜 그래? 닉. 나하고 악수하기 싫어?"

"그래. 내가 너를 어떻게 생각하고 있는지 잘 알 텐데."

"미쳤군. 완전히 미쳤어. 대체 왜 이러는 거야?"

"톰, 그날 오후에 윌슨한테 뭐라고 한 거야?"

내가 묻자, 톰은 말없이 나를 바라보았다. 윌슨이 사라졌던 시간에 대한 내 추측이 맞았다는 걸 알았다. 내가 돌아서서 걸어가자 톰이 다가와 내 팔을 잡았다.

"사실대로 얘기해줬지. 우리가 집을 나서려고 준비하고 있는데 윌슨이 우리 집 문 앞에 나타났어. 우리가 집 안에 없다고 전했는데도 막무가내로 2층으로 올라오려는 거야. 그 차가 누구 차인지 말해주지 않았으면 나를 죽이려고 했을 거야. 완전히 미쳐 있었거든. 집에 있는 내내 그놈은 주머니 속 권총에 손을 대고 있었다니까……"

톰은 말하다 말고 갑자기 발끈했다.

"설령 내가 얘기했다 쳐. 그게 뭐 어쨌다는 건데? 개츠비 그놈은 당해도 싸. 데이지를 속이고, 너도 속였잖아. 정말 지독한 놈이라고. 개를 치듯 머틀을 치고서 그대로 뺑소니쳤잖아."

나는 아무 말도 할 수가 없었다. 그게 사실이 아니라고 차마 말할 수 없었다. 톰이 계속 말했다.

"난 안 힘들었을 것 같아? 나도 많이 힘들었다고……. 근데 말이야, 그 아파트를 팔러 가서 찬장에서 그 빌어먹을 개 비스킷 상자를 봤지 뭐야. 그 자리에 주저앉아서 아이처럼 엉엉 울었잖아. 정말 끔찍해……."

톰을 용서할 수도, 그렇다고 좋아할 수도 없었다. 어쨌든 톰은 자기 행동이 전적으로 정당하다고 생각하는 듯했다. 모든 게 너무나 엉망이고 혼란스러웠다. 톰과 데이지, 두 사람은 참 무심한 사람들이었다. 물건이든 사람이든 다 부수고 나서는 돈이나 엄청난 무관심, 또는 그들을 묶어 준 어떤 것 속으로 숨어버렸다. 자기들이 만들어낸 쓰레기는 다른 사람보고 치우게 하고서는…….

나는 톰과 악수했다. 악수하지 않는 게 어리석어 보였다. 문득 어린아이와 얘기한다는 느낌이 들었다. 톰이 진주 목걸이를 사기 위해 아니면 커프스단추 한 쌍을 사려고 보석 가게에 들어가면서, 자연스레 톰과 헤어졌다. 내가 부리는 이 촌스러운 결벽증에서 톰은 그렇게 영원히 달아나버렸다.

내가 떠날 때도 개츠비 집은 여전히 텅 비어 있었다. 잔디밭은 내 잔디밭만큼이나 무성했다. 마을 택시 기사 하나는 그 집 입구를 지나 요금을 받을 때마다 잠시 멈춰 서서 안을 가리키곤 했다. 사고가 나던 날 밤, 데이지와 개츠비를 이스트에그에 데려다준 사람인지도 모른다. 어쩌면 그 사건에 관해 자기 나름대로 이야기를 지어냈을지도 모른다. 그런 이야기를 듣고 싶지 않아, 기차에서 내릴 때마다 그 운전기사를 피했다.

토요일 밤에는 뉴욕에서 시간을 보냈다. 아직도 저 빛나고 눈부신 파티가 너무나 생생하고, 정원에서 들리는 희미한 음악과 웃음소리, 집 앞으로 오르내리는 자동차 소리가 끊임없이 들려와서 말이다. 그러던 어느 날 밤, 나는 그곳에서 진짜 자동차 소리를 들었다. 집 앞 현관에서 자동차 불빛이 멈췄다. 하지만 나가서 알아볼 생각은 없었다. 아마도 지구 반대편에서 살다가 파티가 끝날 줄도 모르고 찾아온 마지막 손님이었으리라.

마지막 날 밤, 트렁크에 짐을 꾸리고 자동차를 식료품 가게에 팔고 나서, 개츠비 저택으로 건너가, 한 저택이 겪은 말도 안 되는 엄청난 몰락을 다시 한 번 바라보았다. 하얀 돌계단에는 어떤 아이가 벽돌 조각으로 갈겨 쓴 음란한 낙서가 달빛에 또렷이 드러났다. 나는 신발로 문질러 지웠다. 그러고 나서 어슬렁어슬렁 해변으로 내려가서 모래에 벌렁 드러누웠다.

해변에 있는 큰 집들은 대부분 닫혀 있었다. 바다에는 연락선에서 나오는 희미한 불빛 말고는 빛이랄 게 하나도 없었다. 달이 더 높이 떠오르면서 집들은 흔적도 없이 묻혀갔다. 한때는 네덜란드 선원들 눈에 꽃이라 여겨졌을 만큼 신세계 싱그럽고 푸릇푸릇한 가슴만큼 여기 이 유서 깊은 섬이 서서히 눈에 들어왔다. 이 섬에서 사라진 나무들, 개츠비 저택에 자리를 내주었던 나무들은 인류 모든 꿈 중에서 가장 위대한 마지막 꿈을 한때 나지막이 속삭이며 부추기곤 했다. 이해할 수도, 감히 바랄 수도 없는 경이를 마주하며 심미적 명상에 자기도 모르게 빠져들었으리라.

그곳에 앉아 그 옛날 미지의 세계에 대해 골똘히 생각하다가 문득 개츠비가 데이지 집 선착장 끝에서 빛나는 초록빛 불빛을 처음 찾아냈을 때 느꼈을 경이로움을 떠올려 보았다. 먼 길을 돌고 돌아 바로 이 푸른 잔디밭까지 온 개츠비는 꿈이 너무나 가까이 틀림없이 손에 잡힐 것처럼 보였는지 모른다. 하지만 개츠비는 알지 못했다. 그 꿈은 지나온 곳 저 도시 너머 어둠 속 어딘가, 밤하늘 아래 끝없이 펼쳐진 미국 어두운 들판 어딘가에 있다는 사실을.

개츠비는 그 초록색 불빛을 믿었다. 해가 갈수록 우리에게서 멀어지기만 하는 황홀한 내일을 믿었다. 그러한 불빛은 우리에게서 아련히 사라져갔다. 하지만 무슨 상관인가. 내일이면 우린 더 빨리 달릴 텐데, 더 멀리 팔을 뻗을 텐데……. 그러면 어느 맑은 날 아침에는…….

그리하여 우리는 끝내 앞으로, 앞으로 나아가게 된다. 물결을 거스르며 나아가는 배처럼. 끊임없이 과거로 떠밀리고 떠밀려가면서도.

번역 노트

문구 번역을 넘어
자연스러운 우리말 표현으로

영어를 문구 그대로 번역하더라도 우리말로 어색하거나 딱딱해서 읽기가 부자연스러운 표현이 있다. 영어와 한국어는 그 특징이 다르다. 각 언어의 특징과 그에 따른 차이를 바르게 이해할 필요가 있다. 우리말로 넘어올 때, 우리말 특징에 맞게 번역해야 자연스러운 번역이 된다.

영어와 우리말에서 대표적인 특징과 그 차이를 비교해 보면 다음과 같다.[2]

첫째, 영어는 주어가 아주 중요하고 엄격한데, 우리말은 주어 사용이 유연하다.

영어는 무생물도 주어로 삼고, 'it'이라는 비인칭대명사로 가짜 주어도 만들어야 한다. 대명사와 무생물주어가 발달한 이유다. 감정이나 사물이 빈번히 주어가 된다. 반면에 우리말은 무생물 주어와 수동태를 싫어한다. 우리말은 주체적으로 움직이는 주어와 능동문이 발달했다. 주어가 의미상 파악이 가능한 경우, 생

---

[2] 김옥수. 『한글을 알면 영어가 산다』. 서울: 비꽃, 2016.

략하는 경우가 많다. '그', '그녀' 같은 대명사보다는 '아빠', '부장님' 같은 사회적 호칭, 직위, 이름 등을 대명사 대신에 쓰는 경우가 많다.

둘째, 영어는 주어 동사가 단수 복수가 엄격한데, 우리말은 유연하다.

영어는 문장 속에서 문법적 기능에 따라 단어 형태가 변한다. 주어와 동사가 단수 복수냐에 따라 형태가 다르다. 반면 한국어는 복수일 경우라도 단수로 표현하는 경우가 많고, 더 자연스럽다.

셋째, 영어는 명사를 수식하는 형용사와 뒤에서 수식하는 관계절이 발달하고 우리말은 동사를 수식하는 부사가 발달했다.

영어는 '그렇고 그래서 그런 철수'라는 명사 중심 표현이 많다. 이 표현을 '철수가 그렇고 그래서 그렇다'라는 동사 중심 표현으로 바꾸면 우리말이 살아난다. 명사 중심 언어인 영어를 번역할 때, 우리말 특성에 맞게 부사와 동사 중심으로 번역하면 더 자연스러운 경우가 많다. 품사를 자유롭게 넘나드는 번역이 필요한 이유다.

넷째, 영어는 시제 동사를 중시하고, 우리말은 시간부사를 중시한다.

영어는 시제 세 개에다 각각의 완료형 세 개, 각각의 완료진행형 여섯 개를 정립해서 '동사변형'이라는 문법 형식으로 '시간의 흐름'을 담으려고 하지만, 우리말은 그것을 '시간부사'로 다양하게 표현한다. 예로 '나는 내일 서울에 간다'를 들 수 있다.

다섯째, 영어는 전치사가 발달했다면 우리말은 조사와 어미가 발달했다.

'The book is on the desk'를 '책상에 책이 있다'와 같이 전치사 'on'을 엄격하게 '~위에'라고 번역할 필요는 없다.

'Could you ask him to call me at the office?'라는 문장은 '그한테 사무실로 전화하라고 할래요?'라고 번역할 수 있다. 여기서 '-로'는 방향을 나타내는 격조사다.

여섯째, 영어는 우리말과 달리 소유 개념이 발달했다.

영어는 소유격이 발달하여 'of'가 많이 쓰인다. 친구를 표현할 때도 'a friend of mine'과 같이 쓴다. 영어를 문구 번역하다 보면 '시냇물의 조잘거림'과 같은 표현도 나오는데, '시냇물이 조잘조잘'과 같이 번역하면 좋다.

'have' 동사가 차지하는 비중이 엄청나다. 'have a meeting, have a friend, have a meal' 등 모임도 가지고 친구도 가지고 식사도 가진다. 우리말로 번역할 때, '모임을 가지다'보다는 '모임을 하다', '만나다', '회의하다'와 같이 번역하면 좋다.

일곱째, 영어와 우리말 단어, 의미가 꼭 일대일로 대응하진 않

는다.

형용사 'wan'은 '창백한'이라는 의미도 있지만 '별 내색 없는' 이란 의미도 있다. '창백한'이 많이 쓰인다고 기계적으로 번역하다 보면 문맥과 맞지 않는 번역이 될 수 있다. 단어의 1차 의미에 매몰되지 말고, 우리말로 더 적절한 표현이 무엇인지 찾아야 한다.

여덟째, 영어와 우리말은 '대사문' 쓰기가 다르다.
원칙적으로 우리말은 '대사'를 하나의 '문단'으로 따로 넣는다. 영어는 ["A" I said.]와 같이 쓰나, 우리말은 대사문 다음에 '나는 말했다' 같은 문장을 추가하지 않는다. '원고지 쓰는 법'을 떠올리면 바로 알 수 있다.

이처럼 영어와 우리말은 그 특징이 다르다. 번역으로 우리말이 훼손되거나 오염된 사례도 적지 않다. 좋은 번역은 단어를 단순히 직역하는 번역을 넘어서야 한다. 의미, 어조, 스타일, 형식, 어휘의 시대성, 문화 등을 다양하게 반영할 수 있어야 할 뿐 아니라 우리말 표현에서도 누구나 쉽게 받아들이고 공감할 수 있는 자연스러운 우리말 번역, 어감이 살아 숨 쉬는, 우리말 완성도가 높은 그런 번역이 바로 '좋은 번역'이다.

번역 노트에서는 『위대한 개츠비』 기존 번역이 지닌 문제점을, 언어 차이를 간과한 번역, 문화 차이를 간과한 번역, 어조 어감 차이를 간과한 번역, 독자의 몰입을 방해하는 주석 등 네 가지를 기준[3]으로 분석한다. 단어 직역을 넘어 '의미'를 직역하여 우리말 어법과 쓰임에 맞는 표현으로 우리말다운 자연스러운 번역을 함께 제시한다.

I. 언어 차이를 간과한 번역

1.

When I came back from the East last autumn I felt that I wanted the world to be in uniform and at a sort of moral attention forever, I wanted no more riotous excursions with privileged glimpses into the human heart.

(김욱동[4] p.16)
지난해 가을 동부에서 돌아왔을 때, 나는 이 세계가 제복을 차려입고 있기를, 말하자면 영원히 '도덕적인 차렷' 자세를 취하고 있기를 바랐다. 나는 이제 더 이상 특권을 지닌 시선으로 인간의 내면세계를 오만하게 들여다보고 싶지 않았던 것이다.

---

3 윤선경. 「충실성이 원본을 배신할 때 - 우리말 번역 『예감은 틀리지 않는다』」 『영미연구』 제46집(2019) 33-58.
4 김욱동. 『위대한 개츠비』. 서울: 민음사, 2010. 이하 인용 생략.

(김영하[5] p.12)

지난가을 동부에서 돌아왔을 때의 <u>내 마음은</u> 세상이 제복을 갖춰 입고 영원토록 일종의 <u>도덕적 차렷 자세</u>를 취하고 있기를 <u>바라는 것이었다</u>. 나는 더 이상 타인의 내면을 우월적인 시선으로 내려다보며 요란하게 이러쿵저러쿵하고 싶지 않았다.

① 낯설고 딱딱한 명사 어구 번역

'moral attention' 번역으로 김욱동, 김영하는 '도덕적인 차렷 자세'로 번역한다. 직역에 집착한 결과로 나온 '도덕적 차렷 자세'라는 말은 관념적이라 낯설고 딱딱할 뿐이다. 원문이 말하고자 하는 궁극적 의미는 무엇일까?

제복을 입고 반듯하게 행동하는 사람처럼 세상이 마치 제복을 차려입고 '차렷 자세'를 하듯, 도덕적으로 영원히 반듯하기를 바랐다는 의미다.

'moral attention'을 '도덕적인 차렷 자세'라고 단어를 직역하기보다, 작가의 의도와 그 '의미'를 직역할 수 있어야 한다.

② '것' 남용과 주어 술어 호응

김욱동 번역에서 '나는'이 주어이고, '들여다보고 싶지 않았던 것이다'가 술어다. 이를 '나는 ~ 들여다보고 싶지 않았다'로 바꾸어야 자연스럽다.

김영하 번역에서 '내 마음은'이 주어이고, '바라는 것이었다'가

---

[5] 김영하. 『위대한 개츠비』. 파주: 문학동네, 2020. 이하 인용 생략.

술어다. 이를 '나는 ~를 바랐다'로 바꾸면 더 자연스러운 우리말 표현이 된다.

(김용성)

지난해 가을 동부에서 돌아왔을 때, 온 세상이 제복을 차려입고 일종의 '차렷 자세'를 하듯, 도덕적으로 영원히 반듯하기를 바랐다. 특권이라도 지닌 듯 오만하고 떠들썩하게 사람 마음을 들여다보는 그런 일은 더는 겪고 싶지 않았다.

2.

If personality is an unbroken series of successful gestures, then there was something gorgeous about him, some heightened sensitivity to the promises of life, as if he were related to one of those intricate machines that register earthquakes ten thousand miles away.

(김욱동 p.17)

그러나 만약 인간의 개성이라는 게 일련의 성공적인 몸짓이라면 그에게는 뭔가 멋진 구석이 있다고 할 수 있었다. 그는 마치 1만 5000킬로미터 밖에서 일어나는 지진을 감지하는 복잡한 지진계와 연결되어 있기라도 한 것처럼 삶의 가능성에 민감하게 반응했다.

(김영하 p.12)

인간의 개성이라는 게 결국 일련의 성공적인 <u>제스처</u>라고 한다면, 그에겐 정말 대단한 것이 있었다. <u>1만 마일 밖의 흔들림</u>까지 기록하는 지진계처럼 그는 <u>인생에서 희망을 감지하는 고도로 발달된 촉수</u>를 가지고 있었다.

① 단위 & 강조 표현 번역

'ten thousand miles away'는 '그만큼 멀리 떨어져 있는 곳에서'라는 의미를 내포한다. 김영하 번역 '1만 마일 밖'은 '마일'이라는 단위가 낯설다. '1마일'은 약 1.6km이다. 우리가 쓰는 표현으로 쉽게 번역해야 한다.

김욱동 번역 '1만 5000킬로미터 밖에서'는 분명 맞는 번역이긴 하나, 그만큼 멀리 떨어진 곳이라는 일종의 강조 표현인 셈으로, '1만 킬로미터를 훌쩍 넘는 곳에서'라고 말해도 무방하며 이 표현이 더 자연스럽다. '1만 킬로미터'만으로도 '가보지 않은 멀고 먼 곳'을 의미하기에 '1만 5000킬로미터'라는 구체적 수치는 한국어 표현으로 봤을 때, 오히려 어색하다.

② 추상어 & 비유 표현 번역

김욱동 번역 '삶의 가능성에 민감하게 반응했다'에서 '삶의 가능성'은 어렵고 애매한 단어다. 추상적인 단어라 무엇을 말하는지 쉽게 보여줄 필요가 있다.

김영하는 '인생에서 희망을 감지하는 고도로 발달된 촉수'에서 원문 'promises'를 '희망'으로 보았다. 하지만 꼭 '희망'을 감지한다기보다, 지진계가 어떤 지진이든 가리지 않고 다 감지하듯이, 개츠비는 살면서 벌어지는 긍정적이든 부정적이든 앞으로 일어날 일에 대한 징조나 조짐에 대해 누구보다 민감하게 반응한다는 의미가 원문에 더 적합하다.

(김용성)

사람 성격이 부단히 몸짓으로 잘 드러난다고 하면, 개츠비에겐 뭔가 대단한 부분이 있었다. 1만 킬로미터를 훌쩍 넘는 곳에서 일어나는 지진도 다 감지해내는 지진계에 연결되어 있기라도 하듯, 살면서 벌어지는 여러 일에 대한 징조나 조짐에 대해 개츠비는 자못 민감하게 반응했다.

3.

I lived at West Egg, the — well, the less fashionable of the two, though this is a most superficial tag to express the bizarre and not a little sinister contrast between them.

(김욱동 p.21)

나는 웨스트에그에 살고 있었는데 - 글쎄 뭐랄까, 이 지역은 이스트에그에 비해 상류 사회다운 면이 덜한 곳이었다. 비록 이렇게 말하면 이상야릇하고 적잖이 불길한 두 지역의 차이점을 아주 피상적으로 표현하는 것에 지나지 않지만 말이다.

(김영하 p.16)

내가 살던 웨스트에그는 이스트에그에 비하면 덜 화려한 편이었다. 물론 이 정도 말로는 두 지역 사이에 흐르는 그 기묘하고도 적잖이 불길한 어떤 차이점을 제대로 표현하기 힘들다. 너무 피상적인 꼬리표인 것이다.

① 장황한 형용사구 번역

김욱동, 김영하 모두 '불길한 차이점'이라는 표현을 쓰는데, '불길한 차이점'은 실생활에서 쓰이지 않는 표현이라 낯설다. 언어 특징이 다른데 원문 '장황한 형용사구 + 명사'를 문구 그대로 번역하면 더 딱딱해진다. 명사 중심인 영어와 달리 한국어는 술어 중심 언어라, 형용사구를 부사어로 번역하면 훨씬 자연스러워진다. '두 지역 사이에 흐르는 적잖이 불길한 어떤 차이점'이라는 번역보다 '두 지역을 이상하게 적잖이 악의적으로 비교하여'와 같이 번역하면 훨씬 문맥이 살아난다.

(김용성)

내가 사는 웨스트에그는 뭐랄까 이스트에그에 비하면 '상류사회 느낌이 덜 나는' 곳이었다. 이렇게 말하면 두 지역을 이상하게 적잖이 악의적으로 비교하여, 피상적으로만 보게 하는 꼬리표가 붙겠지만 말이다.

4.

Turning me around by one arm, he moved a broad flat hand along the front vista, including in its sweep a sunken Italian garden, a half acre of deep, pungent roses, and a snub-nosed motor-boat that bumped the tide offshore.

(김욱동 p.24)

톰은 한쪽 팔로 내 몸을 휙 돌리더니 넓적하고 평평한 손을 들어 앞에 펼쳐져 있는 풍경을 가리켰다. 그가 손으로 가리킨 쪽에서 이탈리아식 침상 정원과 2제곱미터 넓이의, 향이 코를 찌를 듯한 장미 정원, 해안에서 떨어져 물결에 따라 흔들리는 매부리코 모양의 모터보트 한 대가 보였다.

(김영하 p.19)

톰은 한쪽 팔을 잡아 내 몸을 돌리더니 크고 넓적한 손을 들어 눈앞에 펼쳐진 풍경을 가리켰다. 그의 손이 지나간 자리에는 이탈리아식 침상 정원이 있고 반 에이커에 심어진 짙은 색깔의 장미들이 강렬한 향기를 풍기고 있었다. 해안에는 앞이 넓적한 모터보트 한 대가 물결에 코를 들이받고 있었다.

① 이미지 묘사 & 형용사 + 형용사 + 명사 번역

'move A along B'는 'B를 따라 A를 움직이다'라는 뜻이다. 김욱동 번역 '손을 들어 앞에 펼쳐져 있는 풍경을 가리켰다'라는 표현은 이러한 'move ~ along ~' 의미가 빠져 있다.

'a broad flat hand'는 '형용사 + 형용사 + 명사' 형태다. '넓적하고 평평한 손'(김욱동)보다는 '넓적한 손을 편 채로'가 더 자연스러운 번역이다. 'broad'는 그 사람 손의 기본 특성으로 항상 일정하다. 반면 'flat'은 당시 손 상태로, 펼 수도 있고 쥘 수도 있는데, 당시엔 손을 폈다는 의미다. 원문이 '형용사 + 형용사 + 명사' 형태라고 해서 꼭 그런 형태로 번역을 고집하기보다 '넓적한 손을 편 채로'와 같이 형용사 하나를 부사로 표현하면 훨씬 자연스러운 우리말 표현이 된다.

김영하 번역 '한쪽 팔을 잡아' 부분은 원문과 안 맞다. 'Turning me around by one arm'은 '톰은 한쪽 팔로 나를 돌려세우더니' 의미다.

② 단위 번역, 에이커

에이커는 영국식·미국식 도량형 제도에서 사용되는 토지의 측정 단위다. 1에이커는 4,000여 제곱미터로, '2제곱미터 넓이'라고 한 김욱동 번역은 오역이다. 'a half acre'를 '반 에이커(김영하)'로 번역하면, 독자는 이게 '어느 정도 규모인지' 감을 못 잡는다. 우리가 안 쓰는 미국식 단위를 번역할 때, 독자가 직관적으로 알 수 있도록 쉽게 번역해야 한다. 보통 1에이커를 '축구장 절반'으로 보기에, '반 에이커'는 '축구장 반의반만 한'으로 번역하면 독자가 쉽게 이해할 수 있다.

③ 형용사 번역 오류

원문 'a snub-nosed motor-boat'를 김영하는 '앞이 넓적한 모터보트'라 번역하는데, 'snub-nosed'는 '넓적한'이 아니라 '뭉툭한'이 맞다. '넓적하다(한영사전)'는 'wide and flat'이란 뜻으로 원문에 나온 모터보트 이미지와는 어울리지 않는다.

④ 부사 번역 오류

김영하는 'offshore'를 '해안에는'이라고 번역한다. '해안'(국어사전)은 '바다와 육지가 맞닿은 부분'을 말한다. 'offshore'는 '해안에서 조금 떨어진 앞바다'를 의미한다.

⑤ 평화롭고 운치 있는 바다 풍경 묘사, 들이받다 vs 일렁이다

원문 'a snub-nosed motor-boat that bumped the tide offshore'를 김영하는 '해안에는 앞이 넓적한 모터보트 한 대가 물결에 코를 들이받고 있었다'라고 번역한다. 원문 'bumped'를 1차 의미 그대로 해석하는데, 사실 배가 물결에 코를 들이받고 있었다고 번역하면 파도가 엄청 크게 일렁이는 상황이 연상된다. 하지만 원문은 '해안에서 조금 떨어진 바다'에서 모터보트가 파도에 일렁이며 흔들리는 이미지다. '위태롭지 않고' 평화로우며 운치 있는 장면이다. '들이받고 있었다'라는 표현은 일반적으로 우리말에서 어떤 동물이나 사람이 서로 다투는 이미지로 쓰이지, '아름다운 바다 풍경'을 묘사할 때는 쓰이지 않는다. '문구 번역'을 넘어서는 번역이 필요한 이유다.

(김용성)

톰은 한쪽 팔로 나를 돌려세우더니, 넓적한 손을 편 채로 눈앞에 펼쳐진 풍경을 따라 움직여가며 가리켰다. 주변보다 낮게 파인 이탈리아식 정원과 진한 향기 뿜어대는 축구장 반의반만 한 장미꽃밭, 해안에서 조금 떨어진 바다에는 뭉툭한 뱃머리가 파도 이는 대로 일렁이는 모터보트 한 척이 보였다.

5.

"You did it, Tom," she said accusingly. "I know you didn't mean to, but you did do it. That's what I get for marrying a brute of a man, a great, big, hulking physical specimen of a ——"

(김욱동 p.30)

"톰, 당신이 한 짓이에요." 그녀는 책망하듯 말했다. "일부러 한 짓은 아닌 줄 알지만 당신이 그런걸요. 이게 다 야수 같은 사람과 결혼한 탓이지요. 무지막지하게 몸짓이 큰 괴물 같은 사내와……."

(김영하 p.24)

"톰, 당신 때문이야." 그녀가 따졌다. "일부러 한 건 아니겠지만 하여튼 당신이 이런 거야. 이게 다 짐승 같은, 거대하고 괴물 같은 육체의 표본이랑 결혼한 탓이지."

① 한국어 대사 번역

["A", she said accusingly. "B"] 형태로 된 영어 대사가 많다. 이를 번역할 때, ["가" 그녀는 책망하듯 말했다. "나"]처럼 원문과 똑같은 형태로 번역하는 경우가 많다. 하지만 한국어 문법에서 대사는 독자적인 문단으로 취급된다. 대사 중간에 평서문이 삽입되는 경우가 없으며, ["가" 그녀는 책망하듯 말했다.]와 같이 대사 끝에 삽입되는 경우도 없다. 초중고 국어 교과서에 실린 문장들은 모두 이러한 원칙이 적용되어 있다. 원고지 쓰는 법을 배울 때, '대사'는 문단을 바꾸어서 앞 한 칸을 띄우고 쓰는 이유가 바로 그러하다. 단, "아!"와 같은 짧은 문구는 평서문 안에 삽입해서 쓰기도 한다.

["A", she said accusingly. "B"] 형태를 번역할 때 바람직한 한국어 번역 예를 다음과 같이 들 수 있다.

㉠ "가(A) + 나(B)"
　데이지가 원망하듯 말했다.

㉡ 데이지가 원망하듯 말했다.
　"가(A) + 나(B)"

ⓒ "가(A)"

데이지가 원망하듯 말을 이어갔다.

"나(B)"

② 대사문 어투 & 경어 사용 & 말줄임표 번역

김영하 번역 '이게 다 짐승 같은, 거대하고 괴물 같은 육체의 표본이랑 결혼한 탓이지'에서 '짐승 같은', '거대하고', '괴물 같은'이 '육체의 표본'을 꾸미는 형태인데 표현이 장황하다. '육체의 표본'은 'physical specimen'을 문구 그대로 번역한 말이다. 데이지가 이지적이기보다는 감성적이고 감정 변화가 많은 인물이라면 '육체의 표본'이라는 딱딱하고 어려운 단어보다 '짐승 같은', '무지막지한', '괴물 같은' 이런 순간적으로 내뱉는 말들에 실린 '감정'을 적나라하게 번역하는 게 훨씬 효과적이다.

김욱동 번역에서 데이지가 존댓말을 쓰는데, 탓하고 짜증내는 장면이므로 '반말'이 더 분위기에 어울린다. 데이지가 평소엔 톰에게 존댓말을 쓸 수는 있으나, 화가 난 상황과 변덕스럽고 자기중심적인 데이지 성격이 대사에 드러나게 번역을 한다면, 존댓말보다 반말 표현이 더 낫다.

원문 '말줄임표'는 톰이 말을 끊으며 바로 이어 반박하는 상황을 보여주는데, 김영하는 이 부분을 번역하지 않았다.

(김용성)
"톰, 당신이 한 짓이야."

데이지가 원망하듯 말을 이어갔다.

"일부러 하진 않았지만, 당신이 이렇게 만든 거라고. 짐승 같은 남자와 결혼해서 그런 거야. 어마어마하고 무지막지한, 괴물 같은……."

6.

Sometimes she and Miss Baker talked at once, unobtrusively and with a bantering inconsequence that was never quite chatter.

(김욱동 p.30)

이따금 미스 베이커와 데이지는 둘이서 이야기를 나눴다. 색다른 화제도 없이 주고받는 시시껄렁한 대화는 그냥 잡담이라고 하기도 어려운 정도였다.

(김영하 p.24)

두 여자는 가끔 이야기를 나누긴 했지만, 조심스러우면서도 맥락이 닿지 않는 말장난들이어서 수다라고 하기도 뭣했다.

① 인물 특성이 드러나게 대화 장면 묘사하기

'talk at once'는 '동시에 말하다', '각자 자기 말만 하다'라는 의미다. 'Sometimes she and Miss Baker talked at once'는 '데이

지와 베이커가 이따금 자기 말만 하기도 했다'라는 의미로 데이지와 베이커가 상대를 '존중하거나 배려하지 못하는', '자기중심적인' 성향이 그대로 드러나는 대목이다. 김욱동, 김영하 번역은 이를 명확하게 드러내지 못했다.

김영하 번역 '조심스러우면서도'는 원문 맥락과 안 맞다. 'unobtrusively'는 '별다른(특출한) 화제 없이'라는 의미다.

김욱동 번역 '그냥 잡담이라고 하기도 어려운 정도였다'에서 잡담(국어사전)은 '쓸데없이 지껄이는 말'이다. '그냥 잡담에 불과했다', '뭐 대단한 수다라 할 수도 없었다'가 우리말 표현으로 더 적합하다.

(김용성)

데이지와 베이커는 이따금 서로 자기 말만 하기도 했다. 별다른 화제 없이 농담처럼 되는 대로 편하게 주고받아 뭐 대단한 수다라 할 수도 없었다.

7.
As for Tom, <u>the fact that he "had some woman in New York." was really less surprising than that he had been depressed by a book</u>. <u>Something was making him nibble at the edge of stale ideas</u> as if his sturdy physical egotism no longer nourished his peremptory heart.

(김욱동 p.42)

한편 톰으로 말하자면, '뉴욕에 여자를 두고 있다'라는 사실보다 참으로 더 놀라운 것은 그가 책 한 권 때문에 의기소침해졌다는 사실이었다. 마치 강인한 육체적 자만심이 더 이상 그의 독단적인 마음을 지탱해줄 수 없게 된 듯, <u>그 뭔가가 그로 하여금 진부한 사상의 가장자리를 갉아먹게 하고 있었던 것이다.</u>

(김영하 p.33)

톰으로 말하자면, <u>책 한 권 때문에 우울해졌다는 것보다는 '뉴욕에 다른 여자가 있다'는 편이 훨씬 더 어울렸다</u>. 강건한 육체에 대한 자만심만으로는 더 이상 독단적 성품을 유지할 수 없다는 듯. <u>뭔가가 그로 하여금 케케묵은 사상의 가장자리를 갉아먹도록 만든 것이다.</u>

① 원문 의도를 놓친 번역

원문 첫 문장을 간단하게 표현하면, 'The fact A was really less surprising (to me) than that B'다. B보다 A가 덜 놀랐다, 즉 A보다 B에 더 놀랐다는 의미다.

김영하 번역 '책 한 권 때문에 우울해졌다는 것보다는 '뉴욕에 다른 여자가 있다'는 편이 훨씬 더 어울렸다.'라는 문장은 '뉴욕에 다른 여자가 있다'에 방점이 있어서 원문 의도와 안 맞는다. 바로 이어지는 '~ 케케묵은 사상의 가장자리를 갉아먹도록 만든 것이다'와도 문맥상 논리적으로 문제가 있다.

② 사역문장 문구 번역

김욱동, 김영하 모두 원문 'make' 사역동사를 '그로 하여금 ~ 하게 만들었다'는 식으로 번역한다. 김욱동 번역 '그 뭔가가 그로 하여금 진부한 사상의 가장자리를 갉아먹게 하고 있었던 것이다'는 원문 의미는 담아냈을지 모르겠으나, 우리말로 완성된 문장은 아니다. '독해'가 '번역'이 될 수는 없다. 우리말로 완성되어야 번역도 완성된다.

(김용성)

톰에 대해 한마디 하자면, '뉴욕에 여자가 있다'라는 사실보다 책 하나 읽고 우울해졌다는 말에 더 놀랄 수밖에 없었다. 육체가 그렇게 강인하고 자만심을 가질 정도라도 그 독단적인 마음을 더는 어찌하지 못하는 듯, 사상이 진부해질 정도로 진부해져 가장자리부터 메말라 조금씩 허물어가고 있지 않나 하는 생각이 들었다.

8.

The wind had blown off, leaving a loud, bright night, with wings beating in the trees and a persistent organ sound as the full bellows of the earth blew the frogs full of life.

(김욱동 p.42)

바람이 불어와 나무들 사이에서 날개 부딪치는 소리로 밤이 소란스럽고 밝게 빛났고, 대지의 풀무가 한껏 개구리들에게 생기를 가득 불어넣어 오르간 소리가 끊임없이 울려 퍼졌다.

(김영하 p.34)

바람이 지나간 자리에 시끌벅적하고 활기찬 밤이 남겨졌다. 나무들에서 날개가 부딪치고 자연이 빚어내는 끊임없는 오르간 소리가 땅속에 잠들어 있는 개구리들에게 생명을 불어넣고 있었다.

① 바람이 불어와 vs 바람이 잦아들자

'The wind had blown off'를 김욱동은 '바람이 불어와'로 번역한다. 원문은 바람이 '잦아든' 이미지를 나타낸다.

② 풍경 묘사에 있어서 피동 술어 문제

김영하는 'leaving a loud, bright night'를 '시끌벅적하고 활기찬 밤이 남겨졌다'라고 문구 그대로 번역한다. 의미는 전달할지 몰라도, 우리말 풍경 묘사로 적절한지 의문이다. 수동태가 일반적으로 쓰이는 영어와 달리, 우리말에서 피동문은 제한적으로 쓰인다. '활기찬 밤이 남겨졌다'는 우리가 일상에서 쓰지도 않는 표현이라 어색하다.

③ 우리말 호응 표현

'wings beating'을 김욱동은 '날개 부딪치는 소리', 김영하는 '날개가 부딪치고'라고 번역한다. '부딪치다(국어사전)'는 '서로 힘 있게 마주 닿다'라는 의미로, 원문은 날개끼리 부딪치는 장면이 아니라 새가 날개를 퍼덕이는 모습이다. 'beat(영어사전)'에는 '날개가 퍼덕이다'라는 뜻이 있다. 우리말 호응면에서도 '새가 날개를 부딪친다'보다는 '새가 날개를 퍼덕인다'라는 표현이 훨씬 낫다.

④ 밤에 계속 울어대는 개구리 소리 묘사

김영하 번역 '자연이 빚어내는 끊임없는 오르간 소리가 땅속에 잠들어 있는 개구리들에게 생명을 불어넣고 있었다'가 원문에 부합하는지 의문이다. '땅속에 잠들어 있는 개구리'는 사실관계가 안 맞다. 여름밤에 물가에서 개구리가 많이 운다. 번식기이기도 하고 천적을 피해 밤에 주로 활동하기 때문이다. 김영하는 '자연이 빚어내는 끊임없는 오르간 소리'를 별개의 소리로 규정하여 '땅속에 잠들어 있는 개구리들에게' 생명을 불어넣는다고 번역하는데, 여기서 오르간 소리는 계속 울어대는 개구리 소리를 비유한 표현이라 김영하 번역은 문제 있다.

⑤ 밤하늘 묘사

원문 'bright night'를 김욱동은 '밤이 밝게 빛났고'라고 번역한다. 'bright'는 '밝다, 환하다, 빛나다'라는 의미다. 그렇더라도 김욱동 번역 '밤이 밝게 빛났고'는 뭔가 어색하다. 밤은 밤이기에 밝게 빛나지는 않기 때문이다. 이는 달이 밝은 밤하늘 이미지로 '달이 휘영청 밝은 밤이었다'라고 표현할 수 있다.

김영하 번역 '활기찬 밤'은 'bright' 이미지를 충분히 살리지 못한 아쉬움이 있다.

(김용성)
바람이 잦아들자 나무에서는 새들이 날개 퍼덕이는 소리가 들리고 대지는 개구리들에게 생기를 가득 불어넣어 주어, '개골개골' 오르간 소리가 끊임없이 흘러나왔다. 달이 휘영청 밝은 밤이었다.

9.
Occasionally a line of gray cars crawls along an invisible track, gives out a ghastly creak, and comes to rest, and immediately the ash-gray men swarm up with leaden spades and stir up an impenetrable cloud, which screens their obscure operations from your sight.

(김욱동 p.44)
이따금씩 잿빛 차량들이 일렬로 줄을 지어 보이지 않는 길을 따라 기어가다가 오싹하도록 무섭게 삐걱거리며 갑자기 멈춰 선다. 그러면 즉시 회백색 사람들이 납으로 만든 삽을 들고 몰려 올라가 앞을 내다볼 수 없는 구름을 휘저어 놓는다. 그러면 그들이 하는 아리송한 작업도 시야에서 모두 사라져 버리고 만다.

(김영하 p.35)
이따금씩 잿빛 열차가 보이지 않는 길을 따라 기어와, 음산한 삐걱거림과 함께 갑자기 멈추어 선다. 그 즉시 회백색의 인간들이 납빛 삽을 들고 몰려들어 뿌연 먼지구름을 만들고, 그 때문에 그들의 정체불명의 작업이 시야에서 차단되어버린다.

① 분위기에 어울리는 술어 선택 & 동사의 명사형 번역

원문 'gives out a ghastly creak and comes to rest'를 김욱동, 김영하는 '삐걱거리며 갑자기 멈춰 선다'라고 번역하는데, '삐걱거리다'(국어사전)는 '크고 단단한 물건이 서로 닿아서 갈리는 소리가 자꾸 나다'라는 의미다. 멈출 때보다 이동할 때 삐걱거리는 소리가 많이 난다. 차가 갑자기 멈추는 장면이므로 '차가 "끼익" 하고 듣기 싫은 소리를 내며 멈춰 선다'라는 의미가 원문에 더 적합하다. 'creak'의 1차 의미를 그대로 번역하기보다 어떤 표현이 원문 분위기를 잘 드러낼 수 있는지, 우리말로 더 자연스러운지 따져보며 번역해야 한다.

명사 중심 언어인 영어는 형용사가 발달했지만, 우리말은 술어 중심 언어라 부사가 많이 발달했다. 영어를 문구 그대로 우리말로 표현하다 보면, 김영하 번역 '음산한 삐걱거림'과 같이 우리는 잘 안 쓰는 어색한 표현이 나오기도 한다. 우리말다운 우리말 번역을 해야 한다.

② 적합한 한국어 표현, 회백색 사람들 vs 재를 뒤집어쓴 사람들

'the ash-gray men'에 대한 번역으로 '회백색 사람들', '회백색의 인간들'로 번역했는데, 맥락상 '재를 뒤집어쓴 사람들'이 나은 표현이다. '회백색 사람들'은 피부색이 회백색인지 뭔가 모호하다. '회백색의 인간들'에서 격조사 '의'가 필요한지 의문이다.

③ 무분별한 문구 번역 오류

원문 'stir up an impenetrable cloud'를 김욱동은 '회백색 사람들이 앞을 내다볼 수 없는 구름을 휘저어 놓는다'라고 번역한다. 사람들이 재를 휘젓는 작업을 하다 보면 점점 '앞을 내다볼 수 없는' 상태가 된다. 처음부터 '앞을 내다볼 수 없는 구름'이 아닌데, '앞을 내다볼 수 없는 구름'을 대상으로 '휘저어 놓는다'라고 표현하는 건 논리적으로 문제 있다.

④ 이미지 묘사 & 이중소유격 문제

원문	which screens their obscure operations from your sight.
김욱동	그들이 하는 아리송한 작업도 시야에서 모두 사라져 버리고 만다.
김영하	그들의 정체불명의 작업이 시야에서 차단되어버린다.

'그들이 하는 아리송한 작업'(김욱동), '그들의 정체불명의 작업'(김영하)이라고 표현하는데, 그들은 재를 싣고 온 차에서 재를 부리는 일을 하고 있다. 아리송하거나 정체불명의 작업이 아니다. 'obscure'는 재를 부리는 일을 하다 보면 뿌연 먼지로 시야를 가리게 되어 잘 안 보이는데 이를 묘사하는 이미지다. '재를 부리는데 뿌연 먼지가 점점 구름이 되어, 그들이 하는 작업은 이내 시야에서 가려지고 만다'와 같이 'obscure'를 이미지로 보여주면 된다.

김영하 번역 '그들의 정체불명의 작업'은 이중소유격으로, 번역소설에서 심심찮게 보인다. 이중소유격은 우리말을 훼손하는 표현으로 자제해야 한다.

(김용성)
이따금 잿빛 차량들이 먼지로 잘 보이지도 않는 길을 따라 일렬로 줄지어 엉금엉금 가다 "끼익" 하고 듣기 싫은 소리를 내며 멈춰 선다. 재를 뒤집어쓴 인간들이 납으로 된 삽을 들고 모여들어 차에 올라 재를 부리는데 뿌연 먼지가 점점 구름이 되어, 그들이 하는 작업은 이내 시야에서 가려지고 만다.

10.
One of the three shops it contained was for rent and another was an all-night restaurant, approached by a trail

of ashes; the third was a garage.

(김욱동 p.46)

건물에는 상점이 셋 있었는데 그중 하나는 세를 놓은 것이었고, 쓰레기 계곡 자락과 맞닿아 있는 다른 하나는 24시간 영업을 하는 음식점이었으며, 세 번째 상점은 자동차 정비소였다.

(김영하 p.37)

그 건물엔 상점이 셋 있었는데, 하나는 세입자를 구하고 있었고, 재투성이 길에 면한 또 하나는 밤샘 영업 레스토랑이었다. 세 번째는 자동차 정비소였는데-수리공 조지 B. 윌슨. 차 사고팝니다-나는 톰을 따라 안으로 들어갔다.

① 한국어에서 연속되는 과거 동사 시제

'어제 친구와 함께 게임도 하고, 피자도 먹고, 영화도 보았다.'라는 문장이 있을 때, 과거 시제는 문장 끝 '보았다' 동사 하나다. 영어는 시제 일치가 적용되어 매 동사 시제가 엄격 적용되지만, 우리말은 마지막 동사를 과거형으로 하는 게 더 자연스럽다. 이처럼 우리말은 동사 시제에 유연한 편이며, 대신 시제에서 '시간 부사' 역할이 크다. 우리말 표현 "오늘 오니? 내일 오니?"가 비문이 아닌 이유다. 시제를 번역할 때, 원문 시제에 얽매이기보다 이러한 우리말 특성을 살려 자연스럽게 번역할 필요가 있다.

② 딱딱한 한자어 vs 쉽고 자연스러운 우리말

김영하 번역 '길에 면한'에서 '면한'은 '면(面)하다'라는 의미다. '길에 면한' 레스토랑? 실생활에서 잘 쓰이지도 않는 낯선 표현이다. 굳이 딱딱하게 한자어로 번역해야 하는지도 의문이다. 우리말 표현에 있어서 '길에 면한 식당'보다 '길가에 있는 식당'이 훨씬 쉽고 자연스럽다.

(김용성)

건물에는 가게가 셋 있는데, 하나는 세입자를 구하는 중이고 다른 하나는 재투성이 길가에 있는 24시간 영업하는 식당이고, 세 번째 가게는 자동차 정비소였다.

11.

Up-stairs, in the solemn echoing drive she let four taxicabs drive away before she selected a new one, lavender-colored with gray upholstery, and in this we slid out from the mass of the station into the glowing sunshine.

(김욱동 p.49)

지상으로 올라와서는 육중한 소음이 메아리치는 차도에서 택시를 네 대나 그냥 보내고 나서야 비로소 회색 시트로 장식한 라벤더색 새 택시를 골라잡았다. 이 택시를 타고 우리는 사람들로 붐비는 역을 빠져나와 햇빛이 반짝이는 거리로 미끄러져 갔다.

(김영하 p.39)
지상으로 올라와서는 <u>찻소리</u> 요란한 차도에서 택시를 네 대나 그냥 보내고 나서야 비로소 회색 시트가 깔린 라벤더색 새 차를 골라잡았다. <u>우리는 기차역의 군중 속에서</u> 벗어나 작열하는 햇볕 속으로 미끄러져 나왔다.

① 기계적인 문구 번역 vs 자연스러운 우리말 번역

김욱동 번역 '육중한 소음이 메아리치는 차도'에서 '육중한' 소음은 'solemn'을 기계적으로 번역한 결과다. 그런데 우리말에서 소음이 심한 경우를 '소음이 육중하다(무겁다)'라고 하지 않는다. '소음이 심하다', '소음이 크다'라는 표현이 맞다. 'echoing'이 있어서 '메아리치는'을 넣은 듯한데, '소음이 메아리치는'은 실제 쓰이지도 않는 낯선 표현이다. 'in the solemn echoing drive' 번역으로 '소음이 심한 차도에서'라는 표현이 간결하며 자연스럽다.

김영하 번역 '우리는 기차역의 군중 속에서 벗어나'에서 '기차역의 군중 속에서'라는 표현이 부자연스럽다. '기차역'이라는 명사와 '군중 속'이라는 복합명사를 격조사 '의'가 이어주는 형태다. 이러한 번역 어투보다 '붐비는 기차역에서 빠져나와' 같이 번역하면 한결 우리말다운 표현이 된다.

참고로 김영하 번역 '찻소리'는 문법적으로 틀린 표현이다. '차

소리'가 맞다.

(김용성)

지상으로 올라가서는 소음이 심한 차도에서 택시를 네 대나 그냥 보내고 나서 회색 시트 씌운 연보라색 신형 택시를 골라잡았다. 우리가 탄 택시는 붐비는 기차역에서 빠져나와 햇빛이 반짝이는 거리로 미끄러지듯 빠르게 들어갔다.

12.

(The only picture was an over-enlarged photograph, apparently a hen sitting on a blurred rock.)
Looked at from a distance, however, the hen resolved itself into a bonnet, and the countenance of a stout old lady beamed down into the room.

(김욱동 p.51)

그러나 멀리 떨어져서 보면 수탉은 부인용 모자처럼 보였고, 살찐 노부인의 얼굴이 방 안을 내려다보며 빙그레 웃고 있는 것 같았다.

(김영하 p.42)

멀리서 보니 암탉은 보닛으로 변했고 살찐 노부인의 얼굴이 방 안을 내려다보며 빙긋이 <u>웃고 있었다</u>.

① 이미지 묘사

'hen'은 암탉이다. 'resolve itself into'는 '~으로 귀착되다', '결국 ~이 되다' 의미다. 사진을 확대해서 희미한 상태라, 얼핏 보기엔 암탉이 앉아 있는 듯 보였지만(apparently a hen sitting), 조금 떨어져서 보니 '부인용 모자'였다는 의미다.

김욱동 '모자처럼 보였고'라는 표현은 문제 있다. '암탉처럼 보이는' 모자였기 때문이다.

김영하 번역 '보닛'은 '턱밑에서 끈을 매는, 챙 없는 부인용 모자'를 뜻하는 외국어다. 외국어는 가능하다면 우리말 표현으로 번역하는 게 맞다.

② 주어 술어 호응 문제

김욱동, 김영하 번역 '얼굴이 방 안을 내려다보며 웃고 있었다' 보다 '노부인이 밝은 미소를 지으며(밝은 표정으로) 굽어본다'가 우리말 표현으로 적합하다.

(김용성)

하지만 멀리서 보니 암탉으로 보인 건 바로 부인용 모자였다. 얼굴이 통통한 노부인이 환하게 웃으며 방을 내려다보는 사진이었다.

13.

The sister, Catherine, was a slender, worldly girl of about thirty, with a solid, sticky bob of red hair, and a complexion powdered milky white.

(김욱동 p.52)

머틀의 여동생 캐서린은 서른 살쯤 되고 몸매가 날씬한, 닳고 닳은 여자로 뻣뻣한 붉은 단발머리에 얼굴에는 우유같이 흰 분을 바르고 있었다.

(김영하 p.43)

그 여동생 캐서린은 서른 살쯤 된 호리호리한 몸매의 닳아빠진 여자였는데, 허옇게 분을 바른 얼굴에 붉은색 단발머리가 뻣뻣하게 달라붙은 모습이었다.

① **형용사구 번역**

원문 'with a solid, sticky bob of red hair'를 김욱동은 '뻣뻣한 붉은 단발머리', 김영하는 '붉은색 단발머리가 뻣뻣하게 달라붙은 모습'이라고 번역한다. 'solid'와 'sticky'를 어떻게 번역할지가 관건이다. 김욱동과 김영하는 'solid'를 '뻣뻣한'으로 해석한다. 반면 'sticky'는 '찰싹 달라붙는' 의미가 있어, 'solid'와 'sticky'에서 '의미 충돌'이 일어난다. 'solid color'는 무슨 의미일까? 'solid'는 color 앞에 쓰여 '단색'이라는 의미가 있다. 'solid red color'는

283

'순 붉은색'을 의미한다. '순 붉은색으로 들러붙는 단발머리를 하고'가 원문에 적합한 번역이다.

② 한국어 상태 묘사, '~고 있다' 진행형 남발 문제

원문 'a complexion powdered milky white'는 '얼굴 묘사'와 관련되는데, 김욱동은 '얼굴에는 우유같이 흰 분을 바르고 있었다'라고 번역한다. 원문은 분을 바른 상태를 나타내기에, '바르고 있었다'라는 '진행형' 형태는 '동작'을 연상하게 하여 부적절하다. '얼굴엔 뽀얗게 분을 바른 모습이었다'라는 표현이 더 적합하다. 상태 묘사에서 '~고 있다' 진행형 남발을 경계해야 한다.

(김용성)
머틀의 여동생 캐서린은 늘씬하고 속물근성 있으며 나이는 서른 살쯤 되어 보였다. 순 붉은색으로 들러붙는 단발머리를 하고 얼굴엔 뽀얗게 분을 바른 모습이었다.

14.
The late afternoon sky bloomed in the window for a moment like the blue honey of the Mediterranean — then the shrill voice of Mrs. McKee called me back into the room.

(김욱동 p.58)

늦은 오후의 하늘이 한순간 지중해의 푸른 바다처럼 창문에 화려하게 비쳤다. 바로 그때 맥키 부인의 날카로운 목소리가 들려오는 바람에 정신이 번쩍 들어 방 안으로 시선을 돌렸다.

(김영하 p.48)

늦은 오후, 잠시 창문으로 비쳐든 하늘은 지중해의 푸른 꿀 빛깔이었다. 그때 매키 부인의 날카로운 목소리가 들려와 다시 방 안으로 시선을 돌렸다.

① 관용표현에서 기계적인 문구 번역 오류

원문 'like the blue honey of the Mediterranean'을 김영하는 '하늘은 지중해의 푸른 꿀 빛깔이었다'라고 번역한다. 하늘을 '꿀'에 비유하는데, 일단 '하늘'과 '꿀'의 연관성이 떨어지며, '푸른 꿀 빛깔'이란 표현도 낯설다. '꿀'은 '노란색'에 가깝기 때문이다. 영어사전에서 'honey'는 '꿀, 꿀처럼 단 것, 감미로움, 훌륭한 것, 멋진 것, 최고급품'이라는 의미가 있다. '꿀'이라는 1차 의미에만 집착하면 번역이 이상해진다. 'a honey of a car'는 '멋있는 차', 'a honey of a dress'는 '아주 멋진 드레스'를 의미한다. 원문 'the blue honey of the Mediterranean'은 '지중해 멋있는 푸른 바다'라는 의미다.

② 상황과 문맥에 맞는 형용사 번역

'the shrill voice of Mrs. McKee called me back into the room'에서 'the shrill voice'를 김욱동, 김영하 모두 '날카로운 목소리'로 번역한다. 'shrill'에 '날카로운'이라는 의미도 있다. 하지만 문맥을 통해 가장 적합한 표현을 찾아야 한다. 다음에 나오는 문장 'she declared vigorously'와 연관 지어 번역할 필요가 있다. 맥키 부인은 '감정이 예민한' 그런 상태가 아니라, 목소리가 '카랑카랑할' 뿐이다. 일상에서 '날카로운' 목소리는 대개 '짜증날 때', '예민할 때', '화날 때', '비난할 때' 감정적으로 표현되는 경우가 많다. 지금은 그런 상태가 아니기에 'the shrill voice'를 '날카로운 목소리'라고 기계적으로 번역하기보다, 문맥에 맞게 '카랑카랑하게'라고 번역하면 표현면에서 더 낫다.

③ 격조사 '의'를 습관적으로 남용하는 문제

격조사 '의' 남용은 일본어 영향이 크다. '의'는 특히 번역소설에서 남용되는 경우가 많아 대표적인 번역 어투이기도 하다. 김욱동 번역 '늦은 오후의 하늘'은 무의식적인 습관이 드러난 듯하여 아쉬움이 크다. 김욱동은 위 번역문 두 문장에서 '의'를 세 번이나 쓰는데, 부득이한 경우가 아니라면 '의' 사용을 자제하는 게 맞다.

(김용성)

늦은 오후, 잠시 창문에 비친 하늘은 지중해 멋진 푸른 바다와도 같았다. 바로 그때, 맥키 부인이 카랑카랑하게 말하는 바람에 정신이 번쩍 들어, 나는 다시 방 안으로 시선을 돌렸다.

15.

Suddenly one of the gypsies, in trembling opal, seizes a cocktail out of the air, dumps it down for courage and, moving her hands like Frisco, dances out alone on the canvas platform.

(김욱동 p.66)

흔들거리는 오팔로 장식한 집시 같은 여자 중 하나가 갑자기 용기를 과시하듯 공중에서 칵테일 잔을 번쩍 잡아들고 쏟아 버리더니 조 프리스코처럼 손을 놀리며 천막 연단 위에서 혼자 춤을 춘다.

(김영하 p.55)

찰랑거리는 오팔 드레스로 차려입은 집시들 중 한 명이 갑자기 팔을 뻗어 허공으로 전달되던 칵테일 잔을 낚아채더니 용기를 북돋우려는 듯 단숨에 들이켜고 나서 팔을 프리스코처럼 움직이며 천막 무대 위에서 홀로 춤을 춘다.

① 분위기에 맞는 형용사 번역 & 외국어 번역

'in trembling opal'에서 'opal'은 옷감의 일종이다. '오팔'이란 단어가 낯선 독자도 있고, 'in trembling opal'로 보아 '오팔 드레스'라고 번역하면 더 좋겠다. trembling을 김욱동은 '흔들거리는'으로 번역하는데, '살랑거리는', '찰랑거리는'이 분위기에 더 적합하다.

② 분위기에 맞는 동사 번역

원문 'seizes a cocktail out of the air, dumps it down for courage'에서 'dump it down'은 'for courage'와 연계 번역되어야 한다. 'dump it down' 후에 무대에서 홀로 춤추는 '용기 있는 행동'이 나온다. 여기서 'it'은 칵테일 잔이며 down은 '바닥까지'란 부사다. 김욱동은 '용기를 과시하듯 잔을 쏟아 버리더니'로 번역하는데, 'dump it down'에는 '잔을 바닥까지 다 비우다'라는 의미밖에 없다. 술을 바닥에 버릴 수도 아니면 마실 수도 있는데 그런 행동이 용기와 관련 있어야 한다. 다른 사람들에게 용기를 과시하고 뽐내기 위해 술을 쏟아 버렸? '용기'보다는 얼핏 '이상한' 행동으로 여겨질 수 있다. 사람들은 대부분 얘기하며 홀짝홀짝 조금씩 마시는데, '잔을 호기롭게 단번에 비우고는'이 원문에 적합한 번역이다. 'dumps it down'이 'for courage'와 바로 연결되는데, 번역에서 한국 문화 관점도 고려할 필요가 있다.

③ 묘사에 쓰이는 단어, 문맥에 맞게 번역하기

'one of the gypsies'에서 '집시'는 사회 관습에 구애되지 않고 정처 없이 떠돌아다니며 방랑 생활을 하는 사람을 이르는 말로 쓰인다. 김영하는 'one of the gypsies'를 '집시들 중 한 명'이라고 표현하는데, 물론 그럴 수도 있으나, 실제 집시 중 한 명이라고 한정 짓기보다 파티장 곳곳을 집시처럼 돌아다니는 사람을 일컫는 말로 이해하는 게 문맥상 더 낫다.

(김용성)

집시처럼 돌아다니는 사람들 가운데 찰랑거리는 오팔 드레스를 입은 여자 하나가 운반되는 칵테일 잔 하나를 휙 낚아채더니 호기롭게 단번에 비우고는 조 프리스코처럼 손을 움직이며 야외 무대에서 혼자 춤을 춘다.

16.

A tray of cocktails floated at us through the twilight, and we sat down at a table with the two girls in yellow and three men, each one introduced to us as Mr. Mumble.

(김욱동 p.69)

황혼 속에서 칵테일 쟁반이 우리에게 전달되자, 우리는 노란 드레스의 두 여자 그리고 저마다 우리에게 '멈블' 씨라고 소개한 세 남자와 함께 한 식탁에 앉았다.

(김영하 p.58)

칵테일 쟁반이 황혼을 가로질러 우리에게 전달되었고, 우리는 노란 드레스를 입은 그 두 여자와 세 명의 남자와 함께 테이블에 자리를 잡았다. 세 남자의 성은 같았는데, 모두 '멈블'이었다.

① 영어식 유머 번역

'Mr. Mumble'은 실제 이름이 '멈블'이라기보다, 주변이 소란스럽기도 하고 소개할 때 웅얼거렸든지 어쨌든 '이름을 정확히 알아들을 수 없게' 자기소개한 사람을 일컫는, 일종의 유머로 표현한 말이다. 원문을 읽으면 'Mr. Mumble'을 쓴 작가의 의도를 알 수 있지만, 김욱동, 김영하와 같이 번역하면 실제 '멈블' 씨라는 사람으로 오해할 수가 있다. 유머 의도를 살려 '웅얼웅얼 씨'라고 하든지, 아니면 '세 남자가 각자 자기소개를 하는데, 웅얼웅얼하는 바람에 이름을 도통 알아들을 수가 없었다'라고 풀어서 번역하는 방법도 있다.

② 세 명의 남자 vs 남자 세 명

김영하 번역 '세 명의 남자'는 우리말 수사 표현과 안 맞는다. '남자 세 명' 또는 '세 남자'가 맞다. 우리말 어법에 맞게 번역되어야 한다.

(김용성)

정원에 석양빛이 물들었다. 누군가 우리 쪽으로 칵테일을 담은 쟁반을 들고 왔다. 조던과 나는 칵테일을 집어 들고서 노란 드레스를 입은 두 여자, 처음 보는 세 남자와 같은 테이블에 앉았다. 세 남자가 뭐라 뭐라 하는데, 웅얼거리는 탓에 모두 자기를 '웅얼웅얼 씨'라고 소개하는 것 같았다.

17.

A stout, middle-aged man, with enormous owl-eyed spectacles, was sitting somewhat drunk on the edge of a great table, staring with unsteady concentration at the shelves of books.

(김욱동 p.72)

건장한 중년 남자 하나가 커다란 올빼미 눈 모양의 안경을 끼고 약간 술에 취한 듯 큼직한 테이블 끄트머리에 앉아서 불안한 눈빛으로 서가를 응시하고 있었다.

(김영하 p.60)

커다란 올빼미 안경을 쓴 덩치 큰 중년 남자가 조금 취한 채 널찍한 테이블 모서리 위에 앉아 불안정한 눈빛으로 책꽂이들을 노려보고 있었다.

① 우리말다운 표현, 테이블 끝에 앉아 vs 테이블 모서리 위에 앉아

원문 'sitting on the edge of a great table'을 김영하는 '테이블 모서리 위에 앉아'라고 번역한다. 원문에 바로 이어서 'he wheeled excitedly around'라는 문장이 나오는데, 남자는 현재 의자에 앉아 있는 상태다. '테이블 모서리 위에 앉아' 있는 게 아니라 테이블 끝에 놓여 있는 의자에 앉아 있다는 의미다. '모서리 위에 앉아'라는 표현은 실생활에서도 쓰이지 않는다.

② 눈빛과 시선 묘사, 문구 번역 vs 문맥 번역

김욱동 번역 '불안한 눈빛'은 그 사람의 '심리적 동요'를 보여주게 된다. 예를 들어 거짓말을 하는 상황에서 그렇다. 술에 취한 사람 눈빛은 어떤 특성일까? '불안한 눈빛'보다 '초점 잃은 눈빛'이 더 어울리지 않을까? 둘 다 안정되지 않은(unsteady) 눈빛인데, 번역은 문맥까지 반영할 수 있어야 한다.

김욱동 번역 '응시하고 있었다'에서 '응시하다(국어사전)'는 '눈길을 모아 한 곳을 똑바로 바라보다'라는 의미다. 원문은 술에 취한 상태로 바라보는 이미지로, '응시하다'보다 '멍하니 또는 초점 잃은 눈빛으로 바라보다'가 원문에 더 적합하다.

김영하 번역 '노려보고 있었다'에서 '노려보다(국어사전)'는 '미운 감정으로 어떠한 대상을 매섭게 계속 바라보다'이다. 올빼미 안경을 쓴 남자는 개츠비 서재를 좋아하며 얼마나 훌륭한지 자랑하는 사람이다. '책꽂이들을 노려보고 있었다'라는 표현은 문맥상 문제가 있다.

(김용성)

커다란 올빼미 안경을 쓴 건장한 중년 남자 하나가 널찍한 테이블 끝에 앉아 있는데 약간 술에 취한 듯 초점 잃은 눈빛으로 서가를 바라보고 있었다.

18.

There was dancing now on the canvas in the garden; old men pushing young girls backward in eternal graceless circles, superior couples holding each other tortuously, fashionably, and keeping in the corners — and a great number of single girls dancing individualistically or relieving the orchestra for a moment of the burden of the banjo or the traps.

(김욱동 p.74)

정원의 천막에서는 무도회가 벌어지고 있었다. 늙은이들은 품위도 지키지 않고 끝없이 원을 그리느라 젊은 여자들을 뒤로 밀어내고 있었고, 춤을 잘 추는 커플들은 구석에서 비틀거리면서도 우아하게 서로를 안고 춤을 추고 있었다. 그리고 혼자 온 여자들은 대부분 홀로 춤을 추거나 잠시 오케스트라에서 밴조나 타악기 연주자를 거들고 있었다.

(김영하 p62)
정원의 천막에선 춤판이 벌어져 있었다. 늙은이들은 끝없이 원을 그리며 젊은 여자들을 무례하게 뒤로 밀어내고 있었고, 춤깨나 추는 커플들은 구석에서 우아하게 서로 껴안은 채 몸을 비꼬고 있었다. 그리고 파트너가 없는 수많은 여자가 자기 스타일대로 춤을 추거나 오케스트라에 잠시 끼어들어 밴조나 타악기 주자의 손을 덜어주었다.

① 전치사 + 명사 번역, 알기 쉽게 번역하기
'천막에서 춤판이 벌어져 있었다'라고 하면 '천막에서'는 'in the tent'가 연상되는데 원문은 'on the canvas'다. 여기서 '천막'은 문맥상 야외에 천막으로 설치된 무대를 말한다. '천막에서'라고 하면 오해의 소지가 있으므로, '천막 무대에서' 또는 '야외무대에서'라고 번역하는 게 좋다.

② 춤추는 장면 묘사, 문맥에 맞는 선명한 묘사
김욱동 번역 '오케스트라에서 밴조나 타악기 연주자를 거들고 있었다'에서 '무엇을 어떻게' 거드는지 나와 있지 않고, 김영하 번역 '밴조나 타악기 주자의 손을 덜어주었다'에서 '손을 덜어주었다'라는 표현이 대신 연주했다는 건지 의미가 애매하긴 마찬가지다. 그림을 보여주듯 보다 선명하게 묘사할 필요가 있다.

원문 'relieving ~ the burden of the banjo or the traps'에서 'burden'은 연주를 말하며, 잠시 연주를 내려놓게 했다는 의미다. 짝이 없는 여자들이 가까이 가서 아니면 불러내어 같이 춤을 춘다든지 하면, 연주자들은 연주 부담에서 잠시 벗어날 수 있다.

문맥상으로도 이 문장 바로 앞에 '혼자 춤추거나' 부분이 있어서 '오케스트라 밴조나 타악기 연주자를 불러내 같이 추기도 했다'라는 표현이 원문에 부합한다.

③ old men 번역, 늙은이들 vs 나이 든 남자들

'old men'을 김욱동, 김영하는 모두 '늙은이들'이라고 번역한다. 본문에서 'old men'은 '늙은이'라기보다 바로 다음에 나오는 '젊은 여자들'과 대조적인 의미로 '나이 든 남자들'을 의미한다. 40대 50대 남자는 '늙은이'와는 안 어울리지만, '나이 든 남자'에는 자연스레 속한다. 기계적인 문구 번역보다 문맥과 '의미 영역'에 맞게 번역해야 한다.

(김용성)

정원 야외무대에서는 사람들이 춤을 추고 있었다. 나이 든 남자들이 주변은 아랑곳하지 않고 둥글게 띠를 만들어 계속해서 도는 바람에 젊은 여자들은 뒤로 밀려났다. 춤 솜씨가 뛰어난 커플들은 구석에서 서로 껴안고 비틀대면서도 우아하게 춤을 췄다. 짝이 없는 여자 대부분은 혼자 춤추거나 오케스트라 밴조나 타악기 연주자를 불러내 같이 추기도 했다.

19.

The moon had risen higher, and floating in the Sound was a triangle of silver scales, trembling a little to the stiff, tinny drip of the banjoes on the lawn.

(김욱동 p.75)

하늘에는 달이 좀 더 높이 떠올랐다. 롱아일랜드 해협에 떠 있는 세모꼴의 은빛 비늘이 잔디 위에서 두들겨대는 둔탁하고 작은 밴조 소리에 맞춰 조금씩 떨리고 있었다.

(김영하 p.62)

달은 더 높이 떠올랐다. 해협 위에 둥둥 뜬 세모꼴의 은빛 비늘이 잔디밭에서 두들겨대는 밴조의 탄탄한 쇳소리 리듬에 따라 조금씩 흔들리고 있었다.

① 우리말다운 풍경 묘사

달빛에 반사되어 반짝반짝 빛나는 바다를 묘사하는 표현인데, 어색한 부분이 많다. 모두 '해협'이라는 말을 쓰는데, '바다'가 더 익숙한 단어다. '대한해협' 외에 우리는 '해협'이란 말을 쓸 일이 없다. 지리학적으로 '해협'이라 하더라도 실생활에서 쓰이는 단어를 쓸 필요가 있다. '해협 위에(김영하)'보다는 '바다에'가 더 자연스러운 번역이다.

'해협에 떠 있는 세모꼴의 은빛 비늘(김욱동)', '해협 위에 둥둥 뜬 세모꼴의 은빛 비늘(김영하)' 표현 모두 무엇을 보여주는지 이미지가 애매하다. 달빛을 받아 바다가 반짝이는 이미지와 같은 풍경 묘사는 투박한 문구 번역을 넘어, 마치 그림을 보듯 자연스러운 우리말 표현으로 번역되어야 한다.

② 이미지 묘사 & 형용사 번역

밴조는 미국의 민속 음악이나 재즈에 쓰는 '현악기'다. 원문 'stiff'는 '줄이 팽팽한' 이미지를 내포한다. 'tinny'는 '양철 부딪치는, 특유의 통통거리는 소리'를 의미한다. 김욱동은 '작은' 밴조 소리라고 했는데, 'tinny'를 'tiny'로 오해한 결과다. 김욱동, 김영하는 '두들겨대는'이라는 표현을 쓰는데, 밴조는 현악기이므로 '팽팽한 밴조 현에서 팅기는'이 원문 이미지에 맞다.

팽팽한 밴조 현에서 팅기는 리듬에 맞춰 바다에서는 달빛이 반사되어 생기는 은빛 비늘이 물결 따라 살랑거리는 이미지를 그림 보듯 그려주면 된다.

(김용성)

달이 더 높이 떠올랐다. 달빛을 받아 바다에 둥둥 떠 있는 세모꼴 은빛 비늘이 잔디밭에서 울리는 팽팽한 밴조 현에서 팅기는 리듬에 맞춰 조금씩 떨리고 있었다.

20.

A sudden emptiness seemed to flow now from the windows and the great doors, endowing with complete isolation the figure of the host, who stood on the porch, his hand up in a formal gesture of farewell.

(김욱동 p.86)

그때 갑자기 창문과 큼직한 문에서 공허감이 흘러나와 현관에 서서 한 손을 쳐들고 정중하게 작별 인사를 보내고 있는 집주인의 모습을 완벽한 고독으로 에워싸기 시작했다.

(김영하 p.73)

갑자기 창문과 커다란 문에서부터 공허함이 넘쳐나, 포치에 선 채 정중히 손을 흔들며 인사하는 집주인의 실루엣에 완벽한 고독을 더했다.

① 감정 주어와 동작 동사, 어색한 번역

김욱동 번역문은 간단하게 표현하면 '공허감이(주어), 집주인의 모습을(목적어), 에워싸기 시작했다(술어)'이다. 공허감이 에워싸기 시작했다? 주어와 술어 호응이 부자연스럽고 우리가 안 쓰는 표현이기에 어색하기까지 하다.

김영하 번역문은 간단하게 '공허함이(주어), 완벽한 고독을(목적어), 더했다(술어)'이다. '공허함'은 '공허하다'라는 형용사를

'명사'로 만든 형태다. 무엇이 '공허하다'라고 자연스레 풀어쓰면 되는데, 굳이 '공허함'이라는 명사형을 주어로 하여야 하는지 의문이다.

영어와 달리 우리말에서는 '공허감', '공허함'이라는 감정이 주어가 되기보다는 사람이 주어가 되어 '감정'은 술어로 표현하는 게 일반적이다.

② 외국어 번역

'포치', '실루엣' 등 외국어를 번역문에 그대로 가져오기보다 최대한 우리가 쉽게 알고 있는 단어를 쓰거나 문맥에서 그 의미가 파악되게 번역해야 한다. '포치'보다는 '현관'이 훨씬 나은 번역이다.

(김용성)

창문과 큼직한 문을 바라보니 갑자기 공허하다는 생각이 들었다. 현관에 서서 정중히 손들어 작별 인사하는 집주인이 오늘따라 더없이 쓸쓸해 보였다.

21.

On Sunday morning while church bells rang in the villages alongshore, the world and its mistress returned to Gatsby's house and twinkled hilariously on his lawn.

(김욱동 p.92)

일요일 아침, 교회 종소리가 해변가 마을에 울려 퍼지는 동안 <u>세상 사람들이 자신의 아내를 데리고 개츠비의 저택으로 돌아와 잔디밭에 찬란한 빛을 뿌리고 있었다.</u>

(김영하 p.78)

일요일 아침, 교회 종소리가 해변가의 동네들로 울려 퍼질 때, <u>온 세상의 이름난 치들</u>이 자기 짝을 데리고 <u>개츠비의 집으로 몰려와서 유쾌하게 웃어대고 있었다.</u>

① 문맥에 맞는 명사 번역

'the world and its mistress'에서 김욱동은 'mistress'를 '자신의 아내'로 번역한다. 아내도 있긴 하나, 여기선 '짝, 애인' 등으로 폭넓게 보는 게 문맥에 맞다. 참고로 'mistress'(영영사전)에는 'A married man's mistress is a woman who is not his wife and with whom he is having a sexual relationship.'이라는 의미도 있다.

② 이미지 묘사

원문	(the world and its mistress) twinkled hilariously on his lawn.
김욱동	(세상 사람들이) 잔디밭에 찬란한 빛을 뿌리고 있었다.
김영하	(이름난 치들이) 개츠비의 집으로 몰려와서 유쾌하게 웃어대고 있었다.

빛을 뿌리는 주체는 보통 '하늘, 신, 태양' 등이다. 빛의 주체는 경외의 대상이다. 하지만 여기서 사람들은 '애인'과 개츠비 집 잔디밭에 놀러 온 사람들이다. 세상 사람들이 빛을 뿌린다는 김욱동 번역은 어색하다.

'twinkle hilariously'를 김영하는 '유쾌하게 웃어대고 있었다'로 번역한다. 'twinkle'(영어사전)은 '보였다 안 보였다 하다, 다리가 경쾌하게 움직이다'라는 뜻으로 시각 이미지다. 'hilariously'는 '찬란한(김욱동)'보다 '명랑하게, 들떠서' 의미다. 즉, '잔디밭에서 연인들이 왔다 갔다 즐겁고 경쾌하게 노는 시각 이미지'로 표현하는 게 맞다.

'집으로 몰려와서 유쾌하게 웃어댔다'라는 김영하 번역은 'on his lawn' 번역을 빼먹어서 '집 안에서' 그랬다는 느낌을 줄 수 있어 아쉬운 점이 있다.

(김용성)

일요일 아침, 교회 종소리가 바닷가 마을에 울려 퍼지면 사람들은 애인과 함께 개츠비 집으로 다시 몰려왔다. 잔디밭 여기저기를 들떠서 즐겁게 돌아다녔다.

22.
Over the great bridge, with the sunlight through the girders making a constant flicker upon the moving cars,

301

with the city rising up across the river in white heaps and sugar lumps all built with a wish out of non-olfactory money.

(김욱동 p.102)

거대한 다리 위에서는 햇빛이 들보 사이로 움직이는 자동차들 위로 끊임없이 어른거렸고, 강 건너로는 하얀 각설탕 덩어리 같은 도시가 솟아 있었다. 바라건대 모두가 냄새나지 않는 깨끗한 돈으로 세워졌으면 하는 생각을 했던 도시였다.

(김영하 p.87)

멋진 다리를 통과하는 동안, 대들보 사이를 통과한 햇빛이 지나가는 자동차들 위에서 쉴새없이 번쩍거렸고, 다리 건너로는 흰 각설탕 더미처럼 생긴 도시가 솟아오르고 있었다. 냄새 없는 돈을 향한 소망으로 빚어진 도시가.

원문에는 세 가지 이미지가 담겨있다. (자동차가) 다리를 건너가는 이미지, (자동차에) 햇빛이 반짝거리는 이미지, (건물들이) 강 건너에서 모습이 서서히 구체적으로 드러나는 이미지다. 영상을 보듯 시각적으로 이미지를 어떻게 표현할지가 관건이다.

① with 부대상황 번역

원문 'with the city rising up ~'은 부대상황으로 자동차를 몰고 다리를 건너면서 건너편 빌딩들이 점차 시야로 들어오는 이미지를 보여준다. 그런데 김욱동 번역 '강 건너로는 하얀 각설탕 덩어리 같은 도시가 솟아 있었다'라는 표현은 자동차 이동에 따라 'rising up'하는 도시가 아니라 건너편 도시 모습이 '솟아 있었다'로 정적으로 그려졌다.

② 문맥에 맞는 with 구문 번역

원문	all built with a wish out of non-olfactory money.
김욱동	모두가 냄새나지 않는 깨끗한 돈으로 세워졌으면 하는 생각을 했던 도시였다.
김영하	냄새 없는 돈을 향한 소망으로 빚어진 도시가.

김욱동 번역은 얼핏 '모두가 ~ 생각을 했던 도시였다'라고 읽혀 오해 소지가 있다.

김영하 번역 '냄새 없는 돈을 향한 소망으로 빚어진 도시가'에서 원문 'a wish'는 '주관적 소망'이며 '사실'이 아닌 '가정'의 의미가 있다. 따라서 '소망으로 빚어진 도시'라고 '확정적으로' 표현한 부분은 문제가 있다. '냄새 없는 돈을 향한 소망으로 빚어진 도시'보다 '냄새 안 나는 깨끗한 돈으로 세워졌으면 하고 바랐던 그 건물들이'가 자연스러우며 문맥에도 맞다.

③ 문맥에 맞는 서술어 번역 & 전치사 번역

원문 'making a constant flicker upon the moving cars'에서 'flicker'를 어떻게 번역할까? 김영하 번역 '햇빛이 ~ 자동차들 위에서 ~ 번쩍거렸고'에서 '번쩍거렸고' 대신에 '반짝거렸고'가 더 나은 번역이다. '번쩍거리다(국어사전)'는 '큰 빛이 잠깐 나타났다가 사라지다'이다.

'upon the moving cars'를 '자동차들 위로(김욱동), '자동차들 위에서(김영하)'라고 번역하는데, 햇빛을 받아 '자동차가' 반짝거리는 이미지이므로, 굳이 자동차 '위에서'라고 전치사를 엄격하게 번역할 필요가 없다.

김영하 번역 '(차가) 다리를 통과하는 동안, 대들보 사이를 통과한 햇빛이'에서 '통과하다'라는 서술어가 연이어 나오는데, 서술어 하나는 다르게 표현할 필요가 있다.

④ 우리말 어법에 맞는 번역, 띄어쓰기

김영하 번역 '쉴새없이 번쩍거렸고'에서 '쉴새없이'는 문법적으로 틀린 표현이다. '쉴 새 없이'라고 써야 한다. 이는 어법 문제로, 작가가 선택하거나 고집할 사항이 아니다. 다음은 같은 사례다.

(김영하 p.168) 톰은 신이 나서 쉴새없이 웃으며 떠들어댔지만

(김영하 p.190) 뉴욕에서 쉴새없이 쏟아지는 엄청난 양의 주식시세표와

(김영하 p.206) 그의 시선이 쉴새없이 방 곳곳을 훑었다.

(김영하 p.219) 쉴새없이 시선을 굴리며

(김영하 p.223) 쉴새없이 과거 속으로 밀려나면서도

(김용성)

거대한 다리를 지나가는데, 다리 대들보 사이로 햇빛이 비치면서 자동차들이 쉴 새 없이 반짝거렸다. 강 건너편으로 하얀 각설탕 덩어리 같은 건물들이 더미를 이루어 서서히 솟아오르듯 눈에 들어왔다. '냄새 안 나는 깨끗한 돈으로' 세워졌으면 하고 바랐던 그 건물들이.

23.

But evidently he was not addressing me, for he dropped my hand and covered Gatsby with his expressive nose.

(김욱동 p.104)

그러나 내 손을 놓고 다양한 감정을 표현하는 코로 개츠비를 가리키는 것으로 보아 나에게 건넨 말이 아닌 게 틀림없었다.

(김영하 p.88)

알고 보니 나한테 하는 말이 아니었다. 내 손을 놓자마자 그의 인상적인 코는 다시 개츠비에게로 향했다.

① **이미지 묘사, with his expressive nose 번역**

김욱동 번역 '다양한 감정을 표현하는 코로'는 설명하는 투다. 개츠비를 향하면서 '코'로 어떤 감정을 드러냈다는 의미인데, 이를 '설명'이 아닌 '묘사'로 보여주면 좋겠다.

김영하 번역 '그의 인상적인 코는'은 'expressive nose'를 'impressive nose'라고 오해하여 번역한 듯하다.

(김용성)

하지만 내 손 내려놓고 코를 벌름거리며 의미심장하게 개츠비 쪽으로 향하는 모습으로 보아 나한테 하는 말은 아닌 게 분명했다.

24.

They were so engrossed in each other that she didn't see me until I was five feet away.

(김욱동 p.111)

서로에게 어찌나 푹 빠져 있는지 제가 1.5미터쯤 떨어진 곳까지 가까이 가도록 알아보지 못하는 거예요.

(김영하 p.94)

서로 푹 빠져가지고선 5피트 정도 다가갈 때까지도 제가 온

줄을 전혀 모르더라구요.

① 단위 번역 & 자연스러운 우리말 표현

'five feet'를 김욱동은 '1.5미터', 김영하는 '5피트'라고 번역한다. 가장 안 좋은 번역은 '5피트'다. 우리말에 '피트'란 단위는 없다. '5피트'가 얼마인지 직관적으로 알 수가 없다. 독자를 불편하게 하는 번역이라 우리 표현으로 바꿔서 번역하는 게 맞다. 1피트는 0.3048미터라, 5피트는 김욱동 번역과 같이 약 1.5미터다. 문제는 실생활에서 이처럼 소수 첫째 자리까지 정확한 수치를 사용하며 말하는 경우는 거의 없다는 점이다. '1.5미터쯤 떨어진 곳까지'보다는 '서너 걸음 떨어진 곳까지'가 우리말 표현으로 더 자연스럽다.

(김용성)

서로 어찌나 푹 빠져 있는지 내가 서너 걸음 떨어진 곳까지 다가갔는데도 알아차리지 못할 정도였어요.

25.

<u>Under the dripping bare lilac-trees</u> a large open car was coming up the drive. It stopped.

(김영하 p.106)

꽃잎이 분분히 떨어져 내리는 라일락 나무들 아래로 대형 오픈카 한 대가 올라오더니 멈추었다.

① 사실관계와 문맥에 맞는 번역

김영하 번역 '꽃잎이 분분히 떨어져 내리는'이라는 표현은 문제가 있다. 라일락 꽃은 4~5월 초에 주로 피고 5월 중순 이후부터 지기 시작해 늦어도 6월이면 대부분 떨어진다. 원문의 시간적 배경은 7월 하순에서 8월로 접어드는 시기다. 원문 'bare lilac-trees'는 '꽃이 이미 떨어진 라일락 나무'를 의미한다. 문맥을 보더라도 조금 전까지 비가 왔으므로, 나뭇가지에 달려 있던 빗방울이 떨어지는 이미지가 원문에 부합한다.

(김용성)

빗방울이 뚝뚝 떨어지는 라일락 나무 아래로 큼직한 오픈카 한 대가 들어와 멈춰 섰다.

26.

Daisy's face, tipped sideways beneath a three-cornered lavender hat, looked out at me with a bright ecstatic smile.

(김욱동 p.124)

보라색 삼각모자 아래 옆으로 살짝 고개를 숙인 데이지의 얼굴이 밝고 황홀한 미소를 띠며 나를 쳐다보았다.

(김영하 p.106)

삼각형의 라벤더빛 모자 아래로 데이지의 갸웃한 얼굴이 보였다. 데이지는 나를 향해 기쁨에 찬 밝은 미소를 지어 보였다.

① 자연스러운 우리말 표현, 모자 아래 vs 모자를 쓴

'beneath a hat'이 '모자 아래'? 문구 그대로 번역하면 그러한데, 뭔가 이상한 번역이다. '모자를 쓴' 이미지이기 때문이다. '모자 아래로 데이지 얼굴이 보였다(김영하)'보다 '모자를 쓴 데이지가 보였다'가 우리말 표현으로 자연스럽다. 'beneath a hat'을 '모자 아래로'와 같이 직역하는 방식은 우리말 쓰임을 간과한 채 일상언어와 동떨어지게 번역하는 꼴이다. 우리가 실제 쓰는 표현으로 번역하는 게 맞다.

② 격조사 '의' 남용

김영하 번역 '삼각형의 라벤더빛 모자 아래로'에서 격조사 '의'가 필요한지도 의문이다. '의' 없이도 '보랏빛 삼각 모자를 쓴'이라고 간결하게 표현할 수 있다.

③ 우리말 어법에 맞는 번역

김욱동은 'Daisy's face looked out at me'를 '데이지의 얼굴이 나를 쳐다보았다'로 번역한다. 이는 어법에 맞지 않는 표현이다. '데이지가 나를 쳐다보았다'라고 해야 맞다. 우리말 어법에서 '쳐다보았다'의 주체는 '얼굴'이 아니라 '사람'이다. '내 얼굴이 친구를 쳐다보았다'와 같이 말을 하는 한국인은 없다. 번역문도 당연히 우리말 어법에 맞게 번역되어야 한다.

(김용성)

보랏빛 삼각 모자를 쓴 데이지가 고개를 살짝 옆으로 숙인 채 나를 보고는 기쁨에 겨운 듯 화사한 미소를 지어 보였다.

27.

<u>Luckily</u> the clock took this moment to tilt dangerously at the pressure of his head, whereupon he turned and caught it with trembling fingers, and set it back in place.

(김욱동 p.126)

그 순간 <u>다행히도</u> 시계가 그의 머리에 눌려 위험하게 옆으로 <u>기울자</u> 그는 몸을 돌려 떨리는 손가락으로 시계를 붙잡아 제자리에 올려놓았다.

(김영하 p.108)

<u>다행히도 벽시계가 그의 머리 때문에 위험할 정도로 기우는 바람에</u> 그는 돌아서서 떨리는 손으로 그것을 제자리에 돌려놓았다.

① Luckily, 문장 전체 수식 부사 위치

다행히도 시계가 위험하게 옆으로 기울자? 위험하게 기우는데 '다행히도'라는 표현을 쓴 건 부자연스럽다. 위험하게 옆으로 기울었지만, 다행히도 시계를 붙잡아 제자리에 놓았다는 의미다. 'Luckily'가 문장 앞쪽에 있다고 해서, 부사 '다행히도'를 앞쪽에 두면 의미가 이상해진다. '다행히도'와 '위험하게'는 어울리지 않기 때문이다. 우리말 번역에서 부사 '다행히도'는 '수식받는 말'과 가까이 배치하는 게 맞다.

(김용성)

벽시계가 머리에 눌려 위험하게 기울어졌지만, 다행스럽게도 개츠비는 몸을 돌려 떨리는 손으로 시계를 잡아 제자리로 돌려놓았다.

28.

<u>Gatsby got himself into a shadow</u> and, while Daisy and I talked, looked conscientiously from one to the other of us

with tense, unhappy eyes.

(김욱동 p.127)

개츠비는 눈에 띄지 않는 곳으로 옮겨 가 데이지와 내가 이야기를 나누는 동안 긴장되고 불행해 보이는 눈빛으로 진지하게 우리 두 사람을 번갈아 쳐다보았다.

(김영하 p.108)

개츠비는 어둑한 곳에 도사리고 데이지와 내가 얘기하는 동안 우리 둘을 긴장되고 서글픈 눈빛으로 진지하게 번갈아 바라보았다.

① 분위기 묘사

김욱동 번역 '눈에 띄지 않는 곳으로 옮겨 가'는 문제가 있는 표현이다. 대저택 탁 트인 거실에서 셋이 있는 상황이다. 안 보이는 곳이나 그늘로 간다면 개츠비가 거실을 나가거나 어디 숨어야 하는데, 이렇게 해서 두 사람을 바라본다? 그게 아니라 개츠비는 일종의 '그림자 모드'가 되었다는 의미이다. 개츠비와 데이지가 오랜만에 만난 상황에서 개츠비가 긴장해 화제를 잘 이끌지 못하는 어색한 분위기라, 이를 깨려고 데이지와 닉이 처음에 대화를 주로 나누게 되는 상황이다. 김욱동 번역 '눈에 띄지 않는 곳으로 옮겨 가'는 개츠비가 일부러 자리를 비켜준다는 뉘앙스가 있어서 원문 분위기에도 안 맞는 표현이다.

김영하 번역 '어둑한 곳에 도사리고'에서 '도사리다(국어사전)'는 '(어디에) 자리 잡고서 기회를 엿보며 꼼짝 않고 있다'라는 의미다. '도사리다'는 '의도적인', '적극적인' 어감을 내포하고 있어서 원문 분위기와 맞지 않는다. 셋이 같이 있는 상황에서 '어둑한 곳'이 따로 있는지 의문이다. 개츠비는 긴장되고 떨려 아직 말문을 자연스럽게 열지 못하는 상황이다. 김영하 번역 '어둑한 곳에 도사리고'보다 '아무 말 없이 그림자처럼 가만히 있었다'라는 표현이 원문에 더 적합하다.

② 개츠비 심리 묘사

그토록 보고 싶던 데이지를 눈앞에서 보는 개츠비 심정은 어떠할까? 눈빛에서 그 마음을 엿볼 수 있다.

김영하 번역 '긴장되고 서글픈 눈빛으로 진지하게 번갈아 바라보았다'에서, 개츠비 눈빛을 '서글픈 눈빛'으로 표현한다. 'unhappy eyes'는 어떻게 무슨 말부터 해야 할지 막연하고 마냥 떨리고 긴장되어 'unhappy'하게 보이는 눈빛이지, 결코 '서글픈' 눈빛은 아니다. 개츠비가 속으로는 분명 무척 설레고 기쁠 테니까.

(김용성)
개츠비는 아무 말 없이 그림자처럼 가만히 있었다. 데이지와 내가 말을 주고받는 동안 우리 둘을 주의 깊게 번갈아 바라보는데 그 눈빛이 긴장되고 어두워 보이기까지 했다.

29.

He was profoundly affected by the fact that Tom was there.

(김욱동 p.147)

그는 톰이 그 자리에 있다는 사실에 크게 고무되어 있었다.

① 분위기와 의미에 맞는 번역

'He was profoundly affected'는 우연히 톰이 찾아와서 개츠비는 어떤 영향을 받았을까? 김욱동은 개츠비가 '크게 고무되었다'라고 표현한다. 국어사전에 따르면, '고무되다'는 '힘이 나도록 격려를 받아 용기가 나다'라는 의미다. '선생님 칭찬에 나는 크게 고무되었다'처럼 '고무되다'는 '긍정적인 이미지'를 가진다. 하지만 원문에서 톰은 데이지 남편으로 여간 불편한 대상이 아니다. 뜻밖에 찾아온 방문이기에 적잖이 당황하는 장면이라 볼 수 있다. 톰과 서서히 갈등을 키워가는 초기 상황에서 심리 묘사가 아주 중요한데, 이에 대한 세밀한 묘사를 놓친 아쉬운 번역이다.

(김용성)

개츠비는 톰이 그 자리에 있다는 사실에 적잖이 당황하였다.

30.

Americans, while occasionally willing to be serfs, have always been obstinate about being peasantry.

(김욱동 p.129)

미국 사람들이란 어쩌다 자진해서 농노가 되려고 할 때도 있지만 소작농으로 남아 있으려고 늘 완강하게 고집을 부려왔던 것이다.

(김영하 p.110)

미국인들이란 어쩌다 아예 농노가 되고 싶어 하는 경우는 있어도 절대로 소농은 되고 싶어 하지 않는 법이다.

① 문맥에 맞는 번역

'농노'는 중세 유럽의 봉건 사회에서, 자유를 제한당하고 영주에게 지배를 받던 농민 계층이며, '소농'은 농지를 빌리고, 소득 일부를 지주에게 바치는 농민을 말한다. 김영하는 'obstinate about being peasantry'를 '절대로 소농은 되고 싶어 하지 않는 법'으로 번역하는데, '소작농으로 살아보겠다고 고집부리는'이 문맥상 원문에 맞다.

② 주어 술어 호응 문제

김욱동 번역에서 주어는 '미국 사람들이란'이고, '부려왔던 것이다'가 서술어다. '것'을 서술어에도 남발한 사례다. '부려왔던 것이다' 대신 '부려왔다'라고 쓰면 더 자연스럽다.

(김용성)
미국 사람들이 농노가 되겠다는 경우는 어쩌다가 있을 뿐이고, 대개는 소작농으로 살아보겠다고 고집부리는 경우가 다반사였다.

31.
After half an hour, the sun shone again, and the grocer's automobile rounded Gatsby's drive with the raw material for his servants' dinner — I felt sure he wouldn't eat a spoonful.

(김욱동 p.129)
삼십 분이 지나자 다시 햇살이 비치면서 식료품상 자동차가 개츠비네 하인들이 먹을 저녁 식사거리를 싣고 저택의 차도를 따라 돌아 올라오고 있었다. 나는 개츠비가 지금 한 숟가락도 들고 싶지 않을 거라고 생각했다.

(김영하 p.110)
삼십 분 후 다시 해가 모습을 드러내고, 식료품상 자동차가 개츠비네 집에서 일하는 사람들의 저녁거리를 싣고 올라오고 있었다. 아마 개츠비는 한술도 뜨지 못할 거라고 생각했다.

① 바른 어휘 선택 & 명확한 의미 표현

김욱동 번역 '개츠비네 하인'이라는 표현이 맞는지 의문이다. 여기서 'his servants'는 개츠비와 철저하게 계약 관계로 맺어 일하는 사람들이다. '하인'은 신분제 계급사회를 전제로 하는 단어이기에 적절한 어휘는 아니다.

김욱동 번역 '개츠비네 하인들이 먹을 저녁 식사거리를 싣고'라는 번역에서, 하인들만 먹는다? 바로 다음 문장에 개츠비가 한 숟가락이라도 뜰 수 있을지 걱정이라는 문장이 나온다. 하인들이 먹을 음식이라기보다는 개츠비 집에서 일하는 사람들이 차릴 '저녁거리'를 싣고 식료품상 자동차가 올라왔다고 해야 맞다.

김영하 번역 '개츠비네 집에서 일하는 사람들의 저녁거리'라는 표현은 두리뭉실하다. '일하는 사람들의 저녁거리'는 '일하는 사람들이 먹을 저녁거리'를 일차적으로 의미하여 문제가 있다. 격조사 '의' 사용을 자제하면서 의미를 또렷이 보여줄 필요가 있다.

(김용성)

30분쯤 지나자 다시 햇살이 비쳤다. 식료품 가게 차가 저녁거리를 싣고 올라왔다. 개츠비네 집에서 일하는 사람들이 저녁 식사를 차릴 참이었다. 개츠비가 오늘 저녁 한 숟가락이라도 뜰 수 있을지 걱정이 되었다.

32.

It was strange to reach the marble steps and <u>find no stir of bright dresses in and out the door</u>, and hear no sound but bird voices in the trees.

데이지가 개츠비 집을 처음 찾았을 때, 평소에 파티용 드레스를 입고 들락거리던 여인들이 하나도 눈에 띄지 않아 이상하다는 닉의 심리가 묘사된 문장이다.

(김영하 p.113)
참으로 신기하게도 대리석 계단에 다다를 때까지 문들을 드나드는 동안, <u>그녀의 화사한 드레스는 한 번도 어디 걸리지 않았고</u> 어떤 소리도 내지 않았다. 나무 위의 새들만 내내 지저귀고 있을 뿐이었다.

① 원문에 충실하게 번역하기

'find no stir of bright dresses in and out the door'에서 'bright dresses'는 복수 개념으로 '파티에 참가한 여인들이 입고 드나들던 화려한 드레스들'을 의미한다. 평소 같으면 문지방이 닳도록 들락거리던 드레스 입은 여인들이 그날따라 보이지 않는다는 의미로, 김영하 번역 '그녀의 화사한 드레스는 한 번도 어디 걸리지 않았고'라는 표현은 원문을 오해한 번역이다.

(김용성)

기분이 이상했다. 우리가 대리석 계단까지 다가갔는데도 화려한 드레스를 입고 문을 드나들던 여인들은 하나도 눈에 띄지 않았다. 나무에서 지저귀는 새소리만 들릴 뿐 어떤 소리도 들리지 않았다.

33.

Tom and Daisy stared, with that peculiarly unreal feeling that accompanies the recognition of a hitherto ghostly celebrity of the movies.

(김욱동 p.152)

지금까지 그림자 같은 존재와 다름없던 유명한 영화계 인사를 알아볼 때처럼 마치 현실이 아닌 것 같은 독특한 느낌을 받으며 톰과 데이지는 그 여자를 바라보았다.

(김영하 p.131)

톰과 데이지는 지금껏 유령 같은 존재였던 영화 속 유명인사임을 알아채고 놀라운 정도로 비현실적인 감상에 사로잡혀 멍하니 그녀를 바라보았다.

① 문맥에 맞는 형용사 번역

김욱동은 'ghostly celebrity'를 문구 그대로 '그림자 같은 존재'라고 번역한다. 하지만 '그림자 같은 존재'는 우리말에서 주인공이 아니라 옆에서 있는 듯 없는 듯 그림자처럼 있는 사람을 뜻한다. 원문은 '실제 영화계 유명인사'를 언급하므로, 김욱동 번역 '그림자 같은 존재'는 우리말 의미 영역에서 오해를 불러일으킬 수 있기에 수정이 필요한 부분이다.

김영하는 영화 속 유명인사를 '유령 같은 존재'라 표현한다. 우리말에서 '유령 같다'라는 표현은 '실체가 없는'이라는 의미로 쓰인다. 원문이 말하는 'ghostly celebrity of the movies'에서 'ghostly'는 '유령 같은'이라기보다 '영화에서나 보던', '(이런 유명 배우를) 실제 눈앞에서 보리라고 상상도 못한'이라는 의미다.

(김용성)

톰과 데이지는 그 여인을 유심히 쳐다보았다. 영화에서나 보던 유명한 여배우였다. 영화배우를 직접 눈으로 보게 되니, 톰과 데이지는 마치 현실이 아닌 듯한 묘한 기분이 들었다.

34.

Daisy and Gatsby danced. I remember being surprised by his graceful, conservative fox-trot — I had never seen him dance before.

(김욱동 p.153)

데이지와 개츠비는 함께 춤을 추었다. 그의 <u>우아하고 보수적인 폭스트롯</u>을 보고 깜짝 놀랐던 기억이 난다. 나는 그가 춤을 추는 모습을 지금껏 한 번도 본 적이 없었다.

(김영하 p.132)

데이지와 개츠비는 춤을 추었다. 나는 그의 <u>우아하면서도 고전적인 폭스트롯</u>에 깜짝 놀랐던 것을 기억하고 있다. 그때까지는 <u>춤추는 것</u>을 한 번도 본 적이 없었다.

① 형용사 번역, 상황과 인물 심리가 드러나게 묘사하기

'폭스트롯'은 1914년경에 소개된 이래 유럽과 미국에서 유행한 사교춤이다. 김영하는 '고전적인 폭스트롯'이라고 했는데, 당시에는 최신 트렌드 춤이었다. '고전적인'이라는 표현은 이 춤이 꽤 오래됐다는 느낌을 주게 되어 적절한 번역은 아니다.

김욱동은 'conservative fox-trot'을 '보수적인 폭스트롯'으로 문구 그대로 번역하는데, 춤이 보수적이다? 우리가 안 쓰는 표현이라 뭔가 어색하다. 개츠비가 폭스트롯 춤을 우아하면서도 조심스럽게 추는 모습을 묘사한 부분으로, 이미지와 심리 묘사가 드러나는 번역을 해야 한다.

② '것' 번역, 구체적인 내용으로 표현하기

김영하 번역 '깜짝 놀랐던 것을 기억하고 있다'는 '깜짝 놀랐던 기억이 난다'로, '춤추는 것을 한 번도 본 적이 없었다'는 '춤추는 모습을 한 번도 본 적이 없었다'와 같이 '것'이 내포하는 구체적인 이미지를 표현하면 더 낫다.

(김용성)

데이지와 개츠비는 함께 춤을 추었다. 개츠비가 폭스트롯 춤을 우아하면서도 조심스럽게 추는 모습을 보고 깜짝 놀랐던 기억이 난다. 그때까지 개츠비가 춤추는 모습을 한 번도 본 적이 없었다.

35.

She looked around after a moment and told me the girl was "common but pretty,"

(김욱동 p.153)

그녀는 잠시 주위를 둘러보더니 그 아가씨가 '품위는 없지만 얼굴이 예쁘장하다.'라고 말했다.

(김영하 p.132)

그녀는 잠시 후 주위를 둘러본 다음 내게 그 여자가 "저속하지만 귀여운 편"이라고 말했다.

① 한국어에서 강조 표시, 따옴표 vs 작은따옴표

원문 the girl was "common but pretty,"에서 따옴표 부분은 '대사'가 아니라 '강조' 표현이다. 영어는 따옴표로 강조하지만, 한국어는 '작은따옴표'로 강조한다. 김영하 번역 "저속하지만 귀여운 편"은 당연히 '작은따옴표'로 표시되어야 한다.

"common but pretty"를 번역할 때, 주어 술어가 완전한 문장 형태보다, 반대되는 형용사를 간결하게 나열하여 의미를 강조할 필요가 있다. 김욱동 번역 '품위는 없지만 얼굴이 예쁘장하다.'라는 표현은 문장이 길고 마침표까지 찍고 있으며 다소 장황한 느낌이라 원문 의도에 부합하는지 의문이다. '볼품없지만 귀여운 편'이라고 간단하게 표현하면 좋다.

(김용성)
잠시 후 주위를 둘러보더니 내게 그 여자가 '볼품없지만 귀여운 편'이라고 했다.

36.

After all, in the very casualness of Gatsby's party there were romantic possibilities totally absent from her world.

(김욱동 p.157)
조금도 격식을 차리지 않는 개츠비의 파티에는 그녀의 세계에서는 전혀 찾아볼 수 없는 낭만적인 가능성이 깃들어 있었다.

(김영하 p.135)
개츠비의 그 격의 없는 파티에는, 무엇보다도 그녀의 삶에 완전히 결여돼 있는 낭만적 가능성들이 잠재해 있었다.

① 추상명사 번역, 문구 직역 vs 문맥 직역

김욱동, 김영하 번역문 모두 '낭만적인 가능성'이라는 추상명사를 주어로 한다.

김영하는 '낭만적인 가능성들'이라고 '복수형'으로 표현하는데 추상명사를 굳이 복수형으로 번역할 필요는 없다.

우리말 번역에서는 사람을 주어로 하여 'possibilities'를 '술어' 중심으로 알기 쉽게 풀어서 번역하면 좋다. '데이지는 자신에게 전혀 없던 낭만이라는 걸 조금은 맛볼 수가 있었다.'라고 표현하면 더 쉽게 읽힌다. 번역가는 문구를 직역하기보다 문맥을 직역할 수 있어야 한다.

(김용성)
격식이라고는 하나도 없는 개츠비 파티를 통해 데이지는 자신에게 전혀 없던 낭만이라는 걸 조금은 맛볼 수가 있었다.

37.

Then he kissed her. At his lips' touch she blossomed for him like a flower and the incarnation was complete.

(김욱동 p.160)

그러고 나서 그는 그녀에게 키스를 했다. 그의 입술에 닿자 그녀는 그를 위해 한 송이 꽃처럼 활짝 피어났고, 비로소 화신이 완성되었다.

(김영하 p.138)

그러고는 그녀에게 입을 맞추었다. 그의 입술이 가닿자 그녀는 그를 향하여 꽃처럼 피어났고, 상상의 육화(肉化)가 완성되었다.

① 난해한 표현 번역, 문구 직역 vs 의미 직역

원문 'the incarnation was complete'를 김영하는 '상상의 육화가 완성되었다', 김욱동은 '비로소 화신이 완성되었다'라고 번역한다. 문구 직역에 집착한 결과다. '육화'는 가톨릭 용어로 '하느님의 아들이 사람으로 태어남'을 의미하며, '화신'은 불교 용어로 '부처가 중생을 교화하기 위하여 여러 모습으로 변화하는 일'을 일컫는다. 상상의 육화, 화신은 의미가 어려울 뿐 아니라 일상에서 흔히 쓰는 단어도 아니다. 원문 'the incarnation was complete'는 원문 바로 앞 문장과 연관되어 있다. 개츠비 입술이 닿자, 개츠비를 향한 꽃으로 피어나는, 사랑에 빠져드는 데이지 이미지를 구체적으로 번역할 필요가 있다.

(김용성)
그러고 나서 개츠비는 데이지에게 키스를 했다. 입술이 닿자 데이지는 개츠비를 향해 활짝 피어났다. 상상은 현실이 되어, 데이지는 오직 개츠비를 위한 화사한 꽃으로 거듭났다.

38.
The straw seats of the car hovered on the edge of combustion; the woman next to me perspired delicately for a while into her white shirtwaist, and then, as her newspaper dampened under her fingers, lapsed despairingly into deep heat with a desolate cry.

(김욱동 p.164)
차 안의 밀짚 시트에 금방이라도 불이 댕길 것 같았다. 내 옆에 앉은 여자는 한동안 흰 셔츠 안으로 땀이 흘러내리고 있는 것을 참고 있다가 들고 있던 신문이 손가락 사이로 축축하게 젖자 절망감에 외마디 소리를 지르면서 의자 깊숙이 몸을 파묻었다.

(김영하 p.142)

객차의 밀짚 좌석은 열기로 거의 타버릴 지경이었다. 옆자리에 앉은 여자는 흰 블라우스를 입은 채 <u>우아하게 땀을 흘리고 있다</u>가, 손에 쥔 신문이 척척하게 젖어가기 시작하자 더위를 못 이기고는 절망적으로 처량한 소리를 냈다.

① 바른 우리말 목적어, 땀이 흘러내리고 있는 것 vs 흘러내리는 땀

김욱동 번역 '여자는 한동안 흰 셔츠 안으로 땀이 흘러내리고 있는 것을 참고 있다가'에서 '땀이 흘러내리고 있는 것을 참고 있다'보다 '흘러내리는 땀을 참고 있다'가 우리말 표현으로 더 자연스럽다.

② 무더위에 땀을 흘리는 이미지, 우아하게 vs 미묘하게

김영하 번역 '여자는 흰 블라우스를 입은 채 우아하게 땀을 흘리고 있다'라고 번역한다. 얼굴에 흐르는 땀은 손수건으로 닦을 수 있으나, 옷 속으로 흐르는 땀은 닦기도 불편하고 어찌지 못하는 경우가 많은데, 이를 'delicately'라고 표현했다. 여기서 'delicately'는 '우아하게'보다 '미묘하게'라는 의미다.

③ 원문을 오해한 표현

김욱동 번역 '절망감에 외마디 소리를 지르면서 의자 깊숙이 몸을 파묻었다'에서 '의자 깊숙이 몸을 파묻었다'라는 부분은 원문 어디에도 없다. 'deep heat'을 'deep seat'으로 오해하지 않았나 생각된다. 우리말로도 의자 깊숙이 어떻게 몸을 파묻는지 이미지가 그려지지 않는다. 원문 'lapse into'는 '더 나쁜 상태에 빠지다'라는 의미로 너무 무더워 절로 탄식이 나오는 상황을 보여주는 문구다.

(김용성)

객차의 밀짚 좌석은 금세 불이 날 것처럼 뜨거웠다. 내 옆에 앉은 여자는 흰 블라우스 속으로 미묘하게 흘러내리는 땀을 잘 참아내다가, 손에 쥔 신문이 축축하게 젖자 너무 더워 도저히 못 참겠는지 적막을 깨며 탄식을 했다.

39.

Her face bent into the single wrinkle of the small, white neck. "You dream, you. You absolute little dream."

(김욱동 p.167)

데이지는 아이의 희고 가느다란 목주름 속에 얼굴을 파묻었다.

"넌 이 엄마의 꿈이야. 정말이지 귀여운 완벽한 꿈이란 말이야."

(김영하 p.145)

데이지는 고개를 숙여 아이의 희고 가는 목에 잡힌 단 하나의 주름에 얼굴을 묻었다. "꿈같이 작고 예쁜 우리 아가."

① 형용사 명사 호응 & 비유 표현

'You absolute little dream'을 김욱동은 '정말이지 귀여운 완벽한 꿈'이라 번역한다. 꿈이 완벽하다고 말할 수 있을까? '꿈'은 막연하고 불분명한 대상이라 '완벽한 꿈'이라는 말 자체가 성립하지 않는다.

김영하 번역 '꿈같이 작고 예쁜 우리 아가'에서 비유 대상은 특징을 구체적이며 직관적으로 보여주는 대상이어야 한다. '바람같이 빠르다', '풍선처럼 가볍다'처럼. 꿈같이 작고 예쁜? '꿈'과 '작고 예쁨' 사이 연관성이 떨어진다. 비유로서 적절하지 않다.

② 의미상 생략이 필요한 번역

김영하 번역 '목에 잡힌 단 하나의 주름에 얼굴을 묻었다'에서 '단 하나의 주름'이라고 수치를 강조할 필요가 있는지 의문이다. 원문 'the single wrinkle'을 그대로 번역한 듯하나, 나이 어린 유아는 목주름이 없거나 있어도 '가느다란' 주름일 뿐이다. 굳이 '단 하나의 주름에 얼굴을 묻었다'라고 표현할 필요가 없으며, 쓰면 더 어색해진다.

(김용성)

데이지는 희고 가느다란 아이 목주름에 얼굴을 파묻으며 말했다.

"넌 엄마의 꿈이야. 작아도 아주 소중한 꿈."

40.

Her voice struggled on through the heat, <u>beating against it</u>, <u>molding its senselessness into forms</u>.

(김욱동 p.169)

그녀의 목소리는 더위를 뚫고 나아가려고 계속 안간힘을 쓰며 <u>그 무의미함에 형체를 부여하고 있었다.</u>

(김영하 p.147)

<u>더위에 맞서 분투하는 그녀의 목소리</u>가 더위에 한 방 먹이고 그 무의미에 <u>형태를 부여했다</u>.

① 문구 번역 vs 자연스러운 우리말 번역

목소리는 그 무의미함에 형체를 부여하고 있었다(김욱동)? 목소리가 그 무의미에 형태를 부여했다(김영하)? 일단 우리는 이런 표현을 쓰지 않는다. 문구 그대로 번역하면 어색해질 수밖에 없다. 원문이 나타내고자 하는 의미를 잘 살려 자연스러운 한국어로 표현하는 게 관건이다.

(김용성)

데이지는 더위에 지칠 대로 지쳐 목소리마저 잠겼지만, 더위를 쫓아내기라도 하듯 목소리에 계속 힘을 주었다. 의미 없는 말을 하면서도 무슨 의미든 부여하려고 했다.

41.

He paused. The immediate contingency overtook him, pulled him back from the edge of the theoretical abyss.

(김욱동 p.174)

그는 갑자기 말을 멈췄다. 눈앞에 닥친 돌발 사태가 그를 덮쳐 이론의 심연 끝에서 그를 끌어 올렸다.

(김영하 p.151)

그는 잠시 말을 멈추었다. 곧이어 닥칠 미래에 대한 어떤 예감이 그를 덮쳤고, 이론의 심연 속에서 그를 끌어올렸다.

① 추상적인 표현 번역, 딱딱한 한자어보다 구체적인 이미지로

김욱동과 김영하 모두 '이론의 심연'이란 표현을 쓰는데, 이게 무슨 의미인지 와닿지 않는다. 추상적인 표현을 문구 그대로 번역하다 보면 낯선 한자어로 표현되는 경우가 많다. 맥락과 의미를 살려 구체적인 이미지로 쉽게 번역할 필요가 있다.

(김용성)

톰은 잠시 말을 잃었다. 전혀 예상치도 못한 일이 갑자기 덮쳐와서일까? 형체도 없는 깊은 나락에 빠져들다가 겨우 정신을 차려 빠져나왔다.

42.

They were gone, without a word, snapped out, made accidental, isolated, like ghosts, even from our pity.

(김욱동 p.192)

그들은 한마디 말도 없이 갑자기 휙 하고 나가버렸고, 우리의 동정심에서도 마치 유령처럼 멀어져 버렸다.

(김영하 p.168)

그들은 아무 말도 없이 나가버렸고, 그럼으로써 갑자기, 마치 유령들처럼 우리의 동정심으로부터도 벗어나버렸다.

① 대명사 They 번역

바로 앞 장면에서 톰이 데이지에게 말을 한다. 여기서 '그들'은 톰과 데이지가 아니라 개츠비와 데이지를 말한다. 등장인물이 여럿일 경우, 대명사를 그대로 쓰기보다는 실제 해당 인물이 누구인지 구체적으로 써줄 필요가 있다. 영어는 대명사가 발달한 언어지만, 우리말은 '주어가 명확한 경우' 생략하는 경우가 많고, 써야 하는 경우에도 대명사보다는 실제 이름이나 직책, 관계(아빠 엄마 등)를 쓴다.

② 문구 직역 vs '우리말다운' 의미 직역

김욱동 번역 '우리의 동정심에서도 마치 유령처럼 멀어져 버렸다', 김영하 번역 '마치 유령들처럼 동정심으로부터도 벗어나 버렸다'와 같은 표현은 무엇을 말하는지 직관적으로 파악하기 힘들다. 이럴 때는 문구 번역보다 원문이 보여주고자 하는 맥락을 잡아 '우리말답게' 번역하면 좋다.

㉠ 개츠비와 데이지는 아무 말도 안 하고 휙 나가버렸다.
㉡ 마치 유령이라도 된 듯 온데간데없이 사라졌다.
㉢ 연민이고 뭐고 없었다.
㉣ 느닷없이 벌어진 일이었다.

(김용성)
개츠비와 데이지는 아무 말도 안 하고 휙 나가버렸다. 마치 유령이라도 된 듯 온데간데없이 사라졌다. 연민이고 뭐고 없었다. 느닷없이 벌어진 일이었다.

43.

As we passed over the dark bridge her wan face fell lazily against my coat's shoulder and the formidable stroke of thirty died away with the reassuring pressure of her hand.

(김욱동 p.193)

어두운 다리 위를 지나고 있을 때 그녀는 창백한 얼굴을 내 윗옷 어깨에 나른하게 기댔고, 위안을 주는 그녀의 손길이 느껴지자 서른 살이 되었다는 엄청난 충격도 사라지고 말았다.

(김영하 p.169)

어두운 다리를 지날 때 그녀가 내 상의 어깨에 나른하게 머리를 기대왔다. 서른이 되었다는 무시무시한 타격은 그녀의 손길 아래에서 위안을 얻으며 사그라졌다.

① 심리 묘사

김영하 번역 '서른이 되었다는 무시무시한 타격은 그녀의 손길 아래에서 위안을 얻으며 사그라졌다.'에서 타격은 위안을 얻으며 사그라졌다? 난해하다. 스스로 움직임이 있는 '번개', '바람' 등이 아닌 이상, 한국어는 '사람 주어'를 기본으로 한다. '서른이 되었다는 무시무시한 타격'은 일종의 심리로 '주어'보다는 '표정이나 몸짓', '말투' 등으로 서술적으로 묘사되는 편이 훨씬 자연스럽다.

② 군더더기 번역

김욱동 번역 '다리 위를 지나고 있을 때'에서 '어두운 다리를 지나갈 때'와 같이 전치사 '위'를 생략하는 편이 더 자연스럽다. 전치사 번역은 우리말 특성에 맞게 유연하게 할 필요가 있다.

김욱동 번역 '내 윗옷 어깨', 김영하 번역 '내 상의 어깨'보다 그냥 '내 어깨'라고 표현해야 더 자연스럽다. 일상에서 '윗옷 어깨에 기댔다'라는 말은 사용하지 않는다. '윗옷', '상의'는 군더더기 표현이다.

(김용성)

어두운 다리를 지나갈 때, 조던이 나른한 듯 창백한 얼굴을 내 어깨에 기댔다. 이제 서른 살이라는 생각에 마음이 무거웠으나 내 손을 잡아주는 손길에서 걱정이 사르르 녹아내렸다.

44.

He broke off defiantly. "What if I did tell him? That fellow had it coming to him. He threw dust into your eyes just like he did in Daisy's, but he was a tough one."

(김욱동 p.250)

그는 도전적인 태도로 갑자기 말을 멈췄다. "내가 말해준 게 어쨌다는 건가? 그자는 자업자득이야. 데이지의 눈에 흙을 뿌린 것처럼 자네 눈에도 흙을 뿌렸다고. 하지만 터프한 친구였지."

(김영하 p.220)

그가 갑자기 대들 듯이 말했다. "설령 내가 얘기했다 한들 무슨 상관이야. 그 자식은 자업자득이야. 데이지를 홀리듯이 너도 홀린 거야. 지독한 자식."

① 문맥에 맞는 술어 번역

'He broke off defiantly' 바로 앞부분에 톰이 말하는 대사가 있다. 바로 이어지는 대사도 톰이 하는 말이다.

김욱동 번역 '그는 도전적인 태도로 갑자기 말을 멈췄다'에서 도전적인 태도로 말을 멈췄다? '말을 멈췄다' 부분과 바로 다음에 톰의 대사가 이어지는 부분이 서로 어울리지 않는다. '도전적인 태도로 말을 멈추다'라는 표현이 상당히 어색하다.

'broke off'는 '끊었다', 'defiantly'는 '도전적인 태도로'처럼 단어 1차 의미에 집착하기보다 원문이 말하고자 하는 바를 번역해야 한다. 원문은 톰이 처음엔 조곤조곤 얘기하다가 갑자기 욱하며 발끈하는 상황을 보여준다. '톰은 말하다 말고 갑자기 발끈했다'가 원문에 더 어울린다. 이 문장 앞쪽 대사는 조곤조곤 말하는 내용이며, 뒤쪽은 발끈하며 말하는 내용이다.

② 한국어 관용표현, 어법에 맞는 번역

원문 'That fellow had it coming to him'을 김욱동, 김영하는 '그자는(그 자식은) 자업자득이야'라고 번역한다. 자업자득은 '자기가 저지른 일의 결과를 자기가 받음'을 의미하는 사자성어다. '이렇게 탈락하다니 다 자업자득이다', '이번 실패는 자업자득이다'와 같이 쓰인다. '자업자득이다'에 대한 주어로 '안 좋은 일, 실패' 등이 오거나, '다 자업자득이야'가 단독으로 쓰이기도 한다. 하지만 '너는 자업자득이야', '그 자식은 자업자득이야'와 같이 쓰이지는 않는다. '어떤 사람'이 자업자득이 아니고, '어떤 사람이 한 일이나 처한 상황'이 자업자득이기 때문이다.

③ 영어 관용어 번역

원문 'He threw dust into your eyes just like he did in Daisy's,'를 김욱동은 '데이지의 눈에 흙을 뿌린 것처럼 자네 눈에도 흙을 뿌렸다'라고 번역한다. 문구 그대로 번역한 문장이다.

'threw dust in your eyes'는 영어 관용어구로, '너를 속였다'라는 의미다. 이런 영어 관용표현은 의도하는 의미를 한국어로 자연스럽게 표현할 필요가 있다.

④ 문맥에 맞는 대사 번역

김욱동 번역 '터프한 친구였지'에서 '터프하다'는 가치중립적 표현이다. 경우에 따라 남자답게, 멋지게 보이는 이미지도 있다. 하지만 원문 'tough'는 '정말 지독한 놈이야'와 같이 'negative' 이미지다. '터프한'보다는 '지독한'이 문맥에 맞는 번역이다.

(김용성)

톰은 말하다 말고 갑자기 발끈했다.

"설령 내가 얘기했다 쳐. 그게 뭐 어쨌다는 건데? 개츠비 그놈은 당해도 싸. 데이지를 속이고, 너도 속였잖아. 정말 지독한 놈이라고. 개를 치듯 머틀을 치고서 그대로 뺑소니쳤잖아."

II. 문화 차이를 간과한 번역

45.

We all looked in silence at Mrs. Wilson, who removed a strand of hair from over her eyes and looked back at us with a brilliant smile. Mr. McKee regarded her intently with his head on one side, and then moved his hand back and forth slowly in front of his face.

(김욱동 p.54)

우리는 모두 말없이 윌슨 부인을 쳐다보았고, 그녀는 두 눈을 덮고 있는 머리카락을 쓸어 올리고 밝은 미소를 지으며 우리를 쳐다보았다. 맥키 씨는 한쪽으로 고개를 돌린 채 그녀를 주시하다가 손을 눈앞에서 앞뒤로 천천히 움직였다.

(김영하 p.44)

우리는 모두 말없이 윌슨 부인을 바라보았다. 그녀는 두 눈을 덮은 머리카락을 쓸어 올리고는 우리 쪽을 돌아보며 활짝 웃었다. 맥키 씨는 한쪽으로 고개를 기울인 채 그녀를 응시하더니 손을 얼굴 앞에서 뻗어 앞뒤로 천천히 움직였다.

① 미세한 이미지 묘사

원문 'who removed a strand of hair from over her eyes'에서 'a strand of hair'는 머리카락 한 올이다. 머리카락 한 올이 두 눈을 덮을 수는 없다. '두 눈을 덮고 있는 머리카락'(김욱동), '두 눈을 덮은 머리카락'(김영하)보다 '눈 위로 흘러나온 머리카락 한 올을 쓸어 올리면서'라는 번역이 원문에 적합하다.

② 문화에 맞는 우리말 표현 찾기

김욱동 번역 '고개를 돌린 채 그녀를 주시하다가'에서 '고개를 돌리다'라는 표현은 우리말에서는 시선을 회피하거나 외면하는 상황에서 쓰인다. '고개를 돌린 채 주시하다'라는 표현이 낯설고 어색하다. 언어가 갖는 문화적 요인도 고려하며 번역해야 한다. '한쪽으로 고개를 기울인 채 골똘히 바라보다가'라는 표현이 원문에 더 어울린다.

(김용성)

모두 말없이 머틀을 쳐다보았다. 눈 위로 흘러나온 머리카락 한 올을 쓸어 올리면서 머틀은 환하게 웃으며 우리 쪽을 바라보았다. 맥키 씨는 고개를 한쪽으로 기울인 채 머틀을 골똘히 바라보다가 자기 눈앞에서 손을 올려 앞뒤로 천천히 움직였다.

46.

Then <u>there were</u> bloody towels upon the bath-room floor, and women's voices <u>scolding</u>, and high over the confusion <u>a long broken wail</u> of pain.

(김욱동 p.62)

잠시 후 목욕탕 바닥에는 피 묻은 수건들이 널려 있었고, 여자들이 <u>꾸짖는</u> 소리가 들렸으며, 이런 소란보다 훨씬 더 높은 소리로 아프다고 울부짖는 소리가 들렸다.

(김영하 p.51)

<u>화장실 바닥의 피 묻은 타월들, 여자들의 비난</u>, 이 모든 소란보다 더 요란하게 고통을 호소하는 <u>울부짖음이 있었다</u>.

① 동사 번역, 우리말 쓰임에 맞게 번역하기

김욱동은 'scold'를 '꾸짖다'라고 번역한다. '꾸짖다'(국어사전)는 '주로 아랫사람의 잘못에 대하여 엄격하게 나무라다'라는 의미다. '친구가 약속 어겼다고 나를 꾸짖었다'라는 문장에서 보듯 동등한 관계에서 '꾸짖다'는 어색하다. 'scold'(영어사전)에는 '꾸짖다' 외에도 '야단치다, 혼내다, 비난하다, 나무라다'라는 의미가 있는데, 문맥상 '나무라다, 비난하다'라는 표현이 원문에 적합하다. 우리말 쓰임에 맞게 번역할 필요가 있다.

② 동사의 명사형, 격조사 '의' 남발

김영하 번역 '울부짖음이 있었다'라는 표현은 딱딱할 뿐더러 실생활에서 이렇게 쓰는지도 의문이다. '울부짖었다'라고 표현하면 훨씬 자연스럽다. '화장실 바닥의 피 묻은 타월들'은 격조사 '의'를 중심으로 앞뒤로 명사구를 더한 표현이다. '의'를 쓰지 않고도 '욕실 바닥에 피 묻은 수건이 널리고'와 같이 얼마든지 쉽게 묘사할 수 있다.

(김용성)

욕실 바닥에 피 묻은 수건이 널리고, 여자들이 나무라는 소리도 들렸다. 소란스러웠다. 더 크게 아프다고 울부짖는 소리가 끊어질 듯 길게 이어졌다.

47.
"How'd it happen?"
He shrugged his shoulders.

(김욱동 p.84)
"어떻게 된 겁니까?"
그는 어깨를 으쓱거렸다.

(김영하 p.71)

"어떻게 된 겁니까?"

그는 어깨를 으쓱했다.

① 관용표현 번역, 문화적 차이까지 고려하기

원문 'shrugged his shoulder'는 '난처할 때' 취하는 동작이다. 하지만 한국어 관용표현 중에 '어깨를 으쓱하다'라는 표현은 우쭐한 기분을 들 때, 뽐낼 때 관용적으로 하는 동작이다. 번역에서 '어깨를 으쓱했다'라고만 하면 위에 언급한 자칫 우리말 관용표현으로 오해할 수 있다. 이런 경우, '어깨를 으쓱했다'라고만 하면 안 되고, '난처하다는 듯 어깨를 으쓱했다'라고 해야 그 정확한 의미를 전달할 수 있다. 이런 문화적 차이까지도 번역할 수 있어야 한다.

(김용성)

"어떻게 된 거예요?"

남자는 난처하다는 듯 어깨를 으쓱했다.

48.

"Don't be silly; it's just two minutes to four."

(김욱동 p.124)

"바보처럼 굴지 마세요. <u>아직 4시 이 분 전밖에 되지 않았어요.</u>"

(김영하 p.106)

"왜 이래? 바보같이. <u>겨우 네시 이분 전이야.</u>"

① 이성보다 감성을 중시하는 우리말 시간 표현

'it's just two minutes to four'에서 원문의 의도는 무엇일까? '네 시 이 분 전'이라는 사실을 말하고자 하는 게 아니라 '아직 4시도 안 됐어요'라는 의미를 나타내는 표현이다. 영어와 달리 우리말은 시간 표현에 있어서 '엄밀한' 이성보다 '대략적인' 감성을 중시한다. '아직 4시 이 분 전밖에 되지 않았어요'와 같이 원문을 엄격하게 문구 번역하기보다, '아직 4시도 안 됐으니' 너무 걱정하지 말라는 표현이 더 우리말다운 번역이다.

참고로 김욱동 번역 '4시 이 분'보다 '4시 2분 또는 네 시 이 분'이, 김영하 번역 '네시 이분'보다 '네 시 이 분'이 우리말 어법에 맞다.

(김용성)

"바보같이 왜 이러세요. 아직 4시도 안 됐어요."

49.

He was astounded. His mouth opened a little, and he looked at Gatsby, and then back at Daisy as if he had just recognized her as some one he knew a long time ago.

(김욱동 p.170)

그는 그야말로 아연실색했다. 입을 약간 벌린 채 개츠비를 쳐다보다가 마치 오래전에 알았던 사람을 지금에야 막 알아본 것처럼 다시 데이지를 바라보았다.

(김영하 p.147)

톰은 깜짝 놀랐다. 입을 살짝 벌린 채 개츠비를 바라보다가 마치 오래전에 알았던 사람을 방금 알아본 듯이 데이지를 돌아보았다.

① 우리말 쓰임과 우리 언어문화에 적합한 표현으로 번역하기

할 말을 잃고 아연실색할 때, 자연스레 나오는 표정 묘사로 어떤 표현이 적합할까? '입을 약간 벌린 채 쳐다보다가(김욱동)', '입을 살짝 벌린 채 바라보다가(김영하)'는 모두 원문 'opened a little'을 문구 그대로 번역했다. '벌려 있다'에 방점이 있는 게 아니라, 너무 어이없어서 '입을 다물지 못하는' 그런 표정이 원문 분위기에 맞다. '입을 다물지 못한 채 개츠비를 바라보다가'라는 표현이 우리말로 훨씬 자연스럽다. 직역을 넘어 우리말 쓰임과 우리 언어문화에 적합한 표현으로 번역해야 한다.

(김욱성)
톰은 할 말을 잃었다. 입을 다물지 못한 채 개츠비를 바라보다가, 오래전에 알던 사람인데 방금 알아봤다는 듯 데이지를 쳐다보았다.

50.

Until long after midnight a changing crowd lapped up against the front of the garage, while <u>George Wilson rocked himself back and forth on the couch inside.</u>

(김욱동 p.220)
자정이 훨씬 지난 시간까지도 새로운 구경꾼들이 계속 정비소 앞으로 들이닥쳤고, 윌슨은 정비소 안의 긴 의자에 앉아 몸을 앞뒤로 흔들어대고 있었다.

(김영하 p.193)
자정이 한참 지난 뒤까지도 군중이 계속 몰려와서 정비소로 들이닥쳤다. 조지 윌슨은 안쪽 <u>소파 위에서 몸을 앞뒤로 흔들고 있었다.</u>

① 한국어 표현 완성도 높이기

아내가 교통사고로 죽고 나서, 남편 윌슨이 보인 반응으로 '몸을 앞뒤로 흔들어대고 있었다'가 적절한 표현인지 의문이다. 원문 'rocked himself back and forth'을 기계적으로 번역한 결과다. 이러한 동작을 통해 '심리'까지 묘사할 수 있어야 한다. '몸을 제대로 가누지 못했다'라고 표현하면, 윌슨이 제대로 앉지도 못하고 '정신적인 충격'도 매우 크다는 이미지까지 전달할 수 있다. 번역 문장은 직역을 넘어 우리말 쓰임에 맞아야 하고, 우리 사회의 문화와도 자연스럽게 조화를 이루어야 한다.

(김용성)

자정이 한참 지난 뒤까지도 사람들이 정비소로 들이닥쳤다. 조지 윌슨은 정비소 안쪽 소파에 앉아 있는데 여전히 몸을 제대로 가누지 못했다.

III. 어조 어감 차이를 간과한 번역

51.

A breeze blew through the room, blew curtains in at one end and out the other like pale flags, twisting them up toward the frosted wedding-cake of the ceiling, and then rippled over the wine-colored rug, making a shadow on it as wind does on the sea.

(김욱동 p.24)

산들바람이 방 안으로 불어 들어와 커튼의 한끝은 안으로, 다른 한끝은 창백한 흰 깃발처럼 밖으로 휘날리다가 설탕 입힌 웨딩 케이크 같은 천장을 향해 소용돌이쳤다. 그러고 나서 마치 바람이 바다 위에 그림자를 드리우듯 포도주 빛깔의 양탄자 위에 잔물결을 일으키면서 그 위에 그림자를 드리웠다.

(김영하 p.19)

방으로 스며든 산들바람 때문에 한쪽 창문의 커튼은 안으로, 또 한쪽은 바깥으로, 마치 옅은 색 깃발처럼 나부끼며 크림을 바른 웨딩케이크처럼 생긴 천장을 향해 소용돌이쳤다. 그러고 나서는 마치 바다에 바람이 불듯, 와인색 양탄자에 잔물결을 일으키며 음영을 만들어냈다.

① 한국어 어감에 맞는 번역

'휘날리다'(국어사전)는 '거세게 펄펄 나부끼다' 또는 '이리저리 나부끼게 하다'이며, '소용돌이치다'(국어사전)는 '바람이나 눈보라, 불길 따위가 세차게 휘돌며 치솟다'이다. 김욱동은 산들바람이 불어서 커튼이 휘날리고 소용돌이친다고 번역한다. 하지만 '산들바람'(국어사전)은 '시원하고 가볍게 부는 바람'이다. '휘날리다'와 '소용돌이치다'는 강풍과 어울린다. 즉 산들바람이 불어 커튼이 휘날리고 소용돌이친다는 표현은 적합한 번역이 아니다.

② 이미지 묘사

원문	(curtains in at one end and out the other like pale flags,) twisting them up toward the frosted wedding-cake of the ceiling
김욱동	설탕 입힌 웨딩케이크 같은 천장을 향해
김영하	흰 웨딩케이크처럼 생긴 천장을 향해

산들바람이 방 안으로 불어와서 커튼 한쪽 끝은 창문 안쪽에서 다른 쪽 끝은 바깥에서 하얀 깃발처럼 나부끼다가, 커튼이 서로 말려가며 천장으로 하얀 웨딩케이크를 만들며 올라가는 이미지다. 여기서 pale flags와 the frosted wedding-cake는 모두 curtains가 산들바람에 영향을 받아 만들어지는 이미지다. '웨딩케이크 같은 천장'이란 표현은 원문 이미지에 어울리지 않는 번역이다.

'커튼은 서로 말려가며 천장으로 하얀 웨딩케이크를 만들며 올라가는가 싶더니'와 같이 이미지를 직관적으로 파악할 수 있게 묘사할 필요가 있다.

③ 대동사 does 번역

원문	then rippled over the wine-colored rug, making a shadow on it as wind does on the sea.
김욱동	마치 바람이 바다 위에 그림자를 드리우듯 포도주 빛깔의 양탄자 위에 잔물결을 일으키면서 그 위에 그림자를 드리웠다.

여기서 'does'는 'make a shadow'가 아니라 'ripple'을 받는다. '바람이 바다 위에 그림자를 드리우듯'(김욱동)은 비유 대상이 선명한 이미지를 주지 못한다. 바다에 (바람이 불면) 파도가 일듯 양탄자에 물결이 만들어진다는 의미로 이처럼 시각 이미지는 구체적이고 선명해야 한다. '바람에 파도가 일듯이 와인색 양탄자에 물결을 만들며 그림자를 드리웠다'라고 번역하면 훨씬 자연스럽다. 덧붙여 'on the sea' 번역으로 '바다 위에'보다는 '바다에'가 낫다.

(김용성)

산들바람이 방 안으로 불어와서 커튼 한쪽 끝은 창문 안쪽에서 다른 쪽 끝은 바깥에서 하얀 깃발처럼 나부끼다가, 커튼이 서로 말려가며 천장으로 하얀 웨딩케이크를 만들며 올라가는가 싶더니 바람에 파도가 일듯이 와인색 양탄자에 물결을 만들며 그림자를 드리웠다.

52.

Her gray sun-strained eyes looked back at me with polite reciprocal curiosity out of <u>a wan, charming, discontented face</u>.

(김욱동 p.29)

그녀는 나의 시선에 응답이라도 하듯 정중한 호기심을 보이며 햇빛을 받아 긴장한 잿빛 눈으로 나를 바라보았다. <u>창백한 얼굴은 매력적이었지만 어딘가 불만 섞인 표정</u>이었다.

(김영하 p.23)

햇빛에 바랜 듯한 그녀의 회색빛 눈동자가 나를 돌아보았다. <u>창백하고 매력적인, 그러나 어딘가 불만스러운 표정</u>에는 예의바르면서도 내 시선에 응답하는 듯한 호기심이 어려 있었다.

① 형용사 번역, 어순보다 어감을 살리는 번역

닉이 조던을 처음 만나는 장면이다. 조던이 보이는 표정과 관련하여 형용사 세 가지가 나온다. 이를 통해 등장인물의 심리와 성격, 첫인상을 엿볼 수가 있다.

먼저 'wan'에 대한 번역이다. 김욱동, 김영하 모두 '창백하다'로 표현한다. 국어사전에 따르면 '창백하다'는 '얼굴빛이나 살빛이 핏기가 없고 푸른 기가 돌 만큼 해쓱하다'라는 뜻이다. 일상생활에서 '창백하다'는 건강 상태가 안 좋고, 허약한 이미지를 보여주고자 할 때 쓰인다. 여기서는 '창백하다'보다 '별 내색 없는', '별 반응 없는' 이미지가 원문에 맞다.

다음으로 'discontented'에 대한 번역이다. 이를 문구 그대로 번역하면 '불만스럽다'이다. 처음 인사하는 자리에서 '불만스러운' 표정을 짓기가 사실 일반적이지 않다. '불만 섞인', '불만스러운'과 같이 적극적인 불만족 표출보다 '떨떠름한'처럼 불만족 심리를 소극적으로 표출하는 이미지가 더 어울린다.

김욱동은 조던을 '창백한 얼굴은 매력적이었지만 어딘가 불만 섞인 표정이었다'라고, 김영하는 '창백하고 매력적인, 그러나 어딘가 불만스러운 표정'이라고 번역한다. 원문 어순에 집착한 결과다. 부정적인 이미지인 '창백하다', '불만스럽다'와 '매력적이다'가 뭔가 부자연스럽게 나열되어 있다. 이렇게 꼭 원문 어순에 따라 번역해야 할까?

'정중하게 관심을 보이는데 별 내색 없는, 그런 떨떠름한 표정이 오히려 매력 있게 보였다'라고 번역하면 원문 의도에도 맞고, 독자도 어색하지 않게 읽을 수 있다.

(김용성)
내 시선에 응답이라도 하듯, 베이커가 나를 돌아보았다. 햇빛에 바랜 듯한 회색 눈동자였다. 정중하게 관심을 보이는데 별 내색 없는, 그런 떨떠름한 표정이 오히려 매력 있게 보였다.

53.

"You ought to live in California —" began Miss Baker, but Tom interrupted her by shifting heavily in his chair.

(김욱동 p.32)
"두 사람은 캘리포니아에 살아야 하는 건데……." 미스 베이커가 말을 꺼냈지만 톰은 의자에서 무겁게 몸을 고쳐 앉으면서 그녀의 말을 가로막았다.

(김영하 p.25)
"두 분은 캘리포니아에 사셔야겠어요." 미스 베이커가 말을 꺼내려는데 톰이 의자에서 무겁게 몸을 움직이며 그녀의 말을 잘랐다.

① 끼어드는 상황 묘사 & "—" 번역

김영하 번역 '미스 베이커가 말을 꺼내려는데 톰이 ~ 그녀의 말을 잘랐다'에서 '말을 꺼내려는데' 부분이 이상하다. 이미 말을 하고 있기 때문이다. 김영하는 "두 분은 캘리포니아에 사셔야겠어요."라고 완성된 문장으로 번역하나, 원문 "—"에는 말을 마무리하지 못했다는 어감이 들어있다. 맥락을 보면 원문은 베이커가 말을 하고 있는데 느닷없이 톰이 말을 자르며 끼어드는 상황이다.

② 우리말 어감에 맞는 표현

'shifting heavily'를 어떻게 번역하면 좋을까? 무겁게 고쳐 앉으면서(김욱동)? 무겁게 몸을 움직이며(김영하)? 'heavily'를 1차 의미로 '무겁게'라고 번역한 듯하다. 하지만 '무겁게 몸을 움직이며'라는 표현은 '느릿느릿', '천천히' 움직인다는 이미지로 '톰이 느닷없이 끼어드는 상황'과 어울리지 않으며 원문 의미와 상반되는 점도 있다. 'heavily'에는 '심하게', '크게'라는 의미도 있다. '무겁게 고쳐 앉으면서', '무겁게 몸을 움직이며'보다는 '자세를 크게 고쳐 앉으면서'라는 표현이 원문 '느닷없이 끼어드는 상황'에 더 적합하다. 우리말 어감면에서도 '자세를 무겁게 고쳐 앉는다'보다는 '자세를 크게 고쳐 앉는다'라는 표현이 더 자연스럽다.

(김용성)
"두 사람은 캘리포니아에 살아야 하는데……."
베이커가 말을 하고 있는데 톰이 자세를 크게 고쳐 앉으면서 말을 가로챘다.

54.

Her body asserted itself with a restless movement of her knee, and she stood up.

(김욱동 p.39)

그녀는 불안하게 무릎을 들썩여 몸을 펴고 벌떡 자리에서 일어났다.

(김영하 p.31)

그녀는 초조하게 무릎을 떨어대더니 자리에서 일어섰다.

① 동작 묘사 vs 심리 묘사, 어감 차이까지 바르게 번역하기

'restless'는 'movement'를 수식하는데 심리 묘사와 연관될 때는 '가만히 있지 못하는', '불안한'이라는 의미가, 단순 동작 묘사일 경우에는 '계속 움직이는'이라는 의미가 된다.

원문은 베이커가 '초조하거나 불안한' 상황이 아니라, 오래 앉아 있다가 일어서면서 무릎을 여러 번 움직이며 근육을 풀어주는 장면이다. 유명 골프 선수로서 습관적이고 자연스러운 동작이다. 심리와 무관한 단순 동작 묘사에서 'restless'를 '불안하게', '초조하게'라는 어감으로 기계적으로 번역하는 건 문제가 있다.

(김용성)

베이커는 무릎을 계속 움직이며 몸을 펴더니 자리에서 일어났다.

55.

One of the men was talking with curious intensity to a young actress, and his wife, after attempting to laugh at the situation in a dignified and indifferent way, broke down entirely and resorted to flank attacks — at intervals she appeared suddenly at his side like an angry diamond, and hissed: "You promised!" into his ear.

(김욱동 p.81)

한 남자가 호기심에 가득 차서 젊은 여배우에게 말을 걸자, 그의 아내는 품위 있게 무관심한 척하며 짐짓 웃어넘기려고 하다가 순식간에 완전히 이성을 잃고 측면 공격을 퍼부었다. 말이 끊어진 틈을 타서 갑자기 각이 진 다이아몬드처럼 성마르게 남편에게 다가가 그의 귀에 대고 "당신 약속했잖아요!" 하고 소리를 질렀다.

(김영하 p.68)

남자 중 하나가 젊은 여배우와 호기심에 찬 대화를 나누는 사이, 그의 아내는 품위 있게 무관심을 가장하며 웃어넘기려다가 돌연 평정을 잃고 측면공격을 감행했다. 말이 끊어진 틈을 타 갑자기 나타난 그녀는 최대한 분노를 억누르며 남편의 귓전에 "안 그러기로 했잖아!" 하고 말했다.

① 상황에 맞는 우리말 표현

'with curious intensity'를 문구 그대로 '호기심에 가득 차서(김욱동)', '호기심에 찬(김영하)'으로 번역할 수 있으나, 상황을 보면 '호기심'이라기보다 여자에게 접근해서 환심을 얻으려고 수작 대는, '치근덕대는' 이미지다. 바로 다음에 아내가 소리 지르는 장면과 연결하여 보아도, '호기심에 찬'은 문맥을 담아내지 못한 번역이다.

② 쉬운 한국어 표현, 실생활에서 쓰이는 표현으로 번역하기

김욱동은 'like an angry diamond'를 '각이 진 다이아몬드처럼'으로 번역한다. 직관적으로 무슨 의미인지 와닿지 않는다. 표정에 대한 묘사이고 화가 난 상태를 보여주는 표현이어야 한다. 둥글둥글한 얼굴이 아닌 화가 나서 마름모(다이아몬드)처럼 모가 난, 즉 분을 참지 못해서 나오는 '날 선 얼굴로'라는 의미다.

김영하 번역 '최대한 분노를 억누르며'는 바로 다음에 '"안 그러기로 했잖아!" 하고 말했다'라는 문장과 어울리지 않는다. 분을 못 참고 불만을 터트리는 상황이기 때문이다.

③ 어감을 살리는 감탄사 번역

'You promised!'에 맞는 번역은 무엇일까? 엄청 화난 상태이므로 존댓말보다는 반말이 더 실감나는 표현이 된다. 원문 'broke down entirely and resorted to flank attacks'에도 나와 있듯, 이성을 잃어 분을 못 참고 소리 지르는 장면이다. "당신 약속했잖아요!(김욱동)"보다는 "안 그러기로 했잖아!"가 분위기에 더 적합하다.

(김용성)

남편 중 하나가 젊은 여배우에게 엄청 치근덕대며 대화를 나누는 사이, 그 아내는 처음엔 대수롭지 않은 듯 품위 있게 웃어넘기려다가 완전히 평정을 잃고 남편을 공격하기 시작했다. 말이 끊어진 틈을 타 아내는 남편 곁에 갑자기 나타나 분을 참지 못해 날 선 얼굴로 남편 귀에다 대고 "안 그러기로 했잖아!"라고 소리 질렀다.

56.

(A man in a long duster ~ looking from the car to the tire and from the tire to the observers in a pleasant, puzzled way)

"See!" he explained. "It went in the ditch."

(The fact was infinitely astonishing to him.)

(김영하 p.71)

"보라구요!" 그가 설명했다. "차가 도랑에 빠졌네요."

① 어조 어감을 살리는 대사 번역

개츠비 집에서 파티를 끝내고 돌아가는 중에 차가 도랑에 빠지는 사고가 일어난다. 그때 차에 탔던 사내가 밖으로 나와서 하는 말이다. 차가 가다가 말고 왜 멈췄는지 모르기에 사내는 당황하면서도(puzzled), 사람들이 주변에 있고 해서 여전히 흥겨운 파티 여운을 느낀다(pleasant). 즉, 원문은 사내가 차 사고를 정확하게 이성적으로 인지하지 못한 상태에서 두리번거리다 사고 장면을 보고 순간적으로 내뱉는 말이다. 앞서 사내는 개츠비 서재에서 'somewhat drunk'로 묘사된 바 있다.

김영하 번역 "보라구요!"는 이러한 상황에 어울리지 않는 표현이다. 자기도 몰랐다가 깜짝 놀라는 상황인데, 다른 사람에게 '보라고' 말할 수는 없다. 'see'라는 문구에 집착해 번역한 듯하나, 여기서는 순간적으로 내뱉는 감탄사 "이런!" 의미다. 김영하는 '차가 도랑에 빠졌네요'라고 설명한다고 하는데, 원문 그다음 문장을 보면 '남에게 설명하는' 상황이 아닌 '자기도 깜짝 놀라 소리치는' 장면이다. 대사 번역에서는 인물의 어조와 어감을 살리는 표현이 매우 중요하다.

(김용성)
"이런! 차가 도랑에 빠졌네."
그 남자가 소리쳤다.
(차가 빠졌다는 사실에 꽤 놀란 모양이었다.)

57.

At nine o'clock, one morning late in July, Gatsby's gorgeous car lurched up the rocky drive to my door and gave out a burst of melody from its three-noted horn.

(김욱동 p.95)

7월 하순 어느 날 아침 9시에 개츠비의 호화로운 자동차가 돌이 깔린 차도를 비틀거리며 올라와 우리 집 문 앞에 멈추고 3음계 멜로디로 경적을 울려댔다.

(김영하 p.81)

7월 말의 어느 날 아침 아홉 시경. 으리으리한 개츠비의 차가 울퉁불퉁한 진입로를 따라 올라와 우리 집 문 앞까지 들이닥치더니 3음계의 화음으로 클랙슨을 눌러댔다.

① 명확한 의미 번역 & 외국어 번역

'a burst of melody'는 한바탕 울린 경적을 의미한다. 'a burst of'는 경적이 한바탕 터졌다는 의미지, 'bursts of'가 아니기에 연이어 반복해서 이어졌다는 의미는 아니다.

김욱동 번역 '경적을 울려댔다'와 김영하 번역 '클랙슨을 눌러댔다'라는 표현은 문제가 있다. 우리말 '-대다'(보조동사)는 앞말이 뜻하는 행동을 반복하거나 그 행동의 정도가 심함을 나타내는 말이기 때문이다. '클랙슨'은 외국어이므로, '경적'이라는 단어로 바꾸면 좋겠다.

'three-noted horn'에서 'three-noted'는 '음의 높낮이나 길이가 다른 세 가지 소리'를 의미한다. 'notes'는 '음, 음표'라는 뜻으로, '어울리는 소리'인 '화음'과는 의미가 다르다. 김영하는 'its three-noted horn'을 '3음계의 화음'으로 번역하는데, 화음이 되려면 동시에 울려야 하나, 자동차는 한 대뿐이라 '화음'은 아니다. 자동차 경적은 '음의 높낮이'가 다르다기보다 누르기에 따라 '음의 길이'가 달라지기에, 김욱동 번역 '3음계 멜로디'는 썩 좋은 번역이라 할 수는 없다.

'three-noted horn'을 어떻게 직관적으로 이해할 수 있을까? '빵 빠앙 빠아앙'이라고 의성어로 처리하면 어떨까? 자동차 경적으로 우리에게 익숙한 의성어라, '3음계 멜로디' 등 관념적인 표현보다 어감이 쉽게 드러나는 번역을 해야 한다. 그래야 독자가 직관적으로 의미를 파악할 수 있다.

(김용성)
7월 하순 어느 날 아침 9시, 개츠비가 으리으리한 차를 몰고 울퉁불퉁한 길을 따라 올라와 우리 집 문 앞에 멈춰 서서 빵 빠앙 빠아앙 경적을 울렸다.

58.

We passed Port Roosevelt, where <u>there was a glimpse</u>

of red-belted ocean-going ships, and sped along a cobbled slum lined with the dark, undeserted saloons of the faded-gilt nineteen-hundreds.

(김욱동 p.101)

우리는 옆구리에 붉은 띠를 두른 대양 횡단 선박들이 언뜻언뜻 비치는 포트루스벨트를 지나 거무스레하니 빛이 바랬지만 아직도 사람들이 드나드는 1900년대의 술집들이 줄지어 있는 빈민굴의 자갈길을 빠른 속도로 지나갔다.

(김영하 p.86)

루스벨트 부두를 지나는데, 붉은 띠를 두른 큰 배가 한 척 보였다. 그리고 1900년대풍의 빛바랜 장식으로 치장한 어둡고 사람 많은 술집들이 줄지어 있는 자갈 깔린 슬럼가를 속도를 내어 지나갔다. 그러자 양쪽으로 잿더미 계곡이 나타났다.

① 원문에 충실한 번역

'there was a glimpse of red-belted ocean-going ships'를 김영하는 '붉은 띠를 두른 큰 배가 한 척 보였다'라고 번역한다. 'a glimpse of' 번역이 누락되고, 'ships'를 '배 한 척'으로 번역했다. '큰 배'는 엄밀히 보면 '대양을 횡단하는 배'다.

② 원문에 맞게 어감을 살리는 번역

김영하 번역 '1900년대풍의 빛바랜 장식으로 치장한'이란 표현은 자칫 '고풍스러운' 느낌을 줄 수 있다. '치장하다'(국어사전)는 '잘 매만져 곱게 꾸미다'는 뜻이다. 원문은 1900년대 분위기가 나게, 일부러 '1900년대풍으로' 꾸몄다는 의미가 아니다. '빛바랜 장식으로 치장했다'가 아니라 '세월이 흘러 장식이 빛바래졌다'와 같이 원문에 맞게 어감을 살리는 번역을 해야 한다.

김욱동 번역 '1900년대의 술집들'은 100년도 훨씬 넘은 술집으로 오해를 불러일으킬 수 있다. 사실 100년 넘는 술집은 드물기도 하거니와 유서 깊고 고풍스러운 분위기가 먼저 연상된다. 이 작품이 처음 만들어진 연도가 1925년이니 '이십 년도 넘은 낡은 술집들'이라고 번역하면, 원문에서 보여주는 '어둡고 칙칙한' 슬럼가 이미지와 잘 맞아떨어진다.

(김용성)

루즈벨트 부두를 지나가는데, 붉은 띠를 두르고 대양을 횡단하는 배들이 얼핏 보였다. 어둡고 칙칙한, 아직도 사람들이 드나드는 20년도 넘은 낡은 술집들이 빈민가 울퉁불퉁한 길을 따라 늘어서 있었다.

59.

"You're very polite, but I belong to another generation,"

he announced solemnly. "You sit here and discuss your sports and your young ladies and your ——" He supplied an imaginary noun with another wave of his hand.

(김영하 p.92)

"대단히 친절한 말씀이십니다만 세대차라는 게 있으니까." 그가 정중하게 말했다. "일어나실 것 없고, 자, 친구 얘기, 여자 얘기 그리고……." 그는 손짓으로 상상의 단어를 대신했다.

① 대사에서 어조 일관성 문제

울프심은 개츠비와 사업 동업자로 나이는 쉰 살이다. 개츠비와 닉보다 스무 살 정도 더 많다. 김영하가 바로 앞부분에선 "전화하러 가는 거야", "몇 년 됐지"와 같이 울프심이 하는 말을 반말투로 번역하다가 헤어지는 부분에서 갑자기 "대단히 친절한 말씀이십니다만", "일어나실 것 없고"와 같이 극존칭으로 번역한다. 같은 인물이 하는 대사는 '어조'가 일관성 있게 번역될 필요가 있다. 원문 'solemnly'는 말투를 정중하게 했다는 의미다.

(김용성)

"호의는 고맙지만 난 세대가 다르다네. 자네들은 여기 앉아서 스포츠나 여자 얘기……."

나머지 말은 알아서 상상하라는 듯 한 번 더 손을 흔들었다.

60.

With fenders spread like wings we scattered light through half Long Island City — only half, for as we twisted among the pillars of the elevated I heard the familiar "jug — jug — spat!" of a motorcycle, and a frantic policeman rode alongside.

(김욱동 p.102)

우리는 흙받기를 날개처럼 펴고 롱아일랜드시티를 절반쯤 가볍게 지나갔다. 절반쯤에서 잠시 멈춘 것은 고가 철도의 기둥 사이를 돌 때, "탁, 탁, 탁!" 하는 귀에 익은 오토바이 소리가 들리면서 경찰관 하나가 미친 듯이 우리 옆을 바짝 따라왔기 때문이다.

(김영하 p.86)

펜더를 날개처럼 펼치고 빛을 튕겨내며 애스토리아 지역을 반쯤 지났을 때-딱 절반쯤이었다. 고가도로 교각 사이를 달리고 있을 때였으니까-"끼익 끼익 척" 하는 귀에 익은 오토바이 소리가 들려왔다. 한 성미 급한 경찰관이 우리 옆으로 따라붙고 있었다.

① **자동차가 빠르게 달리는 이미지 묘사**

'흙받기를 날개처럼 펴고(김욱동)'와 '펜더를 날개처럼 펼치

365

고(김영하)'는 달리기 전에 그런 동작을 한다는 인상을 줄 수 있다. 빠른 속도로 달리다 보면 펜더가 날개처럼 펼쳐진다는 의미다. 자동차가 빠르게 달린다는 이미지로 무엇이 어울릴까? '흙받기를 날개처럼 펴고 지나갔다'보다는 '자동차 펜더가 날개처럼 펼쳐질 정도로 속도를 내어 달렸다'가 더 자연스러운 묘사가 아닐까?

② 의성어 번역, 어감을 살려 번역하기

"jug — jug — spat!"은 빠르게 달려오는 오토바이가 내는 의성어다.

김욱동 '탁 탁 탁 귀에 익은 오토바이 소리'에서 '탁 탁 탁'과 빠르게 달리는 오토바이와 연결이 안 된다. '탁 탁 탁'은 보통 책상이나 딱딱한 사물을 두드리는 소리로 쓰이는 경우가 많다.

김영하 번역 '끼익 끼익 척 하는 귀에 익은 오토바이 소리'에서 '끼익 끼익 척'은 브레이크를 잡을 때 나오는 소리이지, 속도를 내어 따라붙을 때 나오는 소리는 아니다.

그렇다면 오토바이 소리 의성어를 어떻게 표현하는 게 좋을까? 속도를 내어 달리는 이미지이므로 "부웅 - 부웅 - 부우웅"이 어울리는 표현이다. 의성어 번역은 직관적으로 어감이 느껴지게 번역해야 한다.

③ 분위기에 맞는 형용사 번역

'a frantic policeman'에서 'frantic'은 단지 'policeman'을 꾸며

주기보다 바짝 쫓아오는 경찰 이미지를 직관적으로 묘사해주는 단어다.

김영하 번역 '성미 급한 경찰관'에서 경찰관이 '성미가 급하다'기보다는 '경찰이 (단속하려고) 미친 듯이 따라오더니'가 원문에 더 적합하다.

(김용성)
우리는 속도를 내어 달렸다. 자동차 펜더가 날개처럼 펼쳐질 정도로. 불빛을 흩트리며 롱아일랜드 시티 절반을 가볍게 지나갔다. 하지만 딱 거기까지였다. 고가도로 교각을 돌아서 가는데 "부웅 - 부웅 - 부우웅" 하는 귀에 익은 오토바이 소리가 들려왔다. 교통경찰이 미친 듯이 따라오더니 우리 옆까지 바짝 쫓아왔다.

61.
As he shook hands and turned away his tragic nose was trembling. I wondered if I had said anything to offend him.

(김욱동 p.108)
악수를 하고 돌아설 때 보니 슬프게 생긴 그의 코가 바르르 떨리고 있었다. 나는 혹시 그의 기분을 상하게 할 만한 말을 하지는 않았나 싶었다.

(김영하 p.92)

악수를 하고 돌아설 때, <u>그의 비극적 코</u>가 부르르 떨렸다. 내가 무슨 말이라도 잘못한 게 아닌가 싶었다.

① 어감을 살리는 번역, 설명보다는 묘사로

'his tragic nose'를 어떻게 번역할까? 문구 그대로 번역하면 김영하가 번역한 대로 '그의 비극적인 코'가 된다. '비극적인 코'라는 말은 일상에서 사용하지 않을 뿐더러 애매하기까지 하다. 'trembling', 'anything to offend him' 등에서 어감에 대한 힌트를 얻어야 한다.

김욱동 번역 '슬프게 생긴 그의 코'도 난감하다. 코가 어떻게 생겼는지가 중요한 게 아니다. '울프심 코'에 대한 묘사를 통해, 닉이 울프심 심리를 엿보게 되는 장면이다. 'tragic'에 대한 번역으로 '비극적인', '슬프게 생긴'과 같은 설명보다 '코가 살짝 떨려 애처로워'와 같이 어감이 살아있는 직관적인 묘사가 훨씬 효과적이다.

(김용성)

울프심이 악수하고 돌아서는데 코가 살짝 떨려 애처로워 보였다. 내가 혹시 기분 상하게 하진 않았는지 조금 걱정스러웠다.

62.

(We locked the door and got her into a cold bath. She wouldn't let go of the letter.) She took it into the tub with her and squeezed it up into a wet ball, and only let me leave it in the soap-dish when she saw that it was coming to pieces like snow.

(김욱동 p.113)
그 편지를 갖고 욕조 속에 들어가더니 물에 담가 쥐어짜서 젖은 공처럼 만들더니 눈송이처럼 조각조각 흩어지는 것을 보고서야 그것을 비누 접시에 버리게 해주었어요.

(김영하 p.96)
그걸 욕조 속에 집어넣어서 손으로 쥐어짜 젖은 공처럼 만들더니만 그게 눈처럼 조각조각 풀어지는 걸 보고야 비누 받침 위에 올려놓게 해주더라고요.

① 실연의 아픔이 드러나는 이미지 묘사

'She took it into the tub with her and squeezed it up into a wet ball'을 어떻게 번역하면 좋을까? 원문 'got her into a cold bath. She wouldn't let go of the letter'로 보아, 데이지가 자기 스스로 욕조로 들어가는 상황 아니며, 욕조에서도 편지를 꼭 붙들고 있다.

369

김욱동 번역처럼 편지를 '물에 담가 쥐어짜서 젖은 공처럼' 똘똘 뭉쳐 만들었다? 데이지가 이처럼 적극적으로 행동했다고 번역하기보다, 원문은 데이지가 편지를 쥐고 계속 울며 가슴 아파하니까 주변에서 달랜다고 욕조에 들어가게 하는데, 욕조에서도 편지를 꽉 쥐고 있다. 편지가 물에 젖어 점점 흐물흐물해지면서 조금씩 떨어져 나가자 이마저도 붙잡으려고 공처럼 뭉쳐 쥐어보지만, 결국 눈송이처럼 조각조각 흩어지는 걸 보고서야 이를 비눗갑에 버리게 한다는 이미지다.

김영하 번역 '그걸 욕조 속에 집어넣어서 손으로 쥐어짜 젖은 공처럼 만들더니만'에서 '편지'만 따로 욕조에 집어넣는 일은 없다. 자신이 욕조에 떠밀리다시피 들어가는데 손에서 편지를 절대 안 놓는 상황이다. 실연의 아픔에 대한 시각 이미지 묘사가 필요한 부분이다.

(김용성)

욕조에서 편지가 젖어 흐물흐물해지자 공처럼 뭉쳐 꼭 쥐어 잡았지요. 하지만 눈송이처럼 조각조각 흩어지는 걸 보고 나서야 비눗갑에 버리게 했지요.

63.

Her wan, scornful mouth smiled, and so I drew her up again closer, this time to my face.

(김욱동 p.118)

<u>조소하는 듯한 창백한 입으로 그녀가 미소를 짓자</u> 이번에는 내 얼굴 쪽으로 다시 한 번 바짝 끌어당겼다.

(김영하 p.100)

그녀의 <u>맥없이 비웃는 듯한 입술</u>이 보였다. 나는 그녀를 다시 한 번 끌어당겼다. 이번에는 내 얼굴 쪽으로였다.

① 어감을 살리는 표현, 문구 번역 vs 문맥 번역

원문 바로 앞부분에 'I drew up the girl beside me, tightening my arms'가 나온다. 조던은 닉이 자기를 어떤 마음으로 보는지 알아차리고 있다. 여기서 'scornful mouth smiled'는 '조소하는 듯한 미소(김욱동)', '비웃는 듯한 입술(김영하)'이라기보다 '속마음을 알아채기라도 한 듯 엷게 짓는 미소'를 의미한다. 원문은 닉과 조던이 '연인관계'로 발전하는 핵심 장면이 된다. '조소하다(국어사전)'는 '흉을 보듯이 빈정거리거나 업신여기다 또는 그렇게 웃다'라는 의미로 원문 분위기와는 안 맞는다. 'scornful'을 문구 그대로 번역하기보다 문맥에 맞게 '어감을 살리는' 번역을 해야 한다.

'wan'은 '창백한(김욱동)', '맥없이(김영하)' 의미보다 '별 내색하지 않는' 의미로 보아야 맞다. '창백한', '맥없이'는 분위기와도 맞지 않고, 스타급 골프 선수이며 주관이 강한 조던과는 어울리지 않는 이미지다.

(김용성)
조던이 내 속마음을 알아채기라도 한 듯 미소를 엷게 지어 보이자, 나는 이번엔 내 얼굴 쪽으로 더 바짝 끌어당겼다.

64.
"Well, this would interest you. It wouldn't take up much of your time and you might pick up a nice bit of money. <u>It happens to be a rather confidential sort of thing.</u>"

(김영하 p.103)
"그럼 너도 구미가 좀 당길 거야. 시간 많이 뺏기지 않고도 꽤 많은 돈을 벌 수 있어. <u>아주 확실한 건이야.</u>"

① 어조에 맞는 번역

원문 'It happens to be a rather confidential sort of thing.'을 어떻게 번역해야 할까? 김영하는 이 부분을 '아주 확실한 건이야.'라고 번역하는데, 이런 의미보다는 '시간도 많이 안 들고 돈도 짭짤하게 벌 수 있어서' 좋지만 'a rather confidential sort of thing' 즉, '대놓고 공공연히 떠벌리며 다닐 일은 아니'라는 의미가 맞겠다.

(김용성)

"그렇다면 이 일이 맘에 들 거예요. 시간도 많이 안 들고, 돈도 짭짤하게 벌 수 있거든요. 대놓고 공공연히 떠벌리며 다닐 일은 아니긴 하지만."

65.

With his hands still in his coat pockets he stalked by me into the hall, turned sharply as if he were on a wire, and disappeared into the living-room.

(김욱동 p.126)

두 손을 여전히 윗도리 주머니에 찌른 채 그는 내 옆을 지나 복도로 걸어 들어갔고, 마치 전깃줄에 닿은 것처럼 갑자기 홱 몸을 돌리더니 거실 안으로 사라져 버렸다.

(김영하 p.107)

나를 따라 복도를 들어오면서도 그는 손을 주머니에서 빼지 않았다. 그는 마치 무슨 줄에라도 매달린 것처럼 홱 하고 코너를 돌더니 거실로 사라져 버렸다.

① 어감이 살아있는 동사 번역
개츠비가 데이지를 드디어 다시 만나는 바로 직전 상황이다.

그냥 걸음걸이가 아닌, 긴장된 자세로 걷는 두렵고 떨리기도 한 그런 뻣뻣한 '부자연스러운' 걸음걸이를 'stalk'로 표현했다. 'stalk'에 분위기와 심리가 담겨있다. 이러한 분위기와 심리도 번역할 수 있어야 한다.

김영하 번역 '나를 따라 복도로 들어오면서도'보다 '나를 지나쳐 안으로 들어갔다'가 원문 의미에 맞다.

② 어감이 살아있는 부사절 번역

김욱동은 'turned sharply as if he were on a wire'를 '전깃줄에 닿은 것처럼 갑자기 휙 몸을 돌리더니'라고 번역한다. '전깃줄에 닿는 것'과 '휙 몸을 돌리는 행위' 사이 연관성이 떨어진다. 전깃줄에 닿는다고 갑자기 휙 몸을 돌린다? 비유 표현을 쓰는 이유는 더 쉽게 직관적으로 이해하기 위함인데, 비유 표현이 명쾌하지 않아 문제가 있다.

김영하는 'as if he were on a wire'를 '그는 마치 무슨 줄에라도 매달린 것처럼'으로 번역하는데, 꼭두각시는 크게 두 가지 유형이 있다. 줄에 꼭두각시를 매달아 위에서 조종하는 유형과 손과 발, 머리 등을 아래에서 조종하는 유형이 있는데, 여기서는 'on a wire'로 보아 아래에서 조종하는 꼭두각시를 비유한다고 볼 수 있다.

'turned sharply as if he were on a wire'는 '(줄로 조종되는) 꼭두각시 인형처럼' 급히 몸을 돌려 거실로 들어갔다는 의미다. 꼭두각시 인형은 동작이 딱딱하고 급히 움직이는 특징이 있다.

개츠비는 데이지를 오랜만에 만나는 상황이라 무척 긴장한 상태이며, 개츠비의 부자연스럽고 딱딱한 동작이 '꼭두각시 인형처럼' 묘사되는 장면이다.

김영하 번역 '코너를 돌더니' 부분에서, 코너를 도는지 어떤지는 원문만 놓고 보면 알 수가 없다. '급하게 몸을 돌리며'로 해결되는 부분이라, 없어도 되는 군더더기 표현이다.

(김용성)
두 손을 여전히 코트 주머니에 넣은 채 개츠비는 잔뜩 긴장한 듯 나를 지나쳐 안으로 들어가더니 꼭두각시 인형처럼 급하게 몸을 돌리며 거실로 사라졌다.

66.

Daisy went up-stairs to wash her face — <u>too late I thought with humiliation of my towels</u> —

(김영하 p.111)
데이지는 세수를 하러 위층으로 올라갔다. 그때야 <u>나는 수건들의 상태를 생각해내고는 부끄러움에 몸을 떨었다.</u>

① 감정 정도를 어감에 맞게 번역하기
김영하 번역 '부끄러움에 몸을 떨었다'에서 '몸을 떨다'는 '분노'와 '수치심'을 나타내는 우리말 관용표현이다. 유사한 표현으로 '치를 떨다'가 있다. 수건이 깨끗하지 않아 좀 창피할 뿐이지 몸을 떨면서 수치심이나 분노를 느낄 정도는 아니다. 원문 'too late' 번역도 누락되었다.

(김용성)
데이지는 위층으로 가서 세수했다. 그때야 나는 욕실 수건을 떠올리고는 창피하다고 생각했지만 이미 벌어진 일이었다.

67.
His head leaned back so far that it rested against the face of a defunct mantelpiece clock, and from this position his distraught eyes stared down at Daisy, who was sitting, frightened but graceful, on the edge of a stiff chair.

(김욱동 p.126)
너무 뒤로 젖힌 나머지 그의 머리가 고장 난 벽난로 장식 시계의 글자판에 닿았다. 그는 이런 자세로 겁먹고 있으면서도 우아한 모습으로 딱딱한 의자 끝에 앉아 있는 데이지를 정신이 혼란한 눈빛으로 내려다보고 있었다.

(김영하 p.107)

머리는 뒤로 최대한 젖혀 벽난로 위의 고장 난 시계에 닿을 정도였다. 이런 자세로 그의 달뜬 눈동자는 딱딱한 의자 끝에 <u>약간 겁먹은, 그러나 우아한 자세로</u> 앉아 있는 <u>데이지를 강렬히 응시하고 있었다.</u>

① 어감이 살아있는 개츠비 심리 묘사

원문 'his distraught eyes stared down at Daisy'를 김영하는 '데이지를 강렬히 응시하고 있었다'라고 번역한다. 'distraught'는 '심란한, 제정신이 아닌' 의미로, 개츠비 심리를 드러내는 단어다. 그토록 다시 만나려고 했던 데이지를 눈앞에서 마주할 때, 개츠비 심정은 어떠할까? 눈빛에 고스란히 심경이 드러나기 마련이다. '응시하다'(국어사전)는 '눈길을 모아 한 곳을 똑바로 바라보다'라는 의미다. '강렬히 응시하고 있었다'보다 '눈빛이 흔들리고 심란해 보였다'가 원문 이미지에 더 적합하다.

② 어감이 살아있는 데이지 심리 묘사

원문 'frightened but graceful'을 김욱동은 '겁먹고 있으면서도 우아한 모습으로', 김영하는 '약간 겁먹은, 그러나 우아한 자세로'라고 번역한다. 전혀 예상하지 못한 일이 벌어질 때, 그것도 좋아하던 사람을 다시 보게 된 심리 묘사가 중요하다. '겁먹는'보다 '사뭇 놀라워하는', '깜짝 놀라는' 이미지가 원문에 맞다.

(김용성)

머리를 뒤로 너무 젖혀서인지 벽난로 위에 있는 고장 난 시계에 머리가 닿을 정도였다. 이런 자세여서인지 데이지를 바라보는 개츠비는 눈빛이 흔들리고 심란해 보였다. 데이지 역시 많이 놀란 듯하지만 우아하게 딱딱한 의자 끝에 앉아 있었다.

68.

Tom's arrogant eyes roamed the crowd.
"We don't go around very much," he said. "In fact, I was just thinking I don't know a soul here."

(김욱동 p.152)

톰은 거만한 눈초리로 손님들을 훑어봤다.
"우리는 별로 돌아다니지 않소. 사실, 난 여기 있는 사람들 중에 아는 사람이 하나도 없는 것 같소만." 그가 말했다.

(김영하 p.131)

톰의 거만한 눈초리가 사람들 사이를 어지럽게 방황하고 있었다.
"아직 구경은 많이 못했습니다." 그가 말했다. "실은 여기 아는 사람이 하나도 없네, 하고 생각하던 참이었습니다."

378

① 주어 술어 호응 & 자연스러운 한국어 표현

김영하 번역문에서 주어는 '거만한 눈초리가', 술어는 '어지럽게 방황하고 있었다'이다. 원문을 문구 그대로 번역한 문장이나, '거만한'과 '방황하고 있었다'는 서로 어울리지 않는다. 이미지 충돌이 일어나는 부분이다. '손님들을 여기저기 훑어보는 이미지'이므로, '거만한 눈초리로 훑어보았다'로 표현하면 더 자연스럽다.

② 어조에 맞게 말투 번역하기

김욱동 번역 '돌아다니지 않소', '같소만' 말투는 30대 초반 남자 말투가 아니다. 말투는 현실에서 실제 쓰는 표현이어야 공감할 수 있다.

③ '던' 관형사형 전성(轉成) 어미

김영하는 'I was just thinking ~'을 '~ 생각하던 참이었습니다'라고 번역하는데, '던'은 '지난 일을 돌이켜 생각하거나 일이 완결되지 못함을 나타내는 관형사형 전성(轉成) 어미'다. 즉 이미 '과거'를 내포하는 표현이다. '생각하던 참이었습니다'가 아니라 '생각하던 참입니다'가 맞는 표현이다.

(김용성)

톰은 대수롭지 않다는 듯 손님들을 훑어보며 말했다.
"우린 별로 돌아다니는 편이 아니라서요. 사실, 여기엔 아는 사람이 한 명도 없는 것 같군요."

69.

"I've never met so many celebrities!" Daisy exclaimed. "I liked that man — what was his name? — with the sort of blue nose."

(김욱동 p.152)
"이렇게 유명 인사를 많이 만나보기는 처음이에요." 데이지가 감격해서 말했다. "난 저 사람이 마음에 드는데……. 이름이 뭔가요? …… 코가 푸르스름한 저 신사 말이에요."

(김영하 p.131)
"이렇게 유명인사를 많이 만나보기는 처음이야." 데이지가 주장했다. "저 남자 좋아했었는데. 이름이 뭐더라? 코 푸르딩딩한 남자."

① 어감이 드러나는 시제 번역 & 말줄임표

김욱동 번역은 시제가 안 맞다. 지금 마음에 든다는 의미가 아니라, '저 사람 팬이었는데……. 이름이 뭐였더라?……'면서 기억을 떠올리며 말하는 장면이라 과거형이 와야 맞고 원문에도 부합한다.

김영하 번역은 원문 '—'를 무시했는데, '—'는 뭔가 기억을 떠올리며 뜸 들이는 이미지를 내포한다. 우리말 표현으로 말줄임표 '······'가 있어야 할 자리다.

② 어감이 드러나는 동사 번역

'exclaimed'를 김영하는 '주장했다'라고 번역한다. 'exclaim'에 '주장하다'라는 의미가 있지만, 매번 기계적으로 번역하면 곤란하고 상황에 맞게 번역해야 한다. '들떠서 큰 소리로 말했다', '감격하며 말했다'와 같은 표현이 원문에 더 적합하다.

(김용성)
"이렇게 유명한 사람들을 많이 만나보기는 처음이에요."
데이지가 감탄하며 말을 이어갔다.
"나, 저 사람 팬이었는데······. 이름이 뭐였더라?······ 코가 푸르스름한 저 사람."

70.
"I got dressed before luncheon," said the child, <u>turning eagerly to Daisy</u>.

(김욱동 p.167)
"점심 시간 전인데 이렇게 옷을 갈아입었어요." 아이는 <u>열심히</u>

데이지에게 몸을 돌리며 말했다.

(김영하 p.145)
"점심 먹기 전에 옷 갈아입었어요." 아이가 데이지 쪽으로 열렬히 돌아서면서 말했다.

① 동사에 어울리는 부사 번역, 어감에 맞게 번역하기

아이가 개츠비와 닉에게 인사하고 바로 엄마에게 돌아서는 장면이다.

김욱동 번역 '열심히 데이지에게 몸을 돌리며'에서, 열심히 몸을 돌린다? 뭔가 어색하다. 김영하 번역 '데이지 쪽으로 열렬히 돌아서면서'에서, 열렬히 돌아선다? 역시 어색하다.

'열심히', '열렬히'는 어느 정도 '지속성'을 전제로 한다. '공부를 열심히 한다', '그 가수를 열렬히 좋아한다'와 같이. 원문에서 아이는 인사 끝내자마자 바로 엄마를 돌아본다. 순간적으로 일어나는 동작이다. 이에 어울리는 부사로 '열심히', '열렬히'보다는 '얼른'이 더 우리말 표현으로 적합하다. '열심히 몸을 돌리며'가 어색한데 왜 이런 번역이 나왔을까? 'turning eagerly'를 문구 그대로 번역하고, '우리말 쓰임'은 살피지 못한 결과다.

(김용성)
"점심 먹기 전인데 옷을 갈아입었어요."
아이가 데이지 쪽으로 얼른 몸을 돌리며 말했다.

71.

The circle closed up again with a running murmur of expostulation.

(김욱동 p.196)

뭔가를 설명하느라고 중얼거리는 소리와 함께 사람들이 다시 둥그렇게 원을 그렸다.

(김영하 p.171)

사람들이 연이어 불평하는 소리와 함께 다시 원이 이어졌다.

① 사건 현장 청각 이미지 묘사

김욱동 번역 '뭔가를 설명하느라고 중얼거리는'은 현장 분위기에 대한 묘사가 약하다. '중얼거리다(국어사전)'는 '남이 잘 알아들을 수 없는 조금 작은 목소리로 자꾸 혼잣말을 하다'라는 의미다. 사람들이 많이 모여 있기에, '중얼거리는'보다 '웅성거리는', '웅성대는' 표현이 'a running murmur'에 더 적합하다.

김영하 번역 '연이어 불평하는 소리'에서 '불평'은 사고 현장과 다소 안 어울리는 단어다. '연이어 불평하는 소리'보다는 사고에 대해 '걱정하고 탓하기도 하는 이런저런 웅성대는 소리'라는 의미로 번역되는 게 더 적합하다.

② 사건 현장 시각 이미지 묘사

원문 'The circle'은 '시신을 둥글게 에워싼 사람들'인데, 카메라 클로즈업처럼 사람들이 점점 바짝 모여드는 이미지를 'closed up'이라 표현했다.

김욱동 번역 '사람들이 다시 둥그렇게 원을 그렸다', 김영하 번역 '다시 원이 이어졌다'라는 표현은 이 문장만 놓고 보면 이게 사건 현장인지 놀이 현장인지 모를 수밖에 없다. '원을 그렸다', '원이 이어졌다'라는 표현보다 '시신 주위를 에워싸며 바짝 모여들었다'와 같이 굳이 '원'이라는 단어를 안 쓰고도 '시신 주위를 에워싸는' 사건 현장 이미지를 시각적으로 잘 표현해낼 수 있다.

김욱동, 김영하 번역은 사람들이 점점 바짝 모여드는 이미지인 'closed up' 부분에 대한 세심한 묘사가 부족하다.

(김용성)
사람들이 웅성웅성하면서 시신 주위를 에워싸며 바짝 모여들었다.

72.

It was dawn now on Long Island and we went about opening the rest of the windows down-stairs, filling the house with gray-turning, gold-turning light.

(김욱동 p.214)

어느새 롱아일랜드에 새벽이 밝아왔고, 우리는 집 안을 돌아다니며 아래층의 나머지 창문들을 모두 열어젖혀 집 안을 <u>잿빛과 황금빛 햇살로 가득 채웠다.</u>

(김영하 p.187)

어느새 롱아일랜드에 새벽이 밝아왔다. 우리는 돌아다니면서 아래층의 나머지 창문들을 모두 열어 실내를 <u>뿌연 금빛 햇살로 가득 채웠다.</u>

① 어감이 살아나는 이미지 묘사

창문을 열어젖힐 때, 한꺼번에 하는 게 아니라 창문 하나씩 열어젖힌다. 창문 열기 전엔 'gray' 색이 많았다가 창문이 점차 열리면서 집 안에는 햇빛이 들어와 'gold' 색이 많아진다. 'gray-turning, gold-turning'에서 'turning' 변하는 상황을 말한다. 잿빛과 황금빛이 고정되어 섞여 있는 게 아니라, 창문 처음 열 때는 잿빛이 훨씬 많고 점차 창문이 열리면서 황금빛이 늘어나는 이미지를 그려낼 수 있어야 한다.

김욱동 번역 '집 안을 잿빛과 황금빛 햇살로 가득 채웠다'라는 표현은 이러한 'gray-turning, gold-turning' 부분을 이미지로 살려내지 못했다.

김영하 번역 '실내를 뿌연 금빛 햇살로 가득 채웠다'라는 표현은 'gray-turning, gold-turning' 부분이 누락되어 있다. '뿌연 금빛 햇살'은 애매한 표현으로, 이미지 묘사면에서 아쉬움이 크다.

(김용성)

어느덧 롱아일랜드에 새벽이 밝았다. 우리는 집 안을 돌아다니며 아래층 창문을 하나씩 모두 활짝 열었다. 우중충하던 집 안이 창문을 열 때마다 점점 황금빛 햇살로 채워졌다.

Ⅳ. 독자의 몰입을 방해하는 주석

73.

"See!" he cried triumphantly. "It's a bona-fide piece of printed matter. It fooled me. This fella's a regular Belasco. It's a triumph. What thoroughness! What realism!"

(김욱동 p.73)

"자, 보시오!" 그는 의기양양하게 소리쳤다. "이건 진짜로 인쇄한 책이란 말이오. 처음에는 나도 속았지요. 이 집 주인은 데이비드 벨라스코 같은 존재요. 이건 실로 대단한 위업이오. 얼마나 철두철미하냔 말이오! 놀라운 리얼리즘이라고요!"

(김영하 p.61)

"자, 보시오." 그가 의기양양하게 소리쳤다. "이건 진짜 책이오. 바보가 된 기분이오. 이 집 주인은 거의 벨라스코급이라구. 정말 대단해. 이렇게 완벽할 수가! 놀라운 리얼리즘입니다."

① 주석 없이 영어 고유명사 번역하기

데이비드 벨라스코(1853-1931)는 극작가이자 연출가다. 'This fella's a regular Belasco'를 '이 집 주인은 데이비드 벨라스코 같은 존재요'라고 번역할 경우, 독자가 벨라스코를 모르면 의미 파악이 어려울 수 있다. 각주를 달 수도 있지만, '이 집 주인은 데이비드 벨라스코처럼 연출 능력이 진짜 뛰어나다니까'라고 표현하면 각주 없이 쉽게 의미를 전달할 수 있다.

② 감탄사 번역

'What realism!'을 김욱동, 김영하는 '놀라운 리얼리즘'이라고 번역한다. 일단 '놀라운 리얼리즘'이라는 말은 일상에서 쓰이지 않는 낯선 표현이다. 원문은 '극찬'을 하는 상황이다. 우리말에 '극치'라는 말이 있다. '도달할 수 있는 최고의 경지'라는 의미로, 극찬할 때 자주 인용하는 표현이다. '놀라운 리얼리즘'보다는 '리얼리즘의 극치', '사실주의의 극치'가 더 쉽게 와닿는 표현이다.

(김용성)

"자, 보시오. 진짜로 인쇄된 책이오. 처음에 나도 깜박 속았지 뭐요. 이 집 주인은 데이비드 벨라스코처럼 연출 능력이 진짜 뛰어나다니까. 실로 경이로울 뿐이오. 이렇게 완벽할 수가! 리얼리즘의 극치라고나 할까!"

74.

It was when curiosity about Gatsby was at its highest that the lights in his house failed to go on one Saturday night — and, as obscurely as it had begun, his career as

Trimalchio was over.

(김욱동 p.162)
개츠비에 대한 호기심이 최고조에 달했던 것은 어느 토요일 밤 그의 저택에 불이 켜지지 않으면서부터였다. 트리말키오로서의 그의 경력은 시작과 마찬가지로 슬그머니 막을 내렸다.

(김영하 p.140)
개츠비에 대한 관심이 최고조에 달한 어느 토요일 밤이었다. 저택은 더 이상 환하게 빛나지 않았고, 트리말키오로서의 생활도 시작될 때처럼 조용히 결국 막을 내렸다.

① 주석 없이 영어 관용표현 번역하기

원문 'his career as Trimalchio'를 문구 그대로 '트리말키오로서의 그의 경력은'이라고 번역하면 이게 무엇을 의미하는지 직관적으로 알기가 어렵다. '트리말키오'는 노예 신분에서 해방된 사람이며, 돈 많고 천박한 자유민으로 친구와 식객들에게 만찬을 베풀던 사람이다. 마치 우리에게 '놀부'가 '욕심 많은 부자'이듯, 미국인에게 트리말키오는 그런 직관적인 이미지가 있는 인물이다. 우리는 트리말키오가 누군지 모르기에 '트리말키오로서의 그의 경력은'이라는 번역은 어렵고 낯설 수밖에 없다. '끝없을 것만 같던 탐욕스러운 향락 파티는'과 같이 의미를 알기 쉽게 녹여서 표현하는 방법도 생각해볼 필요가 있다.

(김용성)

어느 토요일 밤, 개츠비 집에는 불이 켜지지 않았다. 개츠비에게 무슨 일이라도 있는지 너무나 궁금했다. 끝없을 것만 같던 탐욕스러운 향락 파티는 처음 경력을 시작할 때와 마찬가지로 슬그머니 종적을 감췄다.